Über dieses Buch

Peyrol, ein ehemaliger Freibeuter, ein alter »Küstenbruder« und späterer Stückmeister bei der französischen Kriegsmarine, nimmt seinen Abschied und zieht sich nach einem langen und abenteuerlichen Seefahrerleben an den Ort seiner Kindheit zurück, auf eine abgelegene Farm nicht weit von Toulon – dort verbirgt er auch seinen erbeuteten Goldschatz. Ungestört von den übrigen Farmbewohnern, der jungen Arlette, ihrer Tante und dem finsteren Bürger Scevola, auf denen noch die Schrecken der jakobinischen Blutherrschaft lasten, verbringt er seine Tage in dieser Abgeschiedenheit mit der Beobachtung des Meeres und der Manöver der englischen Blockadeflotte und frönt seiner alten Leidenschaft, indem er eine alte Corvette wieder seeklar macht. Doch als diese Idylle eines Tages durch einen englischen Kundschafter gestört wird und sich ein junger Leutnant der französischen Marine mit einem Geheimauftrag zu den Farmbewohnern gesellt und sich in die junge Arlette verliebt, fühlt sich der alte Freibeuter noch einmal zu einer verwegenen Tat aufgerufen. Es gelingt ihm, während der Kontinentalsperre Nelsons Flotte irrezuführen, Napoleon zum Sieg und den Liebenden zum Glück zu verhelfen: er opfert sich für sie.

»Der Freibeuter«, im Juni 1922 abgeschlossen, ist Joseph Conrads letzter vollendeter Roman. Er vereinigt noch einmal alle Vorzüge dieses klassischen englischen Erzählers: individuelles Abenteuer vor dem Hintergrund der Geschichte, ungewöhnliche Spannung und Sensibilität.

Der Autor

Joseph Conrad (eigentlich Josef Teodor Konrad Nalecz Korzeniowski) wurde 1857 als Sohn polnischer Landedelleute in Berdyczew/Ukraine geboren. Er ging mit siebzehn Jahren zur französischen Marine und befuhr ab 1886 als britischer Kapitän die Weltmeere. Als ein tropisches Fieber ihn zwang, den Seemannsberuf aufzugeben, ließ er sich 1894 als freier Schriftsteller in England nieder. Er schrieb in englischer Sprache fünfzehn Romane, neunundzwanzig Erzählungen, zwei autobiographische Bücher, zwei Essaybände und drei Bühnenstücke.
Joseph Conrad starb 1924 in seinem Landhaus bei Canterbury.
Im Fischer Taschenbuch Verlag erschien außerdem »Der Nigger von der ›Narzissus‹« (Bd. 2054).

Joseph Conrad

DER FREIBEUTER

Roman

Fischer Taschenbuch Verlag

*G. Jean Aubry
sei diese Geschichte von den letzten Tagen
eines französischen Küstenbruders
in Freundschaft zugeeignet*

Fischer Taschenbuch Verlag
Dezember 1978
Ungekürzte Ausgabe
Umschlagentwurf: Jan Buchholz / Reni Hinsch
unter Verwendung eines Photos (Photo: Artreference/Fessler)
Fischer Taschenbuch Verlag GmbH, Frankfurt am Main
Lizenzausgabe mit freundlicher Genehmigung der
S. Fischer Verlag GmbH, Frankfurt am Main
Die englische Originalausgabe erschien 1923 unter dem Titel ›The Rover‹
Deutsche Übersetzung von G. Danehl
© S. Fischer Verlag GmbH, Frankfurt am Main, 1969
Gesamtherstellung: Hanseatische Druckanstalt GmbH, Hamburg
Printed in Germany
780-ISBN-3-596-22055-6

I

Nachdem er bei Tagesanbruch in den Hafen von Toulon eingelaufen war und mit einem der Wachboote der Flotte, das ihm einen Liegeplatz anwies, Zurufe ausgetauscht hatte, ließ der Stückmeister Peyrol sein von der See übel zugerichtetes Schiff zwischen Stadt und Arsenal, gerade gegenüber dem Hauptkai, vor Anker gehen. Im Laufe seines Lebens, in dem ein nach Ansicht jedes gewöhnlichen Sterblichen staunenswertes Ereignis das andere gejagt hatte (einzig er selber fand nichts staunenswert daran), war seine Verschlossenheit so groß geworden, daß er das rasselnde Auslaufen der Ankerkette nicht einmal mit einem erleichterten Seufzen begleitete. Und doch bezeichnete dieser Vorgang das Ende einer sechs Monate langen, höchst gefährlichen, ungewissen Reise, die mit wertvoller Ladung in einem beschädigten Schiff vonstatten gegangen war, meist bei gekürzten Rationen, stets auf der Hut vor englischen Kriegsschiffen, ein- oder zweimal vom Schiffbruch und mehr als einmal von Kaperung bedroht. Für den Fall der Kaperung hatte der alte Peyrol allerdings gleich zu Anfang beschlossen, die wertvolle Fracht in die Luft zu sprengen – ganz ungerührt, wie es seinem Charakter entsprach, der sich unter der Sonne des Indischen Ozeans geformt hatte, in wildem Wettstreit mit seinesgleichen, gelegentlich um geringe Beute, die kaum gewonnen schon zerronnen war, meist aber um das nackte Leben, das in allen seinen Wechselfällen fast ebenso schwierig festzuhalten war und nun schon achtundfünfzig Jahre gewährt hatte.

Während seine Besatzung – halbverhungerte Vogelscheuchen,

hartgesottene Burschen, die mit wölfischer Gier nach den Freuden an Land lechzten – aufenterte, um die Segel zu bergen, die so zerschlissen und geflickt waren wie die Hemden auf ihren Rücken, musterte Peyrol den Kai, auf dessen ganzer Länge sich Gruppen von Neugierigen bildeten, die den Neuankömmling anstarrten. Peyrol bemerkte insbesondere eine erkleckliche Anzahl von Männern in roten Mützen und sprach bei sich: ›Da sind sie also.‹ Unter den Besatzungen der Schiffe, die die Trikolore in die östlichen Gewässer getragen hatten, gab es Hunderte von Männern, die sich zu den Grundsätzen der Sansculottes bekannten. Peyrol hielt sie für lästige, großmäulige Nichtstuer. Aber was er jetzt vor sich hatte, waren jene Landratten, die die Revolution gefestigt hatten. Die Echten. Nachdem Peyrol sie lange und gründlich betrachtet hatte, ging er in seine Kajüte hinunter, um sich für den Landgang zurechtzumachen.

Er schabte seine Wangen mit einem echten englischen Rasiermesser, das er vor Jahren in der Offizierskajüte eines englischen Ostindienfahrers erbeutet hatte, als dieser von einem Schiff aufgebracht wurde, zu dessen Besatzung Peyrol damals gehörte. Er zog ein weißes Hemd an, eine kurze blaue Jacke mit Messingknöpfen und hohem Kragen, dazu weiße Hosen, die er statt mit einem Gürtel mit einer roten Schärpe befestigte. Mit dem schwarzen, glänzenden, flachen Hut gab er einen sehr achtbaren Prisenkommandanten ab. Vom Achterdeck aus winkte er ein Mietsboot heran und ließ sich zum Kai rudern.

Unterdessen war die Menge beträchtlich gewachsen. Peyrol ließ seine Blicke anscheinend teilnahmslos über sie hinwandern, obgleich er nie zuvor so viele müßige Weiße auf einem Haufen stehen und nichts weiter hatte tun sehen als einen Seemann anglotzen. Er war auf entlegenen Meeren gefahren, sein Heimatland war ihm fremd geworden. Während der wenigen Minuten, die das Ruderboot dazu brauchte, die Treppe zu erreichen, fühlte er sich wie ein Schiffer, der im Begriff ist, eine bisher unentdeckte Küste anzulaufen.

Kaum hatte er den Fuß an Land gesetzt, drängte man sich auch schon um ihn. Es kam in Toulon nicht alle Tage vor, daß eine von republikanischen Kriegsschiffen in fernen Gewässern aufgebrachte Prise in den Hafen einlief. Es waren bereits die wildesten Gerüchte in Umlauf gesetzt worden. Peyrol bahnte sich zwar einen Weg durch die Menge, doch vermochte er nicht, sie abzuschütteln. Einer rief ihn an: »Woher kommst du, Bürger?« – Und darauf Peyrol dröhnend: »Vom anderen Ende der Welt!«

Er wurde sein Gefolge erst am Eingang zum Hafenamt los. Dort meldete er sich bei den zuständigen Amtspersonen als Kommandant einer Prise, die der Bürger Renaud, Oberkommandierender der Flotte der Republik im Indischen Ozean, auf der Höhe des Kaps aufgebracht habe. Es sei ihm befohlen worden, Dünkirchen anzulaufen, doch da ihn, wie er sagte, die *sacrés Anglais* während der letzten vierzehn Tage zwischen Kap Verde und Kap Spartel dreimal wie ein Kaninchen gejagt hätten, habe er sich dafür entschieden, ins Mittelmeer einzulaufen, wo sich, wie er von einer dänischen Brigg auf See erfahren habe, im Augenblick keine englischen Kriegsschiffe befänden. Hier sei er also, hier die Schiffspapiere, hier seine eigene Legitimation, und damit sei wohl alles in Ordnung. Er erwähnte auch, daß er es satt habe, auf See umherzustreunen, und sich nach einer Ruhepause an Land sehne. Bis zur Abwicklung der Amtsgeschäfte jedoch blieb er in Toulon, schlenderte gemächlich durch die Straßen, erfreute sich als Bürger Peyrol der allgemeinen Hochschätzung und blickte jedermann kalt ins Auge.

Die Einsilbigkeit, die er hinsichtlich seiner Vergangenheit an den Tag legte, war von der Art, die ein wahres Rankenwerk von geheimnisvollen Geschichten um einen Menschen empor-

wachsen läßt. Die Marinebehörden von Toulon hatten ohne
Zweifel eine weniger wirre Vorstellung von Peyrols Vergangenheit, wenn auch nicht unbedingt eine zutreffendere. In den
Amtsstuben, wo man mit Dingen der Seefahrt beschäftigt war
und wo er zu tun hatte, blickten die verdammten Federfuchser
und gelegentlich auch die Vorsteher gespannt auf, wenn er
kam oder ging, immer proper gekleidet, stets den Knüttel in
der Hand, den er nur vor der Tür abzustellen pflegte, sobald er
in das Privatbüro des einen oder anderen ›Epaulettenträgers‹
zur Unterredung gerufen wurde. Da Peyrol sich jedoch seinen
Zopf abgeschnitten hatte und Beziehungen zu etlichen hervorragenden Patrioten von der jakobinischen Sorte unterhielt,
machte er sich nichts aus den Blicken und dem Flüstern der
Leute. Einzig ein gewisser Marineoffizier, der mit einer Augenklappe versehen und einem recht verschlissenen Uniformrock
bekleidet, seiner Verwaltungsarbeit im Hafenamt nachging,
stellte Peyrols Fassung auf die Probe, indem er von etlichen
Papieren aufblickte und barsch bemerkte: »Sie haben sich den
längsten Teil Ihres Lebens auf See herumgetrieben, und ich
möchte wetten, daß Sie ein fahnenflüchtiger Marinesoldat sind,
Sie mögen sich jetzt bezeichnen als was Sie wollen.«
Über die breiten Wangen des Stückmeisters Peyrol lief nicht
das leiseste Zucken.
»Falls sich etwas Derartiges jemals ereignet hat, dann war es
zur Zeit des Königs und des Adels«, sagte er fest. »Jetzt aber
habe ich eine Prise eingebracht und besitze ein Dienstzeugnis
vom Bürger Renaud, der die Flotte im Indischen Ozean kom-
mandiert. Ich vermag Ihnen auch die Namen guter Republikaner in dieser Stadt zu nennen, die meine Einstellung kennen.
Niemand kann behaupten, ich sei je im Leben ein Gegner der
Revolution gewesen. Es stimmt, daß ich fast fünfundvierzig
Jahre lang in östlichen Gewässern zur See gefahren bin. Aber
gestatten Sie mir die Bemerkung, daß es zu Hause gebliebene

Seeleute waren, welche die Engländer in den Hafen von Toulon eingelassen haben.« Und nach einer kurzen Pause fügte er hinzu: »Wenn man es recht bedenkt, Bürger Kommandant, dann müssen kleine Fehltritte, die ich und meinesgleichen vor zwanzig Jahren und fünftausend Seemeilen entfernt begangen haben mögen, in unserer Zeit der Gleichheit und Brüderlichkeit doch wohl als Bagatelle betrachtet werden.«

»Was die Brüderlichkeit angeht«, bemerkte der Hafenkapitän in dem fadenscheinigen Rock, »so kennen Sie offenkundig einzig die der Küstenbrüder.«

»Das trifft für jeden zu, der im Indischen Ozean zur See gefahren ist, Milchbärte und Kinder ausgenommen«, erwiderte der Bürger Peyrol gelassen. »Und wir lebten nach republikanischen Grundsätzen, ehe noch jemand an die Republik dachte. Denn die Küstenbrüder waren gleichberechtigt und wählten ihre Führer selbst.«

»Sie waren eine widerliche Bande von Strolchen, die kein Gesetz anerkannten«, bemerkte der Offizier giftig und lehnte sich in seinem Stuhl zurück. »Sie werden nicht wagen, das zu bestreiten!«

Der Bürger Peyrol ließ sich auf keine Auseinandersetzung ein. Er beschränkte sich auf den in sachlichem Ton vorgebrachten Hinweis, er habe die ihm anvertraute Prise wohlbehalten dem Hafenamt übergeben, und was seine Führung betreffe, so besitze er ein Leumundszeugnis von der Sektion. Er sei Patriot und habe Anspruch auf Entlassung aus dem Dienst. Nachdem er durch ein Kopfnicken verabschiedet worden war, packte er den Knüttel, der vor der Tür stand, und verließ mit der Seelenruhe eines redlichen Mannes das Gebäude. Sein großflächiges römisches Gesicht verriet den jämmerlichen Federfuchsern, die nach seinem Abgang miteinander tuschelten, nichts. Auf der Straße blickte er wie gewöhnlich jedem ins Auge, dem er begegnete. Doch noch am gleichen Abend verschwand er aus

Toulon. Nicht, daß er sich gefürchtet hätte. Die Gelassenheit seines gebräunten Gesichtes war nur der Spiegel einer inneren Gelassenheit. Niemand konnte ahnen, was sich in den vierzig oder mehr Jahren seines Seemannslebens abgespielt hatte, solange er es nicht selbst erzählte. Und er hatte nicht die Absicht, mehr davon mitzuteilen, als er den neugierigen Kapitän mit der Augenklappe hatte wissen lassen. Indessen gab es andere Gründe, die ihn bestimmten, Unannehmlichkeiten aus dem Wege zu gehen. Vor allem wünschte er nicht zum Dienst in der Flotte gezwungen zu werden, die um diese Zeit in Toulon ausgerüstet wurde. Bei Sonnenuntergang passierte er also das Stadttor auf der Straße nach Fréjus in dem hohen zweirädrigen Karren eines ihm bekannten Bauern, dessen Anwesen in dieser Richtung lag. Seine persönlichen Effekten waren zuvor von etlichen zerlumpten Patrioten, die er zu diesem Zwecke auf der Straße gedungen hatte, auf dem hinteren Brett des Wagens verstaut worden. Die einzige Blöße, die er sich gab, bestand darin, daß er sie für ihre Mühe mit einer ganzen Handvoll Assignaten bezahlte. Indessen war das bei einem so wohlhabenden Seemann auch nicht überaus verdächtig. Er selber kletterte mit solch langsamen, bedächtigen Bewegungen über das Rad auf den Karren, daß der freundliche Bauer sich zu dem Ausruf veranlaßt sah: »Ah – wir sind auch nicht mehr so jung wie wir mal waren, du und ich.« »Ich habe noch dazu eine lästige Verwundung«, bemerkte Bürger Peyrol und ließ sich schwer auf den Sitz fallen.

Und so, von einem Bauernwagen auf den anderen umsteigend, in eine Staubwolke gehüllt zwischen steinernen Mauern und durch kleine Dörfer dahinzuckelnd, die ihm aus seiner Kindheit vertraut waren, reiste der Bürger Peyrol unbelästigt durch eine Landschaft aus steinigen Hügeln, farblosen Felsen und staubig grünen Olivenbäumen, bis er am Rande der Stadt Hyères schwerfällig im Hofe einer Herberge abstieg. Zu seiner Rechten ging die Sonne unter. Nahe einer Gruppe dunkler Kiefern, deren Stämme im Schein der untergehenden Sonne blutrot leuchteten, gewahrte Peyrol einen ausgefahrenen Feldweg, der in Richtung zum Meer abzweigte.

Bürger Peyrol hatte beschlossen, an dieser Stelle die Hauptstraße zu verlassen. Jeder Zug dieser Landschaft mit den dunkel bewaldeten Erhebungen, den unfruchtbaren, flachen, steinigen Niederungen und den düsteren Gebüschen zur Linken rührte ihn seltsam vertraut an, denn seit den Tagen seiner Kindheit hatte sie sich nicht verändert. Selbst die tief in den steinigen Grund eingeschnittenen Radspuren hatten ihr Aussehen bewahrt; in der Ferne lag wie ein blauer Faden das Wasser der Reede von Hyères und dahinter, noch weiter entfernt, eine ungefüge, indigoblaue Erhebung – das war die Insel Porquerolles. Es war ihm so, als sei er auf Porquerolles geboren, doch wußte er es nicht wirklich. Von seinem Vater hatte er nicht die geringste Vorstellung. Die Eltern waren für ihn einzig eine große, hagere, sonnenverbrannte Frau in Lumpen – seine Mutter. Damals arbeitete sie auf einem Bauernhof im Binnenland. Er hatte bruchstückhafte Erinnerungen an sie, wie sie Oliven schüttelte, Steine vom Acker las oder unermüdlich und grimmig mit der Mistgabel schuftete wie ein Mann, wobei graue Haarsträhnen ihr knochiges Gesicht umwehten; sich selber sah er barfuß und mit kaum einem Fetzen am Leib irgend etwas im Zusammenhang mit einer Schar Truthühner tun. Der Bauer erlaubte ihnen, in einem aus Steinen errichteten, zerfallenen ehemaligen Kuhstall zu übernachten, unter dessen zur Hälfte eingestürztem Dach sie nebeneinander auf einer Strohschütte am Boden schliefen. Und auf einer solchen Strohschütte hatte sich seine Mutter zwei Tage lang krank umhergewälzt und war dann in der Nacht gestorben. Ihr Verstummen, ihr kaltes Gesicht hatten ihn in der Dunkelheit furchtbar geängstigt. Er nahm an, daß man sie beerdigt hatte,

13

doch wußte er nichts Genaues, denn er war von Furcht gejagt davongelaufen und hatte erst angehalten, als er nahe dem Dörfchen Almanarre das Meer erreichte, wo er sich an Bord einer Tartane versteckte, die dort unbewacht lag. Er ging unter Deck, denn er fürchtete sich vor streunenden Hunden. Hier fand er einen Stapel leerer Säcke, die ein köstliches Lager abgaben, auf das er sogleich niedersank. Er schlief wie ein Stein. Im Laufe der Nacht kam die Besatzung an Bord, die Tartane setzte Segel und nahm Kurs auf Marseille. Und das nächste schreckliche Erlebnis war, daß man ihn am Schlafittchen hervorzerrte und ihn fragte, was zum Teufel er da zu suchen habe und wer er überhaupt sei? Nur konnte er diesmal nicht davonlaufen. Rings umher war Wasser, und die ganze Welt, einschließlich der nicht allzuweit entfernten Küste, schwankte in höchst beängstigender Weise. Drei bärtige Männer umstanden ihn, und er versuchte ihnen zu erklären, daß er auf dem Hof von Peyrol gearbeitet habe. Das war der Name des Bauern – Peyrol. Der Junge ahnte gar nicht, daß er einen eigenen Namen besaß. Übrigens wußte er nicht, wie er mit Fremden sprechen sollte, und man muß ihn falsch verstanden haben. So kam es, daß der Name Peyrol ihm fürs Leben blieb.

Damit waren die Erinnerungen an seine Heimat zu Ende, denn nun schichteten sich andere Erinnerungen darüber, eine Fülle von Eindrücken von endlosen Meeren und der Straße von Mozambique, von Arabern und Negern, von Madagaskar und der Küste Indiens, von Inseln, Fahrrinnen und Riffen, von Gefechten auf See und Prügeleien an Land, von verzweifeltem Blutvergießen und verzweifeltem Durst, von allen möglichen Schiffen in rascher Reihenfolge, von Handelsschiffen, Kriegsschiffen, Piratenschiffen, von bedenkenlosen Männern und unerhört ausschweifenden Gelagen. Im Laufe der Jahre hatte er gelernt, verständlich zu sprechen, zusammenhängend zu denken und sogar notdürftig zu lesen und zu schreiben. Der Name des Bauern Peyrol, der seiner Person anhaftete, weil er unfähig gewesen war, klare Auskunft über sich zu geben, gelangte zu einer gewissen Berühmtheit, einer öffentlichen Berühmtheit in den Häfen des Ostens und einer heimlichen unter den Küstenbrüdern, jener seltsamen Bruderschaft, deren ungeschriebene Satzung manches Freimaurerische und viel Piratenhaftes enthielt. Zum Kap der Stürme, auch Kap der Guten Hoffnung genannt, brachten Schiffe aus der Heimat die Worte Republik, Nation, Tyrannei, Freiheit, Gleichheit und Brüderlichkeit, dazu den Kult des Höchsten Wesens – neue Gedanken und neue Schlachtrufe, die den gesunden Verstand des Kanoniers Peyrol nicht blendeten. Diese Begriffe erschienen ihm als eine Erfindung von Landbewohnern, von denen er, der Seemann Peyrol, nur wenig wußte – recht eigentlich gar nichts. Nun, nach einem teils gesetzestreuen, teils ungesetzlichen Seemannsleben von bald fünfzig Jahren betrachtete der Bürger Peyrol, am Hoftor der Herberge stehend, den Schauplatz der längst vergangenen Kindheit. Er betrachtete ihn ohne Abneigung, nur ein wenig im Zweifel darüber, ob er sich in dieser Landschaft würde zurechtfinden können. ›Jawohl, irgendwo da muß es sein‹, dachte er unbestimmt. Keinesfalls wollte er noch länger auf der Landstraße weitergehen... Die Wirtin der Herberge stand etliche Schritte entfernt und betrachtete ihn, beeindruckt von seinem guten Anzug, den breiten, glattrasierten Wangen, der ganzen stattlichen Erscheinung. Plötzlich bemerkte Peyrol sie. Mit dem besorgten, braunen Gesicht, den grauen Locken und dem bäuerlichen Aussehen hätte sie sehr wohl seine Mutter sein können, nur trug sie keine Lumpen.

»Hé! La mère«, rief Peyrol. »Haben Sie nicht jemanden da, der mir helfen kann, diese Kiste ins Haus zu bringen?«

Er sah so wohlhabend und gebieterisch drein, daß sie ohne zu zögern mit dünner Stimme piepste: »Mais oui, citoyen. Gleich wird er kommen.«

In der Dämmerung wirkte die Kieferngruppe am Straßenrand sehr schwarz vor dem völlig reinen Himmel, und der Bürger Peyrol betrachtete diesen Schauplatz seines kindlichen Elends mit der denkbar größten Gemütsruhe. Da war er also nach fast fünfzig Jahren zurückgekommen, und alles sah aus wie gestern. Er empfand bei diesem Anblick weder Zuneigung noch Abneigung. Es war ihm nur ein wenig seltsam zumute, und das Seltsamste war der Einfall, daß er (falls ihm die Lust dazu käme) seine Laune befriedigen und alles Land, soweit die Blicke reichten, aufkaufen könnte – auch den letzten Acker noch, vor dem der Feldweg sich in der Niederung am Rande der See verlor und über dem die kleine Anhöhe am Ende der Halbinsel Giens das Aussehen einer schwarzen Wolke angenommen hatte.

»Sag doch, Freund«, wandte er sich in seiner würdevollen Art an den lockenköpfigen Knecht, der seiner Anweisungen harrte, »führt dieser Feldweg nicht nach Almanarre?«

»Ja«, antwortete der Taglöhner, und Peyrol nickte. Der Mann fuhr fort zu reden, wobei er die Worte schwerfällig formte, als sei er das Sprechen nicht gewöhnt: »Nach Almanarre und noch weiter, am großen Weiher vorbei bis ganz ans Ende des Festlandes, nach Kap Esterel.«

Peyrol hielt sein großes, flaches, behaartes Ohr dem Manne zugeneigt. ›Wäre ich daheim in diesem Land geblieben‹, dachte er, ›so spräche ich jetzt geradeso wie dieser Bursche.‹ »Stehen da Häuser, da draußen am Ende des Landes?«

»Ja, ein Weiler, ein paar Häuser um eine Kirche herum und eine Ferme, wo man früher auch ein Glas Wein bekommen hat.«

II

Der Bürger Peyrol blieb am Tor der Herberge stehen, bis die
Nacht all jene Merkmale der Landschaft verschluckt hatte, an
die seine Augen sich ebensolange klammerten wie der letzte
Schimmer des Tageslichtes. Und selbst als dieser letzte Schimmer verloschen war, verweilte Peyrol noch und starrte in die
Finsternis, in der er nichts mehr wahrnehmen konnte als die
weiße Straße vor sich und die schwarzen Wipfel der Kiefern,
an denen vorbei sich der Feldweg abwärts zur Küste zog. Er
ging erst hinein, als etliche Fuhrleute, die im Hause eine Stär-
kung zu sich nahmen, auf den großen, zweiräderigen Wagen
mit ihrer Ladung von leeren Weinfässern in Richtung Fréjus
abgefahren waren. Daß die Fuhrleute nicht über Nacht blieben,
freute Peyrol. Er verzehrte sein Abendbrot allein, schweigend
und mit einem Ernst, der die alte Frau einschüchterte, die in
ihm die Erinnerung an seine Mutter geweckt hatte. Nachdem
er seine Pfeife geraucht und sich eine Kerze in einem Leuchter
hatte geben lassen, erstieg der Bürger Peyrol mit schweren
Schritten die Treppe, um sich seinem Gepäck zuzugesellen. Die
gebrechliche Stiege wankte und ächzte unter seinen Füßen, als
trüge er eine Last hinauf. In seiner Stube angekommen, schloß
er zuerst die Fensterläden, als fürchte er sich vor der Nachtluft.
Darauf verriegelte er die Tür. Dann setzte er sich auf den Fußboden, stellte den Leuchter zwischen die weit gespreizten
Beine und begann sich auszukleiden, indem er hastig den Rock
herunterriß und das Hemd über den Kopf streifte. Die geheime Ursache seiner Schwerfälligkeit lag jetzt am Tage, er
trug auf der bloßen Haut, wie der fromme Büßer das härene

Hemd, eine Art Weste, die aus zwei Lagen alten Segeltuches bestand und kreuz und quer von Nähten aus geteertem Segelmachergarn durchzogen wurde wie eine Steppdecke. Drei Hornknöpfe bildeten den vorderen Verschluß. Er löste ihn, und nachdem er die beiden Schulterbänder abgestreift hatte, die verhinderten, daß ihm die Weste auf die Hüften rutschte, rollte er sie auf. Obgleich er das mit großer Behutsamkeit tat, ertönte mehrmals während dieser Operation ein feines Klimpern von Metall, das jedenfalls kein Blei war.

Mit zurückgeneigtem nacktem Oberkörper, auf steife mächtige Arme gestützt, deren weißes Fleisch oberhalb der Ellenbogen dichte Tätowierungen aufwies, sog Peyrol tief die Luft in seine breite Brust mit dem angegrauten Pelz auf dem Brustbein. Nicht nur war die kräftige Brust des Bürgers Peyrol von ihrer Last befreit, sondern auch das breite Gesicht nahm einen anderen Ausdruck an, denn die bislang gezeigte Miene sturen Ernstes war einfach seinem körperlichen Unbehagen zuzuschreiben gewesen. Es ist keine Kleinigkeit, den baren Gegenwert von sechzig- bis siebzigtausend Franken in fremder Münze um Rippen und Schultern geschlungen mit sich herumzuschleppen; was das Papiergeld der Republik anging, so hatte Peyrol davon genug gesehen, um zu wissen, daß sein Schatz nur mit ganzen Wagenladungen davon aufgewogen werden konnte, tausend Wagenladungen, zweitausend vielleicht. Jedenfalls besaß er genug, um den Einfall wahr machen zu können, der ihm gekommen war, als er im Licht der sinkenden Sonne das Land betrachtet hatte: daß er nämlich von dem, was er bei sich trug, das Land kaufen könnte, das ihn hervorgebracht, mitsamt Häusern, Wäldern, Weingärten, Olivenbäumen, Gemüsegärten, Steinen und Salzseen – mit einem Wort alles Land mitsamt den Tieren darauf. Doch lag Peyrol nicht das geringste an Land. Er hatte nicht den Wunsch, einen Teil des Festlandes zu besitzen, dem seine Liebe nicht gehörte. Er wollte vom Land nichts weiter als ein stilles Fleckchen, eine verschwiegene Ecke außerhalb des Blickfeldes seiner Mitmenschen, wo er unbeobachtet ein Loch graben konnte.

Das muß nun bald geschehen, dachte er. Man kann nicht mit einem Schatz unter dem Hemd in alle Ewigkeit umhergehen. Zunächst einmal warf er seine Jacke über die aufgerollte Weste und legte den Kopf darauf, nachdem er die Kerze gelöscht – ein Fremdling in seiner Heimat, in der zu landen vielleicht das größte Abenteuer seines abenteuerlichen Lebens gewesen war. Die Nacht war warm. Der Fußboden seiner Kammer bestand aus Dielen, nicht aus Fliesen. Ein solches Lager war ihm nichts Ungewohntes. Den Knüttel neben sich, schlief Peyrol fest, bis Stimmen ums Haus und auf der Straße ihn kurz nach Sonnenaufgang weckten. Er stieß die Fensterläden auf und hieß das Licht und die Luft des Morgens im vollen Genuß des Müßigganges willkommen, der für einen Seemann seiner Art immer nur mit dem Aufenthalt an Land verbunden ist. Nichts bedrückte ihn, und wenn seine Miene auch keineswegs leer war, so war sie doch auch nicht nachdenklich.

Ganz zufällig hatte er auf der Heimreise in einem Geheimfach eines der beiden Schränke seiner Prise zwei Beutel mit Münzen der verschiedensten Länder entdeckt: Goldmohurs, holländische Dukaten, spanische Münzen, englische Guineen. Dieser Fund hatte ihm keinerlei Gewissensbisse verursacht. Beute, mochte sie groß sein oder gering, war natürlicher Bestandteil seines Freibeuterdaseins. Und daß die Verhältnisse einen Stückmeister der Marine aus ihm gemacht hatten, konnte für ihn kein Anlaß sein, seinen Fund diesen verdammten Landratten zu übergeben, diesen Haifischen und hungrigen Federfuchsern, die alles in die eigenen Taschen wandern lassen würden. Er war auch viel zu klug gewesen, um etwa seiner Besatzung (lauter üblen Subjekten) etwas davon zu sagen. Es war ihnen zuzutrauen, daß sie ihm die Kehle durchschnitten. Ein streit-

19

barer alter Seemann, ein Küstenbruder, hatte mehr Anrecht auf solche Beute als irgend jemand sonst. So hatte er sich auf der Heimreise immer wieder in der Zurückgezogenheit seiner Kajüte mit der Herstellung der genialen Segeltuchweste beschäftigt, in der er seinen Schatz heimlich an Land zu schaffen gedachte. Der Schatz würde zwar mächtig auftragen, doch waren Peyrols Kleider großzügig geschnitten, und kein Wicht von einem Zöllner würde es wagen, einen erfolgreichen Prisenkommandanten zu belästigen, der auf dem Wege war, sich beim Admiral zu melden. Genauso war denn auch alles abgelaufen. Es erwies sich dann jedoch, daß dieses verborgene Kleidungsstück, das buchstäblich sein Gewicht in Gold wert war, seiner Zähigkeit mehr zusetzte, als er erwartet hatte. Es schwächte seinen Körper und deprimierte ihn sogar ein wenig. Es beeinträchtigte seine Unternehmungslust und machte ihn wortkarger. Es erinnerte ihn unablässig daran, daß er allen Scherereien aus dem Weg gehen, sich vor Raufhändeln, Liebeleien und überhaupt allen Vergnügen hüten mußte. Dies hatte ihn unter anderem dazu gedrängt, die Stadt zu verlassen. Nachdem er jedoch einmal sein Haupt auf seinem Schatz gebettet hatte, vermochte er sogleich in den Schlaf des Gerechten zu verfallen.

Trotzdem hatte er am Morgen keine Lust, den Schatz wieder anzulegen. Halb aus der Sorglosigkeit des Seemannes, halb im langerprobten Vertrauen in das eigene Glück, stopfte er die kostbare Weste einfach in den Rauchfang des Kamins, kleidete sich an und ging frühstücken. Eine Stunde später saß er auf einem gemieteten Maultier und ritt den Feldweg hinab, so gelassen, als sei er im Begriff, die Geheimnisse eines unbewohnten Eilands zu erkunden.

Sein Ziel war das Ende der Halbinsel, die wie eine ungeheure Mole ins Meer hinausreicht und die malerische Reede von Hyères von den Vorsprüngen und Buchten der Küste trennt, welche den Zugang zum Hafen von Toulon bilden. Der Pfad, über den das Tier ihn sicheren Fußes trug (Peyrol machte keinen Versuch es zu lenken, nachdem er den Kopf in die gewünschte Richtung gedreht), senkte sich rasch einer ausgedörrten Niederung zu. Weiter entfernt glänzten weiß die Salztümpel, über denen sich bläuliche, nicht eben hohe Hügel erhoben. Bald schon nahmen seine umherschweifenden Blicke keine Spur einer menschlichen Behausung mehr wahr. Dieser Teil seines Geburtslandes war ihm fremder als die Küste von Mozambique, als die Korallenriffe Indiens, als die Wälder von Madagaskar. Kurz darauf war er bereits an der schmalsten Stelle der salzüberkrusteten Halbinsel Giens, auf der sich eine blaue Lagune befand, eine Lagune von besonders tiefem Blau, deren Wasser dunkler und noch glatter war als die See zur Rechten und zur Linken, von der die Lagune schmale Streifen Landes trennten, an manchen Stellen keine hundert Meter breit. Der Feldweg war kaum zu erkennen, er wies keine Radspuren mehr auf, dafür schimmerten aber zwischen Büscheln zähen Grases und besonders tot wirkenden Büschen verwitterte Salzkristalle in schneeiger Weiße. Die Landzunge war so flach wie ein auf die See gelegtes Stück Papier. Der Bürger Peyrol sah in Augenhöhe, ganz als befinde er sich auf einem Floß, Segel unterschiedlicher Schiffe, weiße Segel und braune, während vor ihm Porquerolles, die Insel seiner Geburt, stumpf und massig jenseits eines breiten Wasserstreifens aufstieg. Das Maultier, das besser wußte als Peyrol, wohin die Reise ging, führte ihn jetzt zu den sanft steigenden Hügeln am Ende der Halbinsel. An deren Hängen wuchs stellenweise Gras; steinerne Trockenmauern begrenzten die Felder, und darüber lugte hier und dort ein niederes rotes Ziegeldach, dem die Wipfel von Platanen wohltuenden Schatten spendeten. Hinter einer Biegung des Hohlweges tauchte das Dorf mit seinen wenigen Häusern auf, die dem Weg meist fensterlose Mauern zukehrten, und zunächst ließ sich auch keine Menschenseele blicken. Drei hohe Platanen mit stark zerfetzter Rinde und spärlichem Blattwerk standen nahe beieinander auf einem Platz, und der Bürger Peyrol wurde durch den Anblick eines in ihrem Schatten schlafenden Hundes erfreut. Das Maultier bog entschlossen vom Weg ab und näherte sich dem Steintrog, der unter dem Dorfbrunnen stand. Peyrol, der sich vom Sattel aus umsah, während das Maultier trank, vermochte keine Spur von einer Herberge zu entdecken. Als er dann seine nächste Umgebung musterte, bemerkte er einen zerlumpten Mann, der auf einem Stein saß. Der Mann trug einen breiten Ledergürtel, und seine Beine waren bis zu den Knien entblößt. Er betrachtete den Fremden auf dem Maultier starr vor Überraschung. Sein nußbraunes Gesicht kontrastierte auffallend mit seinem dichten grauen Haar. Auf ein Zeichen Peyrols näherte er sich ihm bereitwillig, ohne die steinern starrende Miene zu ändern.

Es kam Peyrol in den Sinn, daß er, wäre er daheim geblieben, sehr wohl diesem Manne gleichen könnte. Mit dem Ernst, der ihn nur selten verließ, erkundigte er sich, ob es noch andere Bewohner im Dorf gebe. Zu Peyrols großer Überraschung lächelte der ärmliche Nichtstuer hierauf freundlich und entgegnete, jedermann sei augenblicklich auf dem Felde beschäftigt.

Es war noch soviel vom Bauern in Peyrol, daß er bemerkte, er habe seit Stunden weder Mann noch Frau noch Kind noch Vierbeiner erblickt, und er habe auch nicht geahnt, daß es hier irgendwo nutzbares Land gebe. Der andere beteuerte aber das Gegenteil. Mindestens werde das Land bestellt, jedenfalls von denen, die welches besäßen.

Beim Klang der Stimmen erhob sich der Hund und sah dabei so aus, als bestehe er einzig aus Wirbelsäule. Er gesellte sich in trübseliger Treue zu seinem Herrn und blieb dort stehen, die Nase dicht an dessen Beinen.

»Und du«, fragte Peyrol, »hast du kein Land?«

Der Mann ließ sich mit der Antwort Zeit. »Ich habe ein Boot.« Peyrols Interesse erwachte, als der Mann erklärte, sein Boot liege auf dem Salzsee, auf dem großen, verlassenen, undurchsichtigen Gewässer, das sich tot zwischen den beiden weiten Flächen des lebendigen Wassers erstreckte. Peyrol fragte sich vernehmlich, warum wohl jemand ein Boot auf der Lagune halten sollte.

»Es sind Fische drin«, sagte der Mann.

»Und besitzest du noch etwas auf dieser Welt außer dem Boot?« fragte Peyrol.

Fliegen summten, das Maultier ließ den Kopf hängen, schlappte mit den Ohren und wedelte träge mit dem dünnen Schwanz.

»Ich besitze eine Hütte an der Lagune und auch ein oder zwei Netze«, sagte der Mann, als lege er ein Geständnis ab. Peyrol senkte den Blick und vervollständigte die Aufzählung: »Und diesen Hund.«

Wieder ließ der Mann sich Zeit mit der Antwort.

»Er leistet mir Gesellschaft.«

Peyrol saß ernst wie ein Richter auf seinem Maulesel.

»Viel ist das nicht gerade«, äußerte er schließlich. »Indessen ... gibt es hier keine Herberge, kein Café, irgendeinen Ort, wo man Quartier nehmen könnte? Im Binnenland hat man mir gesagt, es gebe hier so etwas.«

»Ich zeige es Ihnen«, sagte der Mann, kehrte an den Platz zurück, wo er zuvor gesessen, ergriff einen leeren Korb und ging dann voran. Sein Hund folgte mit hängendem Kopf und Schwanz, dann kam Peyrol, der die Beine rechts und links von seinem Maultier herunterbaumeln ließ, das seinerseits bereits zu wissen schien, was sich ereignen sollte. Wo die Häuser zu Ende waren, machte der Weg einen Knick, und hier stand auf einem eckigen Steinklotz ein hölzernes Kreuz. Der einsame Fischer von der Lagune von Perquiers deutete auf einen Seitenpfad, der dorthin führte, wo die das Ende der Halbinsel bildenden Anhöhen sich zu einem flachen Paß senkten. Vor dem Horizont sah man gekrümmte Kiefern, und auf dem Paß selber schimmerte es matt silbern von Olivenhainen unter einer langen, gelben Mauer, hinter der dunkle Zypressen und die roten Dächer von Gebäuden aufragten, die aussahen, als gehörten sie zu einer Ferme.

»Wird man mich dort beherbergen?« fragte Peyrol.

»Ich weiß es nicht. Jedenfalls hat man dort reichlich Platz. Reisende kommen nie hierher, doch hat man da bisher immer eine Erfrischung erhalten. Sie brauchen nur ins Haus zu gehen. Falls er nicht anwesend ist, wird Ihnen doch die Hausfrau etwas vorsetzen. Sie gehört dorthin, sie ist dort geboren. Man weiß hier alles über sie.«

»Was ist sie für eine Frau?« fragte der Bürger Peyrol, auf den die Schilderung jener Örtlichkeit einen angenehmen Eindruck gemacht hatte.

»Nun ... Sie sind ja auf dem Weg dorthin, Sie werden es bald genug selber sehen. Sie ist jung.«

»Und der Ehemann?« fragte Peyrol, der ein Flackern in den braunen, etwas verwaschenen Augen bemerkte, die ihn von unten her fest anblickten. »Warum siehst du mich so an? Ich habe doch wohl keine schwarze Haut, wie?«

Der andere lächelte und zeigte in seinem von dem ergrauenden Bart überwucherten Gesicht ein Gebiß, das ebenso gesund war wie das von Peyrol. In der Haltung dieses Mannes war zwar etwas Verlegenes, aber nichts Unfreundliches, und dem Satz, den er jetzt vorbrachte, konnte Peyrol entnehmen, daß jener einsame, behaarte, sonnenverbrannte, bloßfüßige Mensch neben seinem Steigbügel patriotische Bedenken in bezug auf Peyrols Gesinnung hatte. Und dies wollte ihm unerträglich vorkommen. Mit strenger Stimme verlangte er zu wissen, ob er irgendeiner Sorte von Landratte gleiche? Auch fluchte er

kräftig, allerdings ohne im geringsten von jener Würde ein-
zubüßen, die seinen Gesichtszügen, ja seiner ganzen Erscheinung eigentümlich war.

»Ein Adliger würde Sie vielleicht nicht für einen Adligen halten. Wie ein Bauer, ein Hausierer oder ein Patriot sehen Sie
aber auch nicht aus. Sowas wie Sie hat man hier seit vielen,
vielen Jahren nicht gesehen. Sie sehen aus wie ein, ich will
lieber nicht sagen, wie was. Priester könnten Sie sein.« Peyrol
blieb vor Verblüffung unbeweglich auf seinem Maultier sitzen.
›Träume ich?‹ fragte er sich. »Du bist doch wohl nicht verrückt, wie?« fragte er laut. »Weißt du, wovon du redest?
Schämst du dich nicht?«

»Nun, wenn schon«, beharrte der andere leichthin. »Es ist noch
keine zehn Jahre her, da habe ich einen von der Sorte gesehen,
die man Bischof nannte, und der hatte ein Gesicht, das sah
genau so aus wie Ihres.«

Ganz instinktiv strich Peyrol mit der Hand über sein Gesicht.
Was mochte daran so auffällig sein? Peyrol konnte sich nicht
entsinnen, je im Leben einen Bischof gesehen zu haben. Der
Bursche blieb aber dabei, er runzelte die Stirn und murmelte:
»Andere auch... ich erinnere mich sehr gut... so viele Jahre
ist es gar nicht her. Manche von ihnen halten sich immer noch
in den Dörfern verborgen, da mögen die Patrioten Jagd auf sie
machen, soviel sie wollen.«

Die Sonne brannte auf Gestein und Büsche, die Luft regte sich
nicht. Das Maultier ignorierte mit republikanischer Sitten-
strenge einen Stall, der kaum hundert Schritte entfernt war,
ließ Kopf und auch Ohren hängen und döste, als sei es mitten
in der Wüste. Der Hund, der sich zu Füßen seines Herrn augenscheinlich in Stein verwandelt hatte, schlief, die Nase am
Boden. Peyrol war in tiefes Grübeln versunken, und der Fischer
von der Lagune erwartete Peyrols Entschluß ohne Ungeduld
und mit dem Anflug eines Lächelns in seinem dichten Bart.

Peyrols Miene heiterte sich auf. Er hatte das Problem gelöst, doch war seiner Stimme eine Spur von Ärger anzumerken.

»Nun, da kann man nichts machen«, sagte er. »Das Rasieren habe ich von den Engländern gelernt. Das ist es wohl, was an mir auffällt.«

Bei dem Wort ›Engländer‹ spitzte der Fischer die Ohren.

»Man weiß nicht, wohin sie alle verschwunden sind«, murmelte er. »Noch vor drei Jahren wimmelte es an dieser Küste von ihnen und ihren großen Schiffen. Man sah nichts weiter als Engländer, sie kämpften an Land rings um Toulon, und dann, innerhalb einer einzigen Woche – hui! alle weg! Einfach fort, der Teufel weiß wohin. Wissen Sie es vielleicht?«

»Oh ja«, versicherte Peyrol, »ich weiß genau über die Engländer Bescheid, keine Sorge.«

»Ich mache mir keine Sorgen. Aber Sie sollten sich lieber überlegen, was Sie ihm sagen wollen; ich meine den Herrn der Ferme da drüben.«

»Er kann kein besserer Patriot sein als ich, auch wenn mein Gesicht rasiert ist«, sagte Peyrol. »Überhaupt kann das nur ein Wilder wie du sonderbar finden.«

Der Mann seufzte unerwartet und setzte sich am Fuße des Kreuzes auf die Erde. Der Hund zog sich sogleich ein wenig zurück und rollte sich zwischen den Grasbüscheln zusammen.

»Wir alle hier sind Wilde«, sagte der einsame Fischer von der Lagune. »Nur der Herr da draußen ist ein richtiger Patriot aus der Stadt. Falls Sie je nach Toulon kommen, können Sie die Leute dort nach ihm fragen, und dann werden Sie alles erfahren. Es fing damit an, daß er die Guillotine belieferte, als die Stadt vom Adel gesäubert wurde. Das war noch ehe die Engländer kamen. Nachdem die Engländer hinausgeworfen worden waren, hatte die Guillotine mehr Arbeit als sie erledigen konnte. Jetzt mußten die Verräter getötet werden, auf den Straßen, in den Kellern, in den Betten. Auf den Kais lagen die

26

Leichen von Männern und Frauen aufgeschichtet. Es gab eine ganze Menge von seiner Sorte, und man nannte sie Blutsäufer. Nun, er jedenfalls war einer von den Tüchtigsten. Ich möchte es Ihnen nur gesagt haben.«

Peyrol nickte. »Gut, daß ich es weiß«, sagte er. Und ehe er noch die Zügel aufnehmen und die Absätze in die Flanken des Maultiers stoßen konnte, war dieses, ganz als habe es nur Peyrols Worte abgewartet, auf den Pfad hinausgetrottet.

Nach weniger als fünf Minuten saß Peyrol vor dem langgestreckten, niedrigen Anbau eines großen Bauernhauses ab, das nur wenige Fenster aufwies und auf allen Seiten von steinernen Mauern umgeben war, die augenscheinlich nicht nur den Hof, sondern auch den einen und anderen Acker einfaßten. Zu seiner Linken stand ein Tor offen, doch Peyrol stieg vor der Haustür ab, durch die er in einen kahlen Raum trat, dessen Wände roh gekalkt waren, und in dem etliche Tische und Stühle umherstanden wie in einem ländlichen Café. Er pochte mit den Knöcheln auf die Tischplatte. Eine junge Frau mit schwarzem Haar und rotem Mund – sie trug einen rotweiß gestreiften Rock und um den Hals ein *Fichu* – erschien unter einer der Türen, die weiter ins Haus führten.

»*Bonjour, citoyenne*«, sagte Peyrol. Sie war von dem ungewohnten Anblick eines Fremden so verblüfft, daß sie nur mit einem gemurmelten »*bonjour*« antwortete, doch kam sie gleich darauf näher und wartete gespannt. Das vollkommene Oval ihres Gesichtes, die Farbe der glatten Wangen und die Weiße ihrer Kehle nötigten dem Bürger Peyrol ein lautloses Pfeifen ab.

»Selbstverständlich möchte ich etwas zu trinken«, sagte er, »doch was ich eigentlich möchte, ist eine Auskunft: kann ich hier wohnen?«

Das Klappern der Hufe eines Maultiers ließ Peyrol auffahren, doch hielt die Frau ihn zurück.

»Es geht nur zum Stall. Es weiß hier Bescheid. Und was Ihre Frage angeht: der *patron* wird sogleich da sein. Hier kommt sonst nie jemand her. Wie lange würden Sie denn bleiben wollen?«

Der alte Freibeuter musterte sie forschend.

»Um die Wahrheit zu sagen, *citoyenne*, es könnte vielleicht für immer sein.«

Sie entblößte breit lächelnd blitzende Zähne, doch lag in diesem Lächeln keine Freude, und auch der Ausdruck ihrer Augen, die unablässig umherwanderten, als sei Peyrol in Begleitung einer Schar von Gespenstern eingetreten, änderte sich nicht.

»Also ganz wie ich«, sagte sie. »Ich habe als Kind hier gelebt.«

»Sie sind doch auch jetzt kaum mehr als ein Kind«, sagte Peyrol und betrachtete sie mit einem Gefühl, das nun weder Überraschung noch Neugier mehr war, sondern in der Tiefe seiner Brust zu wohnen schien.

»Sind Sie Patriot?« fragte sie, ohne die Augen von Peyrols unsichtbarem Gefolge zu wenden.

Peyrol, der geglaubt hatte, ›diesen verwünschten Unfug‹ ein für alle mal hinter sich zu haben, wurde wütend und wußte nicht, was er darauf antworten sollte.

»Ich bin Franzose«, sagte er kurz angebunden.

»Arlette!« kam die Stimme einer älteren Frau durch die Tür.

»Was willst du?« erwiderte diese bereitwillig.

»Es ist ein gesatteltes Maultier in den Hof gekommen.«

»Schon gut. Der Reiter ist hier.« Ihre Augen, die vorübergehend einen steten Blick angenommen hatten, begannen wieder über den reglos sitzenden Peyrol hinweg und um ihn herumzuwandern. Sie trat einen Schritt näher und fragte leise und zutraulich: »Haben Sie je den Kopf einer Frau auf einer Pike herumgetragen?«

Peyrol, der Krieg und Blutvergießen auf See und an Land gesehen, der die Erstürmung von Städten durch kriegerische

Wilde erlebt, der bei Angriff und Verteidigung selbst getötet hatte, verschlug diese schlichte Frage zunächst die Sprache, veranlaßte ihn dann aber zu den bitteren Worten: »Nein. Ich habe gehört, wie Männer mit solchen Taten geprahlt haben, doch waren das Großmäuler mit den Herzen von Feiglingen. Aber was geht das Sie an?«

Sie hörte ihm gar nicht zu; ihre regelmäßigen weißen Zähne gruben sich in die Unterlippe, und ihre Blicke kamen keinen Moment zur Ruhe. Peyrol erinnerte sich plötzlich des Sansculotten, des Blutsäufers. Das war ihr Mann. War denn das möglich? ... Nun, vielleicht war es möglich. Er vermochte es nicht zu sagen. Er fühlte, wie fremd ihm das alles war. Ihren Blick auf sich zu ziehen, war ebenso leicht, wie eine junge Möwe mit der bloßen Hand zu fangen. Sie glich überhaupt einem Seevogel – unerreichbar. Doch Peyrol verstand sich darauf, Geduld zu üben, jene Geduld, die so oft eine Spielart des Mutes ist. Er war dafür berühmt. Diese Geduld hatte ihm in gefährlichen Lagen oft gute Dienste geleistet. Einmal hatte sie ihm wahr und wahrhaftig das Leben gerettet. Geduld, nichts als Geduld. Er konnte auch jetzt warten. Er wartete. Und plötzlich, wie gezähmt von seiner Geduld, senkte dieses sonderbare Wesen die Augenlider, trat nahe heran und begann, an seinem Rockaufschlag herumzufingern – geradeso wie ein Kind es getan hätte. Peyrol hätte vor Überraschung fast geächzt, doch blieb er völlig reglos. Er war sogar willens, die Luft anzuhalten. Er fühlte sich von einer weichen, unbestimmten Empfindung angerührt, und da ihre Lider so gesenkt blieben, daß die schwarzen Wimpern wie Schatten auf den blassen Wangen lagen, brauchte er nicht einmal zu lächeln. Seine Überraschung dauerte nur eine Sekunde. Was ihn überrascht hatte, war auch nicht die Art, sondern einzig die Plötzlichkeit ihres Tuns.

»Ja. Sie dürfen bleiben. Ich glaube, wir werden gut Freund miteinander. Ich will Ihnen von der Revolution erzählen.« Bei diesen Worten spürte Peyrol, der Mann der Gewalttaten, etwas wie einen kalten Hauch im Nacken.

»Wozu das?« fragte er.

»Es muß sein«, sagte sie und wich rasch von ihm zurück, wandte sich um, ohne den Blick zu heben, und war auch schon so lautlos verschwunden, als hätten ihre Füße den Boden nicht berührt. Peyrol gewahrte gleich darauf in der offenen Küchentüre den Kopf einer ältlichen Frau, die ihn furchtsam beäugte. Sie hatte magere, braune Wangen und trug ein geknotetes Kopftuch.

»Eine Flasche Wein, bitte«, rief er ihr zu.

III

Die unter Seeleuten verbreitete Neigung, so zu tun, als könne einen nichts überraschen, was Meer oder Land zu bieten haben, war auch Peyrol zur zweiten Natur geworden. Da er sich von Kindesbeinen an darin geübt hatte, jede Geste des Erstaunens angesichts außerordentlicher Anblicke und Ereignisse, befremdlicher Menschen, ungewohnter Gebräuche und erschreckender Naturereignisse zu unterlassen (zu denen beispielsweise Eruptionen von Vulkanen oder Wutausbrüche menschlicher Wesen zählen), war er wirklich allzu gleichmütig geworden, vielleicht aber auch nur völlig unfähig, seine Anteilnahme zu bekunden. Er hatte so vieles gesehen, was seltsam oder grauenerregend war, und er hatte so zahlreiche haarsträubende Erzählungen angehört, daß er innerlich im allgemeinen auf einen neuen Eindruck nur noch mit den Worten *»j'en ai vu bien d'autres«* reagierte. Das letzte Ereignis, das ihm Angst vor dem Übernatürlichen verursacht hatte, war der Tod jenes abgezehrten, grimmigen Weibes auf dem Bündel Lumpen gewesen – der Tod seiner Mutter also; und den letzten, beinahe überwältigenden Schrecken ganz anderer Art hatte er als Zwölfjähriger erlebt. Der unerhörte Lärm und die Menschenmassen im Hafen von Marseille waren für ihn etwas ganz Unfaßbares gewesen, vor dem er sich denn auch sogleich hinter einem Stapel von Getreidesäcken flüchtete, kaum daß man ihn von der Tartane weg an Land gejagt hatte. Dort hockte er zitternd, bis ein Mann mit Säbel und Dreispitz (der Junge hatte im Leben noch keinen solchen Hut oder Säbel gesehen) ihn am Oberarm packte und hervorzerrte; ein Mann, der ein Oger hätte sein können (nur hatte Peyrol von einem Oger nie gehört), der auf seine Weise jedenfalls beängstigender und märchenhafter wirkte als alles, was Peyrol sich hätte ausmalen können – falls er damals über die Gabe der Phantasie verfügt hätte. Ohne Zweifel war dies alles ausreichend, um einen vor Schrecken sterben zu lassen, doch er verfiel gar nicht auf diese Möglichkeit. Er wurde auch nicht verrückt; er war nur ein Kind und paßte sich im Laufe von vierundzwanzig Stunden fügsam den neuen, unerklärlichen Umständen an. Nach dieser Einführung ins Leben waren die weiteren Ereignisse in seinem Dasein: von fliegenden Fischen über Wale, dunkelhäutige Menschen, Korallenriffe und bluttriefende Decks bis zu den Qualen des Durstes im offenen Rettungsboot eigentlich nur noch Bagatellen. Als er aus den Berichten von Seeleuten und Reisenden aus Europa und aus der Lektüre vorjähriger Zeitungen von der Revolution in Frankreich und von gewissen Unsterblichen Prinzipien hörte, die den Tod zahlreicher Menschen verursachten, war er schon imstande, sich die Geschichte der Gegenwart auf seine Weise auszulegen. Da wurde also gemeutert, wurden Offiziere über Bord geworfen. Das hatte er selber auch schon zweimal mitgemacht – einmal auf dieser, einmal auf der anderen Seite. Was nun diesen besonderen Aufruhr betraf, so brauchte er nicht Partei zu ergreifen. Es war zu weit weg, war auch zu groß und nicht klar und eindeutig genug. Er eignete sich immerhin den Jargon der Revolutionäre an und benutzte ihn gelegentlich – mit heimlicher Verachtung. Seine Erlebnisse – von der tollen Liebe zu einem Chinesenmädchen bis zur Aufdeckung des Verrats seines Busenfreundes und Schiffskameraden (beides Dinge, von denen Peyrol sich gestehen mußte, daß er sie nie begriffen hatte) – dazwischen alle möglichen Erfahrungen mit Menschen und ihren Leidenschaften – hatten einen Tropfen Weltverachtung, ein wunderbares Beruhigungsmittel, jenem sonderbaren Gemisch beigefügt, das man als die Seele des heimgekehrten Peyrol hätte bezeichnen können.

Daher zeigte er nicht nur keine Überraschung, sondern er empfand auch keine, als er den Herrn von Escampobar erblickte, der durch die Frau in den Besitz der Ferme gekommen war. Der heimatlose Peyrol, der in der kahlen Gaststube saß, eine Flasche Wein vor sich, war gerade im Begriff, das Glas an den Mund zu setzen, als jener Mensch eintrat: der ehemals berühmte Redner in Bürgerversammlungen, Anführer rotbemützter Pöbelhaufen, Verfolger der Cidevants und Priester, Belieferer der Guillotine, kurzum ein Blutsäufer. Und der Bürger Peyrol, der bislang nie weniger als sechstausend Meilen Luftlinie von den Realitäten der Revolution entfernt gewesen war, stellte das Glas hin und sagte mit tiefer, ungerührter Stimme: »*Salut.*«

Der andere erwiderte mit einem viel gedämpfteren »*Salut*« und starrte dabei den Fremden an, von dem er bereits gehört hatte. Seine mandelförmigen Augen glänzten auffällig, und bis zu einem gewissen Grade traf das auch auf die Haut der hohen, jedoch gerundeten Wangenknochen zu; die waren rot wie die einer Maske, die im übrigen ganz aus gestutztem, kastanienfarbenem Haar bestand; es umwucherte die Lippen so dicht, daß der Schnitt des Mundes verborgen wurde, der möglicherweise einen höchst brutalen Eindruck gemacht hätte. Die sorgenzerfurchte Stirn und die lange, gerade Nase ließen auf ein gewisses Maß von strenger Schlichtheit schließen, wie sie einem glühenden Patrioten ansteht. In der Hand hielt er ein langes, blitzendes Messer, das er sogleich auf einen der Tische legte. Er schien nicht älter als dreißig Jahre zu sein, war von mittlerer Größe und gutem Wuchs, wirkte aber unentschlossen. Besonders die Haltung der Schultern deutete so etwas wie Ermüdung an. Dieser Eindruck war nicht aufdringlich, aber Peyrol konnte ihn deutlich wahrnehmen, während er erklärte, wer er war und was er wollte, und mit der Floskel schloß, er sei ein Seemann der Republik und habe im Angesicht des Feindes stets seine Pflicht getan.

Der Blutsäufer hatte aufmerksam zugehört. Die gewölbten Bögen seiner Augenbrauen gaben ihm ein verwundertes Aussehen. Nun trat er nahe zum Tisch und sprach mit bebender Stimme.

»Das mag sein. Und trotzdem sind Sie vielleicht korrupt. Die Matrosen sind durch das Gold der Tyrannen korrumpiert worden. Wer hätte das gedacht? Sie alle sprachen wie Patrioten, und doch fuhren die Engländer in den Hafen ein und landeten, ohne auf Widerstand zu stoßen, in der Stadt. Zwar haben die Heere der Revolution sie vertrieben, doch der Verrat geht im Lande um, er dringt aus der Erde, er sitzt bei uns am Herd, er lauert im Busen der Volksvertreter, unserer Väter, unserer Brüder. Es gab eine Zeit, da blühte die Bürgertugend, doch jetzt muß sie ihr Haupt verbergen. Und ich will Ihnen auch sagen warum: Es ist nicht genug getötet worden. Es scheint, als könne überhaupt nicht genug getötet werden. Das ist entmutigend. Sehen Sie nur, wohin wir geraten sind.«

Die Stimme erstarb ihm in der Kehle, als habe er plötzlich das Vertrauen zu sich selber verloren.

»Bringen Sie noch ein Glas, *citoyen*«, sagte Peyrol nach einer kurzen Pause, »und trinken Sie mit mir. Trinken wir auf den Tod aller Verräter. Ich verabscheue den Verrat wie jeder anständige Mensch, indessen...«

Er wartete, bis der andere zurück war, schenkte dann den Wein aus, und als sie angestoßen und die Gläser zur Hälfte geleert hatten, setzte er das seine ab und fuhr fort:

»Indessen habe ich mit Ihrer Politik nichts zu schaffen. Sehen Sie: ich war am anderen Ende der Welt! Sie können mich also nicht verdächtigen, ein Verräter zu sein. Ihr Sansculottes habt den Feinden der Republik hier zu Hause keinen Pardon gegeben, und ich, ich habe ihre Feinde in der Ferne getötet. Ihr habt hier ungerührt Köpfe abgehackt...«

Der andere schloß höchst überraschend die Augen und riß sie dann sehr weit auf. »Ganz recht, ganz recht«, stimmte er sehr leise zu. »Mitleid kann ein Verbrechen sein.«

»Richtig. Und ich habe den Feinden der Republik eines über den Schädel gehauen, wann immer ich sie vor mir hatte, ohne nach ihrer Zahl zu fragen. Es will mir scheinen, als sollten wir beide schon miteinander auskommen.«

Der Herr von Escampobar murmelte jedoch, in Zeiten wie diesen könne nichts unbesehen als Beweis hingenommen werden. Es gezieme einem jeden Patrioten, Mißtrauen in seiner Brust zu nähren. Peyrol ließ sich seine Ungeduld nicht anmerken. Er wurde für seine Selbstbeherrschung und die unerschütterliche gute Laune, mit der er die Unterhaltung geführt hatte, dadurch belohnt, daß er erreichte, was er wollte. Bürger Scevola Bron (denn so schien der Name des Herrn zu lauten), ein Gegenstand der Furcht und Abneigung für die anderen Bewohner der Halbinsel Giens, mochte dem Wunsche erlegen sein, jemanden bei sich zu haben, mit dem er gelegentlich ein Wort wechseln könnte. Von den Dörflern kam nie jemand zur Ferme, es würde auch nie jemand kommen, es sei denn, sie erschienen zuhauf und in feindlicher Absicht: sie nahmen seine Anwesenheit in ihrem Teil der Welt nur ungern und mit Abscheu hin.

»Woher kommen Sie?« war die letzte Frage, die er stellte.

»Ich habe Toulon vor zwei Tagen verlassen.«

Bürger Scevola schlug mit der Faust auf den Tisch, doch verflüchtigte sich die solchermaßen manifestierte Energie sogleich wieder.

»Und das ist die Stadt, in der, laut Verordnung, kein Stein auf dem anderen bleiben sollte!« klagte er sehr niedergeschlagen.

»Sie steht zum größten Teil noch«, versicherte Peyrol ihm in

35

aller Ruhe. »Ich weiß nicht, ob sie das Schicksal verdient hat, das, wie Sie sagen, ihr zugedacht war. Ich habe mich etwa einen Monat lang dort aufgehalten, und muß sagen, daß sich einige gute Patrioten dort befinden. Ich weiß es, weil ich mich mit ihnen allen angefreundet habe.« Daraufhin erwähnte Peyrol etliche Namen, die der ehemalige Sansculotte mit bitterem Lächeln und unheilvollem Schweigen zur Kenntnis nahm, als seien ihre Träger gerade gut genug für die Guillotine.

»Kommen Sie, ich will Ihnen zeigen, wo Sie schlafen sollen«, sagte er seufzend, und Peyrol war nur zu bereit, ihm zu folgen. Sie traten zusammen in die Küche. Durch die offene Haustür fiel ein breiter, rechteckiger Sonnenfleck auf den Fliesenboden. Draußen konnte man eine Schar erwartungsvoller Hühner sehen; eine gelbe Henne stolzierte unmittelbar auf der Schwelle hin und her und warf geziert den Kopf nach links und rechts. Eine alte Frau, die eine Schüssel mit Futter herbeibrachte, setzte die Schüssel ruckartig ab und starrte die Männer an. Die Größe und Sauberkeit der Küche beeindruckten Peyrol günstig. »Hier werden Sie mit uns zusammen essen«, sagte sein Führer ohne stehenzubleiben und betrat einen engen Korridor, von dem aus eine steile Stiege nach oben ging. Vom ersten Treppenabsatz an führte sie als schmale Wendeltreppe hinauf in die eigentliche Wohnung; und als der Sansculotte die feste Brettertür am Ende der Treppe aufstieß, eröffnete er Peyrol den Blick in ein niedriges, weitläufiges Zimmer. Ein Himmelbett stand darin, auf dem sich zusammengelegte Decken und überzählige Kissen häuften. Außerdem waren noch zwei Stühle da und ein großer ovaler Tisch.

»Wir könnten dieses Zimmer für Sie herrichten«, sagte der Besitzer, »ich weiß allerdings nicht, was die Frau dazu sagen wird«, fügte er hinzu.

Peyrol, dem sein sonderbarer Gesichtsausdruck auffiel, drehte sich um und sah das Mädchen in der Tür stehen. Es war, als sei sie ihnen schwebend gefolgt, denn weder durch ein Rascheln noch durch das Geräusch eines Schrittes hatte sie Peyrol das geringste Zeichen ihrer Anwesenheit gegeben. Die korallenfarbenen Lippen und das nur zum Teil von einer spitzenbesetzten Musselinhaube bedeckte rabenschwarze Haar ließen die reine Haut der weißen Wangen wunderbar hervortreten. Sie machte keine Geste, äußerte kein Wort, verhielt sich ganz so, als sei sie allein im Zimmer; und Peyrol wandte alsbald seinen Blick von dem stummen, abwesenden Gesicht mit den umherirrenden Augen ab.

Auf irgendeine Weise schien der Sansculotte indessen ihre Ansicht erfahren zu haben, denn er sagte: »Also gut, abgemacht«, worauf ein kurzes Schweigen eintrat. Die Frau ließ ihre dunklen Blicke immer und immer wieder hastig durchs Zimmer gehen, wobei auf ihre Lippen ein zögerndes Lächeln trat, weniger ein zerstreutes als vielmehr ein ganz unmotiviertes Lächeln; Peyrol beobachtete das mit einem Seitenblick, aber er konnte es sich keineswegs erklären. Sie schien sich überhaupt nicht an ihn zu erinnern.

»Sie haben nach drei Seiten Ausblick aufs Salzwasser«, bemerkte sein künftiger Gastgeber.

Das Wohnhaus war ein hohes Gebäude, und von dieser Dachstube mit ihren drei Fenstern sah man auf der einen Seite im Vordergrund die Reede von Hyères, und dahinter entrollte sich blau die ganze Küste bis Fréjus; auf der anderen Seite sah man den mächtigen Halbkreis der kahlen Erhebungen beiderseits der Einfahrt zum Hafen von Toulon, von Festungen und Batterien bewacht. Der Höhenzug endete mit dem Kap Cépet, einem abgeplatteten, düster zerklüfteten Berg, an dessen Fuß braune Steintrümmer lagen, und dessen Kuppe einen glänzend weißen Fleck aufwies – ein Cidevant-Marienheiligtum und ein Cidevant-Wallfahrtsort. Es schien, als werde der Mittagsglast von der gemmengleichen Oberfläche eines in unbesieg-

37

licher Farbkraft fleckenlosen strahlenden Meeres aufgesogen.
»Es ist hier wie auf einem Leuchtturm«, sagte Peyrol. »Kein
übler Aufenthalt für einen Seemann.« Der Anblick hingetupf-
ter Segel erfreute sein Herz. Die Landbevölkerung mit ihren
Häusern, ihren Tieren und ihren Beschäftigungen zählte nicht
für ihn. Eine fremde Küste wurde ihm nur lebendig durch die
Schiffe, die zu ihr gehörten: Kanus, Katamarane, Balahous,
Praus, Lorkas, ja auch nur Einbäume oder Flöße aus zusammengebundenen Stämmen und mit einer Schilfmatte als Segel,
von denen nackte, dunkelhäutige Männer vor weißen Sand-
bänken fischten, auf denen der tropische Himmel lastete, unheimlich in seiner Glut, drohende Gewitterwolken am Horizont. Hier jedoch lag ein heiteres Bild vor ihm, nichts von
Düsternis nahe der Küste, nichts von Gefahr im Sonnenschein.
Der Himmel ruhte wie schwebend auf der fernen dunstigen
Silhouette der Hügel, und die Reglosigkeit aller Dinge schien
in der Luft zu stehen wie eine schimmernde Fata Morgana. Auf
diesem gezeitenlosen Meer waren einige Tartanen im Petite
Passe zwischen Porquerolles und Kap Esterel in eine Flaute
geraten; doch ihre Ruhe war nicht die des Todes, sondern die
des leichten Schlummers, die Ruhe des lächelnden Zaubers
eines schönen mediterranen Tages, der manchmal ohne spür-
baren Atem, aber nie ohne Leben ist. Welchem Zauber Peyrol
während seiner Wanderfahrten auch begegnet sein mochte, nie
war er jedem Gedanken an Kampf und Tod so entrückt gewesen, nie hatte er sich so heiter geborgen gefühlt; seine Vergangenheit erschien ihm als eine Kette von finsteren Tagen
und dumpfen Nächten. Ihm war, als werde er nie wieder von
hier fortgehen mögen und als habe er stets geahnt, daß seine
freischweifende Seele hier eine Bleibe hatte. Jawohl, hier war
er am rechten Ort angelangt, geleitet nicht von Erwägungen
der Zweckmäßigkeit, sondern von einem instinktiven Verlangen nach Ruhe und Heimat.

Er wandte sich vom Fenster weg und fand sich Auge in Auge mit dem Sansculotte, der offenbar hinter ihm herangetreten war, vielleicht in der Absicht, ihm auf die Schulter zu tippen, nun aber das Gesicht abwandte. Die junge Frau war verschwunden.

»Sagen Sie, *patron*«, fragte Peyrol, »gibt es in der Nähe des Hauses vielleicht eine kleine Bucht, wo ich mir ein Boot halten könnte?«

»Wozu brauchen Sie ein Boot?«

»Um Fische zu fangen, wenn ich Lust dazu habe«, erwiderte Peyrol kurz angebunden.

Der Bürger Bron teilte ihm, plötzlich eingeschüchtert, mit, ein geeigneter Platz sei etwa zweihundert Schritt abwärts vom Hause zu finden. Es gebe freilich zahllose kleine Buchten im Verlauf der Küste, dies aber sei ein perfektes winziges Hafenbecken. Und die mandelförmigen Augen des Blutsäufers von Toulon umdüsterten sich seltsam, als er jetzt den aufmerksamen Peyrol betrachtete. Ein perfektes winziges Hafenbecken, wiederholte er, die Verbreiterung einer schmalen Einfahrt, die den Engländern sehr genau bekannt sei. Er verstummte. Peyrol bemerkte ohne große Feindseligkeit, doch mit Überzeugung, es sei sehr schwierig, die Engländer von einer Gegend fernzuhalten, wo Salzwasser, und sei es nur eine Pfütze, vorhanden ist; allerdings könne er sich nicht vorstellen, was englische Seeleute gerade in dieser Ecke zu suchen haben sollten.

»Das geschah ganz zu Anfang«, berichtete der Patriot in düsterem Ton, »als sich ihre Flotte hier an der Küste herumtrieb, ehe die antirevolutionären Verräter ihnen den Hafen von Toulon öffneten und die geheiligte Erde des Vaterlandes für eine Handvoll Gold verschacherten. Jawohl, bevor dieses Verbrechen begangen wurde, pflegten englische Offiziere des Nachts in jener Bucht zu landen und hierher, zu eben diesem Hause heraufzusteigen.«

39

»So eine Unverfrorenheit!« bemerkte Peyrol, der wirklich überrascht war. »Aber das sieht ihnen ähnlich.« Immerhin sei das doch kaum zu glauben. Vielleicht sei das bloß ein Märchen? Der Patriot warf mit übertriebener Gebärde einen Arm hoch. »Ich habe vor dem Tribunal die Wahrheit dieser Vorgänge beschworen«, sagte er. »Es war eine dunkle Geschichte«, rief er schrill und hielt dann inne. »Ihren Vater hat es das Leben gekostet«, fuhr er leise fort, »auch ihre Mutter – aber das Vaterland war in Gefahr«, fügte er noch leiser hinzu.

Peyrol wandte sich weg und trat ans Westfenster, von wo er nach Toulon sehen konnte. Inmitten der weiten Wasserfläche beim Kap Cicié lag ein schlanker Zweidecker reglos in der Flaute. Die kleinen dunklen Punkte auf dem Wasser waren seine Beiboote, die versuchten, ihn in die gewünschte Richtung zu ziehen. Peyrol beobachtete das eine Weile und ging dann zurück in die Mitte des Zimmers.

»Haben Sie den Vater eigenhändig aus dem Haus und auf die Guillotine geschleppt?« fragte er in seinem sachlichen Ton. Der Patriot schüttelte mit niedergeschlagenen Augen nachdenklich den Kopf. »Nein, er kam kurz vor der Evakuierung selber nach Toulon, dieser Freund der Engländer! Er segelte in seiner eigenen Tartane hin, die immer noch hier bei Madrague liegt. Er hatte seine Frau bei sich. Sie fuhren hinüber, um ihre Tochter abzuholen, die damals noch bei den leisetreterischen alten Nonnen war. Die siegreichen Republikaner rückten heran, und die Sklaven der Tyrannen mußten fliehen!«

»Sie waren also gekommen, um ihre Tochter abzuholen«, sinnierte Peyrol. »Merkwürdig, daß so schuldbeladene...« Der Patriot blickte wild auf. »Es geschah Gerechtigkeit!« rief er aus. »Sie waren Feinde der Revolution – und wenn sie auch im Leben kein einziges Wort mit einem Engländer gesprochen haben sollten, so sind sie doch mitschuldig an dem abscheulichen Verbrechen.«

»Hm. Sie verspäteten sich also auf der Suche nach ihrer Tochter«, knurrte Peyrol. »Und so haben denn Sie schließlich das Mädchen heimgebracht.«

»So ist es«, sagte der *patron*. Er senkte die Augen vor dem forschenden Blick des anderen, hob sie aber gleich darauf wieder und sah Peyrol fest ins Gesicht. »Die abergläubische Götzenlehre hat in ihrer Seele keinen Widerhall gefunden«, erklärte er schwärmerisch. »Ich führte eine Patriotin nach Hause.«

Peyrol nickte kaum merklich. Er war völlig gelassen. »Nun ja«, sagte er, »das alles soll mich nicht daran hindern, in dieser Stube sehr gut zu schlafen. Ich habe mir immer gewünscht, auf einem Leuchtturm zu leben, falls es mir leid werden sollte, auf See zu sein. Dieses Zimmer ist einer Leuchtkammer so ähnlich wie möglich. Sie werden mich also morgen mit meinen Habseligkeiten wiedersehen«, fügte er hinzu, während er zur Treppe ging. »*Salut, citoyen.*«

Peyrol verfügte über ein solches Maß an Selbstbeherrschung, daß er beinahe schon sanftmütig wirkte. Im fernen Osten gab es Leute, die fest davon überzeugt waren, Peyrol sei zwar ein ruhiger, in Wahrheit aber ein schrecklicher Mensch. Und sie konnten einschlägige Beispiele anführen, die ihre Meinung ganz vortrefflich bestätigten. Peyrol indessen meinte, er habe in allen möglichen gefährlichen Lagen nie etwas anderes getan, als was ihm die Vernunft eingab – habe bloß vermieden, sich von der Eigentümlichkeit, der Grausamkeit oder auch dem Risiko bestimmter Situationen hinreißen zu lassen. Er paßte sich dem besonderen Charakter eines Ereignisses, ja geradezu dessen Wesen vermittels einer angeborenen, ganz unsentimentalen Reaktionsfähigkeit an. Sentimentalität war ihm als etwas Gekünsteltes völlig fremd, und hätte er sie am Werke gesehen, so wäre sie ihm ganz und gar unerklärlich geblieben. Diese ihm angeborene Bereitschaft, die Dinge hinzunehmen wie sie waren, machte ihn zu einem brauchbaren Hausgenossen auf

Escampobar. Er erschien, wie verabredet, mit seiner ganzen Ladung, wie er es nannte, und wurde diesmal gleich an der Haustür von der jungen Frau mit dem bleichen Gesicht und den umherirrenden Augen empfangen. Nichts in der ihr bekannten Umgebung war imstande, ihre Blicke festzuhalten. Redete man mit ihr, so schaute sie nach rechts und links oder in die Ferne, so daß man bezweifeln mußte, ob sie überhaupt verstehe, was man sagte. Doch hatte sie in der Tat alle ihre Sinne beisammen. Ihre seltsame Suche nach etwas, was nicht da war, ließ ihr immerhin Zeit, Peyrol einmal zuzulächeln. Nachdem sie sich in die Küche zurückgezogen hatte, beobachtete sie – soweit ihre ruhelosen Blicke ihr ein Beobachten überhaupt gestatteten –, wie Peyrol mit seiner Ladung die Treppe hinaufstieg. Da der wertvollste Teil seines Gepäcks an ihm selber festgeschnallt war, ging er, sobald er allein in jenem Zimmer war, das dem Laternenraum eines Leuchtturms glich, daran, sich von seiner Last zu befreien und sie ans Fußende des Bettes zu legen. Dann setzte er sich, stützte die Ellenbogen schwer auf den Tisch und betrachtete den Schatz mit einem mächtigen Gefühl der Erleichterung. Diese Beute hatte keinen Augenblick sein Gewissen, sondern bloß hin und wieder seinen Körper beschwert; wenn ihn überhaupt etwas bedrückt hatte, dann war es nicht die Last des Geheimnisses gewesen, sondern das sehr reale Gewicht, das unbequem und lästig, gegen Ende eines jeden Tages geradezu unerträglich geworden war. Es verursachte dem beweglichen, tiefatmenden Seemann ein Gefühl, nicht besser zu sein als ein überladenes Lasttier, und das hatte zur Folge, daß, was an Mitleid in Peyrol vorhanden war, sich nun auch auf die Vierbeiner erstreckte, welche auf dieser Erde die Lasten des Menschen schleppen. Die Anforderungen eines ungesetzlichen Lebens hatten Peyrol gelehrt, hart zu sein; aber er war niemals grausam gewesen.

Im Stuhl ausgestreckt, nackt bis zum Gürtel, robust und grau-

42

haarig, den Kopf mit dem römischen Profil auf den kräftigen, tätowierten Unterarm gestützt, verharrte er ruhend, die Augen nachdenklich auf den Schatz geheftet. Doch dachte Peyrol nicht (wie ein oberflächlicher Beobachter hätte meinen können) darüber nach, wo das beste Versteck wäre. Es war nicht so, daß er im Umgang mit solchem Besitz, der ihm immer so schnell zwischen den Fingern zerronnen war, nicht große Erfahrung gehabt hätte. Was ihn nachdenklich stimmte, war der Umstand, daß es sich hier nicht um den Teil einer Beute handelte, die durch Entbehrung, Gefahr, Mühe und Risiko schwer errungen war, sondern um einen persönlichen Glücksfall. Er wußte, was Beute war und wie schnell sie sich verflüchtigte; dies hier jedoch hatte sich für die Dauer bei ihm eingefunden. Er hatte es hier bei sich, an einem Ort, der so fern von den Schauplätzen seines Lebens war wie eine andere Welt. Dieser Schatz konnte weder vertrunken noch verspielt noch in anderer vertrauter Weise durchgebracht werden, man konnte ihn nicht einmal verschenken. In jenem Zimmer, das sich immerhin etliche Fuß über dem Boden des von der Revolution heimgesuchten Vaterlandes befand, in dem er fremder war als irgendwo sonst auf der Welt, in dieser geräumigen Dachkammer, die voller Licht war und an drei Seiten umgeben von der See, empfand Peyrol ein starkes Gefühl von Frieden und Geborgenheit und sah nicht recht ein, warum er sich des Schatzes wegen so sehr den Kopf zerbrechen sollte. Es wurde ihm klar, daß er sich eigentlich nie viel aus seinem Anteil an Beute gemacht hatte. Nein. Und besondere Sorgfalt gerade an diese Beute zu wenden, deren Verlust niemand rächen und auf deren Wiederbeschaffung es niemand abgesehen haben konnte, wäre geradezu lächerlich gewesen. Peyrol stand auf und öffnete die große Seekiste aus Sandelholz, vor der ein mächtiges Schloß hing, ebenfalls Teil einer längst vergessenen Beute, die ihm in einer chinesischen Stadt am Golf von Tonking zugefallen war;

damals war er in Gesellschaft gewisser Küstenbrüder gewesen,
hatte des Nachts mit ihnen einen portugiesischen Schoner ge-
entert, die Besatzung in die Boote gejagt und auf eigene Faust
eine kleine Reise unternommen. Das war vor vielen, vielen
Jahren gewesen. Damals war er jung – und die Seekiste fiel
ihm deshalb als Beute zu, weil niemand mit dem unhandlichen
Ding zu schaffen haben wollte, und auch darum, weil das
Metall der Beschläge, die die Kiste verstärkten, nicht Gold
war, sondern nur Messing. Er in seiner Arglosigkeit hatte
sich über diese Kiste gefreut, sie an alle möglichen Orte mit-
geschleppt, sie einmal auch für ein ganzes Jahr in einer dunklen, lärmerfüllten Höhle an der Küste von Madagaskar ab-
gestellt. Er hatte die Kiste bei mehreren eingeborenen Häupt-
lingen gelassen; bei Arabern; bei dem Besitzer einer Spielhölle
in Pondicherry – kurzum, bei vielen seiner Freunde und sogar bei einigen seiner Feinde. Einmal hatte er sie ganz und gar
verloren.

Damals war unter einigen Küstenbrüdern ganz plötzlich ein
Streit aufgeflammt, es handelte sich um persönliche Rivalitä-
ten, Dinge, von denen er nicht mehr wußte als ein neugebore-
nes Kind. Jemand – wer es gewesen war, hatte er nie erfahren – versetzte ihm einen furchtbaren Stich; da lag er mit
klaffender Wunde, und das Blut lief aus ihm heraus wie Wein
aus einem aufgerissenen Schlauch, bis einer seiner Freunde,
ein junger Engländer, herbeigelaufen kam und ihn heraus-
holte. Danach war er tagelang ohne Bewußtsein gewesen.
Wenn er die Narbe sah, konnte er auch jetzt noch nicht begreifen, daß er damals nicht gestorben war. Dieser Vorfall, zusammen mit der Verwundung und der folgenden schmerzhaf-
ten Genesung, brachte die erste milde Ernüchterung. Als er
dann viele Jahre später seine Ansichten über den ungesetzlichen Lebenswandel geändert hatte und auf der *Hirondelle*,
einem verhältnismäßig anständigen Kaperschiff, Dienst tat,

erblickte er die Kiste ausgerechnet in Port Louis, in dem winzigen Laden eines Hindus. Es war zu später Stunde, die Gasse menschenleer, und Peyrol trat ein, um im guten sein Eigentum zurückzufordern, in einer Hand einen Dollar, in der anderen eine Pistole. Er wurde kniefällig angefleht, die Kiste mitzunehmen. Er schleppte die leere Kiste auf der Schulter fort. In der gleichen Nacht noch stach das Kaperschiff in See. Danach erst fand er Zeit festzustellen, daß er sich nicht geirrt hatte. Bald nachdem er die Kiste als Beute zugeteilt bekommen, hatte er in grimmiger Laune mit der Messerspitze gekreuzte Knochen und Totenkopf in den Kistendeckel eingeschnitten und die Schnitte mit chinesischem Rot gefüllt. Und da war also die Zeichnung, frisch wie am ersten Tag.

In der lichtdurchfluteten Dachstube von Escampobar öffnete der grauhaarige Peyrol die Seekiste, räumte sie aus und legte ihren Inhalt ordentlich auf den Fußboden. Dann breitete er die Weste – Taschen nach unten – auf dem Boden der Kiste aus, den sie genau bedeckte. Auf den Knien liegend packte er die Kiste wieder voll. Ein oder zwei Wolljacken, eine feine Tuchjacke, ein Rest Musselin aus Madapolam – kostbares Zeug, für das er keinerlei Verwendung hatte –, eine Anzahl feiner weißer Hemden. Niemand würde es wagen, in seiner Kiste zu wühlen, dachte er bei sich mit der Überzeugung eines Menschen, der zu seiner Zeit gefürchtet worden ist. Dann stand er auf, blickte sich um, reckte die mächtigen Arme, und in der Überzeugung, daß er sich hier sehr behaglich fühlen werde, hörte er auf, an den Schatz, an die Zukunft, ja selbst an den kommenden Tag zu denken.

IV

Unterstützt von einer winzigen Spiegelscherbe, die er in den Rahmen des Ostfensters geklemmt hatte, handhabte Peyrol das unverwüstliche englische Rasiermesser – denn es war Sonntag. Die Jahre der politischen Umwälzungen, die mit der Proklamierung Napoleons zum Ersten Konsul auf Lebzeiten endeten, waren an Peyrol nur insofern nicht spurlos vorübergegangen, als sie seinen dichten Haarschopf beinahe weiß gefärbt hatten. Nachdem er das Rasiermesser achtsam versorgt hatte, schlüpfte er mit den bestrumpften Beinen in ein Paar Holzschuhe von der allerbesten Machart und polterte treppab. Seine Kniehosen aus braunem Tuch waren unten nicht zugebunden, und die Ärmel seines Hemdes aufgekrempelt. Dieser zum Landmann gewordene Seeräuber fühlte sich bereits völlig zu Hause auf der Ferme, die wie ein Leuchtturm den Blick auf zwei Reeden und das offene Meer freigab. Er schritt durch die Küche. Die Küche sah genauso aus wie damals, als er sie zuerst gesehen: auf dem Fußboden Sonnenflecken, an den Wänden blankgeputztes Kupfergerät, der Tisch in der Mitte schneeweiß gescheuert; nur die alte Frau, Tante Catherine, schien ein schärferes Profil bekommen zu haben. Selbst die Henne, die, auf der Schwelle stehend, geziert den Kopf verdrehte, hätte dieselbe sein können, die dort vor acht Jahren gestanden hatte. Peyrol scheuchte sie weg, ging in den Hof und wusch sich ausgiebig unter der Pumpe. Als er aus dem Hof zurückkam, sah er so frisch und gesund aus, daß die alte Catherine ihm mit dünner Stimme zu seiner »*bonne mine*« gratulierte. Die Sitten hatten sich gewandelt, und sie redete ihn nicht mehr als *citoyen* an,

46

sondern als *Monsieur* Peyrol. Er antwortete prompt, er sei bereit, sie selbigen Tages zum Altar zu führen, falls ihr Herz noch frei sei. Dies war ein so alter Witz, daß Catherine nicht im geringsten darauf achtete, doch folgte sie ihm mit den Blicken, als er von der Küche in die *salle* ging, wo es kühl war. Tische und Stühle waren blankgescheuert, und niemand hielt sich hier auf. Peyrol ging hindurch und trat vors Haus. Er ließ die Haustür offen. Beim Klappern seiner Holzschuhe drehte sich ein junger Mann um, der auf der Bank vor dem Haus saß, und begrüßte ihn mit nachlässigem Nicken. Sein Gesicht war länglich, glatt und sonnenverbrannt, die Nase ein wenig gebogen, das Kinn wohlgeformt. Die dunkelblaue Uniformjacke trug er offen über einem weißen Hemd, die Enden der schwarzen geknoteten Halsbinde baumelten lang herunter. Weiße Kniehosen, Strümpfe und Schuhe mit Stahlschnallen vervollständigten sein Kostüm. Ein am Schulterkoppel zu tragender Säbel mit Messingheft und schwarzer Scheide lag vor ihm auf der Erde. Peyrol, silberhaarig und von strotzend roter Gesichtsfarbe, setzte sich etwas von ihm entfernt auf die Bank. Der ebene, steinige Boden vor dem Haus ging schon nach wenigen Schritten in eine zum Meer abfallende Schlucht über, deren Wände von kahlen Hügeln gebildet wurden. Der alte Freibeuter und der junge Marineoffizier blickten, die Arme vor der Brust gekreuzt, ins Weite, ohne ein Wort zu wechseln, ganz wie enge Freunde oder zurückhaltende Fremde. Sie rührten sich auch nicht, als der *patron* von Escampobar mit einer Mistgabel auf der Schulter aus dem Hoftor trat und den ebenen Platz vor dem Haus überquerte. Seine beschmutzten Hände, die aufgerollten Hemdsärmel, die Mistgabel auf seiner Schulter, das Werktägliche seiner ganzen Erscheinung wirkten einerseits wie eine Demonstration; andererseits schlurfte der Patriot so lustlos in seinen Holzschuhen durch die frische Luft des jungen Morgens, wie es ein echter Landmann nicht einmal

47

am Ende eines mühevollen Tages getan hätte. Doch machte er auch wieder keinen geschwächten Eindruck. Das ovale Gesicht mit den gerundeten Jochbeinen war nach wie vor faltenlos, abgesehen von den Runzeln in den Winkeln der mandelförmigen, glänzenden, visionstrunkenen Augen, die sich nicht verändert hatten, seit die Blicke des alten Peyrol zum erstenmal auf ihnen geruht. Einzig einige wenige weiße Haare in dem dichten Schopf und dem dünnen Bart zeigten, daß er gealtert war, aber man mußte schon scharf hinsehen, um sie überhaupt zu bemerken. Über den unveränderlichen Felsen am Ende der Halbinsel schien die Zeit stillgestanden und müßig geblieben zu sein, während das Grüppchen der auf dem südlichsten Ende Frankreichs ausgesetzten Menschen sich unermüdlich damit geplagt hatte, einer hartherzigen Erde Brot und Wein abzuringen.

Der *patron* ging starren Blickes an den beiden Männern vorbei und auf die Tür der *salle* zu, die Peyrol offengelassen hatte. Ehe er eintrat, lehnte er die Mistgabel an die Mauer. Das Läuten einer fernen Glocke, der Glocke des Dorfes, wo der heimgekehrte Freibeuter vor Jahren sein Maultier getränkt und den Worten des Mannes mit dem Hund gelauscht, drang schwach und abgehackt in die Stille des höher gelegenen Landes. Das zwischen den beiden stummen Betrachtern des Meeres herrschende Schweigen wurde durch den Knall gebrochen, mit dem die Tür der *salle* ins Schloß fiel.

»Ruht sich der Kerl denn nie aus?« fragte der junge Mann, ohne den Kopf zu wenden, mit leiser, gleichmütiger Stimme, die das gedämpfte Läuten übertönte.

»Sonntags nie«, erwiderte der Freibeuter in dem gleichen uninteressierten Ton. »Was erwarten Sie auch? Die Kirchenglocke ist Gift für ihn. Ich glaube wirklich, daß der Kerl schon als Sansculotte auf die Welt gekommen ist. Jeden *décadi* zieht er seine besten Sachen an, stülpt sich die rote Mütze auf und und

48

wandelt zwischen den Gebäuden umher wie eine verlorene Seele bei Tageslicht. Ein Jakobiner, wie er leibt und lebt.«

»Ja... es gibt in Frankreich kaum ein Dorf, das nicht ein oder zwei Sansculottes hat. Manchen ist es allerdings gelungen, die Haut zu wechseln, auch wenn sie innerlich die gleichen geblieben sind.«

»Dieser hier häutet sich bestimmt nicht, und was sein Inneres angeht, so hat er da nichts, was sich ändern könnte. Erinnert sich denn in Toulon niemand an ihn? Es ist doch noch nicht gar so lange her. Und doch...« Peyrol wandte sich ein wenig zu dem jungen Mann hin – »und doch, wenn man ihn so betrachtet...« Der Offizier nickte, und sein Gesicht zeigte flüchtig einen besorgten Ausdruck, der Peyrols Aufmerksamkeit nicht entging, während er gelassen fortfuhr:

»Vor einiger Zeit, als die Priester nach und nach wieder in ihre Gemeinden zurückkehrten, da hat dieser Bursche da« – Peyrol machte eine ruckartige Kopfbewegung zur Tür der *salle* hin – »da hat er sich, man soll es nicht glauben, mit dem Säbel an der Seite und der roten Mütze auf dem Kopf auf den Weg ins Dorf gemacht. Er ging auf die Kirchentür los. Was er da wollte, ahne ich nicht. Gewiß nicht die üblichen Gebete sprechen. Nun, die Bevölkerung war sehr glücklich darüber, daß die Kirche wieder geöffnet worden war, und als er so dahinging, sah ihn eine Frau, die aus dem Fenster schaute, und schlug Alarm. ›Heda! Seht! Der Jakobiner, der Sansculotte, der Blutsäufer! Seht ihn doch!‹ Es liefen also ein paar Weiber herzu, und auch der eine und andere Mann, der auf dem Acker nahe am Haus arbeitete, kam über die Mauer gesprungen. Bald schon hatte sich eine Menge gesammelt, meist Frauen, jede mit einem Gerät, das ihr gerade zur Hand war – Stöcke, Küchenmesser, irgendwas. Dann stießen etliche Männer mit Knüppeln und Schaufeln am Dorfbrunnen zu ihnen. Ihm gefiel das nicht besonders. Aber was sollte er machen? Er nahm Reißaus, den

49

Hügel hinauf. Es gehört nämlich Schneid dazu, einer Rotte wütender Weiber gegenüberzutreten. Er rannte, ohne sich umzuwenden, den Karrenweg entlang, die Menge immer hinterher. Man brüllte: ›*A mort! A mort! Le buveur de sang!*‹ Seit Jahren hatten die Leute ihn auf Grund der Geschichten, die über ihn im Umlauf waren, verabscheut und gehaßt, und nun glaubten sie, ihre Zeit sei gekommen. Der Priester hörte den Lärm und kam an die Tür. Er sah mit einem Blick, was da vorging. Dieser Priester ist ungefähr vierzig Jahre alt, dabei aber ein zäher, langbeiniger Bursche und recht beweglich. Der nahm also seine Röcke in die Hand und wetzte los, sprang über die Mauern, um abzukürzen, und hüpfte wie eine geweihte Gemse von Stein zu Stein. Ich war oben in meinem Zimmer und hörte von da aus den Lärm. Ich trat ans Fenster und sah, wie die wilde Jagd mit Hussah und Hei hinter ihm her war. Ich dachte gerade, der Narr wird uns noch alle diese Furien ins Haus ziehen, und die werden alles kurz und klein schlagen und uns samt und sonders umbringen, aber da fuhr im allerletzten Moment der Priester dazwischen. Er hätte Scevola mühelos ein Bein stellen können, aber er ließ ihn vorbei und baute sich mit ausgebreiteten Armen vor seine Schäfchen hin. Das wirkte. Er rettete den *patron*. Was ihm dann einfiel, um seine Gläubigen zu beschwichtigen, weiß ich nicht, doch war das eben noch ganz im Anfang, und das Dorf mochte seinen neuen Priester sehr gern. Er hätte die Leute um den Finger wickeln können. Ich hatte Kopf und Schultern zum Fenster rausgestreckt – interessant genug war es nämlich. Die Leute hätten ohne weiteres die ganze verfluchte Brut – so nannte man uns im Dorf – massakriert; und wer steht im Zimmer, als ich mich vom Fenster zurückziehe? Die *patronne*. Sie wollte auch zuschauen. Sie waren ja oft genug hier und wissen, wie sie lautlos in Haus und Hof umhergeistert. Ein Blatt berührt nicht leichter die Erde als ihre Füße. Nun, ich vermute, sie

50

wußte nicht, daß ich oben war, und kam einfach herein auf ihrer ewigen Suche nach irgendwas, das nicht da ist, und als sie mich so stehen und den Kopf hinausstrecken sah, kam sie heran, um zu sehen, was es da gäbe. Sie war nicht bleicher als gewöhnlich, doch hatte sie alle zehn Finger in ihr Kleid verkrampft... so, hier über der Brust. Ich war starr vor Staunen. Noch ehe ich die Sprache wiederfand, drehte sie sich um und ging so geräuschlos hinaus wie ihr eigener Schatten.«

Als Peyrol verstummte, ließ sich die Kirchenglocke wiederum schwach vernehmen, doch hörte sie so plötzlich zu läuten auf, wie sie begonnen hatte.

»*A propos,* ihr Schatten, der ist mir ganz gut bekannt«, bemerkte der junge Offizier lässig.

Jetzt machte der alte Peyrol eine deutliche Bewegung. »Was wollen Sie damit sagen?« fragte er. »Woher ist er Ihnen bekannt?«

»In dem Zimmer, das man mir letzte Nacht zum Schlafen angewiesen hat, gibt es nur ein Fenster, und an dem stand ich und hielt Ausschau. Ich bin schließlich hier, um Ausschau zu halten, nicht wahr? Ich war plötzlich aufgewacht, und da ich nicht wieder einschlafen konnte, ging ich ans Fenster und sah hinaus.«

»Man sieht keine Schatten in der Luft«, knurrte der alte Peyrol.

»Nein, aber auf der Erde sieht man sie, schön schwarz sogar, wenn der Mond gerade voll ist. Der Schatten fiel hier auf diesen kleinen Platz, von der Hausecke her.«

»Die *patronne*«, stieß Peyrol leise hervor. »Unmöglich.«

»Streunt vielleicht die alte Frau aus der Küche des Nachts umher, oder kommt jemand aus dem Dorf hier heraufgewandelt?« fragte der Offizier gelassen. »Sie sollten eigentlich die Gewohnheiten der Leute hier kennen. Es war der Schatten einer Frau. Der Mond stand im Westen, und der Schatten fiel von jener Hausecke dort schräg über den Platz, huschte vor und dann wieder zurück. Ich kenne doch ihren Schatten, wenn ich ihn sehe.«

»Haben Sie auch was gehört?« fragte Peyrol nach einem Augenblick sichtlichen Zögerns.

»Da das Fenster geöffnet war, konnte ich jemanden schnarchen hören. Sie können das nicht gewesen sein, Sie wohnen zu hoch. Und überdies, dem Schnarchen nach zu urteilen, war es jemand, der ein reines Gewissen hatte. Nicht so jemand wie Sie, Sie alter Seeräuber – denn das waren Sie doch, und wenn Sie tausendmal das Dienstzeugnis eines Stückmeisters vorweisen können.« Er blickte verstohlen zu Peyrol hin. »Warum sehen Sie so besorgt drein?«

»Sie wandert umher, das kann man nicht bestreiten«, murmelte Peyrol und machte keinen Versuch zu verbergen, daß er bedrückt war.

»Augenscheinlich. Ich weiß sehr wohl, wie ein Schatten aussieht, und als ich diesen sah, erschreckte er mich nicht, jedenfalls nicht annähernd so sehr, wie der bloße Bericht von dieser Erscheinung Sie zu erschrecken scheint. Übrigens muß Ihr Sansculotte da einen festen Schlaf haben. Diese Belieferer der Guillotine haben allesamt ein erstklassiges, feuerfestes republikanisches Gewissen. Ich habe sie in meiner Heimat im Norden am Werke gesehen, als ich noch ein Junge war und barfuß in der Gosse spielte...«

»Der Kerl schläft immer in jenem Zimmer«, sagte Peyrol ernst.

»Das tut aber auch gar nichts zur Sache«, fuhr der Offizier fort, »es sei denn, es wäre dem wandernden Schatten angenehm gewesen zu hören, wie da ein Gewissen der Ruhe pflegt.«

Peyrol war erregt und dämpfte seine Stimme mit Gewalt.

»Leutnant«, sagte er, »hätte ich Ihnen nicht von Anfang an ins Herz geschaut, so hätte ich mir längst was ausgedacht, um Sie loszuwerden.«

Der Leutnant sah wieder verstohlen zu ihm hin, und Peyrol

ließ die geschlossene Faust schwer auf den Oberschenkel fallen. »Ich bin der alte Peyrol, und diese Ferme, die so einsam ist wie ein Schiff auf See, ist für mich wirklich ein Schiff, und alle darin sind meine Schiffskameraden. Lassen wir den *patron* ruhig beiseite. Ich will wissen, ob Sie was gehört haben. Irgendein Geräusch? Gemurmel? Schritte?« Bei diesen Worten trat ein Lächeln bitteren Spottes auf die Lippen des jungen Mannes. »Nicht mal den Schritt einer Fee. Können Sie ein Blatt fallen hören? Noch dazu, wenn der Terrorist über Ihnen schnarcht wie eine Säge? …« Ohne die verschränkten Arme zu lösen, wandte er sich Peyrol zu, der ihn drängend ansah.

»Sie wollen es also wissen, wie? Nun, ich werde Ihnen erzählen, was ich gehört habe, und dann können Sie sich einen Vers darauf machen. Ich hörte jemanden stolpern. Es war keine Fee, die da stolperte, sondern jemand, der schwere Stiefel trug. Dann rollte, hier vor uns, ein Stein den Abhang hinunter und wollte gar nicht aufhören; dann war Totenstille. Ich sah nichts, was sich bewegte. So wie der Mond stand, lag die Schlucht da vorne in schwarzem Schatten. Ich versuchte aber auch gar nicht, was zu sehen.«

Peyrol stützte einen Ellenbogen aufs Knie und den Kopf in die Hand. Der Offizier murmelte derweile zwischen den Zähnen hindurch: »Machen Sie sich Ihren eigenen Vers darauf.«

Peyrol schüttelte leicht den Kopf. Nachdem er zu Ende war, lehnte der junge Offizier sich gegen die Hauswand. Im nächsten Augenblick drang der Abschuß einer Kanone zu ihnen herauf; der Schall wanderte in Form eines dumpfen Knalls um die Hügel zu ihrer Linken, gefolgt von einem Geräusch, das einem Seufzer ähnelte und zwischen den steinigen Kämmen und Felsbrocken einen Ausschlupf zu suchen schien.

»Das ist die englische Korvette, die schon die ganze letzte Woche immer wieder vor Hyères aufgetaucht ist«, sagte der junge Offizier und ergriff hurtig den Säbel. Er stand auf und

53

hängte die Waffe ein, während Peyrol sich bedächtiger erhob. Der Leutnant sagte: »Sie kann nicht mehr an ihrem gestrigen Ankerplatz liegen. Sie muß herübergekommen sein. In der Nacht hat der Wind mehrmals kräftig aufgefrischt. Worauf kann sie aber da unten im Petite Passe feuern? Wir wollen doch lieber mal nachsehen.«

Er ging mit großen Schritten ab, gefolgt von Peyrol. Nirgends war ein menschliches Wesen zu sehen, und man vernahm auch kein Lebenszeichen, abgesehen vom Muhen einer Kuh, das gedämpft hinter einer Mauer her zu ihnen drang. Peyrol blieb dem Offizier dicht auf den Fersen, der eilig dem Fußpfad folgte, welcher am steinigen Hang des Hügels schwach zu erkennen war.

»Die Kanone war nicht geladen«, behauptete Peyrol plötzlich mit tiefer, fester Stimme.

Der Offizier warf ihm einen Blick über die Schultern zu. »Vielleicht haben Sie recht. Sie sind ja nicht umsonst Stückmeister gewesen. Kein Geschoß drin, was? Also ein Signalschuß. Aber für wen? Wir haben diese Korvette doch nun tagelang beobachtet und wissen, daß sie allein ist.« Er eilte weiter. Peyrol folgte ihm auf dem unbequemen Pfad, ohne außer Atem zu kommen, und spann die Erörterung fort. »Sie hat zwar kein Begleitschiff, doch kann sie heute früh bei Tagesanbruch ein befreundetes Schiff gesichtet haben.«

»Bah!« erwiderte der Offizier, ohne sein Tempo zu verringern. »Sie reden wie ein Kind, oder Sie halten mich für ein Kind. Wie weit hätte man heute früh von Bord der Korvette aus wohl sehen können! Welche Sicht kann sie bei Tagesanbruch gehabt haben, wenn sie Kurs auf Petite Passe hielt, wo sie jetzt ist? Die Inseln müssen die Sicht aufs Meer zu zwei Dritteln verstellt haben, und zwar gerade in der Richtung, wo das englische Küstengeschwader am Horizont lauert. Eine sehr merkwürdige Blockade! Tagelang kann man nicht ein einziges englisches Segel sehen, aber wenn man sie am wenigsten erwartet, dann kommen sie in hellen Haufen, als wollten sie uns lebendig verspeisen. Nein, nein, die Brise reichte nicht aus, um ein befreundetes Schiff heranzuführen. Aber sagen Sie mal, Stückmeister: Sie rühmen sich doch, jede englische Kanone an ihrem Knall erkennen zu können – was für eine hat da eben gefeuert?«

Peyrol knurrte:

»Ein Zwölfpfünder, selbstverständlich. Das ist ihr größtes Kaliber, schließlich ist sie bloß eine Korvette.«

»Nun, dann wurde er abgefeuert, um eines der Boote zurückzurufen, das außer Sichtweite irgendwo an der Küste liegen muß. Bei einer Küste wie dieser, die aus lauter Buchten und Landspitzen besteht, wäre daran ja wohl auch nichts Ungewöhnliches.«

»Nein«, versetzte Peyrol, ruhig weitergehend. »Ungewöhnlich wäre nur, daß man überhaupt ein Boot ausgesetzt haben sollte.«

»Da haben Sie recht.« Der Offizier blieb unvermittelt stehen. »Ja, es ist wirklich auffallend, daß überhaupt ein Boot ausgeschickt worden ist. Und anders kann man sich den Kanonenschuß einfach nicht erklären.«

Peyrols Miene wurde völlig ausdruckslos.

»Es gibt also wirklich etwas, was zu untersuchen lohnt«, fuhr der Offizier angeregt fort.

»Wenn es sich tatsächlich um ein Boot handelt«, sagte Peyrol ungemein gleichmütig, »dann kann es nichts besonders Interessantes sein. Was sollte das schon zu bedeuten haben? Höchstwahrscheinlich hat man das Boot heute morgen mit Angelgerät ans Ufer geschickt, weil der Kapitän frischen Fisch zum Frühstück haben will. Warum reißen Sie die Augen so auf? Kennen Sie die Engländer nicht? Deren Unverschämtheit kennt keine Grenzen.«

55

Nachdem er diese Worte mit einer Bedachtsamkeit vorgebracht hatte, die durch sein weißes Haar ehrfuchtgebietend wurde, tat Peyrol, als wische er sich die Stirn, die allerdings kaum feucht war.

»Gehen wir weiter«, forderte der Leutnant ihn brüsk auf.

»Wozu die Eile?« widersprach Peyrol, ohne sich zu rühren. »Meine schweren Holzschuhe sind übrigens gar nicht für einen Eilmarsch durch dieses Geröll geeignet.«

»Ach nein!« stieß der Offizier heraus. »Nun, wenn Sie müde sind, setzen Sie sich doch hin und fächeln Sie sich mit dem Hut Luft zu. Adieu.« Und ging mit weitausholenden Schritten davon, ehe Peyrol eine Silbe sagen konnte.

Der Pfad, der der Kontur des Hügels folgte, machte weiter vorne eine jähe Biegung nach dem Meer hin, und der Leutnant war überraschend verschwunden. Gleich darauf sah man seinen Kopf, und zwar nur seinen Kopf, der dann aber ebenfalls plötzlich unsichtbar wurde. Peyrol schien verblüfft. Nachdem er dahin gestarrt hatte, wo der Offizier verschwunden war, blickte er auf die Gebäude der Ferme hinab, die zwar unter ihm, aber nicht weit entfernt lagen. Er konnte deutlich die Tauben auf dem Dachfirst spazierengehen sehen. Jemand holte Wasser vom Brunnen im Hof. Zweifellos der *patron*; doch jener Mensch, der zu seiner Zeit die Macht besessen hatte, zahllose vom Glück verlassene Menschen in den Tod zu schicken, zählte für den alten Peyrol gar nicht. Er hatte sogar aufgehört, Peyrols Augen zu beleidigen und seine Empfindungen aufzurühren. Für sich allein war er ein Nichts. Er war nie etwas anderes gewesen als ein Geschöpf des universellen Blutdurstes seiner Zeit. Hinsichtlich seiner Person war in Peyrols Brust der letzte Zweifel erstorben. Der Kerl war so unbedeutend; hätte Peyrol bei besonders aufmerksamem Hinblicken entdeckt, daß er keinen Schatten besaß, so hätte ihn das nicht gewundert. Jetzt, da unten, war er auf die Größe eines Zwerges reduziert, der einen Eimer vom Brunnen fortschleppt. ›Doch wo ist sie?‹ fragte sich Peyrol und legte schützend die Hand über die Augen. Er wußte, die *patronne* konnte nicht weit entfernt sein, denn er hatte sie am Morgen gesehen; da ahnte er aber noch nichts davon, daß sie es sich angewöhnt hatte, nachts umherzugeistern. Seine wachsende Unruhe fand plötzlich ein Ende, denn als er die Augen von den Gebäuden der Ferme abwandte, wo die *patronne* offensichtlich nicht wahr, sah er sie, einzig den lichtdurchfluteten Himmel hinter sich, um eben jene Biegung des Pfades herankommen, die den Leutnant seinem Blick entführt hatte. Peyrol näherte sich ihr rasch. Er war nicht der Mann, mit müßigen Überlegungen Zeit zu vertrödeln, und es schien auch nicht so, als seien seine Holzschuhe ihm beschwerlich. Die *fermière* – die von den Dörflern da unten wie ein kleines Mädchen Arlette genannt wurde, aber in einem merkwürdig ängstlichen, scheuen Ton – ging mit gesenktem Haupt, und ihre Füße berührten (wie Peyrol immer sagte) den Boden nicht stärker als fallende Blätter. Das Klappern der Holzschuhe ließ sie die klaren, schwarzen Augen heben, die an der Schwelle zum Weibtum so blutige, schreckliche Anblicke hatten aufnehmen müssen, daß in ihr eine Angst davor zurückgeblieben war, länger als einige Sekunden auf die gleiche Stelle zu schauen: sie fürchtete, die leere Luft könne sich zu Abbildern verstümmelter Leichen verdichten. Peyrol nannte dies: das Bestreben, etwas nicht zu sehen, was nicht da ist; und dieses Ausweichen, diese offen eingestandene Unstetheit der Augen war so sehr ein Teil von ihr geworden, daß Peyrol mit Überraschung den festen, fragenden Blick zur Kenntnis nahm, mit dem sie ihn bedachte. Er fragte ohne Umschweife:

»Hat er mit Ihnen gesprochen?«

Als sie antwortete, lag in ihrer Stimme etwas Affektiertes, Aufreizendes, was Peyrol neu an ihr war. »Er ist nicht stehengeblieben. Er ging vorbei, als sähe er mich nicht.« Darauf wandten beide die Blicke ab.

»Was hat Sie heute nacht bewogen, draußen zu wachen?«

Die Frage kam ihr unerwartet. Sie senkte den Kopf und nahm eine Falte ihres Rockes zwischen die Finger, verlegen wie ein Kind.

»Warum sollte ich nicht«, murmelte sie leise und schüchtern, und es war, als habe sie zwei Stimmen in sich.

»Was hat Catherine dazu gesagt?«

»Sie hat geschlafen, vielleicht lag sie aber auch bloß mit geschlossenen Augen auf dem Rücken.«

»Macht sie das öfter?« fragte Peyrol ungläubig.

»Ja.« Arlette warf Peyrol ein bedeutungsloses Lächeln zu, an dem ihre Augen nicht beteiligt waren. »Ja, das macht sie öfters. Das ist mir schon früher aufgefallen. Dann liegt sie zitternd unter ihrer Decke, bis ich zurückkomme.«

»Und was hat Sie gestern nacht zum Haus hinausgetrieben?«

Peyrol versuchte, ihren Blick auf sich zu ziehen, doch wichen ihre Augen ihm wie gewöhnlich aus. Und jetzt sah ihr Gesicht aus, als könne es gar nicht lächeln.

»Mein Herz«, sagte sie. Peyrol verlor vorübergehend die Sprache und auch die Fähigkeit, sich zu bewegen. Die *fermière* schlug die Augen nieder, und damit schien sich alles Leben in ihre korallenroten Lippen geflüchtet zu haben, deren lebensvolle, vollendet schöne Bögen nicht im geringsten bebten. Peyrol gab die Unterhaltung auf, indem er einen Arm hochwarf, und eilte den Pfad entlang, ohne sich umzuwenden. Als er die Biegung genommen hatte, näherte er sich dem Ausguck in gemessener Gangart. Der Ausguck befand sich auf einer natürlichen Plattform unmittelbar unter der Kuppe des Hügels. Von der Plattform aus fiel der Hügel steil ab, und eine kurze, stämmige Kiefer, die genau am Rande wuchs, ragte weit über den etwa zwanzig Meter tiefen Steilabfall hinaus. Das erste, was Peyrol vor Augen kam, war die See bei Petite Passe, die um diese frühe Stunde zu mehr als der Hälfte von dem riesigen Schatten der Insel Porquerolles verdunkelt wurde. Er konnte zwar noch nicht die ganze Fläche überblicken, doch soweit er sah, war dort kein einziges Schiff. Der Leutnant, der halb auf dem Stamm der Kiefer lag, sprach ihn gereizt an: »Hocken Sie sich nieder! Glauben Sie denn, daß an Bord des Engländers niemand ein Fernglas hat?«

Peyrol gehorchte wortlos, und während einer Minute etwa bot er den absurden Anblick eines stämmigen Bauern mit ehrwürdig weißem Haar, der aus keinem erkennbaren Grunde auf Händen und Knien herumkriecht. Als er die Kiefer erreichte, erhob er sich, immer noch auf Knien. Der Leutnant, der sich an den Stamm der Kiefer drückte und das Fernglas vor die Augen preßte, knurrte ärgerlich:

»Jetzt können Sie das Schiff wohl sehen, was?«

Peyrol vermochte das Schiff im Knien zu erkennen. Es lag weniger als eine Viertelmeile entfernt unter der Küste und fast in Rufweite seiner mächtigen Stimme. Auch ohne Glas konnte er die Bewegungen der Besatzung verfolgen, die, schwarzen Punkten gleich, auf den Decks wimmelte. Die Korvette war so nahe an das Kap Esterel herangetrieben, daß dessen gedrungene, weit ausladende Massen tatsächlich das Heck zu berühren schienen. Die unerwartete Nähe des Schiffes veranlaßte Peyrol, vernehmlich die Luft zwischen den Zähnen einzuziehen.

Der Leutnant murmelte, ohne das Fernglas abzusetzen: »Ich kann sogar die Epauletten der Offiziere auf dem Achterdeck erkennen.«

V

Wie Peyrol und der Leutnant aus dem Kanonenschuß ganz richtig geschlossen, hatte das englische Schiff, das den Abend zuvor auf der Reede von Hyères geankert, nach Einbruch der Dunkelheit Fahrt aufgenommen. Die leichte Brise trieb die Korvette bis nach Petite Passe und überließ sie dort dem stillen Mondschein, in dem sie, aller Bewegung beraubt und beiderseits von dunklen Landmassen überragt, mehr einem Denkmal aus weißem Stein glich als einem Schiff, berühmt für seine Schnelligkeit beim Angriff und auf der Flucht.

Der Kommandant war ein Mann von etwa vierzig Jahren, mit vollen, glattrasierten Wangen und beweglichen, schmalen Lippen. Er hatte die Angewohnheit, den Mund geheimnisvoll zusammenzupressen, ehe er ihn zum Sprechen öffnete, und manchmal tat er es auch, sobald er ausgeredet hatte. Er handelte rasch entschlossen, vorzugsweise bei Dunkelheit.

Als er merkte, daß die Flaute vollständig von der Nacht Besitz ergriffen hatte und noch Stunden währen würde, nahm Captain Vincent seine Lieblingsstellung ein – er lehnte sich über die Reling. Da war es kurz nach Mitternacht, und der Mond, der einen fleckenlosen Himmel durchfuhr, schien seinen Zauber auf eine unbewohnte Erde auszugießen. Captain Vincent hatte eigentlich nichts gegen den Mond einzuwenden. Selbstverständlich machte er sein Schiff von beiden Ufern des Petite Passe sichtbar, doch da er fast schon ein ganzes Jahr das am weitesten vorgeschobene Beobachtungsschiff von Admiral Nelsons Blockadeflotte kommandierte, kannte er sämtliche Batteriestellungen der Küstenverteidigung. Da, wo die Brise ihn im Stich gelassen, war er vor dem schwersten der wenigen auf Porquerolles stationierten Geschütze sicher. Daß auf der Giens zugekehrten Seite der Landenge nicht einmal eine Spielzeugkanone stand, wußte er mit Sicherheit. Der anhaltend vertraute Umgang mit jener Küste hatte in ihm den Glauben erweckt, er kenne die Gewohnheiten der Bewohner genau. Die Lichter verloschen zeitig in den Häusern, und Captain Vincent war überzeugt, nun sei jedermann schlafen gegangen, einschließlich der zur örtlichen Miliz gehörenden Kanoniere. Das Interesse an den Manövern von Seiner Majestät Korvette *Amelia* (zweiundzwanzig Kanonen) war eingeschlafen, ihr Anblick war etwas Alltägliches geworden. Das Kriegsschiff mischte sich nie in die Privatangelegenheiten der Anwohner und ließ die kleinen Küstenfahrzeuge unbehindert passieren. Wäre die *Amelia* einmal länger als zwei Tage nicht zu sehen gewesen, so hätte man sie vermißt. Captain Vincent pflegte düster zu bemerken, die Reede von Hyères sei ihm zur zweiten Heimat geworden.

Ungefähr eine Stunde lang gingen ihm Gedanken an seine eigentliche Heimat, an Dienstliches sowie anderes unzusammenhängendes Zeug durch den Kopf, dann geriet er mächtig in Bewegung und überwachte persönlich die Absendung jenes Bootes, dessen Vorhandensein von dem scharfsinnigen Leutnant Réal vermutet, von Peyrol mit Gewißheit angenommen wurde. Was den Auftrag des Bootes betraf, so konnte von Fischfang für das Kapitänsfrühstück nicht die Rede sein. Das Boot war die Gig des Kommandanten, ein sehr schnelles Ruderboot. Es lag bereits mit seiner Besatzung an Bord längsseits, als der Offizier, der es befehligte, nochmals zum Kommandanten gerufen wurde. Er trug ein Entermesser an der Seite, mehrere Pistolen im Gürtel und machte einen so nüchternen, geschäftsmäßigen Eindruck, daß man sah: er erledigte so etwas nicht zum erstenmal.

»Die Flaute wird noch einige Stunden andauern«, sagte der Kommandant. »Da wir hier keine Gezeiten haben, werden Sie das Schiff in ungefähr der gleichen Position wiederfinden, in der es jetzt ist, eher noch etwas dichter unter Land. Die Anziehungskraft des Landes ... Sie verstehen schon.«

»Jawohl, Sir, das Land hat wirklich etwas Anziehendes.«

»Richtig. Es kann also sein, daß wir die *Amelia* gegen einen dieser Felsen legen; da liegt sie, solange die See ruhig bleibt, so sicher wie an der Mole. Sehen Sie sich mal das Wasser da vor uns an, Mr. Bolt, glatt wie Parkett. Halten Sie sich auf dem Rückweg dicht unter Land. Ich erwarte Sie zur Morgendämmerung zurück.«

Captain Vincent verstummte plötzlich. Es kamen ihm Zweifel daran, ob es klug sei, dieses nächtliche Unternehmen ausführen zu lassen. Der hammerförmige Kopf der Halbinsel, dessen Seeseite von den Ufern her nicht einzusehen war, stellte den idealen Ort für ein geheimes Landeunternehmen dar. Seine Verlassenheit reizte die Phantasie des Kommandanten, die ursprünglich von einer zufälligen Bemerkung des Mr. Bolt angeregt worden war. Es verhielt sich nämlich so: Als die *Amelia* in der Vorwoche vor der Halbinsel kreuzte, hatte Bolt zur Küste hingeblickt und erwähnt, er kenne diesen Teil der Küste besonders gut, da er vor etlichen Jahren, als er in Lord Howes Flotte diente, dort sogar an Land gegangen sei. Er beschrieb den Pfad, das Aussehen des Weilers landeinwärts und machte viel von einem Gehöft her, das er mehr als einmal aufgesucht, in dem er sogar bei Gelegenheit einmal vierundzwanzig Stunden hintereinander verbracht habe. Dadurch wurde Captain Vincents Neugier geweckt. Er ließ Bolt kommen und führte ein längeres Gespräch mit ihm. Er hörte zunächst mit großem Interesse Bolts Bericht an – wie es damit angefangen, daß man eines Tages vom Deck des Schiffes aus, auf dem Bolt damals diente, einen Mann gesehen, der zwischen den Steinen unten

62

am Wasser stand und ein weißes Laken oder Tischtuch schwenkte. Das hätte natürlich eine Falle sein können; da der Mann jedoch allein zu sein schien und die Küste im Feuerbereich der eigenen Schiffsgeschütze lag, wurde ein Boot ausgesandt, das ihn holen sollte.

»Und bei der Gelegenheit, Sir«, fuhr Bolt eindrücklich fort, »geschah es meines Wissens, daß Lord Howe die erste Botschaft der Royalisten von Toulon empfing.« Danach beschrieb Bolt dem Kapitän die Zusammenkünfte der Royalisten von Toulon mit den Offizieren der englischen Flotte. Von der Rückseite des Gehöfts aus habe er, Bolt, so manches Mal stundenlang die Einfahrt zum Hafen von Toulon nach dem Boot abgesucht, das die royalistischen Abgesandten bringen sollte. Sobald er es erblickte, pflegte er den englischen Vorposten ein vereinbartes Signal zu geben, und ein paar Offiziere ließen sich an Land setzen, um mit den Franzosen auf der Ferme zusammenzutreffen. So einfach war das gewesen. Die Besitzer der Ferme, Mann und Frau, waren wohlhabende Leute von Stande, aufrechte Royalisten. Er hatte sie gut kennengelernt.

Captain Vincent fragte, ob wohl die selben Leute immer noch dort wohnten? Bolt sah nicht ein, warum sie das nicht tun sollten. Die Sache lag keine zehn Jahre zurück, und damals waren die beiden bei weitem kein betagtes Paar gewesen. Soweit er begriffen hatte, war die Ferme ihr Eigentum. Er, Bolt, habe damals nur einige wenige französische Worte verstanden. Erst viel später habe er sich etwas brauchbarere Sprachkenntnisse verschafft, nämlich als Gefangener im Inland, wo er bis zum Frieden von Amiens verweilte. Er konnte sich die Bemerkung nicht verkneifen, die Gefangenschaft habe seine schwachen Aussichten auf Beförderung endgültig zunichte gemacht. Bolt war immer noch Erster Offizier.

Ebenso wie viele andere Offiziere aller Dienstgrade in Lord

63

Nelsons Flotte hatte Captain Vincent seine stillen Bedenken hinsichtlich der Methode der Fernblockade, von der der Admiral augenscheinlich nicht abgehen wollte. Und doch konnte man Lord Nelson daraus keinen Vorwurf machen. Jedermann in der Flotte begriff, daß er es auf die Vernichtung des Feindes abgesehen hatte; und eine enge Blockade um die Küste würde den Feind hindern, auszulaufen und sich vernichten zu lassen. Andererseits war es aber auch klar, daß die angewendete Methode den Franzosen zu viele Gelegenheiten bot, unbeobachtet aus den Häfen zu schlüpfen und sich auf Monate hinaus jeder Aufsicht zu entziehen. Diese Möglichkeit war es, die Captain Vincent unausgesetzt mit Sorge erfüllte und ihn veranlaßte, sich mit allergrößtem Eifer der besonderen Aufgabe zu widmen, mit der er betraut worden war. Ach, was hätte er nicht für ein Paar Augen gegeben, die Tag und Nacht auf die Hafeneinfahrt von Toulon gerichtet bleiben könnten! Was hätte er nicht darum gegeben, den Ausrüstungsstand der französischen Flotte genau kennenzulernen und in die Geheimnisse einzudringen, die hinter den Stirnen der Franzosen verborgen waren!

Zu Bolt erwähnte er nichts von alledem. Er bemerkte nur, daß die französische Regierung sich gewandelt habe und daß sich auch der Sinn der royalistischen Bewohner jener Ferme geändert haben könne, da ihnen die Ausübung ihrer Religion neuerlich gestattet sei. Bolt antwortete, er habe zu seiner Zeit, als er in Lord Howes Flotte diente, sowohl vor als auch nach der Evakuierung von Toulon viel Umgang mit Royalisten gehabt, und zwar mit allen möglichen Leuten: Männern und Frauen, Barbieren und Adligen, Matrosen und Handwerkern, und seiner Ansicht nach könne ein Royalist sich gar nicht ändern. Was nun den Ort der möglichen Landung angehe, so wünsche er nur, der Kommandant hätte ihn selbst einmal gesehen. Das sei ein Ort von der Art, der durch nichts verändert werden könne. Er war kühn genug zu behaupten, selbst in hundert Jahren werde sich dort überhaupt nichts ändern.

Der Ernst, mit dem sein Erster Offizier dies alles vortrug, veranlaßte Captain Vincent, ihn prüfend anzublicken. Bolt war etwa in seinem Alter; doch während Vincent ein verhältnismäßig junger Kommandant war, war Bolt ein verhältnismäßig alter Erster Offizier. Die beiden verstanden einander vollkommen. Captain Vincent blieb eine Weile unentschlossen und bemerkte dann abwesend, er sei nicht der Mann, einem Hund den Strick um den Hals zu legen, viel weniger einem guten Seemann.

Diese kurze Bemerkung ließ in den Augen Bolts kein Erstaunen entstehen. Er wurde nur ein wenig nachdenklich, ehe er im gleichen abwesenden Ton sagte, es sei doch nicht wahrscheinlich, daß man einen Offizier in Uniform als Spion hänge. Selbstverständlich sei das Unternehmen gewagt. Es müsse, sollte es gelingen, von jemandem geleitet werden, der den Einwohnern bekannt sei (vorausgesetzt, daß sie noch da waren). Er, Bolt, zweifle nicht, daß man ihn wiedererkenne, fügte er hinzu. Und während er sich darüber verbreitete, wie hervorragend seine Beziehungen zu den Bewohnern der Ferme gewesen, hauptsächlich zur *patronne*, einer ansehnlichen mütterlichen Frau, die ihn sehr gütig behandelt habe und höchst geistesgegenwärtig gewesen sei, betrachtete Captain Vincent den Backenbart seines Ersten und dachte, daß man ihn allein daran jederzeit erkennen müsse. Dieser Eindruck war so stark, daß er rundheraus fragte: »Haben Sie seither Ihre Barttracht geändert, Mr. Bolt?«

In Bolts verneinender Antwort lag geradezu eine Spur von Entrüstung, denn auf seinen Backenbart war er sehr stolz. Er erklärte sich bereit, selbst verzweifelte Wagnisse für König und Vaterland einzugehen.

»Auch für Lord Nelson«, fügte Captain Vincent hinzu. Man

begriff sehr wohl, was Seine Lordschaft mit einer Blockade aus
sechzig Seemeilen Entfernung zu erreichen hoffte. Er sprach
mit einem Seemann, und jedes weitere Wort erübrigte sich. Ob
Bolt glaube, daß er jene Leute dazu überreden könnte, ihn
für längere Zeit in ihrem einsamen Haus am Ende der Halbinsel zu verstecken? Bolt hielt das für die einfachste Sache von
der Welt. Er würde hingehen und die alte Bekanntschaft er-
neuern, selbstverständlich nicht in unvorsichtiger Weise. Es
müsse allerdings nachts geschehen, wenn niemand unterwegs
sei. Er wolle dort landen, wo er auch früher schon öfters ge-
landet sei, einen Matrosenmantel, wie er am Mittelmeer getragen wird, über der Uniform – er besaß selber einen –, einfach
zur Tür gehen und anklopfen. Er wollte zehn zu eins wetten,
daß der Besitzer selbst herunterkommen und aufmachen werde. Er traue sich genug französische Kenntnisse zu, um die
Leute dazu zu überreden, ihn in einem Zimmer mit Blick in die
gewünschte Richtung zu verstecken, und da wolle er denn tag-
aus, tagein auf dem Posten bleiben, sich nachts einige Bewegung
schaffen und, falls notwendig, von Brot und Wasser leben,
damit unter den Knechten und Mägden kein Verdacht erweckt
werde. Und wer weiß, vielleicht könne er mit Hilfe des *fermier*
auch etwas über die Vorgänge innerhalb des Hafens in Erfahrung bringen. Er wolle dann von Zeit zu Zeit in tiefer
Nacht hinunter ans Wasser gehen, der *Amelia* signalisieren
und Bericht erstatten. Bolt gab der Hoffnung Ausdruck, die
Amelia werde sich nicht zu weit von der Küste entfernen. Ihr
Anblick werde ihn ermutigen. Captain Vincent erklärte sich
selbstverständlich dazu bereit. Er wies Bolt indessen darauf
hin, daß sein Posten dort oben gerade dann von höchster
Wichtigkeit sei, wenn das Schiff verjagt oder vom Wetter von
seinem Standort vertrieben werden sollte, was ja sehr leicht
geschehen könne. – »In dem Falle wären Sie das Auge von
Lord Nelsons Flotte, Mr. Bolt – stellen Sie sich das mal vor!«

Nachdem er seinen Ersten Offizier abgeschickt hatte, verbrachte Captain Vincent die Nacht an Deck. Endlich graute der Tag, viel bleicher als das Licht des Mondes, an dessen Stelle er trat. Und immer war noch nichts von der Gig zu sehen. Wieder fragte sich Captain Vincent, ob er nicht unbedacht gehandelt habe. So frisch aussehend, als sei er gerade aus seiner Kajüte getreten, debattierte er mit sich selbst über diesen Gegenstand, bis die hinter der Insel Porquerolles heraufkommende Sonne ihre waagerechten Strahlen auf die vom Tau dunklen Segel und die triefende Takelage warf. Er riß sich weit genug aus seinen Gedanken, um dem Steuermann zu befehlen, die Boote auszusetzen und die *Amelia* vom Ufer wegzuschleppen. In dem von ihm angeordneten Abschießen der Kanone drückte sich nur seine Nervosität aus. Die *Amelia*, den Bug auf die Mitte der schmalen Durchfahrt gerichtet, bewegte sich nicht schneller als eine Schnecke hinter ihren Booten her. Minuten vergingen. Plötzlich erkannte Captain Vincent seine Gig dicht unter Land, wie er es befohlen hatte. Als sie auf der Höhe der Korvette angekommen war, schwenkte sie vom Ufer weg und hielt auf die *Amelia* zu. Mr. Bolt kletterte allein an Deck, nachdem er seine Besatzung angewiesen hatte, beim Schleppen zu helfen. Captain Vincent, der abgesondert auf dem Achterdeck stand, empfing ihn mit grimmig fragender Miene.

Mr. Bolts ersten Worten ließ sich entnehmen, daß er den teuflischen Ort für verhext hielt. Dann blickte er flüchtig auf die Gruppe der Offiziere, die auf der anderen Seite des Achterdecks standen. Captain Vincent ging voran zu seiner Kajüte. Dort angekommen, drehte er sich um und blickte seinen Ersten Offizier an, der verwirrt murmelte: »Es spukt da.«

»Na, Bolt, was haben Sie denn nun wirklich gesehen, zum Kuckuck? Sind Sie überhaupt an das Haus herangekommen?«

»Bis auf zwanzig Meter an die Haustür, Sir«, sagte Bolt, und, ermuntert von dem sehr viel milderen »Na und?« des Kapitäns begann er seinen Bericht. Er hatte sich nicht unmittelbar an den Beginn des ihm bekannten Pfades rudern lassen, sondern zu einer flachen Uferpartie, wo seine Leute das Boot auf den Strand ziehen und auf ihn warten sollten. Dieser Strand war zum Land hin durch dichtes Gebüsch und zur See hin durch Felsbrocken gegen Sicht geschützt. Von da aus erkletterte er die von ihm so bezeichnete Schlucht, immer noch unter Vermeidung des Pfades, das heißt, er bewältigte den Anstieg hauptsächlich auf Händen und Knien, wobei er sich der lockeren Steine wegen sehr in acht nahm. Schließlich war er soweit, daß er in Augenhöhe des freien Platzes vor dem Haus angekommen war und sich an einem Busch festklammern konnte.

Der bekannte Anblick der Gebäude, die unverändert schienen, seit er seine Rolle in einem Unternehmen gespielt hatte, das zu Beginn des Krieges als höchst aussichtsreich angesehen worden war, erfüllte Bolt mit großem Vertrauen in den erfolgreichen Ausgang des gegenwärtigen Unternehmens, das ja nicht sehr genau umrissen war und dessen Reiz hauptsächlich darin lag, daß es ihn an die Abenteuer seiner jüngeren Jahre erinnerte. Nichts schien einfacher, als diesen vielleicht vierzig Meter breiten, flachen Platz vor dem Haus zu überqueren und den *fermier* zu wecken, den er so gut kannte, den wohlhabenden Mann, den auf seine bescheidene Weise so ernsten klugen Royalisten, der in Bolts Augen gewiß kein Landesverräter war und der es verstanden hatte, unter zweideutigen Umständen nichts von seiner Würde zu verlieren. Dem schlichten Sinn des Mr. Bolt war es unvorstellbar, daß dieser Mann oder seine Frau sich gewandelt haben könnten.

In dieser seiner Einschätzung der Eltern Arlettes wurde Bolt von dem Bewußtsein gestärkt, daß in ihm selber keinerlei Wandlung stattgefunden hatte. Er war derselbe Jack Bolt, und alles um ihn her nahm sich so aus, als sei er noch tags zuvor dagewesen. Schon sah er sich in der Küche, die ihm so vertraut war, sah sich beim Licht einer Kerze vor einem Glas Wein sitzen und sein schönstes Französisch an jenem braven Landmann mit den festen Grundsätzen ausprobieren. Das ganze war so gut wie erledigt. Er sah sich als heimlichen Bewohner jenes Hauses, gewiß aufs äußerste beschnitten in seiner Bewegungsfreiheit, aber doch gestärkt von dem Gedanken an die möglicherweise bedeutenden Ergebnisse seiner Beobachtertätigkeit, in mancher Weise behaglicher untergebracht als auf der *Amelia* – und in der berauschenden Gewißheit, buchstäblich das Auge der Flotte zu sein, um mit Captain Vincent zu sprechen.

Von diesen seinen persönlichen Empfindungen ließ er Captain Vincent gegenüber natürlich nichts verlauten. Alle diese Überlegungen und Empfindungen hatte er in einen Zeitraum von einer oder zwei Minuten hineingepreßt, derweil er sich, mit einer Hand den Busch umklammernd, einen Fuß sicher aufgestellt, der angenehmen Vorahnung des Erfolges überließ. Früher hatte die *patronne* einen leichten Schlaf gehabt. Die Landarbeiter schliefen, wie er sich jetzt erinnerte, entweder im Dorf oder in einzelnen Nebengebäuden und verursachten ihm keine Bedenken. Er würde gar nicht sehr laut zu klopfen brauchen. Er stellte sich die *patronne* vor, wie sie sich lauschend im Bett aufrichtete und ihren Mann weckte, der höchstwahrscheinlich die an der Kommode lehnende Flinte ergreifen und an die Tür hinuntergehen würde.

Und dann würde alles glattgehen... doch vielleicht... Ja! Mindestens so wahrscheinlich war es, daß der *patron* einfach das Fenster öffnen und hinausrufen würde. Das war wirklich das Wahrscheinlichste. Selbstverständlich. Bolt fand, daß er es an Stelle des anderen ebenso machen würde. Richtig, so würde sich ein Mann in einem einsam gelegenen Haus mitten in der Nacht vermutlich verhalten. Und er hörte sich schon seine Antworten auf die vorherzusehenden Fragen geheimnisvoll hin-

aufflüstern – *Ami* – Bolt – *ouvrez-moi* – *vive le roi* – so etwa.
Und bei dieser lebhaften Vorstellung kam Bolt der Einfall, es
sei wohl am besten, Steinchen gegen die Fensterläden zu werfen, denn ein solches Geräusch sei zur Ermunterung eines
leichten Schläfers am dienlichsten. Er wußte nicht genau, hinter
welchen der Fenster im ersten Stock das Schlafzimmer dieser
Leute lag, doch waren ohnehin nur drei Fenster vorhanden.
Gleich darauf wäre er aus seinem Versteck auf den Platz vor
dem Haus getreten, hätte er nicht bei einem letzten prüfenden
Blick auf die Hausfront bemerkt, daß eines der Fenster bereits
offenstand. Wie er diesen Umstand zuvor hatte übersehen
können, vermochte er nicht zu erklären.
Er bekannte dem Kommandanten im Laufe seines Berichtes:
»Dieses offenstehende Fenster gebot mir Einhalt, Sir. Es erschütterte mein Vertrauen, denn es ist eine Tatsache, Sir, daß
keiner von den hiesigen Eingeborenen daran denken würde,
bei geöffnetem Fenster zu schlafen. Es kam mir der Gedanke, irgendwas könne nicht stimmen, und ich verhielt, wo
ich war.«
Der Reiz von Eingezogenheit und verschwiegener Traulich-
keit, den Häuser des Nachts ausstrahlen, war wie weggebla-
sen. Kraft eines geöffneten Fensters, eines schwarzen Vierecks
in der vom Mond beschienenen Hauswand, gewann das Gehöft das Aussehen einer Menschenfalle. Bolt versicherte dem
Kapitän, daß das Fenster ihn nicht zurückgehalten hätte; er
hätte weitergemacht, wenn auch viel weniger zuversichtlich.
Doch während er noch darüber nachdachte, erschien vor seinen
unentschlossenen Augen von irgendwoher lautlos eine weiße
Gestalt – eine Frau. Ihr schwarzes Haar hing lose über die
Schultern herab. Es war eine Frau, die jedermann mit Recht
für ein Gespenst gehalten hätte. »Ich will nicht behaupten,
daß sie mein Blut gefrieren ließ, Sir, doch jagte sie mir Kälte-
schauer über den Rücken. Viele Leute haben Gespenster ge-

sehen oder behaupten das doch, Sir, und ich lasse da jedem seine Meinung. Sie sah jedenfalls gespenstisch aus im Mondlicht. Sie benahm sich auch nicht wie eine Schlafwandlerin. Falls sie nicht aus dem Grabe kam, so muß sie aus dem Bett gekommen sein. Aber als sie zurückschlich und sich hinter der Hausecke verbarg, da wußte ich, daß sie kein Gespenst war. Sie kann mich nicht gesehen haben. Sie stand im schwarzen Schatten und hielt nach etwas Ausschau oder wartete auf jemanden«, setzte Bolt grimmig hinzu. »Sie sah aus wie eine Irre«, schloß er dann mitleidig.

Eines war ihm klargeworden: seit damals hatte es auf der Ferme Veränderungen gegeben. Bolt ärgerte sich darüber, als sei ›damals‹ erst vergangene Woche gewesen. Die im Schatten der Hausecke verborgene Frau blieb in seinem Blickfeld, wachsam, so als warte sie nur darauf, daß er ins Freie trete, um kreischend ins Haus zu rennen und die ganze Gegend zu wecken. Bolt kam rasch zu der Einsicht, daß er sich vom Abhang entfernen müsse. Als er den ersten Schritt rückwärts tat, hatte er das Pech, einen Stein zu lösen. Dieser Umstand beschleunigte seinen Abmarsch noch. Schon Minuten später fand er sich unten am Wasser. Er hielt inne, um zu lauschen. In der Schlucht über ihm und zwischen den Felsen war alles völlig still. Er machte sich auf den Weg zu seinem Boot. Es blieb ihm nichts anderes übrig, als sich leise zurückzuziehen und vielleicht...

»Ganz recht, Mr. Bolt, ich fürchte wir werden unseren Plan aufgeben müssen«, unterbrach ihn Captain Vincent an dieser Stelle. Bolt stimmte zögernd zu, und dann zwang er sich zu dem Geständnis, dies sei noch nicht das Schlimmste. Unter den erstaunten Blicken seines Kapitäns stieß er hervor: Es tue ihm sehr leid, und er könne dafür auch keine Erklärung abgeben, doch fehle ihm ein Mann.

Captain Vincent traute seinen Ohren nicht. »Was sagen Sie

da? Sie haben einen Mann von meiner Bootsbesatzung verloren?« Er war tief erschüttert. Bolt war entsprechend niedergeschlagen. Er berichtete, daß die Seeleute, kurz nachdem er sie allein gelassen, in der kleinen Bucht ein leises, sonderbares Geräusch gehört oder zu hören geglaubt hätten. Der Bootsmann habe einen der Männer, den dienstältesten, ausgeschickt um nachzusehen, ob man von der anderen Seite der Bucht das Boot sehen könne, das sie auf den Strand gezogen hatten. Der Mann – es war Symons – sei auf Händen und Knien um die Bucht herumgekrochen und – ja – nicht zurückgekommen. Deshalb habe sich das Boot bei der Rückkehr so verspätet. Selbstverständlich wollte Bolt den Mann nicht aufgeben. Es war unvorstellbar, daß Symons desertiert sein sollte. Er hatte sein Messer zurückgelassen und war ganz unbewaffnet, doch hätte er, plötzlich angegriffen, jedenfalls einen Schrei ausstoßen können, der in der Bucht zu hören gewesen wäre. Bis zum Tagesanbruch hatte eine Stille über der Küste geherrscht, die es anscheinend erlaubte, selbst ein Flüstern auf Meilen hin zu vernehmen. Es war, als sei Symons auf übernatürliche Weise, ohne Kampf, ja ohne auch nur schreien zu können, hinweggehext worden. Denn es war ausgeschlossen, daß er sich weiter ins Binnenland vorgetraut haben und dort gefangengenommen worden sein sollte. Ebenso unvorstellbar war es, daß gerade in dieser Nacht Leute bereitgestanden haben sollten, um sich auf Symons zu stürzen und ihn so geschickt niederzuschlagen, daß er nicht einmal stöhnen konnte.

Captain Vincent bemerkte: »Dies ist alles höchst phantastisch, Mr. Bolt«, und preßte die Lippen fest zusammen, ehe er fortfuhr: »Aber auch nicht phantastischer als die von Ihnen erwähnte Frau. Ich nehme an, Sie haben wirklich etwas Derartiges gesehen...«

»Ich sage doch, Sir, sie stand im hellen Mondlicht, keinen Steinwurf von mir entfernt«, beteuerte Bolt geradezu verzweifelt. »Es schien, als sei sie einzig aus dem Bett gesprungen, um sich das Haus von außen anzusehen. Sie hatte höchstens einen Unterrock über das Nachthemd gestreift. Sie drehte mir den Rücken zu. Als sie sich zurückzog, konnte ich ihr Gesicht nicht deutlich sehen. Dann stellte sie sich in den Schatten des Hauses.«

»Sie bezog dort Posten«, warf Captain Vincent ein.

»So sah es aus, Sir«, gestand Bolt.

»Dann muß also jemand in der Nähe gewesen sein«, schloß Captain Vincent überzeugt.

Bolt murmelte unwillig: »So muß es wohl gewesen sein.« Er hatte erwartet, wegen dieser Angelegenheit furchtbaren Ärger zu bekommen, und war erleichtert, daß der Kommandant alles so ruhig aufnahm. »Ich hoffe, Sir, Sie sind damit einverstanden, daß ich keinen Versuch gemacht habe, sofort nach Symons suchen zu lassen?«

»Ja. Es war klug, daß Sie keinen Vorstoß ins Binnenland unternommen haben«, sagte der Kapitän.

»Ich fürchtete, wenn unsere Anwesenheit an Land bekannt würde, hätten wir überhaupt keine Aussicht mehr, Ihren Plan doch noch auszuführen. Und bestimmt hätte man uns bemerkt. Überdies waren wir ja nur insgesamt fünf Leute und nicht ausreichend bewaffnet.«

»Mein Plan ist durch Ihre Schlafwandlerin zunichte gemacht worden, Mr. Bolt«, versetzte Captain Vincent trocken. »Wir wollen aber versuchen herauszubekommen, was unserem Mann zugestoßen ist – falls das, ohne übermäßiges Risiko, möglich ist.«

»Wir könnten schon in der kommenden Nacht Leute an Land setzen und das Haus umzingeln«, schlug Bolt vor. »Finden wir dann Freunde dort, so ist alles gut. Finden wir Feinde, so können wir ein paar davon mitnehmen und an Bord bringen, um sie eventuell auszutauschen. Es tut mir jetzt beinahe leid,

73

daß ich nicht noch einmal zurückgegangen bin und dieses Frauenzimmer entführt habe, wer immer sie nun auch gewesen sein mag«, setzte er beinahe tollkühn hinzu. »Ah, wenn es nur ein Mann gewesen wäre!«

»Ohne Zweifel war ein Mann in der Nähe«, bemerkte Captain Vincent gleichmütig. »Das wäre alles, Mr. Bolt. Gehen Sie jetzt und ruhen Sie sich aus.«

Bolt gehorchte nur zu gern, denn nach seinem traurigen Mißerfolg war er hungrig und müde. Was ihn am meisten ärgerte, war die Lächerlichkeit der ganzen Affäre. Captain Vincent hatte zwar ebenfalls eine schlaflose Nacht hinter sich, doch war er zu unruhig, um in der Kajüte zu bleiben. Er folgte seinem Ersten Offizier an Deck.

VI

Um diese Zeit war die *Amelia* etwa eine halbe Meile vom Kap Esterel weggeschleppt worden. Dieser Ortswechsel hatte sie den beiden Beobachtern auf dem Hügel nähergebracht. Man hätte die beiden von Deck aus deutlich sehen können, wären ihre Bewegungen nicht vom Wipfel der Kiefer verborgen worden. Leutnant Réal, der so weit vorne wie möglich auf dem Stamm lag, überblickte die Decks des englischen Schiffes mit seinem Fernglas, von dem er zwischen den Zweigen hindurch Gebrauch machte. Er sagte plötzlich zu Peyrol:

»Soeben ist der Kommandant an Deck gekommen.«

Peyrol, der am Fuße der Kiefer saß, blieb lange stumm. Warme Schläfrigkeit schien sich aufs Land gesenkt zu haben und machte ihm die Lider schwer. Innerlich jedoch war der alte Freibeuter ungemein wach. Hinter der Maske seiner Schwerfälligkeit, mit halbgeschlossenen Augen und träge verschlungenen Händen, hörte er den nahe der Baumkrone kauernden Leutnant murmelnd zählen: »Eine, zwei, drei«, und dann laut: »*Parbleu!*« woraufhin dann der Leutnant, der aussah, als reite er auf dem Baumstamm, sich rückwärts schob. Peyrol stand auf, um ihm nicht im Weg zu sein, konnte sich aber nicht verkneifen zu fragen: »Was ist denn nun los?«

»Ich werde Ihnen gleich sagen, was los ist«, erwiderte der andere aufgeregt. Kaum stand er sicher auf den Beinen, da trat er an den alten Peyrol heran, und als er unmittelbar vor ihm stand, kreuzte er die Arme vor der Brust.

»Das erste, was ich tat, war, die Boote im Wasser zu zählen. An Bord war keines zurückgeblieben. Und als ich sie eben noch einmal zählte, war eines mehr da als zuvor. Das Kriegsschiff hat letzte Nacht ein Boot ausgeschickt. Wie es kommt, daß ich das Boot nicht von der Küste ablegen und zum Schiff hinausrudern sah, verstehe ich nicht. Vermutlich hat es sich unter die Schleppboote gemengt, während ich die Decks beobachtete. Doch ich hatte recht. Der Engländer hat ein Boot ausgeschickt.«

Unvermittelt packte er Peyrol an den Schultern. »Ich glaube, Sie haben das die ganze Zeit gewußt. Sie haben es gewußt, davon bin ich überzeugt.« Peyrol, der sich heftig geschüttelt fühlte, hob halb die Augen, um das wütende Gesicht Zentimeter vor seinem eigenen zu betrachten. In seinem müden Blick war weder Angst noch Scham, sondern nur Verständnislosigkeit und Besorgnis. Er blieb passiv und sagte bloß leise: »*Doucement, doucement.*«

Der Leutnant ließ nach einem letzten Stoß ab, welcher Peyrol nicht aus dem Gleichgewicht brachte. Kaum war er frei, begann Peyrol gelassen und in erklärendem Ton zu reden.

»Man kann hier leicht ausrutschen. Hätte ich den Halt verloren, so hätte ich mich an Ihnen festklammern müssen, und wir wären beide den Hang hinuntergefallen; und das hätte dem Engländer mehr verraten, als zwanzig Boote in zwanzig Nächten ausfindig machen können.«

Insgeheim fühlte der Leutnant sich von Peyrols Sanftmut eingeschüchtert. Diese Sanftmut war unerschütterlich. Er hatte sogar rein körperlich den Eindruck, als sei seine Mühe fruchtlos, als habe er versucht, an einem Felsen zu rütteln. Er warf sich auf die Erde und bemerkte nachlässig:

»Was zum Beispiel?«

Peyrol ließ sich mit einer Bedächtigkeit nieder, die seinen grauen Haaren entsprach. »Sie glauben doch nicht, daß von den rund hundertzwanzig Augen an Bord nicht wenigstens ein Dutzend die Küste beobachten. Zwei Männer, die den Steilhang über die Klippe hier herabstürzen, wären schon ein aufsehenerregender Anblick. Die Engländer würden genug Interesse aufbringen, um ein Boot auszuschicken und unsere Taschen durchsuchen zu lassen; und ob wir nun ganz oder nur halb tot wären, wir könnten sie jedenfalls nicht daran hindern. Was mich angeht, so wäre nicht viel verloren; was Sie etwa für Papiere bei sich haben, weiß ich ja nicht, aber Ihre Schulterstücke und Ihr Uniformrock wären aufschlußreich.«

»Ich habe keine Papiere bei mir, und...« Dem Leutnant kam unvermittelt ein Einfall, ein tiefgehender, weit abliegender Gedanke, und die intensive Denkarbeit verlieh ihm einen leeren Gesichtsausdruck. Er schüttelte ihn ab und fuhr mit veränderter Stimme fort: »Die Schulterstücke allein hätten ihnen auch nicht viel sagen können.«

»Nein, viel nicht, aber doch genug, um den Kommandanten darauf hinzuweisen, daß er beobachtet wird. Denn was sonst sollte wohl die Leiche eines Marineoffiziers mit einem Fernglas in der Tasche zu bedeuten haben? Gewiß können täglich Hunderte von Augenpaaren von allen Teilen der Küste her das Schiff sehen, wenngleich ich der Meinung bin, daß kaum ein Landbewohner sich jetzt noch die Mühe nimmt. Unter Beobachtung zu stehen, ist aber ganz was anderes. Ich nehme allerdings an, daß das alles nicht so wichtig ist.«

Der Leutnant erholte sich langsam von dem Einfall, der ihn fast behext hatte. »Papiere in den Taschen«, murmelte er vor sich hin. »Das wäre natürlich die allerbeste Möglichkeit.« Sein leicht offenstehender Mund schloß sich, und er erwiderte Peyrols verstohlen fragenden Blick, den der unverständliche Sinn seiner gemurmelten Worte ausgelöst hatte, mit einem spöttischen Lächeln.

»Ich möchte wetten«, sagte der Leutnant, »daß Sie sich seit der ersten Stunde meiner Ankunft hier Ihren alten Kopf über meine Absichten und Motive zerbrochen haben.«

Peyrol erwiderte schlicht: »Zuerst kamen sie dienstlich, und danach kamen Sie, weil selbst die Touloner Flotte ihren Offizieren gelegentlich ein paar Tage Urlaub gibt. Was nun Ihre Absichten betrifft, so will ich mich nicht darüber äußern, am wenigsten, soweit diese mich betreffen. Noch vor zehn Minuten hätte jeder Zuschauer sie für höchst unfreundlich halten können.«

Der Leutnant richtete sich unvermittelt auf. Die englische Korvette, die sich mehr und mehr vom Land gelöst hatte, war unterdessen auch von dort aus sichtbar, wo die beiden Männer saßen. »Sehen Sie nur!« rief Réal. »Trotz der Flaute machen die Kerle Fahrt!«

Peyrol sah überrascht, daß die *Amelia* sich vom Vorgebirge löste und aufs offene Wasser zuhielt. Alle ihre Boote waren längsseits, und doch machte sie, wie eine minutenlange sorgsame Beobachtung Peyrol erkennen ließ, Fahrt.

»Sie bewegt sich, man kann es nicht bestreiten. Sie bewegt sich. Sehen Sie den weißen Fleck dort, das Haus auf Porquerolles? Da! Jetzt steht es am Ende des Klüverbaums, gleich werden es die Vorsegel verdecken.«

»Das hätte ich nicht für möglich gehalten«, murmelte der Leutnant, nachdem er ein Weilchen stumm zugesehen hatte. »Und dabei ist das Wasser nicht die Spur gekräuselt!«

Peyrol, der die Augen gegen die Sonne geschützt hatte, ließ die Hand sinken. »Ja«, sagte er, »dieses Schiff reagiert schneller auf den Atem eines Kindes als eine Feder, und die Engländer sind sehr bald dahintergekommen, nachdem sie es erwischt haben. Die *Amelia* wurde in Genua gekapert. Das war einige Monate nach meiner Rückkehr, kurz nachdem ich hier vor Anker gegangen bin.«

»Das wußte ich nicht«, sagte der junge Mann.

»Ah, Leutnant«, sagte Peyrol und drückte sich den Zeigefinger auf die Brust, »das schmerzt hier, nicht wahr? Wir sind beide gute Franzosen. Glauben Sie denn, es wäre mir ein Vergnügen, die Flagge zu sehen, die jetzt über der *Amelia* weht? Schauen Sie nur, jetzt können Sie sie in ihrer ganzen Länge sehen. Die Flagge hängt herab, als ginge auch nicht das kleinste Lüftchen unter dem Himmel...« Er stampfte plötzlich mit dem Fuß auf. »Und doch fährt sie! Wenn man in Toulon etwa beabsichtigt, die Korvette wieder in Besitz zu nehmen, dann soll man die Sache vorher gut bedenken und die richtigen Leute auswählen.«

»Es war mal die Rede davon bei der Admiralität in Toulon«, sagte Réal.

Der Freibeuter schüttelte den Kopf. »Man hätte Ihnen den Auftrag nicht zu geben brauchen«, sagte er. »Ich habe das Schiff jetzt einen Monat lang beobachtet – das Schiff und seinen jetzigen Kommandanten. Ich kenne alle seine Gewohnheiten und seine Kniffe. Der Mann ist ein Seemann, das muß man ihm lassen, doch ich kann vorhersagen, was er in jedem gegebenen Fall tun wird.«

Leutnant Réal ließ sich wieder zurücksinken, die verschränkten Hände unter dem Kopf. Er dachte: ›Dieser alte Mann prahlt nicht. Der weiß eine Menge über das englische Schiff, und falls der Versuch gemacht werden sollte, es zu kapern, so wäre es ein Gewinn, seine Meinung darüber anzuhören.‹ Indessen litt Leutnant Réals Beziehung zum alten Peyrol unter widerstreitenden Empfindungen. Réals Eltern waren Cidevants gewesen – kleiner Provinzadel – und hatten beide innerhalb einer Woche den Kopf aufs Schafott legen müssen. Was ihren Sohn anging, so wurde er auf Weisung des Delegierten des revolutionären Komitees seiner Stadt einem armen, tugendhaften Tischler in die Lehre gegeben, der ihm zwar für seine Botengänge keine Schuhe schaffen konnte, ihn jedoch nicht unfreundlich behandelte. Dessenungeachtet nahm der Waisenknabe am Ende des Jahres Reißaus und heuerte auf einem der

79

republikanischen Schiffe an, die auf große Fahrt gehen sollten. Auf See entdeckte er andere Wertmaßstäbe. Im Laufe von acht Jahren gelangte er allein durch eigenes Verdienst in den Rang eines Offiziers. Er hatte zu diesem Zweck die Fähigkeit zu lieben und auch die zu hassen in sich unterdrückt und sich angewöhnt, die Menschen skeptisch, ohne besondere Achtung, aber auch ohne große Geringschätzung zu betrachten. Die Grundsätze, von denen er sich leiten ließ, waren einzig sachlicher Art, und er hatte sein Lebtag keinen Freund besessen – in dieser Beziehung viel weniger vom Glück begünstigt als der alte Peyrol, der doch immerhin die Bindung an die gesetzlose Küstenbruderschaft gekannt hatte. Er war natürlich sehr verschlossen. Peyrol, den er unvermutet als einen Bewohner dieser Halbinsel angetroffen, war das erste menschliche Wesen, das die anerzogene Zurückhaltung durchbrochen hatte, welche die Ungewißheit aller Dinge dem Waisenkind der Revolution aufgenötigt hatte. Peyrols ausgeprägte Persönlichkeit hatte Réals Anteilnahme geweckt, eine mißtrauische Zuneigung in ihm entstehen lassen, in die sich auch etwas Verachtung ganz doktrinärer Art mischte. Es war offenkundig, daß der Bursche irgendwann in seinem Leben so etwas wie ein ganz ordinärer Seeräuber gewesen war, und eine derartige Vergangenheit ist in den Augen eines Marineoffiziers keine Empfehlung.

Indessen: Peyrol war der Durchbruch gelungen, und bald darauf hatten die Seltsamkeiten all dieser Menschen auf der Ferme, jedes einzelnen von ihnen, ihren Weg durch die Bresche gefunden.

Leutnant Réal, der auf dem Rücken lag und der blendenden Helle des Himmels wegen die Augen geschlossen hatte, meditierte über den alten Peyrol, während Peyrol, das unbedeckte silberhaarige Haupt der Sonne ausgesetzt, neben einer Leiche zu sitzen schien. Was Leutnant Réal an diesem Menschen so beeindruckte, war der ausgeprägte Scharfblick. Die Beziehung

Réals zu der Ferme entsprach recht genau der Beschreibung Peyrols. Zunächst der besondere dienstliche Auftrag, eine Signalstation einzurichten, dann, nachdem der Plan aufgegeben worden war, Besuche aus freien Stücken. Leutnant Réal war keinem Schiff zugeteilt, sondern tat im Arsenal Dienst, und hatte daher mehrmals einen kurzen Urlaub auf der Ferme verbringen können, wo in der Tat niemand imstande gewesen wäre zu sagen, ob Réal nun dienstlich gekommen sei oder zu einem Urlaub. Er jedenfalls vermochte sich selbst nicht darüber klarzuwerden, weshalb er dorthin kam – vielleicht wollte er es auch nicht. Seine Pflichten waren ihm zuwider geworden. Er hatte nichts und niemanden auf der Welt, zu dem er hätte gehen können. Kam er vielleicht, um Peyrol zu besuchen? Ein stummes, merkwürdig mißtrauisches, trotziges Einverständnis hatte sich unmerklich zwischen ihm und dem das Gesetz mißachtenden alten Mann ergeben, von dem man wohl hätte annehmen dürfen, er sei nur hergekommen, um zu sterben, hätte die robuste Persönlichkeit Peyrols in ihrer derben Lebenskraft nicht jedem Gedanken an den Tod widersprochen. Dieser Freibeuter betrug sich, als verfüge er über alle Zeit der Welt.

Peyrol begann unvermittelt zu sprechen, und dabei sah er geradeaus, als rede er die acht Meilen entfernte Insel Porquerolles an. »Ja... ich kenne alle seine Tricks; allerdings muß ich sagen, daß mir dieser Kniff mit der Zickzackfahrerei um unsere Halbinsel herum auch neu ist.«

»Hm. Fisch fürs Frühstück«, murmelte Réal, ohne die Augen aufzumachen. »Wo steckt der Kahn denn jetzt?«

»Mitten in der Durchfahrt. Die Boote werden eingeholt. Und dabei bewegt das Schiff sich noch. Das bleibt nicht stehen, ehe nicht eine offene Kerze an Deck brennt, ohne zu flackern.«

»Das Schiff ist ein Wunder.«

»Es stammt aus einer französischen Werft«, versetzte der alte Peyrol bitter.

Dies war für lange Zeit das letzte Wort. Endlich sagte der Leutnant mit gleichmütiger Stimme: »Sie scheinen das ja sehr genau zu wissen. Wie kommt denn das?«

»Ich habe das Schiff jetzt einen Monat lang betrachtet. Wie es auch geheißen haben mag, und welchen Namen die Engländer ihm inzwischen auch gegeben haben mögen – haben Sie je einen solchen Bug an einem von Engländern gebauten Schiff gesehen?«

Der Leutnant blieb stumm, als habe er alles Interesse verloren und als stehe nicht eine Meile entfernt ein englisches Kriegsschiff. Doch war er unterdessen sehr mit seinen Gedanken beschäftigt. Man hatte ihn im Vertrauen davon unterrichtet, daß Anweisungen aus Paris eingetroffen waren, die einen bestimmten Auftrag enthielten. Es handelte sich dabei nicht um einen Auftrag militärischer Art, aber doch um eine Sache von allerhöchster Wichtigkeit. Das damit verbundene Risiko war weniger das des Todes als das der Schande. Ein tapferer Mensch mochte sehr wohl davor zurückschrecken. Es gibt nämlich Risiken (nicht den Tod), vor denen ein entschlossener Mensch zurückschrecken darf, ohne sich dessen zu schämen.

»Sind Sie eigentlich je im Gefängnis gewesen?« fragte er unvermittelt und mit gemacht schläfriger Stimme.

Diese Frage veranlaßte Peyrol beinahe zu brüllen: »Himmel! Nein! Gefängnis! Was meinen Sie überhaupt mit Gefängnis? ...ich bin mal von Wilden gefangengenommen worden«, fügte er hinzu und wurde etwas ruhiger, »das ist aber eine uralte Geschichte. Damals war ich jung und ein Narr. Später, als ich schon ein Mann geworden war, bin ich eine Zeitlang Sklave des berühmten Ali-Kassim gewesen. Da habe ich zwei Wochen mit Ketten an Armen und Beinen im Hofe einer aus Lehm gebauten Festung am Persischen Golf herumgelegen. Es waren fast zwanzig von uns Küstenbrüdern in der gleichen üblen Lage... infolge eines Schiffbruches.«

82

»So…« Der Leutnant war wirklich ungemein schläfrig… »und man darf wohl vermuten, daß Sie sich allesamt zum Dienst bei diesem blutrünstigen alten Piraten verstanden haben.«

»Unter allen seinen tausend Mohren hatte er keinen, der ein Geschütz richten konnte. Doch Ali-Kassim führte Krieg wie ein Fürst. Wir segelten über den Golf, eine richtige Flotte, überfielen irgendeine Stadt an der arabischen Küste und plünderten sie. Dann gelang es mir und den anderen, eine bewaffnete Dau in Besitz zu nehmen, und wir schlugen uns mitten durch die Mohrenflotte. Einige von uns starben dann später noch an Durst, aber trotz allem war es eine tolle Sache. Doch reden Sie mir nicht von Gefängnissen. Was ein richtiger Mann ist, der kann immer den Tod finden, wenn man ihm nur die Chance gibt zu kämpfen. Verstehen Sie mich?«

»Ja, ich verstehe Sie«, lächelte der Leutnant. »Ich kenne Sie, glaube ich, ganz gut. Ich nehme an, ein englisches Gefängnis…«

»Was für ein grauenhafter Gesprächsgegenstand«, unterbrach Peyrol laut und aufwallend. »Selbstverständlich ist jede Todesart dem Leben im Gefängnis vorzuziehen. Jede! Woran denken sie eigentlich, Leutnant?«

»Oh, jedenfalls wünsche ich nicht Ihren Tod«, näselte Réal scheinbar uninteressiert.

Peyrol, der mit gefalteten Händen seine Beine umklammerte, sah starr auf die englische Korvette, die träge in der Durchfahrt schwamm, während er ganz konzentriert über jene Worte nachdachte, die da ebenfalls träge in die Stille und den Frieden des Morgens hineingesprochen worden waren. Dann fragte er leise:

»Wollen Sie mir Angst machen?«

Der Leutnant lachte rauh. Peyrol gab weder durch ein Wort noch durch eine Geste oder einen Blick zu erkennen, daß er

83

dieses rätselhafte unerfreuliche Geräusch gehört hatte. Als es verstummt war, wurde das Schweigen zwischen den beiden Männern indessen so bedrückend, daß sie sich wie einem gemeinsamen Impuls folgend erhoben. Der Leutnant sprang leichtfüßig auf, Peyrol jedoch benötigte mehr Zeit zum Aufstehen und tat es würdevoller. So standen sie nebeneinander, unfähig, die sehnsüchtigen Blicke von dem feindlichen Schiff zu ihren Füßen abzuwenden.

»Ich frage mich, warum der Kommandant sich in diese höchst merkwürdige Position begeben hat«, sagte der Offizier.

»Fragen Sie sich nur«, knurrte Peyrol barsch. »Stünden da weiter links auf dem Felsen zwei Achtzehnpfünder, dann könnten wir ihm in zehn Minuten die ganze Takelage wegschießen.«

»Ha, ha, braver alter Kanonier«, bemerkte Réal ironisch. »Und danach? Danach sollten wir wohl beide, Sie und ich, mit dem Messer zwischen den Zähnen hinausschwimmen und entern, was?«

Dieser Ausbruch reizte Peyrol zu einem verhaltenen Lächeln. »Nein! Nein!« widersprach er nüchtern. »Warum wenden wir uns nicht an Toulon um Hilfe? Man könnte eine oder zwei Fregatten schicken und den Burschen lebendig fangen. Wie oft habe ich nicht die Kaperung dieses Schiffes geplant, nur um meinem Herzen Erleichterung zu schaffen! Wie oft habe ich nicht nachts aus meinem Fenster da oben über die Bucht gestarrt, wo es vor Anker lag, und mir ausgedacht, was für eine nette kleine Überraschung ich ihm bereiten könnte, wäre ich nicht bloß der alte Stückmeister Peyrol.«

»Jawohl. Der alte Stückmeister, der sich verdrückt hat und der in den Büchern der Admiralität von Toulon schlecht angeschrieben ist.«

»Sie können nicht behaupten, daß ich versucht hätte, Ihnen, einem Marineoffizier, aus dem Wege zu gehen«, warf Peyrol

84

schnell ein. »Ich fürchte niemanden. Weggelaufen bin ich auch nicht. Ich bin bloß fortgezogen von Toulon. Ich hatte keinen Befehl erhalten, dort zu bleiben. Sie können auch nicht behaupten, ich sei weit gelaufen.«

»Das war sehr schlau von Ihnen. Sie wußten genau, was Sie wollten.«

»Da fangen Sie auch schon wieder an, so zu tun, als hätte ich was verbrochen, genauso wie der Kerl mit den großen Epauletten im Hafenamt, der mich am liebsten eingesperrt hätte, bloß weil ich eine Prise aus dem Indischen Ozean hergebracht, über achttausend Meilen hinweg, und dabei allen Engländern, die mir in den Weg kamen, ausgewichen bin – was er vielleicht nicht so gut fertiggebracht hätte. Ich habe mein Dienstzeugnis, unterzeichnet von Bürger Renaud, einem *chef d'escadre*. Das habe ich nicht dafür bekommen, daß ich Däumchen gedreht oder mich im Kabelgatt versteckt habe, wenn der Feind kam. Und ich kann Ihnen versichern, daß es Patrioten auf unseren Schiffen gab, die sich für sowas durchaus nicht zu gut waren. Aber die Sorte Mensch bekommt kein solches Dienstzeugnis, von der Republik nicht und auch sonst von niemandem.«

»Schon gut, schon gut«, sagte Réal, der immer noch auf das englische Schiff starrte, dessen Bug nun auf Nordkurs gelegt wurde... »Sehen Sie mal, jetzt scheint sie endlich stillzuliegen«, bemerkte er beiläufig zu Peyrol, der ebenfalls hinübersah und nickte... »Schon gut. Aus Ihren Akten geht aber hervor, daß es Ihnen gelang, in sehr kurzer Zeit mit einem ganzen Haufen von Patrioten an Land dicke Freundschaft zu schließen – Terroristen, Sektionsführern...«

»Nun ja. Ich wollte hören, was sie zu sagen hatten. Sie redeten wie eine besoffene Bande von Taugenichtsen, die ein Schiff gestohlen haben. Immerhin waren es aber nicht Leute von ihrem Schlag, die den Engländern den Hafen verkauften. Das waren ein Haufen blutgieriger Landratten. Und ich habe mich

85

schließlich so schnell wie möglich aus der Stadt verdrückt. Es fiel mir ein, daß ich in dieser Gegend geboren bin. Einen anderen Teil Frankreichs kenne ich nicht, und weiter reisen mochte ich nicht. Und hier hat niemand nach mir gesucht.«

»Nein, hier nicht. Ich nehme an, man hat geglaubt, es sei zu nahe. Man hat ein wenig nach Ihnen geforscht, hat es dann aber aufgegeben. Wäre man etwas hartnäckiger geblieben und hätte Sie zum Admiral gemacht, dann wären wir vielleicht bei Abukir nicht geschlagen worden.«

Bei der Erwähnung dieses Namens schüttelte Peyrol drohend die Faust gegen den heiteren mediterranen Himmel.

»Wir waren nicht schlechter als die Engländer«, rief er, »und nirgends auf der Welt werden solche Schiffe gebaut wie bei uns. Begreifen Sie, Leutnant: der republikanische Gott dieser Schwätzer hat uns nie Gelegenheit gegeben, uns unter gleichen Bedingungen mit dem Feind zu schlagen.«

Der Leutnant sah ihn überrascht an. »Was wissen Sie denn von einem republikanischen Gott?« fragte er. »Was meinen Sie damit überhaupt?«

»Mir sind mehr Götzen vor Ohren und Augen gekommen, als Sie sich in einem langen Nachtschlaf erträumen könnten – in allen Winkeln der Erde, ja mitten im Herzen der Urwälder, der unfaßbarsten Naturerscheinung. Figuren, Steine, Pfähle. Es muß was an dieser Vorstellung sein… aber was ich sagen wollte«, fuhr er gekränkt fort, »ist, daß der Gott der Republikaner, der weder ein Stein noch ein Pfahl, sondern eher eine Art Landratte zu sein scheint, uns Seeleuten niemals einen Führer gegeben hat, wie ihn die Soldaten an Land haben.«

Leutnant Réal sah Peyrol aufmerksam und ohne zu lächeln an und bemerkte dann ruhig: »Nun, der Gott der Aristokraten ist wieder im Anmarsch, und es sieht aus, als bringe er einen Kaiser mit. Davon hat man auf der Ferme doch wohl schon gehört, wie?«

86

»Nein«, erwiderte Peyrol. »Von einem Kaiser habe ich nichts reden hören. Was liegt aber auch daran? Kein Führer kann mehr als Führer sein, ganz gleich welche Bezeichnung er trägt, und der General, den man Konsul nennt, ist ein guter Führer, das kann niemand bestreiten.«

Nachdem er diese Worte in dogmatischem Ton von sich gegeben, blickte Peyrol zur Sonne und meinte, es sei Zeit, zur Ferme hinabzusteigen *pour manger la soupe*. Mit plötzlich verdüsterter Miene setzte sich Réal in Bewegung, gefolgt von Peyrol. Hinter der ersten Wegbiegung lag Escampobar vor ihnen, mit den Tauben, die immer noch auf dem Dachfirst spazierten, dem sonnigen Obstgarten und den Höfen, in denen sich keine Menschenseele bewegte. Peyrol sagte, zweifellos befänden sich alle in der Küche in Erwartung seiner und des Leutnants Rückkehr. Er habe gerade den richtigen Appetit. »Und Sie, Leutnant?«

Der Leutnant war nicht hungrig. Nachdem er diese in schmollendem Ton erteilte Auskunft vernommen, vollführte Peyrol hinter dem Rücken des Leutnants eine weise Kopfbewegung. Was immer auch geschehe, der Mensch müsse essen. Er, Peyrol, wisse, was es heiße, ohne Nahrung zu sein. Selbst halbe Rationen seien eine ärmliche Sache, eine sehr ärmliche Sache für jeden, der zu arbeiten oder zu kämpfen habe. Er selber könne sich nichts vorstellen, was ihn daran hindern würde, eine Mahlzeit zu halten, solange Nahrung erreichbar sei.

Seine ungewohnte Geschwätzigkeit traf nicht auf Widerhall, doch Peyrol fuhr in dieser Art fort zu reden, als sei er in Gedanken ganz beim Essen, während er die Augen ruhelos umherschweifen ließ und die Ohren für das geringste Geräusch gespitzt hielt. Als man vor dem Hause angekommen war, ließ Peyrol den Leutnant in das Café eintreten und blieb stehen, um einen besorgten Blick auf den zum Wasser hinunterführenden Pfad zu werfen.

Das Mittelmeer, soweit man es von der Tür des Cafés überblicken konnte, war so bar aller Segel wie ein noch unentdeckter Ozean. Einzig das dumpfe Läuten der geborstenen Glocke am Halse einer grasenden Kuh erreichte sein Ohr und betonte noch den auf der Ferme herrschenden sonntäglichen Frieden. Zwei Ziegen ließen sich auf dem Westabhang des Hügels nieder. Das alles wirkte ungemein beschwichtigend, und der besorgte Ausdruck auf Peyrols Gesicht begann gerade zu weichen, als eine der Ziegen aufsprang. Der Freibeuter zuckte zusammen und erstarrte in gespannter Erwartung. Ein Mensch, dessen geistige Verfassung derart beschaffen ist, daß eine aufspringende Ziege ihn erschreckt, kann nicht glücklich genannt werden. Indessen blieb die andere Ziege liegen. Es gab also keinen Anlaß, sich zu beunruhigen, und Peyrol folgte dem Leutnant ins Haus, wobei er sich bemühte, die gewohnte Miene gleichmütiger Zufriedenheit anzunehmen.

VII

Für den Leutnant war am Ende des langen Tisches in der *salle* ein Gedeck aufgelegt worden. Er nahm seine Mahlzeit dort ein, während die anderen sich wie üblich in der Küche zum Essen setzten – eine recht sonderbare Tischgesellschaft, die von der besorgten und schweigsamen Catherine bedient wurde. Peyrol saß gedankenvoll und hungrig dem Bürger Scevola gegenüber, der Arbeitszeug trug und in sich gekehrt wirkte. Die roten Flecken auf seinen Jochbeinen über dem dicht wuchernden Bart traten heute besonders stark hervor und ließen ihn fiebriger erscheinen als gewöhnlich. Von Zeit zu Zeit erhob sich die *patronne* von ihrem Platz neben dem alten Peyrol, um in die *salle* hinüberzugehen und dem Leutnant aufzuwarten. Die drei anderen schienen ihre Abwesenheit nicht zu bemerken. Gegen Ende der Mahlzeit lehnte Peyrol sich in den Stuhl zurück und ließ den Blick auf dem Ex-Terroristen ruhen, der noch nicht aufgegessen hatte und sich mit seinem Teller beschäftigte wie ein Mensch, der einen langen, arbeitsreichen Vormittag hinter sich hat. Die Tür von der Küche zur *salle* stand weit offen, doch hörte man von dort drüben nicht das geringste Geräusch.

Bis vor kurzem hatte Peyrol nicht besonders darauf geachtet, in welcher Gemütsverfassung die Menschen waren, mit denen er zusammenlebte. Jetzt aber fragte er sich, was wohl in dem Kopf des ehemals terroristischen Patrioten vorgehen mochte, jenes blutdürstigen und ungemein jämmerlichen Geschöpfes, das die Stelle des *patron* der Ferme Escampobar einnahm. Doch als der Bürger Scevola endlich den Kopf hob, um einen großen

89

Schluck Wein zu nehmen, war nichts Neues in jenem Gesicht zu bemerken, das so sehr einer bemalten Maske glich. Ihre Augen begegneten sich.

»*Sacrebleu!*« rief Peyrol schließlich. »Wenn Sie so weitermachen und nie mehr mit jemandem reden, werden Sie schließlich noch das Sprechen verlernen.«

Der Patriot lächelte aus der Tiefe seines Bartes, ein Lächeln, das Peyrol aus irgendeinem Grunde – vielleicht war es auch bloß ein Vorurteil – an das abwehrende Grinsen eines kleinen wilden Tieres erinnerte, das fürchtet, in die Ecke getrieben zu werden.

»Was gibt es schon zu reden?« erwiderte er. »Sie leben bei uns; Sie haben sich nicht von hier fortgerührt; sicherlich haben Sie die Trauben im Weingarten und die Feigen an der Westwand oft und oft gezählt...« Er unterbrach sich, um das Ohr der nebenan herrschenden Totenstille zuzuwenden, und fuhr dann etwas lauter fort: »Sie und ich – wir wissen, was hier vorgeht.«

Peyrol kniff die Augen zu einem scharfen, forschenden Blick zusammen. Catherine, die mit dem Abdecken begonnen hatte, benahm sich, als sei sie taub. Ihr walnußbraunes Gesicht, mit den eingesunkenen Wangen und dem verkniffenen Mund, erinnerte an eine Holzschnitzerei, so wunderbar unbeweglich waren die feinen Runzeln darin. Sie hielt sich stockstatuen, und ihre Hände regten sich flink. Peyrol sagte: »Von der Ferme wollen wir gar nicht sprechen. Haben Sie in letzter Zeit Neuigkeiten gehört?«

Der Patriot schüttelte heftig den Kopf. Vor Nachrichten aus dem öffentlichen Leben empfand er Abscheu. Es sei, meinte er, ohnehin alles verloren. Das Land werde von Meineidigen und Renegaten regiert. Alle patriotischen Tugenden seien gestorben. Er schlug mit der Hand auf die Tischplatte und saß dann lauschend, als hätte der Schlag irgendwo in dem stillen

Hause ein Echo auslösen können. Nicht der leiseste Laut ließ sich von irgendwoher vernehmen. Bürger Scevola seufzte. Er sei nun wohl der letzte Patriot und seines Lebens selbst jetzt im Ruhestand nicht sicher.

»Ich weiß schon«, sagte Peyrol. »Ich habe alles vom Fenster aus mitangesehen. Sie können laufen wie ein Hase, Bürger.«

»Sollte ich mir vielleicht erlauben, ein Opfer jener abergläubischen Bestien zu werden?« fragte Bürger Scevola mit quiekender Stimme und echter Empörung, die Peyrol kalt zur Kenntnis nahm. Auf das geflüsterte: »Vielleicht wäre es besser gewesen, ich hätte mich damals von den reaktionären Hunden umbringen lassen...« achtete er gar nicht.

Die alte Frau, die am Spülstein abwusch, blickte beunruhigt zur Tür der *salle*.

»Nein!« brüllte der vereinsamte Sansculotte. »Es kann nicht sein! Es muß noch viele Patrioten in Frankreich geben. Noch brennt das heilige Feuer!«

Er bot den Anblick eines Menschen, der dasitzt mit Asche auf dem Haupt und Verzweiflung im Herzen. Die mandelförmigen Augen blickten stumpf, erloschen. Doch gleich darauf warf er Peyrol einen verstohlenen Blick zu, als wolle er sich von der Wirkung seiner Worte überzeugen, und begann dann leise, als übe er eine Ansprache ein, zu deklamieren: »Nein, es kann nicht sein. Eines Tages wird die Tyrannei schwanken, und dann ist es Zeit, sie noch einmal zu stürzen. Zu Tausenden werden wir zur Stelle sein, und – *ça ira!*«

Diese Worte rührten Peyrol ebensowenig wie der leidenschaftlich energische Ton, in dem sie gesprochen wurden. Er stützte den Kopf in die große braune Hand und war mit seinen Gedanken so offensichtlich woanders, daß der matt um sein Leben ringende Geist des Terrors in dem vereinsamten Busen des Bürgers Scevola einen Schwächeanfall erlitt. Ein Schatten fiel auf den Küchenboden, als der Fischer von der Lagune eintrat und die Tischgesellschaft schüchtern von der Tür her begrüßte. Ohne die Haltung zu ändern, blickte Peyrol neugierig zu ihm hin. Catherine wischte die Hände an der Schürze ab und bemerkte: »Du kommst spät um dein Essen, Michel.« Darauf trat er ein, nahm aus der Hand der Frau eine irdene Schüssel und ein mächtiges Stück Brot entgegen und trug beides sogleich auf den Hof hinaus; Peyrol und der Sansculotte standen vom Tisch auf. Letzterer wendete sich, nachdem er flüchtig gezögert wie jemand, der seinen Weg verfehlt, ruckartig dem Korridor zu, und Peyrol, der Catherines besorgten Blicken auswich, ging in den Hof. Durch die offene Tür zur *salle* gewahrte er Arlette, die steil aufgerichtet dasaß, die Hände im Schoß gefaltet, und jemanden betrachtete, den er nicht sehen konnte, der aber niemand anderer war als der Leutnant.

Im Hof herrschte Hitze und blendende Helligkeit. Die Hühner hatten sich zerstreut und hielten im Schatten ihren Mittagsschlaf. Peyrol scherte die Sonne nicht. Michel, der unter dem Abdach der Wagenremise seine Mahlzeit verzehrt hatte, stellte die irdene Schüssel auf den Boden und trat zu seinem Herrn an den Brunnen, der von einer niederen Steinmauer eingefaßt und von einem schmiedeeisernen Rundbogen überwölbt wurde, um den sich der zarte Sproß eines wilden Feigenbaumes rankte. Nach dem Tode seines Hundes hatte der Fischer die Lagune verlassen, hatte sein verfaulendes Boot Wind und Wetter am öden Ufer des Salzsees preisgegeben und seine jämmerlichen Netze in der düsteren Hütte verschlossen. Er wollte keinen neuen Hund haben – und außerdem, wer hätte ihm wohl einen geschenkt? Er war der geringste unter den Menschen. Einer mußte es schließlich sein. Im Leben des Dorfes war kein Platz für ihn. So war er denn eines schönen Morgens zur Ferme hinausgewandert, um Peyrol zu sehen – genauer vielleicht, um von Peyrol gesehen zu werden. Das war Michels einzige Hoffnung. Er setzte sich der Haustür gegenüber auf einen Stein, neben sich einen Knüppel und ein Bündel, das hauptsächlich aus einer alten Decke bestand. Er sah aus wie das einsamste, sanfteste und harmloseste Geschöpf der Welt. Peyrol lauschte ernst der wirren Geschichte vom Tode des Hundes. Er selber hätte sich nicht mit einem Hund, wie Michels Hund einer war, angefreundet, doch begriff er durchaus, daß dessen Tod den plötzlichen Abbruch der Haushaltung am Ufer der Lagune hatte zur Folge haben müssen. Als Michel dann mit den Worten schloß: »Und da habe ich eben gedacht, ich komme mal her«, antwortete Peyrol, ohne erst die unverhüllte Bitte abzuwarten, »*très bien*. Du wirst meine Besatzung sein«, und dabei deutete er den Pfad hinunter, der an den Strand führte. Und als Michel Bündel und Stock ergriff und sich ohne weiteres auf den Weg machte, rief er hinterher: »Achtern, im Schapp ist ein Laib Brot und eine Flasche Wein, da kannst du frühstücken!«

Das waren die einzigen Formalitäten, welche die Ernennung Michels zur ›Besatzung‹ von Peyrols Boot begleiteten. Der Freibeuter hatte sich, ohne Zeit zu verlieren, daran gemacht, seine Absicht zu verwirklichen und ein eigenes Wasserfahrzeug aufzutreiben. Es war gar nicht so einfach, etwas Taugliches zu finden. Die elende Bevölkerung von Madrague, einem kleinen Fischerdorf gegenüber von Toulon, hatte nichts anzubieten. Überdies betrachtete Peyrol die Besitztümer dieser Menschen mit Verachtung. Lieber als eines ihrer Boote hätte er einen aus drei zusammengebundenen Baumstämmen gefertigten Katamaran gekauft. Doch einsam und allen Augen sichtbar lag auf dem Strand in verwitterter Melancholie eine zweimastige Tartane, deren verblichenes Tauwerk in Girlanden herunterbaumelte und deren ausgedörrte Masten Risse aufwiesen. Nie sah man jemanden im Schatten ihres Rumpfes rasten, auf dem die Möwen des Mittelmeeres sich häuslich eingerichtet hatten. Die Tartane glich einem Wrack, das eine mächtige See verächtlich hoch auf Land gesetzt hat. Peyrol, der sie aus der Ferne betrachtete, bemerkte, daß das Ruder noch an seinem Platz war. Er ließ seine Augen über sie hinwandern und sagte sich, daß ein Boot von solchen Linien gut segeln müsse. Sie war viel größer als alles, was ihm vorgeschwebt hatte, aber gerade ihre Größe reizte ihn, denn sie brachte ihm alle Küsten des Mittelmeeres in Reichweite: die Balearen und Korsika, Nordafrika und Spanien. Peyrol hatte auf dem Ozean Hunderte von Meilen in Schiffen zurückgelegt, die nicht größer waren als diese Tartane. Hinter seinem Rücken sammelte sich in stummer Verwunderung ein Haufe von barhäuptigen, ausgemergelten Fischerfrauen, an deren Rockzipfeln ein Schwarm zerlumpter Kinder hing, und starrte auf den ersten Fremden, den man seit Jahren zu sehen bekommen hatte.

Peyrol lieh sich im Dorf eine Leiter (er war zu gewitzt, um sein Gewicht einem der herabhängenden Taue anzuvertrauen) und trug sie zum Strand, in achtungsvoller Entfernung von den glotzenden Weibern und Kindern gefolgt, eine unbegreifliche Erscheinung, ein Wunder für die Eingeborenen, wie er das auch früher schon auf mehr als einer abgelegenen Insel in fernen Meeren gewesen war. Er kletterte an Bord und stand auf dem gedeckten Vorschiff der vernachlässigten Tartane, Mittelpunkt aller Blicke. Eine Möwe flog auf und kreischte wütend. Am Boden des Bootes fand er nichts als ein wenig Sand, Holzstücke, einen verrosteten Haken und etliche Strohhalme, die der Wind meilenweit hergetragen haben mußte, damit sie hier zur Ruhe kämen. Das gedeckte Achterschiff wies Deckslicht und Hütte auf, und Peyrols Augen ruhten wie gebannt auf dem mächtigen Vorhängeschloß, das die Schiebetür zur Kajüte sicherte. Es war ihm, als seien Geheimnisse und Schätze hinter dieser Tür – dabei war es höchst wahrscheinlich leer dahinter. Peyrol wandte sich ab und brüllte aus Leibeskräften in die Richtung, wo die Fischerfrauen standen, denen

sich unterdessen zwei Greise und ein buckliger Krüppel an
Krücken zugesellt hatten:
»Paßt jemand auf diese Tartane hier auf? Ein Wächter oder
dergleichen?«
Die erste Reaktion war ein allgemeines Zurückweichen. Nur
der Bucklige wankte nicht, sondern rief mit unerwartet kräfti-
ger Stimme zurück:
»Sie sind seit Jahren der erste, der da hinaufgeklettert ist!«
Die Fischerfrauen bewunderten seine Kühnheit; Peyrol erschien ihnen in der Tat als ein furchteinflößendes Wesen. ›Das
hätte ich mir denken können‹, sinnierte Peyrol. ›Sie sieht wirklich grauenhaft aus.‹ Die aufgescheuchte Möwe war in Begleitung einiger empörter Freundinnen zurückgekehrt, und gemeinsam kreisten sie laut schimpfend über Peyrols Kopf. Er
brüllte noch einmal:
»Wem gehört sie denn?«
Das zwischen den Krücken hängende Wesen deutete mit einem
Finger auf die kreischenden Vögel und antwortete mit tiefer
Stimme: »Soweit ich weiß, denen da.« Und als Peyrol von
Deck aus auf ihn hinunterblickte, fuhr er fort: »Dieses Fahrzeug gehörte mal nach Escampobar. Kennen Sie Escampobar?
Ein Haus; es liegt da hinten in der Senke zwischen den Hügeln.«
»Ja, ich kenne Escampobar«, schrie Peyrol, wandte sich ab und
lehnte gegen den Mast in einer Haltung, die er lange Zeit nicht
änderte. Seine Reglosigkeit ermüdete schließlich die Leute.
Langsam und in geschlossener Ordnung zogen sie sich auf die
ärmlichen Hütten zurück; der zwischen den Krücken schwin-
gende Bucklige bildete die Nachhut. Peyrol blieb mit den wütenden Möwen allein. Er verweilte an Bord jenes unseligen
Fahrzeuges, das Arlettes Eltern mitten in das teuflische Gemetzel von Toulon und in ihren Tod geführt und das die
jugendliche Arlette und den Bürger Scevola nach Escampobar

zurückgebracht hatte, wo die alte Catherine tagelang einsam darauf hatte warten müssen, daß irgend jemand heimkehre. Das waren Tage der Angst und des Gebets gewesen, da sie dem Donnern der Kanonen bei Toulon und – mit einer beinahe noch größeren, aber anderen Angst – der Totenstille lauschte, die darauf gefolgt war.

Peyrol, dem es angenehm war, ein Schiff unter seinen Füßen zu spüren, beschwor die mit der verlassenen Tartane verbundenen Schreckensbilder keineswegs herauf. Als er zur Ferme zurückkehrte, war es bereits so spät, daß er allein zu Abend essen mußte. Die Frauen hatten sich zurückgezogen, und nur der Sansculotte, der draußen seine kurze Pfeife geraucht hatte, folgte ihm in die Küche und erkundigte sich, wo Peyrol gewesen sei und ob er sich verirrt habe. Diese Frage gab Peyrol Gelegenheit einzuhaken. Er sei nach Madrague gegangen und habe dort eine sehr hübsche Tartane gesehen, die am Strand liege und verkomme.

»Man hat mir da unten gesagt, das Boot gehöre Ihnen, Bürger.«

Die Antwort des Terroristen bestand in einem Blinzeln.

»Nanu? Sie sind doch in dieser Tartane hierhergekommen? Wollen Sie sie mir nicht verkaufen?« Peyrol wartete ein Weilchen. »Was haben Sie für Bedenken?«

Es erwies sich, daß der Patriot eigentlich keine Bedenken hatte. Er murmelte so etwas wie: die Tartane sei sehr verschmutzt. Dies veranlaßte Peyrol, ihn ungemein erstaunt anzublicken.

»Ich bin bereit, sie Ihnen abzukaufen, wie sie geht und steht.«

»Ich will ehrlich mit Ihnen sein, Bürger. Als die Tartane am Kai von Toulon festgemacht hatte, stürmte ein Haufen flüchtender Verräter an Bord, Männer und Frauen und auch Kinder; sie kappten die Leinen, weil sie auf ihr fliehen wollten. Aber die Rächer waren bereit und machten kurzen Prozeß mit ihnen. Als wir sie schließlich hinter dem Arsenal fanden, ein anderer

96

Kamerad und ich, mußten wir eine Menge Leichen aus dem Laderaum und aus der Kajüte holen und über Bord werfen. Sie werden feststellen, daß das Boot über und über verdreckt ist – wir hatten keine Zeit, es zu säubern.« Peyrol hatte Lust zu lachen. Er hatte Decks gesehen, die von Blut überschwemmt waren, und geholfen, nach dem Gefecht die Leichen über Bord zu werfen; doch diesen Bürger betrachtete er mit einem unfreundlichen Blick. Er dachte bei sich: ›Ohne Zweifel hat er selber sich an dem Gemetzel beteiligt‹, ließ aber nichts verlauten. Er stellte sich nur das mächtige Schloß vor, das das auf dem Achterdeck stehende, leere Schlachthaus sicherte. Der Terrorist beharrte auf seiner Darstellung: »Wir hatten wirklich keine Zeit, sauberzumachen. Die Umstände waren so beschaffen, daß ich mich unbedingt entfernen mußte, wollte ich vermeiden, daß ein paar von den falschen Patrioten mir die eine oder andere *carmagnole* antaten. In unserer Sektion war es zu erbitterten Auseinandersetzungen gekommen. Ich war nicht der einzige, der sich zurückziehen mußte.«

Peyrol schnitt mit einer Armbewegung alle weiteren Erläuterungen ab. Doch ehe er sich für die Nacht von dem Terroristen trennte, durfte Peyrol sich als Eigner der unglückseligen Tartane betrachten.

Am Tage darauf kehrte er nach dem Fischerdorf zurück und schlug hier sein Quartier auf. Die Scheu, die er anfänglich verursacht hatte, legte sich mit der Zeit, wenn auch niemand große Lust verspürte, der Tartane zu nahe zu kommen. Peyrol wünschte sich keinen Helfer. Er brach das große Schloß mit einer Brechstange auf und ließ das Tageslicht in die kleine Kajüte, die mit ihren Blutflecken im Holzwerk tatsächlich die Spuren des Massakers trug, sonst aber nichts enthielt als eine Strähne langen Haares und den Ohrring einer Frau – ein billiges Ding, das Peyrol aufnahm und lange betrachtete. Die Gedanken, die solche Fundstücke hervorrufen, waren ihm in seinem früheren Leben nicht fremd geblieben. Er konnte sich ohne besondere Gemütsbewegung die kleine Kajüte voller Leichen vorstellen. Er setzte sich und betrachtete die Flecken und Spritzer, auf die jahrelang kein Sonnenstrahl gefallen war. Der billige kleine Ohrring lag vor ihm auf der rohen Tischplatte zwischen den beiden Schränken, und Peyrol schüttelte bei seinem Anblick gewichtig den Kopf. Er jedenfalls war nie ein Schlächter gewesen.

Peyrol vollbrachte die Reinigungsarbeiten ohne fremde Hilfe. Dann ging er *con amore* daran, die Tartane auszurüsten. Die Gewohnheit des Arbeitens hing ihm immer noch an. Es freute ihn, eine Beschäftigung zu haben; diese ihm so sympathische Tätigkeit ähnelte der Vorbereitung einer Reise, was angenehme Vorstellungen in ihm erweckte und ihn jeden Abend mit Befriedigung bemerken ließ, daß er sich einem erträumten Ziel wiederum einen Schritt genähert hatte. Er schor neue Taue ein, schrapte die Masten, fegte, scheuerte und malte alles eigenhändig, er arbeitete stetig und hoffnungsfroh, ganz als bereite er seine Flucht von einer unbewohnbaren Insel vor; und kaum hatte er das kleine dunkle Loch von Kajüte instandgesetzt, da gewöhnte er sich auch schon an, darin zu schlafen. Nur einmal ging er für zwei Tage auf die Ferme zurück, so als nehme er sich Ferien. Diese Tage verbrachte er fast ausschließlich damit, Arlette zu beobachten. Sie war wohl das erste rätselhafte menschliche Wesen, mit dem er je Berührung gehabt. Peyrol verachtete die Frauen nicht. Er hatte sie lieben, leiden, ausharren, toben und sogar eigenhändig kämpfen sehen, nicht anders als Männer. In der Regel galt es, sowohl vor Männern als auch vor Frauen auf der Hut zu sein, doch in mancher Hinsicht waren Frauen vertrauenswürdiger. Genau betrachtet, waren ihm seine Landsmänninnen weniger vertraut als jede andere Sorte Frau. Seine Erfahrungen mit Frauen der unterschiedlichsten Rassen hatten ihm jedoch die undeutliche Vorstellung eingegeben,

Frauen ähnelten einander in der ganzen Welt. Diese hier war ein liebenswertes Geschöpf. Sie wirkte wie ein Kind. Sie erweckte in ihm eine innige Empfindung, von der er zuvor nicht gewußt hatte, daß sie so stark und unvermischt in der Brust eines Mannes vorhanden sein könne. Es verblüffte ihn, daß er dabei ganz gelassen blieb. ›Werde ich alt?‹ fragte er sich plötzlich eines Abends, als er mit dem Rücken gegen die Hauswand gelehnt auf der Bank saß und starr vor sich hin sah, nachdem sie gerade durch sein Blickfeld geschritten war.

Er merkte, daß er für Catherine ein der Beobachtung werter Gegenstand geworden war, denn er ertappte sie mehr als einmal dabei, daß sie um Ecken herum oder hinter halb geschlossenen Türen her nach ihm spähte. Er seinerseits pflegte sie offen anzustarren – im vollen Bewußtsein der Gefühle, die er in ihr erweckte: eine Mischung von Neugier und Ehrfurcht. Er glaubte, sie mißbillige nicht seine Anwesenheit auf der Ferme, wo sie, wie er deutlich sah, ein Leben führte, das alles andere als einfach war. Das hatte nichts damit zu schaffen, daß sie alle Hausarbeit tat. Sie war eine Frau in seinem eigenen Alter, aufrecht wie eine Tanne, doch im Gesicht voller Runzeln. Als sie eines Abends allein in der Küche beisammensaßen, sagte Peyrol zu ihr: »Sie müssen zu Ihrer Zeit ein sehr hübsches Mädchen gewesen sein, Catherine. Merkwürdig, daß Sie nie geheiratet haben.«

Catherine, die vor dem hohen Kamin stand, schien so betroffen, ungläubig und verblüfft, daß Peyrol ganz gereizt fragte: »Was ist denn los? Sie könnten nicht überraschter aussehen, wenn einer der Esel im Hof Sie angesprochen hätte. Sie wollen doch wohl nicht abstreiten, daß Sie mal ein hübsches Mädchen gewesen sind?«

Sie erholte sich soweit von ihrem Schreck, daß sie sagen konnte: »Ich bin hier geboren, bin hier aufgewachsen und habe mich schon sehr zeitig dazu entschlossen, hier zu sterben.«

»Ein recht merkwürdiger Entschluß für ein junges Mädchen«, versetzte Peyrol.

»Das ist nichts, worüber man reden soll«, sagte die alte Frau und beugte sich vor, um einen Topf aus der warmen Asche zu heben. »Damals«, fuhr sie, Peyrol den Rücken kehrend, fort, »glaubte ich nicht, daß ich lange leben würde. Als ich achtzehn war, verliebte ich mich in einen Priester.«

»Ah bah!« stieß Peyrol gedämpft hervor.

»Damals betete ich um den Tod«, fuhr sie ruhig fort. »Ich habe ganze Nächte in dem Zimmer da oben, in dem Sie jetzt schlafen, auf den Knien zugebracht. Ich ging allen Leuten aus dem Wege. Man sagte bereits, ich sei verrückt. Wir sind stets von dem Pack, das die Gegend hier bewohnt, gehaßt worden. Diese Menschen haben giftige Zungen. Man gab mir den Spitznamen ›la fiancée du prêtre‹. Ja, hübsch war ich wohl, doch wer hätte mich schon angesehen, selbst wenn ich hätte angesehen werden wollen? Mein Glück war, daß ich einen so vorzüglichen Mann zum Bruder hatte. Er begriff alles. Nie kam ein Wort über seine Lippen, doch manchmal, wenn wir allein waren, wenn auch seine Frau nicht dabei war, dann legte er mir zärtlich die Hand auf die Schulter. Seit damals bin ich in keiner Kirche mehr gewesen und werde auch nie wieder hingehen. Mit Gott habe ich jetzt allerdings keinen Streit mehr.«

Die besorgte Wachsamkeit war jetzt ganz aus ihrer Haltung geschwunden. Catherine stand aufrecht wie eine Tanne vor Peyrol und blickte ihn voller Selbstvertrauen an. Der Freibeuter war noch nicht bereit zu reden. Er nickte nur, und sie trat an den Spülstein, um den Topf zum Abkühlen hineinzustellen. »Ja, ich wünschte mir den Tod – doch kam er nicht – und jetzt habe ich eine Aufgabe«, sagte sie, setzte sich nahe an den Kamin und stützte das Kinn in die Hand. »Und Sie wissen wohl auch, um was es sich dabei handelt«, fügte sie hinzu. Peyrol stand bedächtig auf.

»Nun, *bon soir*«, sagte er. »Ich mache mich auf den Weg nach Madrague. Morgen früh will ich beim Morgengrauen mit der Arbeit an der Tartane beginnen.«

»Reden Sie mir nichts von der Tartane! Die hat meinen Bruder für immer hinweggeführt. Ich stand am Ufer und sah, wie ihre Segel kleiner und kleiner wurden. Und dann kehrte ich allein zurück in dieses Haus.«

Ihre welken Lippen, die kein Liebhaber, kein Kind je geküßt, bewegten sich schwach, als die alte Catherine Peyrol die Tage und Nächte des Wartens schilderte, mit dem fernen Knurren der Kanonen in den Ohren. Sie pflegte vor dem Haus zu sitzen und sehnsüchtig auf Nachricht zu warten. Dabei betrachtete sie das Zucken am Himmel und lauschte den dumpfen Explosionen der Kanonen, die über das Wasser herdrangen. Dann folgte eine Nacht, in der das Ende der Welt gekommen schien. Der Himmel war taghell, die Erde bebte in ihren Grundfesten, sie fühlte wie das Haus schwankte und sprang vor Angst schreiend hinaus. In jener Nacht ging sie überhaupt nicht wieder zu Bett. Am nächsten Morgen sah sie, daß das Meer bedeckt war von Segeln, während über Toulon eine schwarzgelbe Wolke hing. Ein Mann, der von Madrague heraufkam, sagte zu ihr, er glaube, die ganze Stadt sei in die Luft gesprengt worden. Sie gab ihm eine Flasche Wein, und er half ihr diesen Abend das Vieh füttern. Ehe er ging, gab er der Meinung Ausdruck, in Toulon könne keine Menschenseele mehr am Leben sein, denn die wenigen, die überlebt hätten, wären gewiß in den Schiffen der Engländer abgefahren. Fast eine Woche später, als sie im Halbschlaf am Feuer saß, wurde sie von Stimmen geweckt und sah, mitten in der *salle* stehend, bleich wie ein Leichnam, der aus dem Grabe kommt, eine blutgetränkte Decke um die Schultern und eine rote Mütze auf dem Kopf, ein gräßlich aussehendes junges Mädchen, in dem sie plötzlich ihre Nichte erkannte. Sie schrie entsetzt:

»François, François!« Dies war der Name ihres Bruders, von dem sie glaubte, er sei noch draußen. Ihr Schrei erschreckte das Mädchen, und es rannte hinaus. Draußen blieb alles ruhig. Noch einmal schrie sie »François!«, dann taumelte sie an die Tür und sah, wie ihre Nichte hilfesuchend einen Fremden umklammerte, der eine rote Mütze und einen Säbel trug und erregt brüllte: »Sie werden François nicht mehr zu sehen bekommen! *Vive la République!*«

»Ich erkannte in ihm den jungen Bron«, fuhr Catherine fort. »Ich war mit seinen Eltern bekannt. Als die Unruhen begannen, verließ er sein Elternhaus, um sich der Revolution anzuschließen. Ich ging auf ihn los und nahm ihm das Mädchen weg. Sie fügte sich gleich. Das Kind hat mich seit je lieb gehabt.« Sie stand von ihrem Stuhl auf und rückte Peyrol ein wenig näher. »Sie erinnerte sich gut an ihre Tante Catherine. Ich riß ihr die gräßliche Decke von der Schulter. Ihr Haar war von Blut verklebt, und ihre Kleider waren besudelt. Ich nahm sie mit nach oben. Sie war hilflos wie ein kleines Kind. Ich kleidete sie aus und betrachtete sie genau. Sie war nirgends verletzt. Dessen war ich sicher – doch wessen konnte ich mich sonst versichert halten? Auf das Zeug, das sie mir vorplapperte, konnte ich mir keinen Reim machen. Allein ihre Stimme machte mich elend. Kaum hatte ich sie in mein Bett gelegt, schlief sie auch schon. Da stand ich und sah sie an und wurde fast verrückt, als ich mir vorstellte, was man dem Kind alles zugemutet haben mochte. Als ich hinunterging, fand ich den Nichtsnutz im Haus. Er raste in der *salle*, er geiferte und prahlte, bis ich glaubte, dies alles sei nur ein böser Traum. Der Kopf drehte sich mir. Er machte Anspruch auf Arlette und verlangte Gott weiß was. Ich bekam Dinge zu hören, die mir die Haare zu Berge stehen ließen. Ich stand da und preßte aus Leibeskräften die Hände zusammen, denn ich fürchtete, den Verstand zu verlieren.«

»Er ängstigte Sie, was?« sagte Peyrol und sah sie fest an.
Catherine trat einen Schritt näher.

»Was? Der junge Bron mich ängstigen? Er war doch das Gespött aller Mädchen, wenn er an Festtagen vor der Kirche Maulaffen feilhielt, damals, als wir noch einen König hatten. Er war ja weit und breit als Narr bekannt. Nein. Ich sagte mir nur, daß ich mich nicht von ihm umbringen lassen dürfe. Da oben war das Kind, das ich ihm gerade entrissen hatte, und hier war ich, ganz allein, mit diesem Kerl, der einen Säbel trug, während ich mir nicht einmal ein Küchenmesser verschaffen konnte.«

»Und so ist er denn hiergeblieben«, sagte Peyrol.

»Was hätte ich tun sollen?« fragte Catherine ruhig. »Er hatte das Kind aus jenem Schlachthaus hergebracht. Es dauerte recht lange, bis ich auch nur zu ahnen begann, was da eigentlich vorgegangen war. Auch jetzt weiß ich nicht alles, und vermutlich werde ich es nie ganz erfahren. Schon nach wenigen Tagen war ich Arlettes wegen beruhigt, doch hat es sehr lange gedauert, bis sie anfing zu reden, und dann redete sie ja nur wirres Zeug. Und was hätte ich denn ganz allein unternehmen sollen? Es gibt niemanden in der Nähe, den zu Hilfe zu rufen ich mich hätte herablassen können. Wir von Escampobar sind bei den hiesigen Bauern nie beliebt gewesen«, sagte sie stolz. »Und mehr kann ich Ihnen darüber nicht sagen.«

Ihre Stimme wurde unsicher, sie setzte sich wieder auf ihren Stuhl und stützte das Kinn in die Hand. Als Peyrol das Haus auf dem Wege nach Madrague verließ, sah er Arlette und den *patron* um die Ecke biegen. Sie gingen Seite an Seite und doch so, als sei einer sich der Gegenwart des anderen gar nicht bewußt.

Er verbrachte die Nacht an Bord der instandgesetzten Tartane, und die aufgehende Sonne fand ihn mit der Arbeit am Bootsrumpf beschäftigt. Um jene Zeit hatten die Dorfbewohner ihre

ehrfürchtige Scheu vor ihm verloren, aber sie befleißigten sich
nach wie vor einer mißtrauischen Haltung. Das Instrument,
durch das er sich mit ihnen verständigte, war der elende Krüppel. Während der Zeitspanne, die Peyrol mit den Arbeiten an
der Tartane verbrachte, leistete nur der Krüppel ihm Gesellschaft. Es kam Peyrol so vor, als besitze der Krüppel mehr
Tatendrang, Kühnheit und Intelligenz als alle übrigen Einwohner zusammen. Man konnte ihn schon am frühen Morgen
zwischen seinen Krücken schwingend auf dem Wege zu dem
Boot sehen, an dem Peyrol bereits seit einer Stunde arbeitete.
Peyrol pflegte ihm dann einen Tampen zuzuwerfen, der Krüppel lehnte die Krücken an die Bootswand und zog mühelos
Hand über Hand seinen elenden kleinen Körper, der von der
Hüfte abwärts verkümmert war, an Bord. Dann setzte er sich
auf das kleine Vordeck, lehnte sich an den Mast, streckte die
dünnen, deformierten Beine aus und unterhielt sich mit Peyrol.
Er sprach zu ihm über die ganze Länge der Tartane hinweg mit
angestrengter Stimme und teilte auch Peyrols Mittagsmahl,
als habe er ein Anrecht darauf; meistens brachte er den Pro-
viant in einem sonderbaren flachen Korb mit, der ihm um den
Hals hing. So wurden Peyrol die Stunden der Arbeit durch
scharfsinnige Bemerkungen und örtlichen Klatsch verkürzt.
Wie der Krüppel in den Besitz dieser Neuigkeiten gelangte,
konnte man sich nicht leicht vorstellen, und der Freibeuter war
mit dem europäischen Aberglauben nicht vertraut genug, um
ihn zu verdächtigen, des Nachts als eine Art männlicher Hexe
auf dem Besenstiel herumzureiten. Denn in diesem verform-
ten Stück Mensch war eine Männlichkeit zu spüren, die Peyrol
sogleich aufgefallen war. Schon seine Stimme klang männlich,
und der Klatsch, den er ausbreitete, war ebenfalls nicht weib-
licher Klatsch. Er erwähnte, daß man ihn gelegentlich in einem
Karren umherschiebe, damit er auf Hochzeiten und bei anderen
festlichen Anlässen die Fiedel streiche.

104

Das schien aber keine zureichende Erklärung, und der Krüppel gab auch zu, daß während der Revolution, als niemand die Aufmerksamkeit auf sich lenken wollte und alles still und heimlich geschah, kaum solche Feste gefeiert worden seien. Es gab keine Priester, die die Trauung vornehmen konnten, und wenn es keine Zeremonie mehr gab, so gab es eben auch keinen Grund mehr zu feiern. Selbstverständlich wurden Kinder geboren wie stets, doch fanden keine Kindstaufen mehr statt – und die Menschen fingen an, merkwürdig auszusehen. Irgendwie veränderten sich die Gesichter. Schon die Jungen und Mädchen machten einen bedrückten Eindruck.

Peyrol, der ununterbrochen beschäftigt war, lauschte, anscheinend ohne besonders aufzumerken, dem Bericht über die Revolution, ganz als sei er am anderen Ende der Welt und lausche dem Bericht eines klugen Inselbewohners über die blutigen Riten und erstaunlichen Verkündigungen einer der übrigen Menschheit völlig unbekannten Religion. Doch in den Worten des Krüppels lag etwas Ätzendes, das Peyrol verwirrte. Sarkasmus war etwas, das er nicht verstand. Einmal, als sie zusammen auf dem Vordeck saßen und ihre aus Brot und Feigen bestehende Mittagsmahlzeit einnahmen, sagte er zu seinem buckligen Freund:

»Irgendwas muß doch dran gewesen sein. Aber es scheint nicht, als hättet ihr hier großen Nutzen davon gehabt.«

»Nun, das stimmt«, erwiderte der verkümmerte Mensch lebhaft, »weder hat die Revolution mir einen geraden Rücken verschafft noch ein paar stramme Beine wie die Ihrigen.«

Peyrol, dessen Hosenbeine über die Knie aufgerollt waren, weil er gerade den Laderaum geschrubbt hatte, betrachtete zufrieden seine Waden. »Das war eigentlich auch nicht zu erwarten«, bemerkte er schlicht.

»Ah, Sie wissen eben nicht, was Leute mit normal gewachsenem Körper von der Revolution erwarteten oder zu erwarten

105

vorgaben«, sagte der Krüppel. »Alles sollte anders werden. Um der neuen Prinzipien willen sollte jedermann seinen Hund an die Wurststrippe legen.« Sein langes Gesicht, das fast stets die den Krüppeln eigentümliche leidende Miene aufwies, erhellte sich unter einem breiten Lächeln. »Die Leute müssen sich langsam ganz schön angeführt vorkommen«, setzte er hinzu. »Und das ärgert sie natürlich. Mich allerdings gar nicht. Ich ärgerte mich auch nie über meine Eltern. Solange die armen Dinger am Leben waren, brauchte ich nicht zu hungern – oder jedenfalls nicht sehr. Stolz können sie nicht gerade auf mich gewesen sein.« Er verstummte und schien sich innerlich selbst zu betrachten. »Ich weiß nicht, was ich an ihrer Stelle getan hätte. Bestimmt etwas ganz anderes. Aber dabei muß man bedenken: ich weiß, wie es ist, so zu sein wie ich bin – sie konnten das selbstverständlich nicht wissen; und man muß auch bedenken, daß sie wohl überhaupt nicht viel Verstand besessen haben. Ein Priester aus Almanarre – Almanarre ist ein Dorf da weiter landeinwärts, das eine Kirche hat...«

Peyrol unterbrach ihn mit der Auskunft, er kenne Almanarre gut. Das war nun eine seiner Illusionen, denn in Wahrheit wußte er von Almanarre weniger als von Sansibar oder von irgendeiner Piratensiedlung zwischen Sansibar und Kap Guardafui.

Der Krüppel betrachtete ihn aus den braunen Augen, die von Natur aus stets nach oben blickten.

»Sie kennen Al... Nun, für mich sind Sie jemand, der vom Himmel gefallen ist«, sprach er ruhig und entschieden weiter. »Es kam also ein Priester aus Almanarre, um sie zu beerdigen, ein vornehmer Mensch mit strengem Gesicht. Der vornehmste Mann, der mir je vor Augen gekommen ist, bis Sie hier aufgetaucht sind. Es war die Rede davon, daß sich einige Jahre zuvor ein Mädchen in ihn verliebt haben sollte. Ich war damals schon alt genug, um etwas davon aufzuschnappen – doch ist

106

das ohne Belang. Überdies gibt es viele Leute, die an diese Geschichte nicht glauben wollen.«

Peyrol versuchte, ohne den Krüppel anzuschauen, sich vorzustellen, was für eine Art Kind er gewesen sein mochte – was für eine Art Jüngling? Der Freibeuter hatte furchtbare Deformierungen, gräßliche Verstümmelungen gesehen, die das grausame Werk von Menschen gewesen waren, aber von Menschen dunkler Hautfarbe. Und das machte einen großen Unterschied. Doch was er seit seiner Rückkehr in die Heimat gesehen und gehört hatte, die Geschichten, die Tatsachen und auch die Gesichter, das griff ihm besonders stark ans Herz, weil er nach einem unter Indern, Malagaschen, Arabern und Mohren jeder Art verbrachten Leben plötzlich ganz stark das Gefühl hatte, hierher zu gehören, in dieses Land – und all diesen Dingen nur um Haaresbreite entkommen zu sein. Sein Genosse, den anscheinend ähnliche Gedanken beschäftigt hatten, beendete das bedeutsame Schweigen mit den Worten:

»Das alles geschah zu Zeiten des Königs. Seinen Kopf schlugen sie ihm erst etliche Jahre später ab. Zwar ist mein Leben dadurch nicht einfacher geworden; doch seitdem diese Republikaner Gott abgesetzt und aus allen Kirchen vertrieben haben, habe ich ihm all meinen Kummer vergeben.«

»Das nenne ich gesprochen wie ein Mann«, sagte Peyrol. Nur der Buckel hinderte Peyrol daran, dem Krüppel anerkennend auf die Schulter zu klopfen. Er erhob sich, um seine nachmittägliche Arbeit zu beginnen. Es handelte sich um einen Teil des Innenanstriches, und der Krüppel beobachtete ihn vom Vordeck her mit verträumten Augen und ironisch verzogenem Munde.

Erst als die Sonne über Kap Cicié hinaus war, das man im Glast wie schwarzen Dunst auf dem Wasser sah, öffnete er den Mund zu einer Frage: »Und was beabsichtigen Sie mit dieser Tartane zu unternehmen, Bürger?«

107

Peyrol erwiderte schlicht, die Tartane sei zu jeder Reise bereit, sobald sie zu Wasser gelassen werde.

»Sie könnten also nach Genua oder Neapel segeln, vielleicht auch noch weiter?« schlug der Krüppel vor.

»Viel weiter«, sagte Peyrol.

»Und Sie haben das Boot so schön hergerichtet, weil Sie eine Reise darin antreten wollen?«

»Gewiß«, erwiderte Peyrol, ohne im Streichen innezuhalten.

»Ich habe so das Gefühl, als sollte es keine lange Reise werden.«

Peyrol ließ den Pinsel zwar gleichmäßig hin und her gehen, doch brachte er das nicht ohne Mühe fertig. Tatsache war, daß er in sich einen ausgesprochenen Widerwillen entdeckt hatte, die Ferme Escampobar zu verlassen. Sein Wunsch, ein eigenes Wasserfahrzeug zu besitzen, war nicht mehr untrennbar mit dem Wunsche verbunden, umherzuschweifen. Der Krüppel hatte recht. Die Reise der instandgesetzten Tartane würde sie nicht weit führen. Es überraschte ihn aber, daß der Bursche seiner Sache so sicher war. Er schien fähig, Gedanken zu lesen.

Das Zuwasserbringen der wiederhergestellten Tartane war eine große Angelegenheit. Jedermann aus dem Dörfchen, die Frauen nicht ausgenommen, hatte eine volle Tagesarbeit zu verrichten, und in der langen vergessenen Geschichte dieser Siedlung waren nie so viele Geldmünzen von einer Hand in die andere gewandert. Auf einer niedrigen Düne zwischen seinen Krücken stehend, überblickte der Krüppel den ganzen Strand. Er war es, der die Dörfler überredet hatte, Hand anzulegen und der den Preis für ihre Mitwirkung ausgehandelt hatte. Er war es auch, der über einen besonders jämmerlich aussehenden Bettler (den einzigen, der sich je auf der Halbinsel blicken ließ) mit reichen Personen in Fréjus Verbindung aufgenommen hatte, die Peyrol einige seiner Goldstücke in gültige Zahlungsmittel tauschten. Er hatte am Entstehen und Verlauf des erregendsten und interessantesten Ereignisses in seinem Leben mitgewirkt, und jetzt beobachtete er, wie eine Bake zwischen seinen zwei Stöcken im Sande stehend, das letzte Stadium.

Mit einer Miene, als wolle er eine Tausendmeilenfahrt beginnen, näherte sich ihm der Freibeuter, um ihm die Hand zu schütteln, und noch einmal die sanften braunen Augen und das ironische Lächeln zu sehen.

»Es ist nicht zu bestreiten – Sie sind ein Mann.«

»Reden Sie nicht so zu mir, Bürger«, sagte der Krüppel mit bebender Stimme. Bis dahin hatte er, zwischen den Krücken hängend und die Schultern bis zu den Ohren hochgezogen, nicht nach dem herankommenden Peyrol geblickt. »Das ist ein zu großes Kompliment.«

»Ich kann nur sagen«, beharrte der Freibeuter rauh und so, als erkenne er jetzt gegen Ende seines umherschweifenden Lebens erstmals die Bedeutungslosigkeit der äußeren Gestalt alles Sterblichen, »ich kann nur sagen, Sie gehören zu den Leuten, die man gerne um sich hätte, wenn man in der Klemme sitzt.«

Er verließ den Krüppel und wandte sich der Tartane zu. Die gesamte Dorfbevölkerung hatte sich in Erwartung seiner Anweisungen aufgestellt, einige an Land, andere bis zu den Hüften im Wasser, Schleppseile in der Hand. Schaudernd dachte er: ›Wenn ich nun so auf die Welt gekommen wäre!‹ Seit er den Fuß auf die heimatliche Erde gesetzt, hatten solche Gedanken nicht aufgehört, ihn zu beschäftigen. In keinem anderen Land der Erde hätte er etwas Derartiges denken können. Einem Schwarzen konnte er sich nicht vergleichen, sei dieser nun gut oder schlecht, oder keines von beiden, sei er gesund oder verkrüppelt, sei er König oder Sklave. Doch hier an dieser südlichen Küste, die ihn so unwiderstehlich gelockt, seitdem er sich auf seiner, wie er glaubte, letzten Reise der Meerenge

von Gibraltar genähert hatte – hier konnte jede Frau, war sie
nur dürr und alt genug, seine Mutter sein; und er wiederum
hätte ein beliebiger Franzose sein können, selbst einer von
denen, die ihm leid taten, ja einer von denen, die er verab-
scheute. Während er wie zu einer langen Reise an Bord der
Tartane kletterte, fühlte er sich von Kopf bis Fuß diesem
Lande verhaftet. Er wußte übrigens recht gut, daß, ein wenig
Glück vorausgesetzt, die ganze Angelegenheit in einer Stunde
vorüber sein werde. Als die Tartane Wasser unter dem Kiel
hatte, griff ihm das Bewußtsein, wieder an Bord eines see-
tüchtigen Schiffes zu sein, mächtig ans Herz. Der Krüppel
hatte einige Fischer von Madrague dazu überredet, Peyrol dabei zu helfen, die Tartane nach der kleinen Bucht unterhalb
der Ferme Escampobar zu segeln. Die kurze Fahrt ging in herr-
lichem Sonnenschein vor sich, und als sie die Bucht erreichten,
lag auch diese in strahlendes Licht getaucht. Die wenigen Ziegen von Escampobar, die so taten, als grasten sie an den Hügeln, auf denen das unbewaffnete Auge nicht den kleinsten
Grashalm erkennen konnte, hoben nicht einmal den Kopf.
Eine leichte Brise trieb die Tartane, die so neu war, wie ein
frischer Anstrich sie machen konnte, auf den schmalen Spalt
im Fels zu, durch den man in das winzige Hafenbecken gelangte, das, nicht größer als ein Dorfteich, ganz verborgen am
Fuße des Südhanges lag. Hierhinein verholte Peyrol mit Hilfe
der Fischer von Madrague und ihrer Boote sein Schiff, das
erste, das er je besessen hatte.
Die Tartane füllte das kleine Hafenbecken fast ganz aus. Die
Fischer bestiegen ihre Boote und ruderten heim. Peyrol benutzte den Nachmittag dazu, zahlreiche Leinen auszubringen,
die er an Felsen und verkümmerten Bäumen belegte, bis das
Schiff zu seiner völligen Befriedigung vertäut war. Es war da
unten vor Stürmen so sicher wie ein festes Haus an Land.
Nachdem er alles an Bord festgezurrt und die Segel säuberlich

110

beschlagen hatte, was einen einzelnen Mann schon für eine Weile in Anspruch nahm, prüfte Peyrol sein Werk, das mehr auf Rast als auf Wanderung deutete, und fand es gut. Zwar hatte er keinen Augenblick die Absicht, sein Zimmer auf der Ferme aufzugeben, doch fand er, sein eigentliches Heim sei die Tartane, und er freute sich bei dem Gedanken, daß sein Schiff allen Blicken verborgen sei, ausgenommen vielleicht denen der Geißen, wenn ihr fleißiges Grasen sie auf den Südhang führte. Er verweilte sich noch an Bord, ja er zog die Schiebe-tür zu der kleinen Kajüte auf, in der es jetzt nach frischer Farbe roch, nicht mehr nach getrocknetem Blut. Ehe er sich auf den Weg nach der Ferme machte, war die Sonne schon über Spanien hinweggegangen, und der westliche Himmel war gelb, während er auf der italienischen Seite einem düsteren, hier und da vom Licht eines Sternes durchbrochenen Baldachin glich. Catherine stellte einen Teller für ihn auf den Tisch, doch richtete niemand eine Frage an ihn. Er verbrachte viel Zeit an Bord. Er ging früh hinunter, kam mittags herauf, »pour manger la soupe«, und schlief fast jede Nacht an Bord. Er wollte die Tartane nicht so viele Stunden hintereinander ohne Aufsicht lassen. Oftmals, wenn er schon ein Stück weit zum Haus hinaufgestiegen, drehte er sich zu einem letzten Blick auf das in zunehmender Dunkelheit zurückgebliebene Schiff und kehrte doch wahrhaftig wieder um. Nachdem Michel als Besatzung angeheuert worden war und sein Lager endgültig auf der Tartane aufgeschlagen hatte, fiel es Peyrol sehr viel leichter, die Nächte in dem leuchtkammerähnlichen Zimmer im Oberstock der Ferme zu verbringen.

Oft, wenn er des Nachts erwachte, stand er auf, schaute durch seine drei Fenster zum sternenbesäten Himmel hinauf und dachte: ›Jetzt kann mich nichts davon zurückhalten, innerhalb einer Stunde in See zu gehen, wenn ich das möchte.‹ Tatsäch-lich waren nur zwei Männer nötig, die Tartane zu bedienen.

111

So entsprach also Peyrols Vorstellung strikt der Wirklichkeit. Er liebte es, sich frei zu fühlen, und Michel, den Fischer von der Lagune, band nichts mehr an diese Erde, seitdem sein Hund gestorben war. Das war ein schöner Gedanke, der es Peyrol leichtmachte, in sein Himmelbett zurückzusteigen und weiterzuschlafen.

VIII

Unter dem vollen Anprall der Mittagssonne rittlings auf der runden Mauer sitzend, die den Brunnen einfaßte, wirkten der Freibeuter der fernen Meere und der Fischer von der Lagune, die ein höchst erstaunliches Geheimnis teilten, wie zwei Männer, die sich im Schutze der Nacht beraten. Das erste, was Peyrol sagte war: »Nun?«

»Alles ruhig«, sagte der andere.

»Hast du die Kajüte gut verschlossen?«

»Sie kennen ja das Schloß.«

Das konnte Peyrol nicht leugnen. Es war eine ausreichende Antwort. Sie schob die Verantwortung auf ihn, der sein Leben lang gewohnt gewesen war, dem Werk seiner Hände zu trauen, im Frieden wie im Kriege. Doch blickte er Michel zweifelnd an, ehe er sagte:

»Ja, ich kenne aber auch den Mann.«

Ein größerer Gegensatz als diese beiden Gesichter ließ sich nicht denken: das von Peyrol glatt wie in Stein geschnitten und von der Zeit nur wenig abgeschliffen, das des vormaligen Hundebesitzers von starker, silbern durchzogener Behaarung, schwer zu bestimmenden Zügen und einem Ausdruck – so leer wie der eines Säuglings. »Ja, ich kenne den Mann«, wiederholte Peyrol. Bei diesen Worten sperrte Michel den Mund auf, ein kleines unregelmäßiges Oval in einem arglosen Gesicht.

»Der wird nie wieder aufwachen«, meinte er schüchtern.

Da der Besitz eines gemeinsamen, ungemein wichtigen Geheimnisses Männer einander näherbringt, ließ Peyrol sich zu einer Erklärung herbei:

»Du weißt nicht, wie dick so ein Schädel ist, aber ich weiß es.«

Er redete so, als habe er den Schädel selbst hergestellt. Michel, der angesichts einer so sicher vorgetragenen Behauptung vergessen hatte den Mund zuzumachen, wußte nichts zu erwidern.

»Atmet er?« fragte Peyrol.

»Ja. Nachdem ich reingegangen war und die Tür hinter mir verschlossen hatte, habe ich gehorcht, und ich glaube, er schnarchte.«

Peyrol blickte interessiert und auch etwas besorgt drein. »Ich mußte heute morgen heraufkommen und mich sehen lassen, ganz, als sei nichts geschehen«, sagte er. »Der Offizier ist schon seit zwei Tagen hier, und er hätte es sich in den Kopf setzen können, die Tartane zu besichtigen. Ich habe den ganzen Vormittag wie auf Kohlen gesessen. Eine aufspringende Ziege hat mich zu Tode erschreckt. Stell dir vor, er käme mit seinem verbundenen, kaputtgeschlagenen Schädel hier heraufgerannt, und du hinterher.«

Dies schien für Michel zu viel. Er sagte beinahe entrüstet: »Der Mann ist fast tot.«

»Es gehört schon einiges dazu, einen Küstenbruder auch nur halbswegs umzubringen. Es gibt solche und solche. Du zum Beispiel«, fuhr Peyrol selbstzufrieden fort, »du wärest mausetot, wenn dein Schädel zufällig im Wege gewesen wäre. Und es gibt Tiere, die zweimal so groß sind wie du, wahre Ungeheuer, die man mit einem leichten Klaps auf die Nase töten kann. Das ist allgemein bekannt. Ich hatte schon Angst, er würde dich auf irgendeine Weise überwältigen...«

»Na, na, *maître*, man ist schließlich kein Säugling«, wehrte sich Michel gegen diese Häufung von Unwahrscheinlichkeiten. Er tat das jedoch nur flüsternd und mit kindlicher Schüchternheit. Peyrol verschränkte die Arme vor der Brust:

114

»Jetzt iß deine Suppe auf und geh dann zur Tartane hinunter«, befahl er leise. »Du hast die Tür zur Kajüte also richtig verschlossen?«

»Ja, das habe ich«, beharrte Michel, den diese Zurschaustellung von Besorgnis geradezu beleidigte. »Er könnte eher die Decksplanken über seinem Kopf losschlagen.«

»Nimm trotzdem eine kurze Spiere und klemm sie zwischen Tür und Mastfuß ein. Und dann setz dich davor und paß auf. Geh auf gar keinen Fall zu ihm hinein. Bleib an Deck und warte auf mich. Hier oben ist eine recht verwickelte Angelegenheit zu ordnen, und das verlangt Sorgfalt und Mühe. Ich werde versuchen, mich zu verdrücken und hinunterzukommen, sobald ich den Offizier losgeworden bin.«

Damit war die Beratung im Sonnenschein zu Ende. Peyrol schlenderte zum Hoftor hinaus, und als er den Kopf um die Hausecke steckte, sah er den Leutnant Réal auf der Bank sitzen. Diesen Anblick hatte er erwartet. Er hatte aber nicht erwartet, den Leutnant allein dort sitzen zu sehen. Es war nun einmal so: wo immer Arlette auftauchte, war Grund zur Besorgnis. Vielleicht half sie aber auch ihrer Tante in der Küche, die Ärmel von den Armen zurückgestreift – Arme so weiß, wie sie Peyrol zuvor noch an keiner Frau gesehen hatte. Die Haartracht, zu der sie unlängst übergegangen war – ein mit schwarzem Samtband befestigtes Flechtengebilde unter der arlesischen Haube –, stand ihr ausgezeichnet. Sie trug jetzt ihrer Mutter Garderobe, die ganze Truhen füllte und nun für Arlette geändert worden war. Die verstorbene Herrin der Ferme war aus Arles gebürtig. Auch war sie vermögend gewesen. Jawohl, selbst in einer Angelegenheit wie der der Damengarderobe konnten die Bewohner von Escampobar ohne fremde Hilfe auskommen. Höchste Zeit, daß dieser verflixte Leutnant wieder nach Toulon zurückfuhr. Er war nun schon den dritten Tag da. Sein Landurlaub mußte doch zu Ende sein.

Peyrol hatte sich Marineoffizieren gegenüber stets sehr vorsichtig und mißtrauisch verhalten. Seine Beziehungen zu ihnen waren recht bunter Art. Sie waren seine Gegner und seine Vorgesetzten gewesen. Sie hatten Jagd auf ihn gemacht. Sie hatten ihm vertraut. Die Revolution hatte seinem ungesetzlichen Leben ein Ende, hatte aus dem Küstenbruder einen Kanonier in der nationalen Marine gemacht, und doch war er bei alledem der gleiche geblieben. Und mit den Offizieren verhielt es sich ebenso. Offiziere des Königs oder Offiziere der Republik, es war nur eine Häutung. Sie alle sahen gleich scheel auf einen Freibeuter herab. Selbst dieser hier konnte seine Epauletten nicht vergessen, wenn er mit ihm redete. Haß und Verachtung der Epauletten waren im alten Peyrol tief verwurzelt. Und doch war es nicht reiner Haß, was er gegen Leutnant Réal verspürte. Er fand es nur höchst lästig, daß der Kerl überhaupt hergekommen war; seine Anwesenheit in diesem Augenblick war sehr, sehr ärgerlich und bis zu einem gewissen Grade sogar gefährlich. ›Ich habe keine Lust, mich am Schlafittchen nach Toulon schleppen zu lassen‹, sagte Peyrol bei sich. Diesen Epaulettenträgern war nun einmal nicht zu trauen. Jeder einzelne war imstande, wegen irgendeines blödsinnigen Einfalls, wie er nur Offizieren kommen konnte, seinen besten Freund ans Messer zu liefern.

Peyrol bog um die Ecke und ließ sich neben Leutnant Réal nieder, wobei er die Vorstellung hatte, einem aalglatten Kunden endlich auf den Leib rücken zu können. Der Leutnant gab, wie er da so saß, ohne zu ahnen, wie Peyrol ihn einschätzte, durch nichts zu erkennen, daß er aalglatt sei. Es sah im Gegenteil so aus, als habe er sich soeben unverrückbar festgesetzt. Er machte den Eindruck, als fühle er sich hier ganz zu Hause. Viel zu sehr zu Hause. Auch nachdem Peyrol sich neben ihm niedergelassen, fuhr er fort, unverrückbar auszusehen – mindestens aber schwer beweglich. In der Stille der Mittagshitze war das

Zirpen der Zikaden für lange Zeit das einzige Zeichen von Leben, einem zarten, flüchtigen, heiteren, sorglosen Leben, das jedoch nicht ohne Leidenschaft war. Die Stimme des Leutnants Réal schien sich wie eine düstere Wolke auf die Ausgelassenheit der Zikaden zu senken, wenngleich seine Worte denkbar nichtssagend waren: »*Tiens! Vous voilà.*«

Argwöhnisch fragte Peyrol sich sogleich: ›Warum sagt er das wohl? Wo hat er mich denn vermutet?‹ Der Leutnant hätte überhaupt nichts zu sagen brauchen. Peyrol kannte ihn jetzt seit – mit Unterbrechungen – zwei Jahren, und oft genug hatten sie nebeneinander in distanzierter Gleichberechtigung auf der Bank gesessen, ohne ein Wort zu wechseln. Warum hatte er nicht auch heute geschwiegen? Dieser Marineoffizier sagte nie etwas ohne Grund, doch was sollte man solchen Worten entnehmen? Peyrol brachte ein scheinheiliges Gähnen zustande und schlug milde vor:

»Eine kleine Siesta wäre jetzt nicht fehl am Platze; was meinen Sie, Leutnant?«

Und dabei dachte er: ›Nur keine Angst; in sein Zimmer geht der doch nicht.‹ Er würde bleiben und dadurch ihn, Peyrol hindern, in die Bucht hinunterzusteigen. Er sah den Marineoffizier an, und wenn heftiges Wünschen und konzentrierte Willenskraft etwas hätten ausrichten könnnen, so wäre Leutnant Réal gewiß auf der Stelle von der Bank verschwunden. Doch regte er sich nicht. Vielmehr sah Peyrol erstaunt, daß der Mensch lächelte, und noch erstaunter war er, als er ihn sagen hörte: »Leider, leider, Peyrol, sind Sie niemals offen gegen mich gewesen.«

»Offen … gegen Sie«, wiederholte der Freibeuter. »Sie wollen, daß ich offen gegen Sie bin? Nun, ich habe Sie oft und oft zum Teufel gewünscht.«

»Schon besser«, sagte Leutnant Réal. »Warum aber? Ich habe nie den Versuch gemacht, Ihnen zu schaden.«

117

»Mir schaden?« rief Peyrol, »mir...?« Er wurde aber in seiner Empörung schwankend, als fürchte er sich vor ihr, und endete sehr ruhig: »Sie haben in irgendwelchen dreckigen Papieren geschnüffelt, um etwas gegen einen Mann zu finden, der Ihnen nichts Böses getan hat und der schon zur See fuhr, als Sie noch nicht geboren waren.«

»Ganz verkehrt. Von Schnüffeln in Papieren kann keine Rede sein – sie kamen mir ganz zufällig in die Hände. Ich will nicht bestreiten, daß ich *intrigué* war, als ich einen Mann von Ihrer Sorte hier antraf. Aber machen Sie sich keine Sorgen. Kein Mensch wird sich Ihretwegen den Kopf zerbrechen. Man hat Sie längst vergessen. Fürchten Sie nichts.«

»Sie! Sie reden mir von Furcht...? Nein!« rief der Freibeuter, »da könnte man ja wirklich Lust bekommen, ein Sansculotte zu werden, wenn man nicht dieses Exemplar vor Augen hätte, das hier umherkriecht.«

Der Leutnant wandte sich mit einem Ruck um, und einen Moment betrachteten der Marineoffizier und der Freibeuter einander düster. Als Peyrol wieder das Wort nahm, hatte seine Stimmung sich geändert.

»Warum sollte ich Furcht haben? Ich schulde niemandem etwas. Ich habe die Prise ordnungsgemäß mit allem Zubehör übergeben, ausgenommen mein Glück, und für das schulde ich niemandem Rechenschaft«, fügte er dunkel hinzu.

»Ich weiß nicht, worauf Sie hinaus wollen«, sagte der Leutnant nach kurzem Nachdenken. »Ich weiß bloß, daß Sie offenbar versäumt haben, Ihren Anteil am Prisengeld abzuholen. Jedenfalls gibt es keine Unterlage darüber, daß Sie es je beansprucht hätten.« Peyrol gefiel der sarkastische Ton nicht.

»Sie haben eine üble Zunge«, sagte er. »Sie haben eine vertrackte Manier so zu reden, als wären Sie aus ganz besonderem Lehm gemacht.«

»Nichts für ungut«, versetzte der Leutnant ernst, aber etwas

verwundert. »Man wird das nicht gegen Sie vorbringen. Das
Geld ist schon vor Jahren dem Invalidenfonds zugeführt worden. Alles das ist begraben und vergessen.«

Peyrol brummte und fluchte so ausdauernd vor sich hin, daß
der Leutnant wartete, bis er damit fertig wäre.

»Und es steht auch nichts von Fahnenflucht oder etwas Ähn-
lichem in den Akten«, fuhr er endlich fort. »Man führt Sie als
disparu. Ich glaube, daß man nach einer kurzen, nicht sehr
eifrigen Suche zu dem Schluß gelangte, Sie seien irgendwie
ums Leben gekommen.«

»So? Nun, vielleicht ist der alte Peyrol wirklich tot. Mindestens hat er sich hier vergraben.« Der Freibeuter hatte unter
einer ungewohnten Gefühlsunsicherheit zu leiden; er verfiel
von einem Augenblick zum nächsten von Melancholie in Raserei. »Und da hat er ganz friedlich gelegen, bis Sie ihre große
Schnüffelnase hier hereingesteckt haben. Ich habe in meinem
Leben oft genug Ursache gehabt, darüber nachzudenken, wie
schnell die Hyänen wohl meinen Leichnam ausbuddeln würden; daß aber ein Marineoffizier hier herumstochert, das ist
wohl das letzte…« Wieder erfolgte ein Wechsel in seiner
Stimmung. »Was wollen Sie hier nur?« fragte er plötzlich
niedergeschlagen.

Der Leutnant paßte sich dem Ton der Unterhaltung an. »Ich
habe nicht die Absicht, die Toten aufzustöbern«, sagte er und
wandte sich dabei dem Freibeuter zu, der nach seinen letzten
Worten die Blicke niedergeschlagen hatte. »Ich möchte jetzt
mal ein Wörtchen mit dem Stückmeister Peyrol reden.«

Peyrol knurrte, ohne den Blick zu heben: »Der ist nicht hier.
Der ist *disparu.* Sehen Sie sich seine Papiere doch an. Verschwunden ist er. Keiner zu Hause.«

»Das«, sagte Leutnant Réal lässig, »das ist eine Lüge. Heute
früh hat er noch mit mir gesprochen, als wir vom Hügel aus
das englische Schiff beobachteten. Er kennt sich aus mit dem

119

Schiff. Er hat mir gesagt, daß er nächtelang Pläne für die Kaperung dieses Schiffes geschmiedet hat. Er kam mir vor wie ein Kerl, der das Herz auf dem rechten Fleck hat. *Un homme de cœur.* Sie kennen ihn.«

Peyrol hob langsam den schweren Kopf und sah den Leutnant an. »Humpf«, grunzte er. Es war ein tiefes Grunzen, dessen Bedeutung sich nicht zu erkennen gab. Sein altes Herz war angerührt, aber in dieser vertrackten Lage mußte Peyrol vor jedem Epaulettenträger auf der Hut sein. Sein Profil blieb so unbeweglich wie das eines in eine Münze geprägten Kopfes, während er den Leutnant versichern hörte, er sei diesmal einzig nach Escampobar gekommen, um mit dem Stückmeister Peyrol zu sprechen. Er habe dies bislang unterlassen, weil es sich um eine streng vertrauliche Angelegenheit handele. An dieser Stelle hielt der Leutnant inne, und Peyrol blieb reglos. Er fragte sich im stillen, worauf der Leutnant wohl hinauswolle. Der Leutnant jedoch schien seine Angriffsrichtung geändert zu haben. Auch sein Ton war nun anders, sachlicher.

»Sie sagen, Sie hätten die Gewohnheiten der englischen Korvette aufmerksam beobachtet. Nehmen wir einmal an, es käme heute gegen Abend eine Brise auf, was sehr wahrscheinlich ist. Wo wird sie sich dann bei Sonnenuntergang befinden, ich meine, was wird der Kommandant vermutlich unternehmen?«

»Das könnte ich nicht sagen«, erwiderte Peyrol.

»Sie haben doch aber behauptet, daß Sie ihn seit Wochen genau beobachten. So viele Möglichkeiten gibt es doch gar nicht. Wenn Sie das Wetter und alle sonstigen Umstände in Betracht ziehen, dann müssen Sie eine ziemlich gewisse Voraussage machen können.«

»Nein«, sagte Peyrol wieder. »Das kann ich nun mal nicht.«

»Sie können es nicht? Nun, dann sind Sie noch unfähiger als die vergreisten Admiräle, von denen Sie so wenig zu halten scheinen. Warum können Sie es nicht?«

»Ich will es Ihnen sagen«, versetzte Peyrol nach einer Weile, und sein Gesicht sah unbewegter aus als je zuvor. »Ich kann es deshalb nicht, weil der Kerl noch nie so dicht unter Land gekommen ist. Ich weiß nicht, was er vorhat, und kann daher auch nicht vermuten, wie er sich verhalten wird. An einem anderen Tage könnte ich Ihnen vielleicht eine Prognose stellen, heute aber nicht. Vielleicht, wenn Sie das nächste Mal den alten Stückmeister besuchen kommen...«

»Nein, es muß heute sein.«

»Wollen Sie damit sagen, daß Sie die Nacht über hierbleiben?«

»Hatten Sie gedacht, ich sei auf Urlaub hier? Ich sage Ihnen doch, ich bin dienstlich da. Glauben Sie mir nicht?«

Peyrol ließ einen schweren Seufzer vernehmen. »Ja, ich glaube Ihnen. Man plant also, die Korvette zu kapern. Und schickt Sie dienstlich her. Nun, dadurch wird mir Ihr Anblick hier nicht gerade angenehmer.«

»Sie sind ein merkwürdiger Mensch, Peyrol«, sagte der Leutnant. »Ich glaube, Sie wünschen, ich wäre tot.«

»Nein – bloß weg von hier. Doch haben Sie recht: Peyrol ist kein Freund Ihres Gesichtes und auch kein Freund Ihrer Stimme. Beide haben schon genug Unheil angerichtet.«

Nie zuvor war es zu einer so vertrauten Aussprache zwischen ihnen gekommen. Sie hatten nicht nötig, einander anzusehen. Der Leutnant dachte: ›Ah, er kann seine Eifersucht nicht beherrschen.‹ In diesem Gedanken war weder Bosheit noch Verachtung. Eher schon Verzweiflung. Er sagte sanft:

»Sie knurren wie ein alter Köter, Peyrol.«

»Ich hatte auch oft genug Lust, Ihnen an die Kehle zu springen«, sagte Peyrol sehr leise. »Und gerade das macht Ihnen Spaß.«

»Spaß? Sehe ich denn so leichtfertig aus?«

Peyrol sah den Leutnant wieder lange und fest an. Und wieder musterten der Marineoffizier und der Freibeuter einander mit forschender, düsterer Offenheit. Diese neugefundene Intimität durfte nicht zu weit getrieben werden.

»Hören Sie, Peyrol, ...«

»Nein«, sagte der andere. »Wenn Sie reden müssen, dann reden Sie zum Stückmeister.«

Obgleich er sich mit dem Gedanken abgefunden zu haben schien, eine doppelte Persönlichkeit zu sein, vermochte sich der Freibeuter doch in beiden Rollen nicht wohl zu fühlen. Falten der Ratlosigkeit traten auf seine Stirn, und als der Leutnant nicht sogleich zu reden begann, fragte Peyrol, der Stückmeister, ungeduldig: »Will man die Korvette also wirklich kapern?« Es verdroß ihn, den Leutnant sagen zu hören, daß die Herren in Toulon nicht gerade eine Kaperung beabsichtigten. Peyrol gab sogleich der Meinung Ausdruck, von allen hohen Marineoffizieren, die je Wasser getreten, sei der Bürger Renaud eben doch der einzige, der was tauge. Leutnant Réal nahm den herausfordernden Ton nicht zur Kenntnis und blieb bei der Sache.

»Man möchte gerne wissen, ob die englische Korvette die Küstenschiffahrt behindert.«

»Nein, das tut sie nicht«, gab Peyrol Auskunft. »Sie läßt die armen Leute wohl solange in Ruhe, wie sich kein Fahrzeug verdächtig macht. Ich habe sie das eine oder andere Mal ein Küstenschiff verfolgen sehen. Doch auch dann hat sie keines aufgebracht; Michel – Sie kennen Michel – hat allerdings auf dem Festland sagen hören, daß mehrere Schiffe von ihr aufgebracht worden seien. Im Grunde genommen ist natürlich niemand sicher vor ihr.«

»Nein, wohl nicht. Ich frage mich, was der englische Kommandant unter ›verdächtigem Benehmen‹ versteht?«

»Ah, das ist eine hübsche Frage. Kennen Sie die Engländer nicht? Heute nachlässig und umgänglich, morgen scharf wie die Tiger. Am Morgen stur, am Nachmittag gleichgültig, ver-

122

läßlich nur im Kampf, sei es als Freund oder Feind, und im übrigen absolut unberechenbar. Man könnte sie für leicht schwachsinnig halten, doch man sollte sich nicht darauf verlassen.«

Während der Leutnant aufmerksam zuhörte, glättete sich Peyrols Stirn, und er berichtete mit Vergnügen von den Engländern, als handele es sich bei ihnen um einen fremdartigen, kaum bekannten Eingeborenenstamm. »Man könnte etwa sagen«, schloß er, »auch die schlauesten von ihnen lassen sich an der Nase herumführen – aber nicht jeden Tag.« Er schüttelte den Kopf und lächelte, als erinnere er sich des einen oder anderen absonderlichen Vorfalls.

»Sie haben sich Ihre eingehende Kenntnis der Engländer wohl nicht einzig während Ihrer Laufbahn als Kanonier zugelegt«, bemerkte der Leutnant trocken.

»Da fangen Sie schon wieder an«, klagte Peyrol. »Was geht es denn Sie an, wo ich meine Erfahrungen gemacht habe? Nehmen Sie an, ich hätte meine Kenntnisse von einem Mann, der seither verstorben ist. Nehmen Sie das mal an.«

»So. Aha. Es läuft also darauf hinaus, daß man nicht leicht erraten kann, was sie im Sinne haben.«

»Richtig«, antwortete Peyrol. Knurrend fuhr er fort: »Und es gibt Franzosen, die nicht besser sind. Ich wollte, ich wüßte, was Sie im Sinn haben.«

»Einen dienstlichen Auftrag, Stückmeister, nichts als einen dienstlichen Auftrag, und zwar einen, der auf den ersten Blick nach nichts aussieht, der sich bei näherer Betrachtung jedoch als so schwer auszuführen erweist wie das schwierigste Unternehmen, mit dem Sie sich je befaßt haben dürften. Vor diesem Auftrag saßen die hohen Herren ratlos. Sie müssen ratlos gewesen sein, anderenfalls hätte man mich nicht konsultiert. Allerdings tue ich an Land in der Admiralität Dienst und war daher gerade bei der Hand. Man zeigte mir die Anweisung aus

Paris, und ich sah natürlich sogleich, welche Schwierigkeiten die Ausführung machen würde. Ich wies darauf hin, und man befahl mir...«

»Herzukommen«, unterbrach Peyrol.

»Nein. Anstalten zur Ausführung der Ordre zu treffen.«

»Und die erste Anstalt war, herzukommen. Sie sind dauernd hier.«

»Die erste Anstalt war, mich nach einem Mann umzusehen«, sagte der Marineoffizier betont.

Peyrol betrachtete ihn prüfend. »Wollen Sie damit sagen, daß Sie in der ganzen Flotte keinen geeigneten Mann finden konnten?«

»Ich habe gar nicht erst den Versuch gemacht. Mein Chef stimmte mit mir darin überein, daß dieser Auftrag nichts für einen Angehörigen der Marine ist.«

»Na, wenn ein Marinemensch das zugibt, muß es schon was ziemlich Ekelhaftes sein. Was ist denn das für ein Befehl? Ich nehme nicht an, daß Sie hergekommen sind ohne die Absicht, ihn mir zu zeigen.«

Der Leutnant fuhr mit der Hand in die Tasche seiner Jacke, brachte sie aber leer wieder zum Vorschein.

»Sie müssen sich klarmachen, Peyrol«, sagte er ernst, »daß es sich hier nicht um einen Kampfauftrag handelt. Für sowas hätten wir reichlich geeignete Leute. Es geht darum, den Feind zu täuschen.«

»Zu täuschen?« sagte Peyrol bedächtig, »warum nicht? Ich habe Monsieur Surcouf zugesehen, wie er im Indischen Ozean die Engländer getäuscht hat... habe mit eigenen Augen gesehen, mit welchen Finessen er sie irregeführt hat. Das ist durchaus erlaubt.«

»Gewiß. Die Anweisung stammt vom Ersten Konsul persönlich, ist also außerordentlich wichtig. Der Auftrag lautet: Täuschen Sie den englischen Admiral.«

»Was – diesen Nelson? Der ist aber ein schlauer Fuchs.«

Nachdem er dieser Meinung Ausdruck verliehen, zog der Freibeuter ein rotes Tuch hervor, und als er sich damit über das Gesicht gewischt hatte, wiederholte er seine Ansicht noch einmal gewichtig: *»Celui-là est un malin.«*

Nun brachte der Leutnant wirklich ein Stück Papier zum Vorschein und sagte dabei: »Ich habe den Befehl für Sie abgeschrieben«, und übergab es an den Freibeuter, der mit zweifelnder Miene danach griff.

Leutnant Réal sah zu, wie der alte Peyrol das Papier zunächst mit ausgestrecktem Arm von sich weghielt, wie er es näher ans Auge brachte, wie er versuchte, Entfernung und Sehschärfe in Übereinstimmung zu bringen, und fragte sich, ob er die Kopie in einer Schrift gefertigt habe, die groß genug war, um vom Stückmeister Peyrol mühelos gelesen zu werden. Der Befehl lautete wie folgt: »Bereiten Sie ein Päckchen, bestehend aus Depeschen und fingierten Privatbriefen von Offizieren, worin sowohl in eindeutigen Wendungen als auch in Andeutungen, jedenfalls so, daß der Feind überzeugt wird, als Bestimmung der jetzt in Toulon rüstenden Flotte Ägypten und allgemein der Nahe Osten angegeben wird. Lassen Sie dieses Päckchen durch ein Küstenfahrzeug nach Neapel abgehen und veranlassen Sie, daß das Fahrzeug dem Feind in die Hand fällt.« Der *Préfet Maritime* hatte Réal zu sich gerufen, hatte ihm den Absatz aus dem Pariser Schreiben vorgelesen, hatte die Seite umgewendet und mit dem Finger auf die Unterschrift gewiesen: »Bonaparte«. Nach einem bedeutungsvollen Blick hatte der Admiral das Schreiben in eine Tischlade geschlossen und den Schlüssel eingesteckt. Leutnant Réal hatte sich den Wortlaut nach dem Gedächtnis notiert, als ihm der Gedanke gekommen war, Peyrol zu konsultieren.

Der Freibeuter war mit gespitzten Lippen und gerunzelter Stirn zum Ende gekommen. Der Leutnant streckte lässig die

125

Hand aus und nahm ihm das Papier fort. »Nun, was halten Sie davon?« fragte er. »Sie verstehen, daß man um einer solchen Sache willen kein Kriegsschiff opfern kann. Wie denken Sie darüber?«

»Leichter gesagt als getan«, war Peyrols knappes Urteil.

»Genau das habe ich dem Admiral gesagt.«

»Ist er denn eine Landratte, daß man es ihm erst erklären muß?«

»Nein, das ist er nicht. Er hörte mich an und nickte dazu.«

»Und was sagte er, als Sie fertig waren?«

»Er sagte: ›*Parfaitement*. Haben Sie irgendwelche Ideen?‹ Und ich – jetzt hören Sie gut zu, Kanonier –, ich sagte: ›*Oui, Amiral*, ich glaube, ich habe den richtigen Mann dafür.‹ Und der Admiral unterbrach mich sofort und sagte: ›Schon gut, Sie brauchen mir keine Einzelheiten mitzuteilen. Ich beauftrage Sie mit der Ausführung dieser Sache und gebe Ihnen eine Woche Zeit. Berichten Sie mir, wenn alles erledigt ist. Unterdessen können Sie gleich dies Paket mitnehmen.‹ Man hatte die fingierten Depeschen und Briefe bereits vorbereitet. Ich nahm sie mit mir aus dem Zimmer des Admirals, ein Päckchen in Segeltuch eingeschlagen, richtig verschnürt und gesiegelt. Seit drei Tagen trage ich es mit mir herum. Es liegt oben in meinem Koffer.«

»Das bringt Sie nicht viel weiter«, knurrte der alte Peyrol.

»Nein«, gab der Leutnant zu. »Ich verfüge aber auch über etliche tausend Franken.«

»Franken«, wiederholte Peyrol. »Na, dann gehen Sie am besten zurück nach Toulon und kaufen sich einen Mann, der den Kopf in den Rachen des englischen Löwen steckt.«

Réal dachte darüber nach und sagte dann langsam: »Ich würde es natürlich nicht so nennen. Ich würde sagen, daß es sich ganz allgemein um einen riskanten Auftrag handelt.«

»Hm. Wenn Sie aber jemand erwischen, der für zwei Pfennig

Verstand in seiner *caboche* hat, dann würde der natürlich versuchen, sich durch die Blockade zu mogeln, und es würde ihm vielleicht auch gelingen. Und was wird dann aus Ihrem Plan?«

»Wir könnten ihm einen Kurs angeben, den er steuern muß.«

»Ja, aber es kann passieren, daß gerade dieser Kurs ihn an Nelsons Flotte vorbeiführt, denn man kann ja nie wissen, was die Engländer tun werden. Vielleicht sind sie gerade nach Sardinien gefahren, um Wasser zu nehmen.«

»Es werden aber gewiß einige Schiffe in der Gegend sein, die unseren Mann anhalten und durchsuchen.«

»Vielleicht. Doch das nenne ich nicht einen Auftrag ausführen, sondern ein Risiko eingehen... Glauben Sie vielleicht, Sie reden hier mit einem zahnlosen Baby?«

»Nein. Es bedarf der Zähne eines starken Mannes, um diesen Knoten durchzubeißen.« Es folgte ein kurzes Schweigen. Dann sagte Peyrol entschieden: »Ich will Ihnen sagen, wie mir die Sache vorkommt, Leutnant: Ich erkenne darin genau die Art von Befehl, die eine Landratte einem braven Seemann erteilen würde. Das werden Sie wohl nicht bestreiten wollen.«

»Ich bestreite es auch nicht«, gab der Leutnant zu. »Und wir haben die Schwierigkeiten noch gar nicht in ihrem ganzen Umfang erörtert. Denn angenommen, die Tartane platzt wirklich mitten in die englische Flotte, wie man sich das ausgedacht hat, dann würde der Feind doch höchstens ihren Laderaum untersuchen, er würde vielleicht hier oder dort die Nase reinstecken, doch würde er keinesfalls auf den Gedanken kommen, nach Geheimbefehlen zu suchen. Unser Mann müßte das Päckchen ja gut versteckt haben, nicht wahr, denn er weiß nichts von der wahren Absicht. Und wäre er dumm genug, es einfach irgendwo herumliegen zu lassen, so müßten die Engländer natürlich gleich Lunte riechen. Doch würde er nach meinem Dafürhalten die Papiere sofort über Bord werfen.«

127

»Jawohl. Es sei denn, man erklärt ihm genau, um was es sich handelt«, sagte Peyrol.

»Ganz recht. Aber wieviel Geld braucht man wohl dazu, um jemandem das Leben auf einem englischen Sträflingsschiff schmackhaft zu machen?«

»So ein Mann wird natürlich sein Geld nehmen und dann nach Kräften vermeiden, erwischt zu werden. Kann er das nicht vermeiden, dann wird er jedenfalls dafür sorgen, daß die Engländer nichts Belastendes an Bord seiner Tartane finden. O nein, Leutnant – jeder Tunichtgut, der eine Tartane besitzt, wird Ihnen mit Vergnügen ein paar Tausend Franken abnehmen; was aber den Versuch angeht, den englischen Admiral zu täuschen, so ist das ein wahrer Hexenstreich. Haben Sie das denn nicht bedacht, ehe Sie sich von dem hohen Tier in Toulon diesen Auftrag geben ließen?«

»Ich habe alles genau vorausgesehen und ihm das auch vorgetragen«, sagte der Leutnant und dämpfte die Stimme noch mehr; die Unterhaltung war leise geführt worden, obgleich im Hause hinter ihnen Stille herrschte und die Zugänge zur Ferme Escampobar verlassen lagen. Es war die Stunde der Siesta – jedenfalls für jene, die zu schlafen vermochten. Der Leutnant rückte dem alten Mann noch näher und hauchte ihm die Worte fast ins Ohr:

»Mir lag daran, alle diese Einwände von Ihnen zu hören. Verstehen Sie jetzt, was ich heute früh auf dem Ausguck meinte? Wissen Sie noch, was ich da gesagt habe?«

Peyrol, der vor sich hin in die Luft blickte, murmelte unbewegt: »Ich weiß bloß, daß ein Marineoffizier versucht hat, den alten Peyrol aus den Stiefeln zu stoßen, und daß ihm das nicht geglückt ist. Es kann ja sein, daß ich verschwunden bin, doch bin ich immer noch jedem *blancbec* über, der aus Gott weiß welchen Gründen die Beherrschung verliert. Und es war gut, daß es Ihnen nicht geglückt ist, sonst hätte ich Sie mit hinab-

128

gerissen, und wir hätten unseren letzten Purzelbaum gemeinsam zur Belustigung der Besatzung eines englischen Schiffes geschlagen. Das wäre ein hübsches Ende gewesen!«

»Wissen Sie nicht mehr, daß Sie sagten, die Engländer würden ein Boot ausgesetzt und unsere Taschen durchsucht haben? Und daß ich darauf erwiderte, das wäre die beste Methode?« Der in steinerner Unbeweglichkeit dasitzende Peyrol, über dessen Ohr der andere sich beugte, wirkte wie ein unempfindliches Sammelgerät für Flüsterworte. Der Leutnant fuhr drängend fort: »Damit deutete ich schon auf diese Angelegenheit hin. Überlegen Sie mal, Stückmeister, was hätte wohl überzeugender sein können als die Auffindung der Depeschen an meiner Leiche! Welche Überraschung, welches Staunen! Das könnte auch nicht den geringsten Zweifel erwecken, oder etwa doch? Was? Nein. Ich kann mir gut vorstellen, wie der Kommandant der Korvette alle Segel setzt, um das Päckchen so rasch wie möglich dem Admiral auszuhändigen. Die geheimen Marschbefehle für die Touloner Flotte bei der Leiche eines Offiziers gefunden. Wie würden sie sich zu diesem unvorstellbaren Glücksfall gratulieren! Sie hätten das dann aber nicht Zufall genannt, o nein, eine Fügung des Schicksals würden sie es nennen. Auch ich kenne die Engländer ein wenig. Sie sehen es gerne, wenn Gott auf ihrer Seite kämpft – der einzige Verbündete, dem man nichts zu zahlen braucht. Sagen Sie selber – wäre das nicht die ideale Methode?«

Leutnant Réal rückte weg, und Peyrol, der immer noch wie ein Standbild düsterer Verträumtheit dreinschaute, knurrte leise:

»Sie haben noch Zeit dazu. Das englische Schiff ist immer noch in Petite Passe.« Er verharrte noch einen Augenblick in der unheimlichen Haltung einer lebenden Statue, ehe er beißend hinzufügte: »Sie scheinen es nicht besonders eilig zu haben mit Ihrem Absturz.«

129

»Auf mein Wort, ich habe das Leben fast satt genug, um es zu tun«, sagte der Leutnant lässig.

»Dann vergessen Sie bloß nicht, vorher auf Ihr Zimmer zu gehen und die Papiere zu holen«, rief Peyrol ebenso bissig wie zuvor. »Warten Sie aber nicht auf mich. Ich habe das Leben nicht satt. Ich bin *disparu*, und das reicht mir. Ich habe nicht nötig zu sterben.«

Und endlich regte er sich auf der Bank, drehte den Kopf nach links und rechts, als wolle er sich vergewissern, daß sein Hals nicht zu Stein geworden, stieß ein kurzes Lachen aus und brummte: »*Disparu! Hein!* Da hol mich doch der Teufel«, so als stelle das Wort ›verschollen‹ hinter dem Namen eines Mannes auf einer Liste eine schwere Beleidigung dar. Leutnant Réal bemerkte überrascht, daß das an ihm zu nagen schien. Oder war es etwas Anderes, Unaussprechliches, was an ihm nagte und sich auf diese merkwürdige Weise Ausdruck schaffte? Auch der Leutnant erlitt einen flüchtigen Anfall von Zorn, der aufflackerte, dann aber angesichts der kalten philosophischen Betrachtung erlosch: ›Wir sind Opfer des Schicksals, das uns zusammengeführt hat.‹ Danach flackerte sein Groll neuerlich auf. Warum nur war er auf dieses Mädchen oder diese Frau gestoßen (er wußte nicht recht, wie er sie in seinen Gedanken bezeichnen sollte) und mußte ihretwegen so grauenhaft leiden? Er, der doch fast von Kindesbeinen an danach getrachtet hatte, alle zarten Empfindungen in sich auszumerzen? Die wechselnden Stimmungen, der Ekel, das Staunen über sich selber und über die unerwarteten Vorfälle des Lebens gaben ihm die Miene tiefster Versunkenheit, aus der ihn ein zwar nicht lauter, doch wilder Ausbruch Peyrols riß.

»Nein!« rief Peyrol. »Ich bin zu alt, um meine Knochen für eine militärische Landratte in Paris aufs Spiel zu setzen, die da glaubt, sie hätte einen guten Einfall gehabt!«

»Dazu hat Sie niemand aufgefordert«, erwiderte der Leutnant

mit größter Strenge und in einem Ton, den Peyrol nur zu gut als den des Epaulettenträgers erkannte. »Sie alter Seeräuber. Und übrigens wäre es ja nicht um eines Militärs willen. Sie und ich sind schließlich Franzosen.«

»So, haben Sie das endlich begriffen?«

»Ja«, sagte Réal. »Ich habe es diesen Morgen begriffen, als ich Ihnen auf dem Hügel zuhörte und die englische Korvette nicht weiter als, man könnte sagen: einen Steinwurf, entfernt war.«

»Ja«, ächzte Peyrol. »Ein von Franzosen gebautes Schiff!« Er schlug dröhnend gegen die Brust. »Es tut einem weh, sowas zu sehen. Es war mir, als sollte ich ganz allein auf das Deck hinunterspringen.«

»Ja, da waren wir uns einig«, sagte der Leutnant. »Aber machen Sie sich eins klar: diese Sache, von der ich spreche, ist viel wichtiger als die Kaperung einer Korvette. Sie ist in Wirklichkeit auch viel mehr als nur die Täuschung eines Admirals. Sie ist Bestandteil eines weit gespannten Planes, Peyrol! Sie ist einer von vielen Schritten, die uns zu einem großen Seesieg verhelfen sollen!«

»Uns!« sagte Peyrol. »Ich bin ein Seeräuber, und Sie sind ein Seeoffizier. Was heißt da schon: uns?«

»Ich meine damit alle Franzosen. Oder noch einfacher: Frankreich, dem ja auch Sie gedient haben.«

Peyrol, dessen steinerne Haltung fast gegen seinen Willen menschlicher geworden war, nickte anerkennend und sagte: »Sie haben etwas auf dem Herzen. Heraus damit, falls Sie einem Seeräuber trauen wollen!«

»Nicht einem Seeräuber, sondern einem Kanonier der Republik. Mir ist der Gedanke gekommen, daß wir uns in dieser bedeutsamen Angelegenheit der Korvette bedienen könnten, die Sie so lange beobachtet haben. Es hat nämlich keinen Sinn, darauf zu vertrauen, daß die englische Flotte eine alte Tartane aufbringt, ohne Verdacht zu schöpfen.«

131

»Der Einfall einer Landratte«, stimmte Peyrol munterer zu, als er sich dem Leutnant Réal gegenüber je gezeigt hatte.

»Richtig. Immerhin bleibt uns die Korvette. Könnte man sich nicht etwas ausdenken, das die Engländer dazu bringen würde, den Köder zu schlucken? Sie lachen... warum?«

»Ich lache, weil das wirklich ein guter Witz wäre«, sagte Peyrol, dessen Heiterkeit recht kurzlebig war. »Der Kommandant da drüben, der hält sich für sehr, sehr schlau. Ich habe ihn zwar nie mit Augen gesehen, doch hatte ich das Gefühl, ihn zu kennen wie einen Bruder; jetzt aber...«

Er verstummte. Leutnant Réal, der das plötzlich wechselnde Mienenspiel beobachtet hatte, sagte nachdrücklich:

»Mir scheint, Sie haben gerade einen Einfall gehabt.«

»Nicht den geringsten«, verwahrte sich Peyrol und wurde auf der Stelle wie unter einem Zauber wieder zu Stein. Der Leutnant fühlte sich davon nicht entmutigt und war auch nicht überrascht, das Standbild Peyrol sagen zu hören: »Man könnte es immerhin mal versuchen.« Und dann ohne Übergang: »Sie hatten vor, die Nacht hier zu verbringen?«

»Ja. Ich werde nur nach Madrague gehen und dort Bescheid sagen, daß das Boot, das heute kommen soll, mich abzuholen, ohne mich nach Toulon zurückfahren muß.«

»Nein, Leutnant. Sie müssen heute nach Toulon zurück. Sobald Sie ankommen, scheuchen Sie ein paar von den verflixten Federfuchsern des Hafenamtes aus dem Bett, ganz gleich, wie spät es ist, und lassen sich Begleitpapiere für eine Tartane ausstellen – auf irgendeinen Namen, der Ihnen gefällt. Irgendwelche Papiere. Und damit kommen Sie auf dem schnellsten Wege zurück. Warum gehen Sie nicht auf der Stelle nach Madrague und sehen nach, ob das Boot angekommen ist? Falls es da ist, können Sie sofort losfahren und schon gegen Mitternacht zurück sein.«

Er stand ungestüm auf, und auch der Leutnant erhob sich,

132

wenn auch nicht sehr überzeugt. Peyrols Miene hatte sich belebt, doch das römische Gesicht mit den strengen Augen verlieh ihm eine mächtige Aura von Autorität.

»Wollen Sie mir nicht mehr von Ihren Plänen mitteilen?« bat der Leutnant.

»Nein«, sagte der Freibeuter. »Nicht, ehe wir uns wiedersehen. Falls Sie während der Nacht zurückkommen sollten, machen Sie nicht den Versuch, ins Haus zu gelangen. Warten Sie draußen. Wecken Sie niemanden. Ich werde in der Nähe sein, und wenn es was Neues zu berichten gibt, so werde ich es dann tun. Was suchen Sie? Sie brauchen Ihren Koffer nicht. Ihre Pistolen sind oben? Was wollen Sie mit Pistolen, wenn Sie mit einer Marinebesatzung nach Toulon fahren und zurück?« Und er legte tatsächlich dem Leutnant die Hand auf die Schulter und schob ihn sachte auf den Pfad, der nach Madrague führt. Bei dieser Berührung wandte Réal den Kopf, und die beiden Augenpaare begegneten einander mit der Intensität des Klammergriffes von Ringkämpfern. Es war der Leutnant, der schließlich dem unverhüllten, starren Blick des alten Küstenbruders wich. Er wich und deckte seinen Rückzug mit einem sarkastischen Lächeln und einem gespielt leichtmütigen: »Ich sehe schon – Sie wollen mich aus irgendeinem Grunde loswerden.« Auf Peyrol machte das nicht den mindesten Eindruck – er stand da und wies mit ausgestrecktem Arm nach Madrague hinab. Als der Leutnant ihm den Rücken kehrte, ließ er den Arm sinken; doch sah er dem Leutnant nach, bis dieser aus dem Blickfeld verschwunden war, ehe er selbst sich abwandte und in der entgegengesetzten Richtung davonging.

IX

Als er den Leutnant aus den Augen verloren hatte, merkte Peyrol, daß sein Kopf völlig leer war. Nachdem er einen kurzen Blick auf das Haus geworfen, das ein Problem ganz anderer Art beherbergte, machte er sich auf den Weg zu seiner Tartane. Das andere mochte warten. Da sich sein Kopf befremdlich leer anfühlte, empfand er es als dringend notwendig, ihn mit irgendwelchen Gedanken zu füllen. Er rutschte über Steilstellen, hielt sich am Gebüsch fest, stieg von Stein zu Stein ab, alles mit der Sicherheit, die aus langer Übung kommt, mit mechanischer Präzision, und ohne auch nur eine Sekunde in dem Bemühen nachzulassen, sich einen brauchbaren Plan auszudenken. Zu seiner Rechten lag die Bucht in blasses Licht getaucht, und dahinter dehnte sich das Mittelmeer in tieferem, ruhigem Blau. Peyrol näherte sich dem kleinen Hafenbecken, in dem seine Tartane nun schon seit Jahren versteckt lag wie ein Edelstein in seinem Etui, der nur zur geheimen Erbauung des Auges dient, der ebenso unnütz ist wie der Schatz des Geizigen – und ebenso kostbar! Als er bei einer Kuhle anlangte, wo kärgliches Gestrüpp und sogar einzelne Grashalme wuchsen, setzte Peyrol sich, um zu rasten. Wenn er hier saß, so wurde die ihm sichtbare Welt begrenzt auf einen steinigen Hang, etliche Felsblöcke, den Busch, an den er sich lehnte, und die Sicht auf ein Stück leeren Horizont über dem Meer. Er begriff, daß er den Leutnant viel stärker haßte, wenn der abwesend war. Der Bursche hatte etwas an sich. Auf jeden Fall aber war er ihn für die nächsten acht bis zehn Stunden losgeworden. Den alten Freibeuter überfiel ein Unbehagen, eine

134

Ahnung davon, daß das Gleichgewicht der Dinge gefährdet sei, und das kam ihm höchst ungelegen. Er nahm das mit Erstaunen wahr, und wieder ging es ihm durch den Kopf: ›Ich werde alt.‹ Und doch war er sich seines kraftvollen Körpers sehr bewußt. Er vermochte nach wie vor, sich lautlos wie ein Indianer auf dem Bauche an einen Mann heranzuschleichen, mit dem zuverlässigen Krückstock zuzuschlagen und so sicher und kräftig zu treffen, daß der Getroffene wie ein gefällter Stier zu Boden fiel. Er hatte das erst vergangene Nacht um zwei Uhr getan, keine zwölf Stunden war es her, und es war gegangen wie geschmiert, und von Anstrengung keine Rede. Dieser Umstand heiterte ihn auf. Und doch wollte ihm nichts einfallen, zumindest nichts, das man einen wirklichen Einfall hätte nennen können. Es wollte einfach nicht. Es hatte keinen Sinn, länger dazusitzen.

Er stand auf und gelangte mit wenigen Schritten an ein Felsband, von dem aus er auf die weißen, stumpfen Flaggenknöpfe seiner Tartane hinunterblicken konnte. Der Rumpf blieb ihm der eigentümlichen Bildung der Küste wegen verborgen, deren auffallendstes Merkmal eine große Felsplatte war. Das war der Ort, an dem Peyrol zwölf Stunden zuvor, als er in seinem Bett keine Ruhe finden konnte und zum Schlafen die Tartane aufsuchen wollte, im Mondlicht einen Menschen über seinem Schiff hatte stehen und hinunterspähen sehen – einen charakteristisch gegabelten schwarzen Umriß, dessen Gegenwart dort keinesfalls gerechtfertigt sein konnte. Peyrol hatte aus einer rasch ablaufenden logischen Gedankenkette den Schluß gezogen: ›Von einem englischen Boot an Land gesetzt.‹ Warum, wie und von wo aus – mit solchen Fragen hielt er sich nicht auf. Er handelte unverzüglich, wie ein Mann, der sich in Jahren daran gewöhnt hat, mit den überraschendsten Zwischenfällen fertigzuwerden. Die dunkle Gestalt, ganz in eine gleichsam verblüffte Aufmerksamkeit versunken, hörte nichts, hatte kei-

nen Verdacht. Das dicke Ende des Krückstocks knallte ihr auf
den Schädel wie ein Donnerschlag aus heiterem Himmel. Die
Wände des kleinen Hafenbeckens warfen den Knall zurück.
Das Opfer jedoch konnte davon nichts gehört haben. Die
Wucht des Schlages warf den bewußtlosen Körper über den
Rand der Felsplatte hinaus und kopfüber in den offenen Laderaum der Tartane, die ihn wie mit einem gedämpften Pauken-
schlag empfing. Peyrol hätte es mit zwanzig Jahren nicht besser, nein, nicht so gut machen können. Er hatte Raschheit, ein
reifes Urteilsvermögen bewiesen, und dem gedämpften Pau-
kenschlag folgte eine vollkommene Stille, in der sich kein
Stöhnen, kein Ächzen vernehmen ließ. Peyrol rannte um eine
kleine, vorstehende Bergnase herum zu einer Stelle, wo das
Ufer etwa in Höhe der Reling der Tartane flach war, und ging
an Bord. Immer noch herrschte ungebrochene Stille im kalten
Mondlicht und in dem tiefen Schatten zwischen den Felsen.
Die Stille blieb deshalb ungebrochen, weil Michel, der stets in
dem teilweise überdeckten Vorschiff schlief, von dem Auf-
prall des bewußtlosen Körpers, unter dem das ganze Schiff
erbebte, zwar geweckt, doch gleichzeitig auch der Sprache beraubt worden war. Sein Kopf guckte gerade unter der Decks-
verschalung hervor, er selbst hockte auf allen vieren bewe-
gungsunfähig und zitternd wie ein Hund, den man mit heißem
Wasser gewaschen hat, und am weiteren Vordringen hinderte
ihn seine Angst vor dem verhexten Leichnam, der soeben auf
dem Luftweg eingetroffen war.
Nicht um alles in der Welt hätte er ihn angerührt.
Das geflüsterte »Heda, Michel«, wirkte auf ihn wie ein seeli-
sches Stärkungsmittel. Es handelte sich also nicht um Teufels-
werk, nicht um Hexerei! Doch selbst wenn es so gewesen
wäre – nun, in Peyrols Gegenwart, fiel alle Angst von Michel
ab. Er unterließ jede Frage, während er Peyrol dabei half, den
schlaffen Körper umzudrehen. Das Gesicht war blutüber-

136

strömt, denn der Mann war mit dem Kopf auf das Kielschwein gestürzt und hatte sich an der scharfen Kante die Stirnhaut aufgeschlagen. Daß er sich den Kopf nicht ganz und gar zerschmettert und keine Knochen gebrochen hatte, lag daran, daß dieses Opfer unziemlicher Neugier bei seinem Wege durch die Luft mit einer der Wanten des Fockmastes in Berührung gekommen war und diese gebrochen hatte wie eine Mohrrübe. Peyrol legte dem Mann sogleich die Hand auf die Brust.

»Sein Herz schlägt noch«, murmelte er. »Geh und mach Licht in der Kajüte, Michel.«

»Wollen Sie das Ding in die Kajüte bringen?«

»Ja«, antwortete Peyrol. »Die Kajüte ist an so was gewöhnt.« Und ganz plötzlich war er sehr erbittert. »Sie ist besseren Leuten als diesem hier eine tödliche Falle gewesen, wer immer er auch sein mag.«

Während Michel daranging, Peyrols Befehl auszuführen, ließ dieser die Blicke über die Ränder seines kleinen Hafenbeckens wandern, denn er konnte den Verdacht nicht abschütteln, daß noch mehr Engländer dort umherschleichen müßten. Daß eines der Boote der Korvette noch in der Bucht liege, bezweifelte er keinen Moment. Was das Motiv für die Landung betraf, so blieb das unerklärlich. Die reglose Gestalt zu seinen Füßen hätte ihm vielleicht etwas darüber erzählen können, doch hatte Peyrol keine große Hoffnung, den Mann je wieder sprechen zu hören. Sollten seine Freunde nach ihrem Kumpan suchen, so bestand nur eine geringe Chance, daß sie das Vorhandensein des Hafens übersehen würden. Peyrol bückte sich und betastete den Körper. Er entdeckte keine Waffe an ihm. Einzig das übliche Klappmesser trug er an einer Schnur um den Hals. Michel, diese Seele von Mensch, erhielt, als er vom Achterdeck zurückkehrte, die Weisung, über den blutigen Kopf mit dem dem Mond zugewandten Gesicht ein oder zwei Eimer Salzwasser auszugießen. Den Bewußtlosen in die Kajüte hin-

137

unterzubefördern, war nicht ganz einfach. Der Mann war schwer. Sie legten ihn lang ausgestreckt auf eine Backskiste, und nachdem Michel ihm mit befremdlicher Sorgfalt die Arme seitwärts angeordnet hatte, sah er ungemein steif aus. Der triefende Kopf mit dem durchnäßten Haar glich dem Kopf eines Ertrunkenen mit klaffender, roter Stirnwunde.

»Geh an Deck und übernimm die Wache«, befahl Peyrol. »Es kann sein, daß wir vor Ende der Nacht noch kämpfen müssen.«
Als Michel gegangen war, zerrte Peyrol seine Jacke herunter, und streifte sich, ohne zu zögern, das Hemd über den Kopf. Es war ein sehr feines Hemd. Die Küstenbrüder verbrachten ihre Mußestunden keineswegs in Lumpen gehüllt, und der Stückmeister Peyrol hatte sich eine Vorliebe für feines Linnen bewahrt. Er riß das Hemd in lange Streifen, setzte sich auf die Backskiste und bettete den nassen Kopf des Fremden auf sein Knie. Er verband ihn geschickt und tat das mit solcher Gelassenheit, als übe er an einer Puppe. Dann ergriff der erfahrene Peyrol die leblose Hand und fühlte den Puls. Das Leben war noch nicht entflohen. Der bis zum Gürtel nackte Freibeuter saß, die Arme vor dem graumelierten Brustpelz verschränkt, still da und betrachtete das reglose Gesicht auf seinem Knie, dessen Augen unter dem weißen Stirnverband friedlich geschlossen waren. Er musterte das schwere Kinn, das nicht recht zu den runden Wangen passen wollte, die auffallend breite Nase mit der scharfen Spitze und der Einbuchtung des Nasenbeins, die entweder angeboren oder das Ergebnis einer alten Verletzung sein mußte.

Ein Gesicht aus braunem Lehm geformt, grob modelliert, an den geschlossenen Lidern dichte, schwarze Wimpern, die diesem vierzig Jahre alten oder älteren Gesicht den Anschein künstlicher Jugendlichkeit gaben. Und Peyrol gedachte seiner Jugend – nicht seiner eigenen Jugend, an die sich zu erinnern es ihn nie drängte. Er dachte vielmehr an die Jugend dieses

138

Mannes, daran, wie dessen Gesicht vor zwanzig Jahren ausgesehen hatte. Plötzlich veränderte er seine Haltung, hielt die Lippen nahe an das Ohr des leblosen Kopfes und brüllte aus voller Kraft: »Hallo! Hallo! Aufwachen, Maat!«

Das klang laut genug, um die Toten zu wecken. Als Antwort ertönte aus der Ferne ein schwaches: »*Voilà! Voilà!*« und gleich darauf steckte Michel besorgt grinsend und mit funkelnden runden Augen den Kopf in die Kajüte.

»Haben Sie gerufen, *maître?*«

»Ja. Komm herein und hilf mir, ihn bewegen.«

»Über Bord?« murmelte Michel bereitwillig.

»Nein«, sagte Peyrol. »In die Koje dort. Sachte. Paß auf seinen Kopf auf!« rief er mit unerwarteter Besorgnis. »Leg eine Decke über ihn, bleib in der Kajüte und feuchte seinen Verband immer wieder mit Salzwasser an. Ich glaube nicht, daß dich jemand heute nacht belästigen wird. Ich gehe hinauf zum Haus.«

»Es wird bald Tag sein«, bemerkte Michel.

Das war nur ein Grund mehr für Peyrol, so schnell wie möglich nach Hause zu kommen und sich ungesehen in sein Zimmer hinaufzuschleichen. Er zog die Jacke über der nackten Brust zusammen, packte den Stock und empfahl Michel, den fremden Vogel auf gar keinen Fall zur Kajüte hinausfliegen zu lassen. Da Michel davon überzeugt war, der Mann werde nie wieder imstande sein, sich zu bewegen, nahm er diese Anweisung recht ungerührt auf.

Es hatte schon eine Weile gedämmert, ehe sich Peyrol auf seinem Weg hinauf nach Escampobar zufällig umdrehte und das Glück hatte, mit eigenen Augen zu sehen, wie die Gig des englischen Kriegsschiffes aus der Bucht hervorkam. Damit war seine Annahme bestätigt, doch die Ursache blieb nach wie vor im dunkeln. Ratlos und beunruhigt näherte er sich der Ferme durch den Hof. Catherine, immer die erste auf den Beinen, stand an der geöffneten Küchentür. Sie trat zur Seite und

139

hätte ihn wortlos passieren lassen, hätte Peyrol nicht selber flüsternd gefragt: »Gibt es was Neues?« Sie antwortete im gleichen Ton: »Sie geistert jetzt des Nachts umher.« Peyrol stahl sich in sein Zimmer, aus dem er eine Stunde später zum Vorschein kam, ganz als habe er die Nacht darin verbracht.

Es war dieses nächtliche Abenteuer, das den Charakter des vormittäglichen Gespräches zwischen Peyrol und dem Leutnant bestimmt hatte. Alles in allem fand Peyrol die Lage höchst mißlich. Nachdem er Réal endlich auf ein paar Stunden losgeworden war, mußte er seine Aufmerksamkeit jenem anderen Individuum widmen, das den gespannten, fragwürdigen und aus bedrohlichen Quellen erfließenden Frieden störte, der auf der Ferme Escampobar herrschte. Während er auf der Felsplatte saß, müßig auf etliche Blutstropfen starrte, die von seinem nächtlichen Werk kündeten, und sich bemühte, einen brauchbaren Plan zu entwickeln, wurde Peyrol eines schwachen donnerähnlichen Geräusches gewahr. So schwach es war, es füllte doch das kleine Hafenbecken. Er erriet bald die Herkunft dieses Geräusches, und seine Miene verlor den ratlosen Ausdruck. Er ergriff den Stock, stand forsch auf, murmelte vor sich hin: »Der ist alles andere als tot«, und eilte auf sein Schiff.

Michel stand auf dem Achterdeck und hielt Wache. Er hatte die ihm am Brunnen erteilten Befehle ausgeführt. Die Kajütentür war nicht nur durch das sehr sichtbare Schloß gesichert, sondern auch mit einer Spiere verkeilt, die die Tür unbeweglich machte wie einen Felsblock. Das donnerähnliche Geräusch schien wie durch Magie aus der unbeweglichen Tür zu dringen. Jetzt verstummte es, und man konnte ein erbittertes unablässiges Knurren vernehmen. Dann begann das Donnern wieder. Michel meldete: »Jetzt fängt er zum drittenmal damit an.«

»Viel Kraft steckt nicht dahinter«, bemerkte Peyrol ernst.

»Ich finde, es ist ein Wunder, daß er das überhaupt fertigbringt«, sagte Michel aufgeregt. »Er steht auf der Treppe und schlägt mit den Fäusten gegen die Tür. Er macht das von Mal zu Mal besser. Das erstemal hat er es eine halbe Stunde nach meiner Rückkehr gemacht. Da hat er ein Weilchen getrommelt und ist dann rücklings die Treppe runtergefallen. Ich habe das gehört, denn ich hatte das Ohr am Luk. Da blieb er liegen und hielt ein langes Selbstgespräch. Dann fing er wieder an.« Peyrol stellte sich an das Luk, während Michel noch hinzufügte: »Der wird in alle Ewigkeit so weitermachen, man kann ihn nicht zum Aufhören bringen.«

»Ruhe da«, sagte Peyrol mit tiefer befehlsgewohnter Stimme durch die Luke. »Es wird Zeit, daß du mit dem Lärm aufhörst.« Dieser Satz verursachte eine Totenstille. Michel hörte auf zu grinsen. Er staunte darüber, welche Macht diese wenigen Worte in einer fremden Sprache gehabt hatten.

Peyrol lächelte selber ein wenig. Es war Jahre und Jahre her, seit er zum letztenmal ein paar englische Sätze gesprochen hatte. Er wartete selbstzufrieden, bis Michel die Kajütentür aufgeschlossen und von der Spiere befreit hatte. Nachdem sie geöffnet war, rief er mit dröhnender Stimme: »Weg von der Treppe!«, befahl Michel auf dem Vordeck Wache zu halten und stieg bedächtig, das Gesicht den Stufen zugekehrt, die Treppe hinunter.

Unten in der Kajüte klammerte der Mann mit dem verbundenen Kopf sich an den Tisch und fluchte ununterbrochen kraftlos vor sich hin. Nachdem Peyrol ein Weilchen interessiert zugehört hatte wie jemand, der einer vor Jahren gehörten Tanzweise lauscht, gebot er mit tiefer Stimme Einhalt: »Das reicht jetzt.« Und nach kurzem Schweigen fuhr er fort: »Du siehst *bien malade* aus, *hein*? Was die Engländer *sick* nennen.« Und das in einem Ton, der zwar nicht liebenswürdig, aber doch alles andere als feindselig war. »Dem wollen wir schon abhelfen.«

»Wer sind Sie?« fragte der Gefangene und hob mit angst-
erfülltem Gesicht den Arm, um seinen Kopf vor dem erwarteten Schlag zu schützen. Peyrol ließ jedoch die erhobene Hand
nur herzhaft auf die Schulter des anderen fallen, was diesen
nötigte, sich halb zusammengebrochen und unfähig zu sprechen auf die Backskiste zu setzen. Trotz seiner Benommenheit
war er jedoch imstande zu sehen, daß Peyrol einem Wandschrank eine kleine Korbflasche und zwei Zinnbecher entnahm.
Er faßte Mut genug, um zu jammern: »Meine Kehle ist ganz
ausgedörrt.« Und danach mißtrauisch: »Waren Sie es, der
mir den Schädel eingeschlagen hat?«
»Ich war es«, gestand Peyrol, setzte sich seinem Gefangenen
gegenüber an den Tisch und lehnte sich zurück, um ihn aufmerksam zu betrachten.
»Warum, zum Teufel, haben Sie das gemacht?« fragte der
andere mit einer Art matter Wut, die Peyrol ganz ungerührt
ließ.
»Weil du deine Nase in Dinge gesteckt hast, die dich nichts
angehen. Klar? Ich sah dich da im Mondlicht stehen, *penché*,
und meine Tartane mit den Augen fressen. Du hast mich wohl
nicht gehört, *hein*?«
»Nicht das kleinste Geräusch. Wollten Sie mich umbringen?«
»Ja, jedenfalls lieber umbringen als riskieren, daß du eine
lange Geschichte an Bord deiner Korvette erzählst!«
»Na, jetzt haben Sie Gelegenheit, mich ganz fertigzumachen.
Ich bin schwach wie eine neugeborene Katze.«
»Katze? Hahaha!« lachte Peyrol »Du gäbest einen netten *petit
chat* ab.« Er packte die Flasche und füllte die Becher. »Da«,
fuhr er fort und schob seinem Gefangenen einen Becher zu.
»Das ist gutes Zeug. Trink.«
Symons kam es vor, als habe der Schlag ihn aller Widerstands-
kraft beraubt, dazu der Fähigkeit, sich zu verwundern, und
überhaupt jeder Möglichkeit, sich als ein Mann zu behaupten,

ausgenommen die, Groll zu zeigen. Sein Kopf schmerzte, er kam ihm riesengroß und für seinen Hals viel zu schwer vor und so, als sei er mit heißem Rauch gefüllt. Unter Peyrols festem Blick nahm er einen Schluck und setzte mit unsicheren Bewegungen den Becher ab. Er sah jetzt schläfrig drein. Gleich darauf stieg ein wenig Blut in die bronzefarbenen Wangen, er richtete sich auf seiner Kiste auf und sagte mit fester Stimme: »Sie haben mir übel mitgespielt. Halten Sie das etwa für eine besonders männliche Tat: sich von hinten an einen anderen heranzuschleichen und ihn niederzuschlagen wie einen Ochsen?«

Peyrol nickte gelassen und nahm einen kleinen Schluck aus dem Becher.

»Hätte ich dich bei einer anderen Beschäftigung als gerade beim Betrachten meiner Tartane angetroffen, dann hätte ich dir nichts getan. Ich hätte dich ohne weiteres zu deinem Boot zurückgehen lassen. Wo war euer verdammtes Boot überhaupt?«

»Wie soll ich das wissen? Ich weiß nicht mal, wo ich selber bin. Ich bin nie zuvor in dieser Gegend gewesen. Wie lange bin ich überhaupt schon hier?«

»Oh, etwa vierzehn Stunden«, sagte Peyrol.

»Mein Kopf fühlt sich an, als würde er runterfallen, wenn ich mich bewege«, brummelte der andere. »Sie sind ein elender Stümper, wissen Sie das?«

»Stümper – wie das?«

»Weil Sie mich nicht mit einem Schlag erledigt haben.« Er packte den Becher und leerte ihn, ohne abzusetzen. Auch Peyrol trank, beobachtete den anderen aber weiter. Dann stellte er den Becher sehr behutsam hin und fragte gemessen: »Woher sollte ich wissen, daß du es warst? Ich habe fest genug zugeschlagen, um jedem anderen den Schädel zu spalten.«

»Was meinen Sie damit? Was wissen Sie überhaupt von meinem Schädel? Was wollen Sie eigentlich? Ich kenne Sie nicht,

Sie weißhaariger Bandit, der des Nachts umherschleicht und fremde Leute von hinten auf den Kopf haut. Haben Sie unseren Offizier auch abgemurkst?«

»Richtig, euer Offizier! Was wollte der eigentlich? Welchen Unsinn wolltet Ihr hier überhaupt anstellen?«

»Glauben Sie denn, daß man das einer Bootsbesatzung erzählt? Fragen Sie doch unseren Offizier. Er ist da die Schlucht raufgekrochen, und der Bootsmann ist ängstlich geworden. Er sagte zu mir: ›Du bist flink auf den Füßen, Sam‹, sagte er. ›Kriech mal um die Bucht herum und schau nach, ob man unser Boot von der anderen Seite aus sehen kann.‹ Na, ich habe nichts gesehen. Es war auch nichts zu sehen. Und da dachte ich: kriech doch ein bißchen höher da auf die Felsblöcke rauf...«

Er verstummte schläfrig.

»Das war recht dumm«, bemerkte Peyrol aufmunternd.

»Eher hätte ich einen Elefanten zu sehen erwartet als ein Schiff in diesem Tümpel, der nicht größer ist als meine hohle Hand. Ich konnte mir nicht erklären, wie es da hingekommen war. Ich mußte einfach nachsehen und dahinterkommen – und dann weiß ich nichts mehr, bloß, daß ich hier mit verbundenem Kopf in der Koje von diesem Hundeloch von Kajüte liege. Warum konnten Sie mich nicht anrufen und sich anständig mit mir schlagen, Nock an Nock? Sie hätten mich doch erwischt, denn außer meinem Klappmesser, das Sie mir gestohlen haben, hatte ich keine Waffe.«

»Da oben liegt es«, sagte Peyrol und sah sich suchend um. »Nein, mein Freund, ich hatte keine Lust, zu riskieren, daß du die Flügel ausbreitest und davonfliegst.«

»Für Ihre Tartane hatten Sie wahrhaftig nichts zu fürchten. Wir hätten Ihre Tartane nicht mal geschenkt genommen. Wir sehen täglich Dutzende von solchen Tartanen.«

Peyrol füllte wieder beide Becher. »Ah«, sagte er, »gewiß seht ihr viele Tartanen, aber diese ist nicht wie die anderen. Du

144

willst ein Seemann sein und hast nicht mal gemerkt, daß sie
was ganz Außergewöhnliches ist?«

»Himmeldonnerwetter«, schrie der andere. »Wie kann ich denn
überhaupt was gesehen haben? Ich habe gerade noch gesehen,
daß die Segel beschlagen waren, ehe Sie mich mit Ihrem Knüppel auf den Kopf trafen.« Er hob die Hände zum Kopf und
ächzte. »O Gott, ich fühle mich so elend, als wäre ich einen
Monat lang betrunken gewesen.«

Peyrols Gefangener sah wirklich ein wenig so aus, als habe er
sich den eingeschlagenen Schädel in einer Rauferei unter Be-
trunkenen geholt. Peyrol indessen fand an seiner Erscheinung
nichts Abstoßendes. Der Freibeuter bewahrte seinem Piraten-
leben ein freundliches Angedenken, diesem von Verachtung
der Gesetze erfüllten, auf geräumiger Bühne sich abwickeln-
den Leben, das er geführt hatte, bis die Veränderungen im
Indischen Ozean und die aus der Außenwelt hereindringenden
erstaunlichen Gerüchte ihn veranlaßten, über die Ungewißheit
einer solchen Existenz nachzudenken. Es stimmte, daß er als
ganz junger Mensch desertiert war, doch damals war die französische Flagge weiß gewesen, und jetzt war sie dreifarbig. Er
hatte nach den Prinzipien Freiheit, Gleichheit, Brüderlichkeit
gelebt, so wie diese in den allgemein bekannten oder den geheimen Schlupfwinkeln der Küstenbrüder gehandhabt wurden.
Die Veränderung konnte also, wenn man dem, was die Leute
sagten, glauben durfte, nicht allzu groß sein. Der Freibeuter
hatte über den Wert eines jeden dieser drei Dinge übrigens
seine ganz private Meinung. Freiheit – das war die Freiheit,
sich mit eigenen Kräften in der Welt zu behaupten, wenn man
dazu fähig war. Gleichheit – gewiß! Doch hat noch nie eine
führerlose Horde etwas erreicht. Das war alles gerade soviel
wert, wie es wert war. Brüderlichkeit betrachtete er mit etwas
anderen Augen. Selbstverständlich kam es unter den Brüdern
gelegentlich zu Streit; einem solchen, plötzlich und wild auf-

145

lodernden Streit zwischen Brüdern verdankte Peyrol ja auch
die gefährlichste Wunde seines Lebens. Doch nahm er das keinem der Beteiligten übel. Seiner Ansicht nach war das Verlangen nach Brüderlichkeit ein Verlangen nach Hilfe gegen die
Außenwelt. Und hier saß er also einem Bruder gegenüber, dem
er mit gutem Grund den Schädel eingeschlagen hatte. Der hockte
nun vor ihm am Tisch, sah wirr und verstört, verständnislos
und gekränkt drein, und sein Schädel war immer noch so hart
wie vor Jahren, als ein aus Italien stammender Küstenbruder
ihm bei einer Fopperei den Spitznamen Testa Dura verliehen
hatte; geradeso war er, Peyrol, eine Zeitlang auf beiden Ufern
der Fahrrinne von Mozambique als Poigne de Fer bekannt gewesen: dies, nachdem er in Anwesenheit anderer Küstenbrüder
einem brüllenden, faßbrüstigen Negerzauberer die Luft ab-
gedreht hatte. Die Eingeborenen hatten eilig Nahrung heran-
geschafft, und der Zauberer hatte sich von diesem Erlebnis nie
wieder ganz erholt. Es war ein großartiger Auftritt gewesen.
Ja, kein Zweifel, es war Testa Dura, der ehemals junge Novize
des Ordens (wie und wo aufgenommen, hatte Peyrol nie erfahren), der fremd war im Lager, einfältig und stark beeindruckt von der prahlerischen kosmopolitischen Gesellschaft, in
der er sich fand. Er hatte sich an Peyrol angeschlossen, hatte
ihn einigen Landsleuten vorgezogen, die ebenfalls zur Bande
gehörten, folgte ihm wie ein Hund und hatte sich anläßlich der
Verwundung Peyrols als treuer Kamerad erwiesen – jener Verwundung, die Peryol weder getötet noch ihm den Mut genommen, die ihm aber Gelegenheit verschafft hatte, in aller Aus-
führlichkeit über die Art seiner Lebensführung nachzudenken.
Den ersten Hinweis auf diesen erstaunlichen Sachverhalt hatte
Peyrol bereits erhalten, als er jenen Kopf beim Schein der
blakenden Lampe verband. Da der Bursche noch am Leben war,
fand es Peyrol unmöglich, ihn gänzlich zu töten oder ihn hilflos liegenzulassen wie einen Hund. Schließlich war es ein

146

Seemann. Daß er Engländer war, hinderte Peyrol nicht daran, seinetwegen in einen Widerstreit von Gefühlen zu geraten, unter denen ganz gewiß kein Haß war. Unter den Küstenbrüdern hatte er stets die Engländer vorgezogen. Von ihnen war ihm auch jene besondere und loyale Anerkennung zuteil geworden, die einem charaktervollen, fähigen Franzosen eher von Engländern als von irgendeiner anderen Nationalität zuteil wird. Peyrol war zeitweise einer der Anführer gewesen, wenngleich er sich nie sehr darum bemüht hatte, es zu sein, denn ehrgeizig war er nicht. Diese Anführerrolle fiel ihm meist in einer Krise zu, und wenn er sie übernommen hatte, so waren es die Engländer gewesen, auf deren Unterstützung er sich am meisten verließ.

So hatte sich denn der Junge in einen Matrosen der englischen Kriegsflotte verwandelt! Die Tatsache als solche war durchaus nicht unglaubhaft. Küstenbrüder fand man auf allen möglichen Plätzen und Schiffen. Peyrol hatte einstmals in einem uralten, hoffnungslos verwachsenen Krüppel, der das Bettlergewerbe auf den Stufen der Kathedrale von Manila ausübte, einen Bruder erkannt, hatte ihn und seinen geheimen Schatz um zwei fette Goldstücke bereichert verlassen. Man erzählte sich, einer der Brüder sei in China Mandarin geworden, und Peyrol glaubte das ohne weiteres. Man konnte einfach nicht wissen, wo man einem Küstenbruder begegnen mochte und welche Stellung er dann einnähme. Das erstaunlichste war, daß dieser hier ihn aufgesucht, sich selbst in den Wirkungskreis seines Knüppels begeben hatte. Peyrols größte Sorge an diesem Sonntagvormittag war gewesen, das ganze Abenteuer vor Leutnant Réal verborgen zu halten. Es war die erste Pflicht der Küstenbrüder, einander Schutz gegenüber einem Epaulettenträger zu gewähren. Das Befremdliche dieser Forderung, die nach mehr als zwanzig Jahren wieder an ihn gestellt wurde, verlieh ihr eine besondere Kraft. Was er mit dem Burschen anfangen sollte, wußte er nicht, doch war die Lage seit dem Vormittag verändert. Peyrol war von dem Leutnant ins Vertrauen gezogen worden und in eine besondere Beziehung zu ihm getreten. Er versank in tiefes Nachdenken.

»*Sacré tête dure*«, murrte er ohne aufzublicken. Es ärgerte Peyrol ein wenig, daß er nicht erkannt worden war. Er konnte sich nicht vorstellen, wie schwer es für Symons sein mußte, in diesem untersetzten, bedächtig handelnden Herrn mit dem weißen Haar den Gegenstand seiner jugendlichen Bewunderung, den schwarzlockigen, im besten Mannesalter stehenden französischen Bruder zu erkennen, auf den jedermann so große Stücke gehalten hatte. Peyrol wurde aufgestört, denn plötzlich sagte der andere:

»Ich bin Engländer. Jawohl. Ich lasse mir von niemandem etwas bieten. Was wollen Sie jetzt mit mir machen?«

»Ich mache mit dir, was mir paßt, mein Junge«, erwiderte Peyrol, der sich über eben diese Frage bereits vergeblich den Kopf zerbrochen hatte.

»Na, dann beeilen Sie sich gefälligst, ganz gleich, was Sie vorhaben. Es ist mir egal, was Sie machen, aber – machen – Sie – es – schnell.«

Er versuchte mit Nachdruck zu sprechen, doch in Wirklichkeit kamen die letzten Worte recht unsicher heraus. Und den alten Peyrol rührte das. Er dachte: wenn ich ihn den Becher nochmal leertrinken lasse, dann ist er betrunken. Doch riskierte er das.

Er sagte nur: »*Allons*. Trink.« Der andere wartete keine zweite Aufforderung ab, konnte aber nicht hindern, daß der Arm zitterte, den er nach dem Becher ausstreckte. Peyrol hob den Becher.

»*Trinquons, eh?*« schlug er vor. Doch der lebensgefährlich verletzte Engländer blieb unversöhnlich.

»Verdammt will ich sein, wenn ich mit Ihnen trinke«, sagte

er entrüstet, doch so leise, daß Peyrol ihm das Ohr zuwenden mußte, um ihn zu verstehen. »Erst müssen Sie mir erklären, warum Sie mir den Schädel eingeschlagen haben.« Er trank, und dabei starrte er Peyrol an mit einem Blick, der beleidigend sein sollte, der aber so kindlich war, daß Peyrol in ein Gelächter ausbrach.

»*Sacré imbécile, va!* Hab ich dir nicht gesagt, daß es der Tartane wegen war? Wäre die Tartane nicht gewesen, ich hätte mich vor dir versteckt. Ich hätte mich hinter einen Busch verkrochen wie ein – wie nennt ihr das? – *lièvre.*«

Der andere, der den Alkohol fühlte, starrte ungläubig zurück.

»Du selber bist ganz unwichtig«, fuhr Peyrol fort. »Ah! Wärest du ein Offizier! Dann wäre ich in jedem Fall und überall auf dich losgegangen. Sagtest du nicht, euer Offizier ist die Schlucht hinaufgestiegen?«

Symons seufzte tief und erleichtert. »Jawohl, der ist da hinaufgestiegen. An Bord war die Rede von einem Haus gewesen, das da irgendwo sein soll.«

»Ach, zum Haus ist er gegangen!« sagte Peyrol. »Nun, wenn er das getan hat, wird er es bedauern. Es liegt nämlich eine halbe Kompanie Infanterie in der Ferme.«

Diese Stegreiflüge schluckte der englische Seemann ohne weiteres. Jeder Matrose der Blockadeflotte wußte sehr wohl, daß überall an der Küste Soldaten lagen.

Es hatten sich bereits eine ganze Anzahl von Empfindungen auf dem Gesicht dieses Mannes gespiegelt, der sich von einer tiefen Bewußtlosigkeit erholte, und nun war in seiner Miene auch Bestürzung zu lesen.

»Warum hat man denn auf diesem Felsklotz auch noch Soldaten einquartiert?« fragte er.

»Man braucht sie für die Signalstation und ähnliches. Du kannst nicht erwarten, daß ich dir alles erzähle. Du flüchtest ja vielleicht.«

149

Dieser Satz traf auf die nüchternste Stelle in Symons. Es ging also alles mögliche vor. Mr. Bolt war gefangengenommen worden. Im Vordergrund seines wirren Sinnierens stand jedoch die Überzeugung, daß er sehr bald an jene Soldaten ausgeliefert werden würde. Die Aussicht auf Gefangenschaft erfüllte ihn mit Schrecken und ließ ihn den Entschluß fassen, sich so widerborstig wie möglich anzustellen.

»Da werden mich einige von Ihren Soldaten hinauftragen müssen. Gehen tu ich nicht. Ich tu's nicht. Nicht, nachdem man mir hinterrücks den Schädel eingeschlagen hat. Das sage ich Ihnen gleich. Gehen tu ich nicht, keinen Schritt. Man wird mich tragen müssen.«

Peyrol schüttelte nur beschwichtigend den Kopf.

»Also gehen Sie schon und holen Sie einen Korporal mit seinen Leuten her«, beharrte Symons verstockt. »Ich will in aller Form gefangengenommen werden. Wer sind Sie überhaupt, zum Teufel? Sie haben gar kein Recht sich einzumischen. Ich glaube gar, Sie sind Zivilist. Ein ganz gewöhnlicher Marinero sind Sie, sagen Sie, was Sie wollen. Und noch dazu ein ziemlich verdächtiger Marinero. Wo haben Sie Englisch gelernt – wohl im Gefängnis? Jedenfalls werden Sie mich hier in diesem Hundeloch, an Bord dieser lumpigen Tartane nicht länger festhalten. Los, holen Sie den Korporal.« Plötzlich sah er sehr erschöpft aus und murmelte nur noch:

»Ich bin Engländer, Engländer bin ich.«

Peyrols Geduld war geradezu engelhaft.

»Kein Wort gegen die Tartane«, sagte er mit Nachdruck und so deutlich wie möglich. »Ich habe dir gesagt, sie ist nicht wie andere Tartanen. Und zwar weil sie ein Kurierboot ist. Immer wenn sie in See geht, macht sie den englischen Kriegsschiffen eine lange Nase, *un pied-de-nez*. Das darfst du ruhig wissen, denn du bist jetzt mein Gefangener. Wirst auch bald Französisch lernen.«

»Wer sind Sie? Sind Sie Nachtwächter auf diesem Schiff oder was?« fragte der uneingeschüchterte Symons. Doch Peyrols geheimnisvolles Schweigen schien ihn endlich zu ängstigen. Er versank in eine Depression und begann träge vor sich hin zu fluchen: auf alle Landungsmanöver, auf den Bootsmann der Gig und auf sein höllisches Pech.

Peyrol blieb aufmerksam und lauschend sitzen wie ein Mensch, der ein Experiment vornimmt; nach einem Weilchen begann Symons wieder so auszusehen, als habe man ihn auf den Kopf gehauen, wenn auch nicht ganz so fest wie vordem. Vor seine Augen legte sich ein Schleier, und von seinen Lippen kamen wie das Geflüster eines Sterbenden die Worte: »Verdächtiger Marinero.« Doch war die Härte seines Schädels derart, daß er es fertigbrachte, Peyrol in einschmeichelndem Ton aufzufordern: »Los, Opa«, und dabei versuchte er seinen Becher über den Tisch zu schieben, stieß ihn aber um. »Los doch! Laß uns deine winzig kleine Flasche leermachen.«

»Nein«, sagte Peyrol, zog die Flasche zu sich heran und verkorkte sie.

»Nein?« wiederholte Symons ungläubig und starrte die Flasche an. »...verdammter Pfuscher...« Er wollte noch etwas sagen. Peyrol beobachtete ihn aufmerksam. Er versuchte es etliche Male vergeblich, doch endlich brachte er das Wort »*cochon*« so deutlich heraus, daß der alte Peyrol zusammenzuckte. Danach war es überflüssig, ihn noch länger anzuschauen. Peyrol machte sich daran, Flasche und Becher wegzuschließen. Als er sich umwandte, lag sein Gefangener über den Tisch hingestreckt und gab keinen Laut von sich, nicht einmal einen Schnarcher.

Als Peyrol an Deck trat und die Tür der Kajüte hinter sich zuschob, eilte Michel vom Vordeck herzu, um die Befehle seines Herrn entgegenzunehmen. Doch Peyrol blieb so lange in Gedanken versunken mit der Hand vor dem Mund auf dem Achterdeck stehen, daß Michel schließlich ungeduldig wurde und sich fröhlich zu sagen erlaubte:

»Es sieht so aus, als wolle er sterben.«

»Er ist tot«, sagte Peyrol mit grimmiger Lustigkeit. »Tot...al betrunken. Und vermutlich wirst du mich erst irgendwann morgen wieder zu Gesicht bekommen.«

»Aber was soll ich unterdessen anfangen?« fragte Michel zaghaft.

»Nichts«, versetzte Peyrol. »Selbstverständlich darfst du ihm nicht erlauben, die Tartane in Brand zu stecken.«

»Wenn er nun aber«, fuhr Michel fort, »erkennen läßt, daß er flüchten will?«

»Wenn du siehst, daß er Anstalten macht zu fliehen, Michel«, sagte Peyrol mit gespieltem Ernst, »dann ist das für dich das Zeichen, ihm so eilig wie möglich aus dem Weg zu gehen. Ein Mann, der mit so einer Schädelwunde einen Fluchtversuch machen kann, der verschluckt dich noch vor dem Frühstück.«

Er packte seinen Stock, stieg an Land und entfernte sich, ohne seinem getreuen Helfer auch nur einen Blick zuzuwerfen. Michel hörte ihn durch das Geröll stapfen, und die absolute Verständnislosigkeit, die sich nunmehr auf sein Gesicht senkte, verlieh den gewohnheitsmäßig leer lächelnden Zügen geradezu etwas wie Würde.

X

Erst als er auf den Platz vor dem Haus gelangt war, erlaubte Peyrol sich eine Atempause, um den Kontakt mit der Außenwelt wieder herzustellen.

Während er mit seinem Gefangenen zusammengesessen hatte, war eine dünne Wolkenschicht am Himmel heraufgezogen, hatte sich einer der für das Mittelmeer nicht ungewöhnlichen schnellen Wetterwechsel vollzogen. Diese grauen Schwaden, die in großer Höhe vor der Sonnenscheibe hingen, ließen den Raum hinter ihrem Schleier noch größer erscheinen und trugen dazu bei, eine schattenlose Welt ins Unermeßliche zu dehnen, deren Umrisse und Horizonte nicht mehr hart und blendend hervortraten, sondern verwischt waren, als seien sie bereit, sich in der Grenzenlosigkeit des Alls aufzulösen.

Vertraut und gleichgültig gegen seinen Blick, greifbar und schattenhaft lag die wechselvolle See vor ihm, auf geheimnisvolle und mitfühlende Weise unter der erblaßten Sonne ebenfalls erblaßt. Geheimnisvoll wirkte der große ovale Fleck dunklen Wassers im Westen, geheimnisvoll auch die breite blaue parabelförmige Bahn auf dem stumpfen Silber des Wassers, von unsichtbarem Finger gebieterisch gezogen als ein Symbol ruheloser Wanderungen. Die Fassade des Wohnhauses hätte die Fassade eines Gebäudes sein können, das fluchtartig von allen Bewohnern verlassen worden ist. Das Fenster vom Zimmer des Leutnants war offen geblieben, sowohl der Fensterladen als auch das eigentliche Fenster. Die neben der Tür zur *salle* lehnende Mistgabel schien der Sansculotte vergessen zu haben. Peyrol empfand stärker als sonst die herr-

153

schende Verlassenheit. Er hatte sich in Gedanken mit den Bewohnern so intensiv beschäftigt, daß es ihm unnatürlich und bedrückend vorkam, niemanden anzutreffen. Er hatte in seinem Leben viele verlassene Orte erblickt – Grashütten, Lehmfestungen, Königspaläste, Tempel, aus denen auch die letzte weißgewandete Seele geflohen war. Tempel wirkten allerdings niemals verlassen. Die Götter klammerten sich an ihren Besitz. Peyrols Augen ruhten auf der vor dem Haus stehenden Bank. Wären die Dinge wie gewöhnlich gelaufen, so hätte jetzt der Leutnant dort gesessen, der sich angewöhnt hatte, fast reglos Stunde um Stunde auf der Bank zu sitzen wie eine Spinne, die die Ankunft der Fliege abwartet. Dieser lähmende Vergleich ließ Peyrol mit verzerrtem Munde und gerunzelter Stirne vor dem in lebendigsten Farben heraufbeschworenen Bild dieses Menschen innehalten, einem Bild, das beunruhigender war, als es die Wirklichkeit je gewesen.

Er kam mit einem Ruck zu sich. Was war das denn für eine Beschäftigung, *'cré nom de nom*, eine Bank anzuglotzen, auf der niemand saß? Fing er vielleicht an, wunderlich zu werden? Oder wurde er wirklich alt? Er hatte wohl bemerkt, daß alte Männer immer zerstreuter werden. Er jedoch hatte etwas zu erledigen. Zunächst galt es nachzusehen, was die englische Korvette bei Petite Passe machte.

Während des Weges zum Ausguck auf dem Hügel, wo die Kiefer über den Rand der Klippe hinauswuchs und aussah, als werde sie von einer unersättlichen Neugier in ihrer Position gehalten, bot sich Peyrol noch einmal ein Blick von oben auf den Hof und die Gebäude der Ferme, und wieder rührte ihn die davon ausgehende Verlassenheit an. Keine Seele, ja kein Tier schien zurückgeblieben, nur auf den Dächern promenierten elegant die Tauben. Peyrol eilte weiter, und gleich darauf sah er das englische Schiff, das nahe an Porquerolles mit gebraßten Rahen auf Südkurs lag. Im Passe ging eine leichte

154

Brise, während die stumpfsilberne Oberfläche der offenen See nach Osten hin – dort, wo näher oder ferner, meistens aber außer Sichtweite die englische Flotte ihre nie endende Wache hielt – sich dunkel kräuselte. Nicht der Schatten einer Spiere, kein Leuchten eines Segels verriet ihre Anwesenheit; doch es hätte Peyrol nicht überrascht, wenn plötzlich ein ganzer Schwarm von Schiffen unter dem Horizont heraufgekommen wäre, die Kimm mit feindselig wimmelnder Geschäftigkeit erfüllt, sich in voller Fahrt genähert, die See um Kap Cicié mit den zu Verbänden geordneten Schiffen gesprenkelt und seine verfluchte Unverschämtheit zur Schau gestellt hätte. In einem solchen Fall wäre die Korvette, dieser mächtige Faktor in der täglichen Lebensrechnung der Küstenbewohner, nur noch ein kleiner Fisch gewesen; und der Mann, der das Kommando über sie führte (er war Peyrols persönlicher Gegner in so manch einem erdachten Treffen gewesen, das oben in der Stube bis zum bitteren Ende ausgefochten wurde), der englische Kommandant also, würde sich in acht nehmen müssen. Man würde ihn auf Rufweite an das Flaggschiff des Admirals beordern, würde ihn hierhin und dorthin schicken, ihn wie einen kleinen Hund umherhetzen und höchstwahrscheinlich an Bord befehlen, um ihm aus dem einen oder anderen Grunde einen schweren Rüffel zu verpassen.

Peyrol glaubte vorübergehend, die Unverschämtheit dieses Engländers könne ihn auch dazu verleiten, die Halbinsel entlangzufahren und in jede Bucht hineinzuschauen, denn die Korvette fiel mehr und mehr ab. Angst um seine Tartane packte Peyrol, bis ihm einfiel, daß der Engländer gar nichts von ihrem Vorhandensein wußte. Natürlich nicht. Sein Knüppel hatte es sehr wohl vermocht, die Weiterleitung dieser kleinen Nachricht zu verhindern. Der einzige Engländer, der von der Tartane wußte, war der Bursche mit dem Schädelbruch. Peyrol lachte sogar über seine Angst. Überdies erwies es sich jetzt,

155

daß der Engländer nicht die Absicht hatte, vor der Küste zu paradieren. Die Rahen wurden herumgeholt, das Schiff ging wieder an den Wind, nun aber lag der Bug auf Nordkurs, die Korvette fuhr zurück in die Richtung, aus der sie gekommen. Peyrol sah gleich, daß der Engländer die Absicht hatte, Kap Esterel in Luv zu passieren, vermutlich in der Absicht, zur Nacht vor dem langen weißen Strand zu ankern, der in gleichmäßig ausschwingendem Bogen die Reede von Hyères auf jener Seite begrenzt.

Peyrol stellte sich vor, wie die Korvette in der bewölkten Nacht, die nicht sehr dunkel war, denn der volle Mond war erst einen Tag alt, in Rufweite vom flachen Strand ankerte, die Segel beschlagen, in tiefem Schlaf, während doch die Deckswachen an den Geschützen lagen. Er knirschte mit den Zähnen. So weit war es bereits gekommen: der Kommandant der *Amelia* konnte mit seinem Schiff rein gar nichts mehr unternehmen, ohne Peyrol in Raserei zu versetzen. Ach, hätte ich nur vierzig Brüder oder auch sechzig, ausgesuchte Leute, um dem Kerl zu zeigen, was es kosten kann, sich vor der französischen Küste Unverschämtheiten herauszunehmen! Es waren schon ganz andere Schiffe einem Überraschungsangriff zum Opfer gefallen, in Nächten, die gerade noch hell genug waren, um das Weiße im Auge des Gegners erkennen zu lassen. Und wie stark würde die Besatzung des Engländers sein? Vielleicht neunzig oder hundert Mann, einschließlich der Schiffsjungen und der Seesoldaten... Peyrol schüttelte zum Abschied die Faust, gerade als Kap Esterel das englische Schiff seiner Sicht entzog. In der Tiefe seines Herzens jedoch wußte Peyrol, dieser kosmopolitische Seemann, ganz genau, daß weder vierzig noch sechzig, daß auch hundert Brüder nicht ausreichen würden, um diese Korvette zu kapern, die zehn Meilen von dem Ort entfernt, wo er das Licht der Welt erblickt, so tat, als sei sie zu Hause. Er schüttelte den Kopf trübe gegen die schräg über den

156

Abgrund hinauswachsende Kiefer, seine einzige Gefährtin. Die enterbte Seele jenes Freibeuters, der so viele Jahre lang einen Ozean befahren, der von Gesetzen nichts wußte, dessen Jagdgebiet die Küsten zweier Kontinente gewesen, diese Seele war nun zu ihrem heimatlichen Fels zurückgekehrt, umkreiste ihn wie der Seevogel die Klippe in der Dämmerung und ersehnte einen großen Seesieg für sein Volk, jene Menschen im Binnenland, von denen Peyrol nicht einen einzigen kannte, ausgenommen die wenigen Individuen auf der Halbinsel, die durch das tote Wasser der Lagune vom Binnenland abgeschnitten waren, und wo einzig die Männlichkeit eines elenden Krüppels und der unerklärliche Zauber einer halb verrückten Frau ein Echo in seinem Herzen hervorgerufen hatten.

Der Trick mit den fingierten Depeschen war also nur Einzelheit eines Planes für einen umfassenden, vernichtenden Sieg. Eine Einzelheit, nicht aber eine Kleinigkeit. Nichts, was mit der Täuschung eines Admirals zu tun hatte, konnte eine Kleinigkeit genannt werden. Noch dazu eines solchen Admirals. Ein Trick, so wollte es Peyrol scheinen, den sich nur ein verdammter Landbewohner ausdenken konnte. Und nun war es Sache der Seeleute, ein ausführbares Vorhaben daraus zu machen. Man würde sich der Korvette bedienen müssen.

Und hier sah Peyrol sich vor der Frage, die zu lösen sein ganzes bisheriges Leben nicht ausgereicht hatte, nämlich: waren die Engländer nun eigentlich ungemein blöde oder ungemein gewitzt? In jedem einzelnen Fall hatte er sich von neuem mit dieser schwierigen Frage befassen müssen. Der alte Freibeuter hatte Verstand genug, um zu der allgemein gehaltenen Antwort zu kommen, daß, wenn sie überhaupt zu übertölpeln waren, dann nicht durch Worte, sondern nur durch Handlungen; nicht durch einschmeichelnde Redensarten, sondern durch wohlbedachte List, die man unter dem Schein einer von keinem Hintergedanken eingegebenen Handlung verbergen mußte.

Diese Überzeugung brachte ihn im vorliegenden Falle jedoch nicht weiter; hier bedurfte es gründlichster Überlegung.

Die *Amelia* war hinter Kap Esterel verschwunden, und Peyrol fragte sich etwas besorgt, ob das bedeuten sollte, der Engländer habe seinen verlorengegangenen Mann endgültig aufgegeben. ›Wenn das der Fall ist‹, sagte Peyrol bei sich, ›dann werde ich das Schiff noch vor Einbruch der Dunkelheit wieder hinter Kap Esterel hervorkommen sehen.‹ Sollte er es innerhalb der nächsten ein bis zwei Stunden nicht wiedersehen, so würde das heißen, daß es vor dem Strand vor Anker lag und daß man die Nacht abwartete, um ausfindig zu machen, was dem Mann zugestoßen war. Dazu mußten ein, zwei Boote zum Absuchen der Küste ausgeschickt werden, die in die Bucht einfahren, ja sogar einige Leute an Land setzen würden.

Zu diesem Ergebnis gelangt, begann Peyrol sich bedächtig die Pfeife zu stopfen. Hätte er sich die Zeit genommen, einen Blick zum Binnenland hin zu tun, so hätte er jetzt den flüchtigen Schimmer von einem schwarzen Rock, das Aufleuchten eines weißen Busentuches – er hätte Arlette gesehen, die den schwach ausgetretenen Weg von Escampobar zum Dorf in der Senke hinabeilte; eben jenen Weg, den der Bürger Scevola, als er der befremdlichen Neigung nachgab, die Kirche zu besuchen, von den aufs äußerste gereizten Gläubigen hinaufgejagt worden war. Peyrol jedoch hielt den Blick stur auf Kap Esterel gerichtet, während er die Pfeife stopfte und anrauchte. Dann warf er den Arm zärtlich um die Kiefer und richtete sich auf längeres Warten ein. Die Reede tief unter ihm, auf der graue Schatten und blinkende Lichter spielten, glich einem Medaillon aus Perlmutter in einer Fassung von gelben Felsen und dunkelgrünen Schluchten vor einer Kulisse massiger, zu feinstem Purpur gefärbter Berge, während über ihm, hinter einem Schleier aus Wolken, die Sonne wie eine silberne Scheibe hing.

Nachdem sie an jenem Nachmittag vergeblich darauf gewartet hatte, daß Leutnant Réal wie gewöhnlich im Freien erscheine, war Arlette, die *patronne* von Escampobar, lustlos in die Küche gegangen, wo Catherine aufrecht in einem schweren breiten Armstuhl saß, dessen Lehne über ihr Häubchen aus weißem Musselin hinausragte. Noch in ihrem hohen Alter und selbst in müßigen Stunden befleißigte Catherine sich der aufrechten Haltung, die in der Familie üblich war, welche Escampobar so viele Generationen hindurch besessen. Man hätte ohne weiteres geglaubt, daß Catherine, gleich etlichen weltberühmten Persönlichkeiten, den Wunsch hatte, im Stehen und mit ungebeugtem Nacken zu sterben.

Mit unvermindert feinem Gehör hatte sie die Schritte in der *salle* längst wahrgenommen, ehe Arlette die Küche betrat. Diese Frau, die allein und ohne Hilfe (abgesehen von dem verständnisvollen Schweigen des Bruders) die Qual einer verbotenen Leidenschaft durchlebt und Schrecken ertragen hatte, die sich mit denen des Jüngsten Gerichts vergleichen lassen, wandte ihrer Nichte weder das stille, doch nicht heitere Gesicht noch die furchtlosen Augen zu, in denen es nicht mehr funkelte.

Ehe sich Arlette setzte und die Ellenbogen auf die Tischplatte stützte, ließ sie die Blicke über die Wände wandern, ja sie musterte sogar das Häufchen Asche in dem mächtigen Kamin, das noch einen Funken Feuer in seinem Inneren nährte.

»Du wanderst umher wie eine gepeinigte Seele«, sagte die Tante, die am Kamin saß wie eine alte Königin auf ihrem Thron.

»Und du sitzt hier und grämst dich zu Tode.«

»Früher«, bemerkte Catherine, »konnten alte Frauen wie ich jederzeit ihre Gebete sprechen, aber jetzt...«

»Mir ist so, als wärest du seit vielen Jahren nicht zur Kirche gegangen. Jedenfalls erinnere ich mich, daß Scevola das vor langer Zeit behauptet hat. Ist es darum, weil du die Augen der

Leute nicht ertragen kannst? Manchmal habe ich mir eingebildet, daß die Mehrzahl der Erdbewohner längst massakriert worden ist.«

Catherine wandte das Gesicht weg. Arlette stützte den Kopf mit der halbgeschlossenen Faust, und die Augen, die den steten Blick verloren hatten, begannen wieder unter dem Andrang grausiger Visionen abzuirren. Sie erhob sich unvermittelt, liebkoste die hagere, halb weggewandte, verrunzelte Wange mit den Fingerspitzen und sagte schmeichelnd und leise in jenem wunderbaren Ton, der das Herz anrührte: »Das waren doch Träume, nicht wahr?«

Die reglos dasitzende alte Frau sehnte mit aller Kraft Peyrols Gegenwart herbei. Sie hatte es nie fertigbekommen, die abergläubische Furcht ganz abzuschütteln, die ihr die Nichte einflößte, die aus den Schrecken eines Jüngsten Gerichtes hervorgegangen war, das die Welt den Teufeln überantwortet hatte. Sie fürchtete stets, daß dieses Mädchen, das mit den ruhelosen Augen und dem abwesenden Lächeln um die stummen Lippen umhergeisterete, in Peyrols Abwesenheit plötzlich etwas Gräßliches, nicht Anhörbares sagen werde, das die Rache des Himmels heraufschwören müsse. Dieser Fremde, der *par delà des mers* gekommen war, der mit alledem nichts zu schaffen hatte und sich vermutlich aus keinem Menschen etwas machte, hatte durch seine mächtige Gestalt, seine Bedächtigkeit, die ebenso wie die Ruhehaltung des Löwen auf gewaltige Kraft schließen ließ, ihre Phantasie angeregt. Arlette hörte auf, die kühl bleibende Wange zu streicheln, und stieß schmollend hervor: »Ich bin jetzt wach!« Darauf ging sie zur Küche hinaus, ohne der Tante die beabsichtigte Frage zu stellen, nämlich ob sie wisse, was aus dem Leutnant geworden sei.

Ihr Mut hatte sie verlassen. Sie setzte sich müde auf die Bank vor der *salle*. ›Was ist nur los mit allen?‹ fragte sie sich. ›Ich kenne mich in ihnen nicht aus. Kein Wunder, daß ich nicht mehr schlafen kann.‹ Selbst Peyrol, der doch so anders war als die übrige Menschheit, der von dem Augenblick an, da er zum erstenmal vor ihr gestanden, die Macht gehabt, ihre ziellose Unruhe zu beschwichtigen, selbst Peyrol also verbrachte jetzt Stunden mit dem Leutnant auf dieser Bank, starrte in die Luft und hielt ihn mit sinnlosem Geschwätz auf, ganz als verfolge er die Absicht, den Leutnant daran zu hindern, an sie zu denken. Nun wohl, das durfte nicht sein. Doch der tiefgreifende Wandel, der sich in dem Umstand ausdrückte, daß jetzt jeder Tag schon sein Morgen enthielt und daß die Menschen um sie herum aufgehört hatten, bloße Phantome zu sein, über die sie ihre ruhelosen Blicke ohne Anteilnahme schweifen ließ, machte, daß sie nach einer helfenden Hand, irgendeiner Hand von irgendwoher, verlangte. Sie hätte danach schreien mögen. Sie sprang auf und schritt die ganze Länge der Mauer an der Vorderseite der Ferme entlang. Da, wo hinter der Mauer der Obstgarten lag, rief sie mit wohlklingender, leiser Stimme: »Eugène!«, nicht weil sie glaubte, der Leutnant könne sie hören, sondern einzig um des Vergnügens willen, das es ihr bereitete, diesen Namen nicht nur im Flüsterton zu vernehmen. Sie wandte sich um, und an der Hofseite der Mauer angelangt, wiederholte sie ihren Ruf, und ihre Ohren nahmen begierig das »Eugène, Eugène!« auf, das in einer Art übermütiger Verzweiflung von ihren Lippen kam. In solch schwindelerregenden Augenblicken war es, daß sie der haltenden Hand bedurfte. Doch alles blieb still. Sie vernahm kein freundliches Murmeln, nicht einmal ein Seufzen. Über ihrem Kopf, unter dem grau verschleierten Himmel, zuckte ein mächtiger Maulbeerbaum mit keinem Blatt. Schritt um Schritt, als wisse sie gar nichts davon, begab sie sich den Pfad hinunter. Nach fünfzig Schritten breitete sich der Blick aufs Binnenland vor ihr aus, auf die Dächer der Häuser zwischen den grünen Wipfeln der Platanen, die den Brunnen überschatteten. Gleich dahinter lag der blaugraue Spiegel der Lagune, matt und glatt wie Blei. Was sie anzog, war der Kirchturm, in dessen Rundbogen sie als schwarzes Pünktchen die Glocke sehen konnte, die der Requisition in den Kriegen der Republik entgangen war, die stumm über dem verschlossenen, leeren Kirchenschiff gehangen und erst kürzlich die Stimme wiedergefunden hatte. Sie eilte weiter, doch als sie nahe genug war, um die Gestalten unterscheiden zu können, die sich am Brunnen bewegten, hielt sie an, zögerte einen Augenblick und nahm dann den Fußpfad, der zum Pfarrhaus führte.

Sie stieß das kleine Tor mit dem gebrochenen Riegel auf. Das aus rohem Stein errichtete bescheidene Haus, aus dessen Fugen der Mörtel bröckelte, sah aus, als versinke es langsam in der Erde. Die Beete im Vorgarten erstickten in Unkraut, denn der Abbé fand an der Gartenarbeit keinen Geschmack. Als die Erbin von Escampobar die Tür öffnete, ging er im größten seiner Räume hin und her, der als Schlaf- und Wohnzimmer zugleich diente und in dem er auch die Mahlzeiten einnahm. Er war ein hagerer Mann, sein Gesicht war lang und wie verkrampft. In seinen Jugendjahren war er der Erzieher der Söhne eines Mannes von hohem Adel gewesen, doch war er nicht mit seinem Arbeitgeber emigriert. Der Republik unterwarf er sich indessen auch nicht. So hatte er in seinem Vaterland wie ein gehetztes Wild gelebt, und man erzählte sich manches von seinen Taten, kriegerischen und anderen. Als die Hierarchie sich von neuem festigte, fand er vor den Augen seiner Oberen keine Gnade. Er war zu sehr Royalist geblieben. Er hatte ohne Widerspruch seine Versetzung in diese jämmerliche Pfarre hingenommen, wo er sich rasch genug Einfluß verschaffte. Sein Priestertum bewohnte ihn wie eine kalte Leidenschaft. Er war stets für seine Gemeinde vorhanden, verließ das Haus jedoch nie ohne sein Brevier und dankte für das feierliche Entblößen der Häupter mit einem knappen Nicken. Er war nicht gerade gefürchtet,

162

doch einige der älteren Einwohner, die den vorigen Pfarrer noch gekannt hatten – einen Greis, der in seinem Garten verstarb, als er von etlichen Patrioten aus dem Bett gezerrt worden war, denen viel daran lag, ihn nach Hyères ins Gefängnis zu bringen – diese Leute also nickten wissend mit dem Kopf, wenn der *curé* in ihrer Gegenwart erwähnt wurde.

Beim Anblick dieser Erscheinung, die ein arlesisches Häubchen, einen Seidenrock und ein weißes Brusttuch trug, und sich auch sonst von den Bauern, mit denen er täglichen Umgang hatte, unterschied wie eine Prinzessin, zeigte sein Gesicht verständnisloses Staunen. Dann kniff er – denn er kannte den Klatsch seiner Schäfchen zur Genüge – feindselig die Brauen zusammen. Dies war offenbar die Frau, die, wie er seine Gemeindemitglieder mit verhaltener Stimme hatte erzählen hören, sich selber und ihr Erbteil einem Jakobiner überlassen hatte, einem Sansculotte aus Toulon, der ihre Eltern entweder der Guillotine überliefert oder sie innerhalb der ersten drei Tage des Massakers eigenhändig ermordet hatte. Ob das eine oder das andere, wußte niemand genau, doch alles übrige war allgemein bekannt. Zwar war der Abbé davon überzeugt, daß in einem von Gott verlassenen Land auch die äußerste Verwerflichkeit denkbar sei, doch hatte er diesen Klatsch nicht wortwörtlich für Wahrheit genommen. Zweifellos waren die Bewohner der Ferme gottlose Republikaner und die dort herrschenden Verhältnisse schändlich und ekelhaft. Er kämpfte gegen seinen Widerwillen; es gelang ihm, die Stirn zu glätten, und er wartete. Er vermochte sich nicht vorzustellen, was diese Frau mit den reifen Formen und dem jungen Gesicht im Pfarrhaus wollte. Plötzlich kam es ihm in den Sinn, sie könne die Absicht haben, ihm dafür zu danken, daß er sich zwischen die Dörfler und jenen Mann gestellt hatte – ein schon weit zurückliegendes Vorkommnis. Er brachte es nicht einmal in Gedanken fertig, jenen Kerl ihren Ehemann zu nennen, denn abgesehen von allen sonstigen Umständen konnte diese Verbindung einem Pfarrer nicht als Eheschließung gelten, mochten auch die gesetzlichen Formalitäten beachtet worden sein. Seine Besucherin war von seiner Miene und der strengen Distanziertheit seiner Haltung offenbar verstört, denn nur ein leises Murmeln kam über ihre Lippen. Er neigte den Kopf, ungewiß, ob er verstanden habe.

»Wollen Sie mich um Hilfe bitten?« fragte er zweifelnd.

Sie nickte knapp, und der Abbé schritt zur Tür, die sie nur halb geschlossen hatte, und blickte hinaus. Zwischen Pfarre und Dorf war kein menschliches Wesen zu erblicken. Er kam zurück und trat ihr gegenüber.

»Wir sind so allein wie möglich. Die alte Frau in der Küche ist stocktaub.«

Nun, nachdem er Arlette aus der Nähe angesehen hatte, empfand der Abbé etwas wie Furcht. Das Karminrot der Lippen, die durchscheinende, makellose, unergründliche Schwärze der Augen, das Weiß der Wangen – dies alles schien ihm herausfordernd heidnisch, eine geschmacklose Abweichung vom Bilde des gewöhnlichen Sünders dieser Erde. Und nun machte sie sich zum Sprechen bereit. Er verwies ihr das mit erhobener Hand.

»Warten Sie«, sagte er. »Ich habe Sie nie zuvor gesehen. Ich weiß nicht einmal genau, wer Sie eigentlich sind. Von euch gehört keiner zur Gemeinde – denn Sie sind doch von Escampobar, nicht wahr?« Die unter knochigen Brauen liegenden düsteren Augen hefteten sich auf ihr Gesicht, nahmen die Zartheit der Züge, die naive Beharrlichkeit ihres Blickes wahr. Sie sagte:

»Ich bin die Tochter.«

»Die Tochter! ... Ah ... aha ... man redet viel Böses über Sie.«

Sie sagte etwas unwirsch: »Der Pöbel hier?« und der Priester blieb einen Augenblick stumm. »Was sagt man denn? Wenn

164

mein Vater noch lebte, würde keiner wagen, den Mund aufzumachen. Ich habe sie alle seit Jahren zum erstenmal wieder
gesehen, als sie wie eine hechelnde Meute hinter Scevola her-
hetzten.«

Der Mangel an Verachtung in ihrer Stimme war einfach ver-
nichtend. Von ihren Lippen flossen sanfte Worte, und von
ihrer befremdlichen Gleichmut ging ein beunruhigender Zauber aus. Der Abbé nahm diese Reize mit stark gerunzelter
Stirn zur Kenntnis, denn sie schienen ihm irgendwie teuflisch
zu sein.

»Es sind schlichte Seelen, man hat sie vernachlässigt, und sie
sind in die Dunkelheit zurückgefallen. Es ist nicht ihre Schuld.
Sie sind in ihrer angeborenen Menschenwürde zutiefst belei-
digt worden. Ich habe ihn vor der allgemeinen Empörung gerettet. Es gibt Dinge, die der göttlichen Gerechtigkeit vorbe-
halten werden müssen.«

Er sah gereizt, daß das schöne Gesicht ganz unbeeindruckt
blieb.

»Dieser Mann, dessen Namen Sie soeben erwähnten und den
ich oft einen Blutsäufer habe nennen hören, gilt als der Herr
von Escampobar. Er lebt dort seit Jahren. Wie kommt das?«

»Ja, es ist lange her, seit er mich nach Hause zurückbrachte.
Jahre ist es her. Catherine hat ihm erlaubt zu bleiben.«

»Wer ist Catherine?« fragte der Abbé rauh.

»Sie ist die Schwester meines Vaters, und man ließ sie zu
Hause warten. Sie hatte schon alle Hoffnung aufgegeben, auch
nur einen von uns je wiederzusehen, da stand Scevola eines
Morgens mit mir vor der Tür. Sie ließ ihn bleiben. Er ist ein
bedauernswertes Geschöpf. Was hätte Catherine anders tun
sollen? Und was kümmert es uns da oben, was die Leute hier
im Dorf von ihm denken?« Sie schlug die Augen nieder und
schien einzuschlafen, dann setzte sie hinzu: »Ich habe erst sehr
viel später herausbekommen, daß er ein bedauernswertes Ge-

165

schöpf ist, ganz kürzlich erst. Man nennt ihn also den Blutsäufer? Was heißt das schon! Er hat immer vor seinem eigenen Schatten Angst gehabt.«

Sie verstummte, hob aber nicht den Blick.

»Sie sind kein Kind mehr«, begann der Abbé streng und runzelte die Stirn angesichts ihrer niedergeschlagenen Augen. Er hörte sie murmeln: »Seit kurzem nicht mehr.« Er achtete nicht darauf, sondern fuhr fort: »Ich frage Sie: Ist das alles, was Sie mir über diesen Mann mitzuteilen haben? Ich hoffe, daß Sie wenigstens keine Heuchlerin sind.«

»Monsieur l'Abbé«, sagte sie und sah ihn furchtlos an, »was soll ich weiter über ihn sagen? Ich könnte Ihnen Dinge erzählen, die Ihnen die Haare zu Berge stehen lassen würden, doch hätten die nichts mit ihm zu schaffen.«

Statt eine Antwort zu geben, machte der Abbé eine müde Geste und wandte sich ab, um im Zimmer hin und her zu gehen. Auf seinem Gesicht war weder Mitleid noch Neugier, nur eine Art Widerwille, den zu unterdrücken er sich mühte. Er ließ sich in einem tiefen, zerschlissenen alten Armsessel nieder und deutete auf einen Stuhl mit gerader Lehne. Arlette setzte sich hin und begann zu sprechen. Der Abbé hörte zu, sah aber abwesend drein. Seine großen knochigen Hände ruhten auf den Armlehnen. Nach den ersten Worten unterbrach er, um zu fragen: »Ist es Ihre eigene Geschichte, die Sie da erzählen?«

»Ja«, sagte Arlette.

»Ist es erforderlich, daß ich sie erfahre?«

»Ja, Monsieur l'Abbé.«

»Warum?«

Er neigte den Kopf ein wenig, ohne jedoch den abwesenden Blick zu verlieren. Sie sprach jetzt sehr leise. Plötzlich lehnte der Abbé sich zurück.

»Sie wollen mir Ihre Geschichte erzählen, weil Sie sich in einen Mann verliebt haben?«

»Nein, sondern weil mich das wieder zu mir gebracht hat. Etwas anderes hätte das nicht vermocht.«

Er wandte sich zu ihr und sah sie finster an, doch sagte er nichts und blickte wieder fort. Er hörte ihr zu. Zu Anfang sagte er noch hin und wieder: »Ja, davon habe ich gehört«, doch dann blieb er still und sah sie nicht mehr an. Einmal unterbrach er sie mit der Frage: »Sie sind gefirmt worden, ehe man das Kloster stürmte und die Nonnen verjagte?«

»Ja«, sagte sie. »Ein Jahr oder noch länger davor.«

»Und zwei dieser Nonnen nahmen Sie mit nach Toulon?«

»Ja. Die anderen Mädchen hatten Verwandte in der Nachbarschaft. Die Nonnen nahmen mich mit. Sie hatten die Absicht, meine Eltern zu verständigen, doch war das schwierig. Dann kamen die Engländer, und meine Eltern segelten nach Toulon, um sich nach mir zu erkundigen. Damals bestand für meinen Vater in Toulon keine Gefahr. Halten Sie ihn vielleicht für einen Vaterlandsverräter?« fragte sie und wartete mit geöffneten Lippen auf seine Antwort. Mit ausdruckslosem Gesicht und bitterem Fatalismus in der Stimme, die diesen und alle anderen Menschen, von deren Taten und Irrtümern er je gehört hatte, loszusprechen schien, murmelte der Abbé: »Er war ein guter Royalist.«

Lange Zeit, fuhr Arlette fort, gelang es dem Vater nicht, das Haus zu finden, wo die Nonnen Zuflucht genommen hatten. Erst am Vortag der Räumung Toulons durch die Engländer erhielt er einen Hinweis. Am späten Nachmittag erschien er bei ihr und nahm sie mit fort. Die Stadt war voll von zurückgehenden ausländischen Soldaten. Der Vater überließ sie der Mutter und ging aus dem Haus, um noch für den gleichen Abend die Abreise vorzubereiten; doch die Tartane lag nicht mehr dort, wo er sie festgemacht hatte. Die beiden Männer aus Madrague, seine Besatzung, waren ebenfalls verschwunden. So war denn die Familie in dieser von Lärm und Verwirrung erfüllten Stadt gefangen. Schiffe und Häuser gerieten in Brand. Grauenhafte Schießpulverexplosionen erschütterten die Erde. Diese Nacht verbrachte Arlette kniend, den Kopf im Schoße der Mutter, während der Vater, in jeder Hand eine Pistole, an der verbarrikadierten Tür wachte.

Am Morgen erfüllte wildes Gebrüll das Haus. Man hörte Leute die Treppe heraufstürmen, und die Tür wurde eingedrückt. Sie sprang bei diesem Geräusch auf, warf sich in einer Ecke auf die Knie, das Gesicht zur Wand. Es folgte ein mörderischer Lärm, zwei Schüsse wurden abgefeuert, dann packte sie jemand am Arm und zerrte sie auf die Füße. Das war Scevola. Er schleppte sie zur Tür. Die Leichen ihrer Eltern lagen auf der Schwelle. Das Zimmer war voller Pulverrauch. Sie wollte sich auf die Leichen werfen und sich an ihnen festklammern, doch Scevola ergriff sie und hob sie über die Toten weg. Er packte ihre Hand und riß sie mit sich, zerrte sie die Treppe hinunter. Draußen auf der gepflasterten Straße schlossen sich ihnen etliche fürchterliche Männer und viele tollgewordene Frauen mit Messern an. Sie rannten durch die Straßen, schwangen Piken und Säbel, verfolgten Gruppen unbewaffneter Menschen, die laut kreischend um Hausecken flohen.

»Ich rannte mitten unter ihnen, Monsieur l'Abbé«, murmelte Arlette gehetzt. »Immer wenn ich Wasser sah, wollte ich mich hineinwerfen und ertränken, doch war ich von allen Seiten umringt, wurde gedrängt und gestoßen, und die meiste Zeit hielt Scevola meine Hand ganz fest. Wenn bei einem Ausschank gehalten wurde, bot man mir Wein an. Meine Zunge klebte mir am Gaumen, und ich trank. Der Wein, das Straßenpflaster, Waffen und Gesichter, alles war rot. Ich war von oben bis unten rot bespritzt. Den ganzen Tag mußte ich mit ihnen umherrennen, und immerzu hatte ich das Gefühl zu fallen, immer tiefer und tiefer. Die Häuser nickten mir zu. Gelegentlich erlosch die Sonne. Und plötzlich hörte ich mich genauso

168

brüllen wie die anderen. Verstehen Sie das, Monsieur l'Abbé? Genau dieselben Worte.«

Die in tiefen Höhlen liegenden Priesteraugen wandten sich ihr zu, nahmen dann aber wieder den abwesenden starren Ausdruck an. Zwischen Fatalismus und Glauben schwankend, neigte er zu der Annahme, Satan habe von der rebellischen Menschheit Besitz ergriffen, um die versteinerten Herzen und die mörderischen Seelen der Revolution zu entlarven.

»Ich habe davon gehört«, wisperte er verstohlen.

Sie beteuerte in tiefem Ernst: »Und doch habe ich mich damals mit allen Kräften dagegen gewehrt.«

In jener Nacht vertraute Scevola sie dem Schutz einer Frau namens Perose an. Perose war jung und hübsch und stammte aus Arles, der Heimat von Arlettes Mutter. Sie besaß eine Herberge. Diese Frau also schloß Arlette in ihr eigenes Zimmer ein, und im Nebenzimmer tobten, sangen und perorierten die Patrioten bis spät in die Nacht. Die Frau kam ab und an herein, sah nach Arlette, machte eine hilflose Gebärde mit beiden Armen und verschwand wieder. Später, wenn die Horde schlafend auf Bänken und Dielen lag, schlich sich Perose oft ins Zimmer, fiel neben dem Bett auf die Knie, in dem Arlette aufrecht, offenen Auges und in stummer Raserei saß, umfaßte Arlettes Füße und weinte sich in den Schlaf. Des Morgens jedoch pflegte sie forsch aufzuspringen und zu rufen: »Los! Hauptsache, wir bleiben am Leben! Komm und hilf beim Werke der Gerechtigkeit.« Und dann schlossen sie sich der Bande an, die sich auf einen neuen Tag der Jagd auf Verräter vorbereitete. Doch nach einer Weile mußte man die Opfer, von denen es anfänglich auf den Straßen gewimmelt, in den Hinterhöfen aufstöbern, man mußte sie in ihren Verstecken aufspüren, aus Kellern ans Licht zerren, von den Dachböden der Häuser herunterholen, in welche die Rotte mit Kriegsgeschrei und Rachegeheul einbrach.

»Dann, Monsieur l'Abbé, sagte Arlette, »ließ ich mich endlich gehen, ich konnte nicht länger widerstehen. Ich sagte mir: wenn es denn so ist, muß es auch richtig sein. Meistens allerdings war ich wie in einem Halbschlaf und träumte Dinge, die gar nicht zu glauben sind. Um diese Zeit etwa deutete das Weib Perose mir an, daß Scevola ein bedauernswertes Geschöpf sei; ich weiß nicht, warum sie das tat. In der folgenden Nacht, als die Rotte im Saal in tiefem Schlaf lag, halfen Perose und Scevola mir aus dem Fenster auf die Straße und führten mich zum Kai hinter dem Arsenal. Scevola hatte unsere Tartane und einen der Männer von Madrague an der Brücke entdeckt. Der andere war verschwunden. Perose fiel mir um den Hals und weinte ein wenig. Sie küßte mich und sagte: ›Meine Zeit kommt bald. Du, Scevola, laß dich nie wieder in Toulon blicken, denn kein Mensch glaubt dir mehr. *Adieu*, Arlette. *Vive la nation!*‹ Und damit verschwand sie in der Nacht. Ich wartete zitternd in meinen zerrissenen Kleidern auf der Brücke und hörte, wie Scevola und der andere die Leichen von der Tartane ins Wasser warfen. Platsch, platsch, platsch. Und plötzlich fühlte ich, ich müsse weglaufen, doch hatten sie mich gleich eingeholt, zerrten mich an Bord und warfen mich in die Kajüte hinunter, die nach Blut roch. Als ich auf die Ferme zurückkehrte, war alles in mir erstorben. Ich fühlte mich nicht mehr leben. Ich sah die Dinge um mich her, hier etwas, da etwas, doch konnte ich nichts längere Zeit ansehen. Irgendwas war aus mir entflohen. Ich weiß jetzt, daß es nicht meine Seele war, doch damals kümmerte mich nicht, was es war. Ich fühlte mich leicht und leer und immerzu ein wenig kalt, doch konnte ich die Menschen anlächeln. Nichts konnte mir etwas anhaben. Nichts hatte für mich Bedeutung. Mir lag an nichts. Ich war überhaupt nicht am Leben, Monsieur l'Abbé. Die Leute sahen mich, und sie redeten mich an, und das fand ich zum Lachen – bis ich eines Tages den Schlag meines Herzens spürte.«

»Warum sind Sie gekommen, mir diese Geschichte zu erzählen?« erkundigte sich der Abbé leise.

»Weil Sie ein Priester sind. Haben Sie vergessen, daß ich im Kloster erzogen worden bin? Ich habe nicht vergessen, wie man betet. Doch ich fürchte mich jetzt vor der Welt. Was soll ich tun?«

»Bereue!« donnerte der Abbé im Aufstehen. Er merkte, daß sie offenen Blickes zu ihm aufsah und zwang sich, leiser zu reden. »Sie müssen furchtlos und aufrichtig in die Düsternis Ihrer Seele blicken. Erinnern Sie sich, woher die einzig wahre Hilfe kommen muß! Menschen, denen Gott eine Prüfung wie die Ihre auferlegt hat, können nicht von aller Schuld an ihren Verbrechen losgesprochen werden. Ziehen Sie sich aus der Welt zurück. Gehen Sie in sich und lassen Sie die eitlen Gedanken an das von Menschen so genannte Glück fahren. Betrachten Sie sich als ein Beispiel für die Sündhaftigkeit unserer Natur und unserer menschlichen Schwachheit. Es kann sein, daß Sie besessen waren. Was weiß ich davon? Vielleicht hat Gott das zugelassen, um Ihre Seele auf dem Wege über ein Leben der Abgeschiedenheit und des Gebetes zum Heil zu führen. Und es wäre meine Pflicht, Ihnen dabei zu helfen. Einstweilen müssen Sie um die Kraft zur völligen Entsagung beten.«

Arlette, die langsam die Augen niederschlug, beeindruckte den Abbé als ein Symbol des Mysteriums im Geiste. ›Was mag Gott mit diesem Geschöpf vorhaben?‹ fragte er sich.

»Monsieur le Curé«, sagte sie ruhig, »ich habe heute seit vielen Jahren zum erstenmal den Wunsch verspürt zu beten. Ich bin von zu Hause einzig zu dem Zwecke fortgegangen, in Ihrer Kirche zu beten.«

»Die Kirche steht den ärgsten Sündern offen«, sagte der Abbé.

»Ich weiß. Doch würde ich an all den Dörflern vorbeigehen müssen, und Sie, Abbé, wissen sehr wohl, wessen diese Menschen fähig sind.«

171

»Es wäre vielleicht wirklich besser, ihre Nächstenliebe nicht auf die Probe zu stellen«, murmelte der Abbé.

»Ich muß beten, ehe ich heimgehe. Ich hatte gedacht, Sie könnten mich durch die Sakristei einlassen.«

»Es wäre unmenschlich, Ihre Bitte nicht zu erfüllen«, sagte er, stand auf und nahm einen Schlüssel von der Wand. Er setzte den breitkrempigen Hut auf, führte sie wortlos durch die Pforte und den Pfad entlang, den er immer selbst benutzte und den man vom Dorfbrunnen her nicht sehen konnte. Nachdem sie die feuchte, verfallene Sakristei betreten hatten, verschloß er die Tür hinter sich, und danach erst öffnete er eine kleinere Tür, die in die Kirche führte. Als er beiseite trat, wurde Arlette eines kältenden Geruches gewahr wie von frisch aufgeworfener Erde, untermischt mit dem schwachen Duft von Weihrauch. Im dämmrigen Kirchenschiff glomm ein einsames Licht vor einem Bild der Jungfrau. Als sie an ihm vorüberging, flüsterte der Abbé:

»Knie in Demut vor dem Hochaltar, bitte um Gnade, um Kraft und um Barmherzigkeit für diese Welt, in der so viele Verbrechen an Gott und den Menschen begangen werden.«

Sie sah ihn nicht an. Sie spürte die Kälte der Fliesen durch die dünnen Sohlen ihrer Schuhe. Der Abbé ließ die Tür angelehnt, er setzte sich auf einen Stuhl mit geflochtenem Sitz – den einzigen, den es in der Sakristei gab –, verschränkte die Arme vor der Brust und ließ den Kopf sinken. Es schien, als schlafe er tief, doch nach einer halben Stunde stand er auf, trat an die Tür und blieb, die Augen auf die demütig auf den Altarstufen kniende Gestalt gerichtet, stehen. Arlette hatte in leidenschaftlichem Gebet und inbrünstiger Frömmigkeit das Gesicht in den Händen vergraben. Der Abbé wartete geduldig noch etliche Minuten, dann mahnte er ernst und leise mit einer Stimme, die den dunklen Raum ganz erfüllte:

»Es ist Zeit, daß Sie gehen. Ich werde gleich Vesper läuten.«

Er vermerkte bewegt ihre Versunkenheit vor dem Allerheiligsten. Er trat in die Sakristei zurück und hörte nach einem Weilchen das leise Rascheln des seidenen Rockes der Tochter von Escampobar in ihrer arlesischen Tracht. Sie betrat strahlenden Auges die Sakristei, und der Abbé betrachtete sie mit Rührung.

»Du hast gut gebetet, meine Tochter«, sagte er. »Dir wird vergeben werden, denn du hast viel gelitten. Vertraue auf Gott.«

Sie hob den Kopf und verhielt den Schritt. Trotz der in dem kleinen Raum herrschenden Düsternis konnte er sehen, daß ihre strahlenden Augen in Tränen schwammen.

»Ja, Monsieur l'Abbé«, sagte sie mit ihrer klaren, verführerischen Stimme. »Ich habe gebetet, und ich fühle, daß ich erhört worden bin. Ich flehte den barmherzigen Gott an, das Herz des Mannes, den ich liebe, mit Liebe zu mir zu erfüllen oder aber mich sterben zu lassen, ehe er mir noch einmal vor Augen kommt.«

Der sonnengebräunte Dorfpriester erbleichte und lehnte sich wortlos gegen die Wand.

XI

Nachdem sie die Kirche durch die Tür der Sakristei verlassen hatte, schaute Arlette sich nicht noch einmal um. Der Abbé sah sie am Pfarrhaus vorüberhuschen, dann war sie hinter dem Gebäude außer Sicht. Er beschuldigte sie nicht der Doppelzüngigkeit. Er hatte sich getäuscht. Eine Heidin. Zwar war ihre Haut weiß, doch die Schwärze ihres Haares und ihrer Augen, das dunkle Rot der Lippen deuteten auf eine Beimischung von Sarazenenblut. Er gab sie ohne einen Seufzer auf.

Arlette ging so eilig nach Escampobar zurück, als könne sie dort nicht früh genug ankommen; doch als sie sich dem ersten eingefriedeten Feld näherte, verlangsamte sich ihr Schritt, und nachdem sie ein Weilchen gezögert, setzte sie sich zwischen zwei Olivenbäumen nahe der Mauer nieder, an deren Fuß ein wenig Gras wuchs. ›Und wenn ich wirklich besessen war, wie der Abbé behauptet‹, überlegte sie, ›was kümmert es mich in meinem jetzigen Zustand? Der böse Geist hat mein eigentliches Ich aus meinem Körper verdrängt, und dann hat er auch den Körper fortgeworfen. Jahre hindurch habe ich ein leeres Leben gelebt. Nichts hatte für mich einen Sinn.‹

Nun jedoch war ihr wirkliches, in der Abwesenheit seines rätselhaften Exils gereiftes Ich zurückgekehrt, hoffte und wartete auf Liebe. Arlette zweifelte nicht, daß ihr wahres Ich nie sehr fern von jenem Körper gewesen war, von dem Catherine kürzlich behauptet hatte, er sei keiner Umarmung würdig. ›Besser weiß es die alte Frau eben nicht‹, dachte Arlette, nicht erbost, sondern mitleidig. Sie wußte es besser, denn während

174

sie inbrünstig betend vor dem lichtlosen Altar hingestreckt lag, hatte sie den Himmel und die Wahrheit angefleht und einen Augenblick der Erleuchtung durchlebt.

Der Sinn dieser Offenbarung war ihr ebenso klar wie der einer irdischen Offenbarung, die ihr um die Mittagsstunde jenes Tages geworden war, während sie dem Leutnant aufwartete. Alle anderen waren in der Küche; Réal und sie waren so allein wie nie zuvor. An diesem Tag konnte sie sich nicht das Vergnügen versagen, das sie darin fand, ihm nahe zu sein, ihn verstohlen zu betrachten, ihn vielleicht einige Worte sprechen zu hören, jenes merkwürdig befriedigende Bewußtsein von ihrer Existenz zu haben, das sie einzig in Réals Gegenwart überkam; es war eine Art verklärter, alles einbegreifender Seligkeit, war Wärme, Mut und Selbstvertrauen. ... Sie trat von Réals Tisch zurück, setzte sich und schlug die Augen nieder. In der *salle* herrschte tiefe Stille, unterbrochen nur von den Stimmen in der Küche. Zunächst hatte sie bloß einen verstohlenen Blick auf ihn geworfen, dann noch einen, und als sie unter fast geschlossenen Wimpern zu ihm hinlugte, sah sie seine Augen mit einem seltsamen Ausdruck auf sich ruhen. Dies war nie zuvor geschehen. Sie sprang auf, sie glaubte, er habe einen Wunsch, und als sie vor ihm stand, die Hand auf die Platte des Tisches gestützt, da hatte er sich plötzlich vorgebeugt, ihre Hand mit seinem Mund gegen den Tisch gepreßt und unaufhörlich ihre Finger geküßt, lautlos und voller Leidenschaft... Sie war anfänglich mehr verwundert als überrascht, dann fühlte sie sich unsagbar glücklich, und ihr Atem begann rascher zu gehen, da hielt Réal inne und warf sich im Stuhl zurück. Sie trat vom Tisch weg, setzte sich wieder und betrachtete ihn ganz offen, ohne zu lächeln. Doch er blickte nicht zu ihr hin. Seine Lippen waren zusammengepreßt, auf seinem Gesicht lag der Ausdruck strenger Verzweiflung. Kein Wort wurde zwischen ihnen gesprochen. Dann stand er unvermittelt auf, ging mit abgewandten Augen hinaus und ließ die Mahlzeit unbeendet auf dem Tisch stehen.

An jedem anderen Tag, im üblichen Ablauf der Dinge, wäre sie aufgestanden und ihm gefolgt, denn sie hatte stets jener Anziehungskraft nachgegeben, die ursprünglich ihre Sinne erweckt hatte. Sie pflegte das Haus zu verlassen, einzig um einmal oder auch zweimal vor ihm vorüberzugehen. Dieses Mal jedoch hatte sie dieser Kraft in ihrem Inneren, die sie gleichzeitig antrieb und zurückhielt, die stärker war als jene Anziehung, nicht gehorcht. Sie hob nur den Arm und sah auf ihre Hand. Es stimmte. Es war geschehen. Er hatte diese Hand geküßt. Früher war es ihr einerlei gewesen, ob er sich in düsterer Stimmung befand oder nicht, wenn er nur irgendwo blieb, wo sie ihn anschauen konnte – was sie bei jeder Gelegenheit ganz offen und ungehemmt in aller Unschuld tat. Nun aber wußte sie, daß das nicht angängig war. Sie war aufgestanden, war durch die Küche gegangen, hatte, ohne verlegen zu werden, Catherines Blick erwidert und war die Treppe hinaufgestiegen. Als sie nach einem Weilchen herunterkam, war er nirgends zu sehen, und auch alle anderen schienen sich versteckt zu haben; Michel, Peyrol, Scevola... Doch wäre sie Scevola begegnet, sie hätte nicht mit ihm gesprochen. Es war schon recht lange her, seit sie unaufgefordert das Wort an Scevola gerichtet hatte. Sie vermutete, daß Scevola sich in seine Höhle verkrochen habe, eine enge, ungepflegte Kammer, die nur durch eine verglaste Fensteröffnung unter der Decke Licht bekam. Catherine hatte ihn dort einquartiert, als sie ihre Nichte heimbrachte, und er hatte die Kammer seit damals inne. Sie konnte ihn sich da drinnen, auf seinem Strohsack ausgestreckt, ganz gut vorstellen. Jetzt konnte sie das. Früher, Jahre nach ihrer Rückkehr, verlor sie alles, was ihr aus dem Auge kam, auch aus dem Sinn. Wären ihre Mitmenschen weggelaufen und hätten sie allein gelassen, es wäre ihr nicht aufgefallen. Sie wäre zwischen den verödeten Gebäuden und Feldern umhergestrichen, ohne an irgend jemandem zu denken. Peyrol war das erste menschliche Wesen, das ihr in Jahren aufgefallen war. Peyrol war seit seiner Ankunft ununterbrochen für sie vorhanden gewesen. Und wirklich konnte man den Freibeuter im allgemeinen auf der Ferme auch gar nicht übersehen. An diesem Nachmittag war aber nicht einmal Peyrol zu erblicken. Ihre Beklommenheit nahm zu, doch fühlte sie eine sonderbare Scheu davor, in die Küche zu gehen, wo, wie sie wußte, die Tante mit reglosem, undeutbarem Gesicht in ihrem Armstuhl saß wie der oberste Hausgeist, der der Ruhe pflegt. Und doch drängte es sie, zu irgend jemandem über Réal zu sprechen. Da war sie auf den Gedanken gekommen, zur Kirche hinunterzugehen. Sie wollte dem Priester und auch Gott von Réal sprechen. Die Macht gewohnter Vorstellungen bestätigte sich. Man hatte sie glauben lassen, daß man einem Priester alles erzählen dürfe und daß man zum allmächtigen Gott, da der alles wisse, beten könne um Gnade, um Kraft, um Erbarmen, um Schutz, um Mitleid. Das hatte sie getan, und sie fühlte sich erhört.

Ihr Herz war ruhiger geworden, während sie am Fuße der Mauer saß. Sie zupfte einen langen Grashalm aus und wickelte ihn zerstreut um den Finger. Der Wolkenschleier am Himmel war dichter geworden, eine frühe Dämmerung senkte sich auf die Erde, und immer noch ahnte sie nicht, was aus Réal geworden war. Sie sprang erregt auf. Doch kaum hatte sie das getan, da erkannte sie bereits, daß sie sich beherrschen müsse. So näherte sie sich denn der Vorderseite der Ferme mit ihrem gewöhnlichen leichten Schritt, und zum erstenmal in ihrem Leben fiel ihr auf, wie öde und düster alles aussah, wenn Réal abwesend war. Sie schlüpfte leise durch den Haupteingang und rannte die Treppe hinauf. Auf dem Flur war es dunkel. Sie ging an der Tür vorüber, die zu dem von ihr und ihrer Tante

bewohnten Zimmer führte. Das war das Schlafzimmer ihrer
Eltern gewesen. Das andere große Zimmer wurde vom Leutnant bei seinen Aufenthalten auf Escampobar benutzt. Sie
huschte unhörbar, ja ohne ein Rascheln ihres Rockes den Flur
entlang, drückte lautlos die Klinke herunter und trat ein. Nachdem sie die Tür hinter sich verriegelt hatte, lauschte sie. Kein
Geräusch im ganzen Haus. Scevola war entweder schon unten
auf dem Hof, oder er lag offenen Auges und mit von Groll
zerfressenem Herzen stumm auf dem zerdrückten Strohsack.
Einmal war sie zufällig auf ihn in diesem Zustand gestoßen.
Er hatte auf dem Bauch gelegen, ein Auge und eine Wange im
Kissen verborgen, und mit dem anderen Auge hatte er sie
wütend angeglotzt und sie mit einem schwerfällig gemurmelten »Laß mich in Ruhe, komm mir nicht zu nahe« verscheucht.
Damals hatte ihr das alles gar nichts bedeutet.
Nachdem Arlette sich davon überzeugt hatte, daß es im Hause
grabesstill war, durchquerte sie das Zimmer und trat ans Fenster, das bei Anwesenheit des Leutnants stets offenstand und
dessen Läden ganz zurückgeschlagen waren. Selbstverständlich hatte es keine Vorhänge, und als Arlette sich ihm näherte,
erblickte sie Peyrol, der vom Ausguck den Hügel hinab zurückkehrte. Sein weißhaariger Kopf schimmerte vor der Kulisse
des Hügels wie Silber und verschwand allmählich aus ihrem
Blickfeld, während das Geräusch seiner Schritte unter dem
Fenster hörbar wurde. Die Schritte gingen ins Haus hinein,
doch hörte Arlette sie nicht heraufkommen. Er war also in die
Küche gegangen. Zu Catherine. Die beiden würden über sie
und Eugène schwätzen. Was aber würden sie wohl sagen? Das
Leben war ihr so neu, daß alles ihr gefährlich schien: Reden,
Haltungen, Blicke. Sie bekam schon Angst, wenn sie sich vor-
stellte, daß die beiden schweigen könnten. Das war möglich.
Angenommen, sie sagten gar nichts zueinander – das wäre
doch gräßlich.

178

Doch blieb sie gefaßt, eine vernünftige Person, die genau weiß, daß man unbekannten Gefahren nicht begegnet, indem man aufgeregt hin und her rennt. Sie ließ den Blick durchs Zimmer wandern und entdeckte den Koffer des Leutnants in der Ecke. Das war es eigentlich, was zu sehen sie gekommen war. Er war also nicht abgereist. Doch sagte ihr der Koffer, auch als sie ihn geöffnet hatte, nicht, was aus dem Leutnant geworden war. Was seine Rückkehr anging, so zweifelte sie nicht daran. Er war noch stets zurückgekommen. Besonders ein größeres Päckchen, in Segeltuch eingenäht und mit drei großen roten Siegeln verschlossen, erregte ihre Aufmerksamkeit. Es konnte ihre Gedanken allerdings nicht auf sich ziehen. Diese befaßten sich noch mit Catherine und Peyrol in der Küche. Wie sie sich verändert hatten. Hatten sie wohl je geglaubt, sie, Arlette, sei wahnsinnig? Sie empörte sich. ›Wie hätte ich das aber verhindern können?‹ fragte sie sich verzweifelt. Sie setzte sich auf den Rand des Bettes, in ihrer gewohnten Haltung, die Füsse gekreuzt, die Hände im Schoß. Auf einer ihrer Hände fühlte sie den Druck der Lippen Réals beschwichtigend, ermutigend wie jede Gewißheit, und doch war sie sich einer anhaltenden Verwirrung bewußt, einer grenzenlosen Erschöpfung, wie sie auf die Anstrengung eines in der Sehkraft beeinträchtigten Menschen folgt, der sich bemüht, flüchtige Umrisse, schwebende Schatten, unverständliche Signale zu erkennen. Sie konnte der Versuchung nicht widerstehen, ihren müden Körper, jedenfalls für ein Weilchen, ruhen zu lassen.

Sie legte sich hart an der Kante des Bettes nieder, die geküßte Hand unter der Wange. Ihr Denkvermögen verließ sie gänzlich, doch blieb sie wach und offenen Auges. In dieser Lage und ohne das geringste Geräusch zu vernehmen, sah sie, wie die Türklinke ganz heruntergedrückt wurde, und das so unhörbar, als sei das Schloß kürzlich geölt worden. Es drängte sie, aus

179

dem Bett und mitten ins Zimmer zu springen, doch hielt sie
sich zurück und setzte sich nur auf. Das Bett hatte dabei kein
Geräusch gemacht. Sie stellte die Füße vorsichtig auf, und als
sie mit angehaltenem Atem das Ohr an die Tür legte, war die
Klinke wieder in ihrer gewöhnlichen Stellung. Sie hatte draußen keinen Laut vernommen, nicht das winzigste Geräusch.
Nichts. Sie kam nicht auf den Gedanken, ihren eigenen Augen
zu mißtrauen, doch hatte der ganze Vorfall sich so lautlos abgespielt, daß auch der leichteste Schlaf dadurch nicht gestört
worden wäre. Arlette zweifelte nicht daran, daß sie nichts gemerkt hätte, wäre sie anders herum, also mit dem Rücken zur
Tür gelegen. Erst nach geraumer Weile trat sie von der Tür
weg und setzte sich auf einen Stuhl, der neben einem schweren,
mit viel Schnitzwerk versehenen Tisch stand, einem Erbstück,
das besser in ein Schloß als auf eine Ferme gepaßt hätte. Der
Staub vieler Monate bedeckte die glatte ovale Platte aus dunklem, fein gemasertem Holz.

›Das muß Scevola gewesen sein‹, dachte Arlette. ›Jemand anderes kann es nicht gewesen sein. Was kann er nur gewollt
haben?‹ Sie überließ sich ihren Einfällen, doch im Grunde war
es ihr einerlei. Der abwesende Réal nahm alle ihre Gedanken
in Anspruch. Langsam und ohne sich dessen bewußt zu sein,
schrieb sie mit dem Finger die Initialen E. A. in den Staub der
Tischplatte und umgab sie mit einem Kreis. Dann sprang sie
auf, entriegelte die Tür und ging nach unten. In der Küche traf
sie Scevola ganz wie erwartet bei den anderen. Kaum war sie
aufgetaucht, da rannte er schon die Treppe hinauf, kam aber
fast sogleich wieder herunter und sah dabei aus, als habe er
ein Gespenst erschaut. Als Peyrol ihm eine belanglose Frage
stellte, bebten ihm Mund und Kinn so heftig, daß er nicht
gleich sprechen konnte. Er vermied es, einem der Anwesenden
in die Augen zu sehen. Das galt übrigens auch für alle anderen, und bei diesem Abendbrot schien der abwesende Leutnant

180

auf Escampobar als Gespenst umzugehen. Peyrol hatte überdies an seinen Gefangenen zu denken. Dessen Vorhandensein
bot ein hochinteressantes Problem; ein zweites solches Problem waren die Bewegungen des englischen Schiffes; es hing
eng mit dem ersten zusammen und strotzte von gefährlichen
Möglichkeiten. Catherines schwarze, glanzlose Augen schienen tiefer in den Höhlen zu liegen, doch ihre Miene war wie
üblich streng und distanziert. Plötzlich ließ Scevola sich vernehmen, und es war, als beantworte er eine selbstgestellte
Frage:
»Was uns zum Unglück ausgeschlagen ist, war übergroße
Mäßigkeit.«
Peyrol verschluckte das Stück Butterbrot, auf dem er langsam
gekaut hatte, und fragte:
»Wovon reden Sie, Bürger?«
»Ich rede von der Republik«, erwiderte Scevola, und sein Ton
war fester als gewöhnlich. »Mäßigkeit. Wir Patrioten haben
das Schwert zu früh aus der Hand gelassen. Alle Kinder der
Cidevants und alle Kinder der Verräter hätten zusammen mit
ihren Eltern getötet werden müssen. Ihnen allen war die Verachtung der Bürgertugenden und die Liebe zur Tyrannei angeboren. Sie wachsen heran und treten die geheiligten Prinzipien mit Füßen... das Werk des Terrors war umsonst!«
»Und was schlagen Sie vor?« knurrte Peyrol. »Es hat keinen
Sinn, hier oder anderswo Reden darüber zu halten. Sie werden
kein Publikum finden – Sie Menschenfresser«, fügte er gut-
mütig hinzu. Arlette hatte den Kopf in die Linke gestützt und
schrieb mit dem Zeigefinger der Rechten unsichtbare Initialen
auf das Tischtuch. Catherine, die sich vorgebeugt hatte, um
eine vierarmige, auf einem Messingsockel befestigte Öllampe
anzuzünden, wandte das feingemeißelte Gesicht über die Schulter. Der Sansculotte sprang auf und vollführte unsinnige Arm-
bewegungen. Sein Haar war zerrauft, weil er sich schlaflos auf

dem Strohsack gewälzt hatte. Die offenen Hemdärmel umflatterten die mageren, behaarten Unterarme. Er sah nicht mehr aus, als habe er ein Gespenst gesehen. Er öffnete den großen schwarzen Mund, doch Peyrol drohte ihm gelassen mit dem Finger.

»Nein, nein. Die Zeiten, da Ihre eigene Familie – die lebt doch wohl in der Gegend von Boyère? – bei dem Gedanken zitterte, Sie könnten mit Ihrem Anhang von patriotischem Lumpengesindel zu Besuch kommen – die Zeiten sind vorbei. Sie haben keinen Anhang mehr, und wenn Sie jetzt etwa versuchen wollten, große Töne zu spucken, dann würde man Sie wie einen tollen Hund erschlagen.« Scevola, der den Mund zugeklappt hatte, blickte über die Schulter. Tief davon beeindruckt, daß niemand ihm zu Hilfe kam, verließ er die Küche, schwankend wie ein Mann, der schwer getrunken hat. Er hatte indessen nichts als Wasser getrunken. Peyrol betrachtete gedankenvoll die Tür, die der Sansculotte zugeknallt hatte. Während des Gespräches zwischen den beiden Männern war Arlette in die *salle* verschwunden. Catherine richtete sich auf und stellte die Öllampe mit den vier blakenden Flammen auf den Tisch. Das Licht traf ihr Gesicht von unten. Peyrol schob die Lampe ein wenig zur Seite, ehe er zu sprechen anhob:

»Es war Ihr Glück«, sagte er und blickte aufwärts, »daß Scevola damals nicht mit einem Genossen vom gleichen Kaliber hier angerückt ist.«

»Ja«, gab sie zu. »Ich mußte vom ersten bis zum letzten Augenblick allein mit ihm fertig werden. Aber können Sie sich das vorstellen: ich zwischen ihm und Arlette? Damals faselte er schreckliches Zeug, doch war er ganz benommen und erschöpft. Später dann hatte ich Mut gefaßt und konnte mich entschlossen mit ihm auseinandersetzen. Ich sagte immer zu ihm: ›Verstehen Sie doch, sie ist so jung und ist ganz außer sich.‹ Monatelang sagte sie, wenn sie überhaupt was sagte, nichts wei-

182

ter als: ›Seht nur, wie es spritzt! Seht nur, wie es rinnt!‹ Er redete von seiner republikanischen Tugendhaftigkeit. Er sei kein Wüstling, er könne warten. Sie sei ihm, behauptete er, heilig und was dergleichen mehr ist. Er pflegte stundenlang auf und ab zu gehen und von ihr zu erzählen, und ich saß da und hörte zu, den Schlüssel in der Tasche, mit dem ich das Kind eingeschlossen hatte. Ich spielte auf Zeitgewinn, und wie Sie ganz richtig sagten: vermutlich hat er deshalb nicht versucht, mich umzubringen, weil er niemanden hinter sich hatte – er hätte es sonst jederzeit tun können. Ich suchte also Zeit zu gewinnen. Warum übrigens sollte er mich töten? Er sagte mir mehr als einmal, daß er gewiß sei, Arlette zu gewinnen. Oft und oft jagte er mir Schauer über den Rücken, wenn er mir erklärte, warum es dahin kommen müsse. Sie schulde ihm ihr Leben. Oh! Dieses schreckliche, von Wahnsinn zerrüttete Leben! Er ist einer von jenen Männern, die Geduld aufbringen, wenn es um eine Frau geht.«

Peyrol nickte verstehend. »Ja, solche gibt es. Diese Sorte ist manchmal schärfer aufs Blutvergießen. Immerhin sieht es mir so aus, als sei Ihr Leben hier höchst gefährlich gewesen, wenigstens bis zu dem Augenblick, als ich auftauchte.«

»Ach, es war schon eine gewisse Beruhigung eingetreten«, murmelte Catherine. »Trotzdem war ich sehr froh über Ihr Erscheinen, das Erscheinen eines gesetzten Graukopfes.«

»Graue Haare kann jeder Spitzbube haben«, bemerkte Peyrol säuerlich. »Und kennen taten Sie mich nicht. Sie kennen mich auch jetzt nicht.«

»Es hat mal eine Familie Peyrol gegeben, die lebte keine halbe Tagereise von hier entfernt«, erinnerte sich Catherine.

»Na, schon gut«, sagte der Freibeuter in so eigenartigem Ton, daß sie scharf fragte: »Was ist denn? Gehören Sie nicht dazu? Heißen Sie etwa nicht Peyrol?«

»Ich habe viele Namen geführt, unter anderem auch diesen.

Dieser Name und mein graues Haar also waren Ihnen angenehm, Catherine? Sie machten Ihnen Vertrauen zu mir?«

»Ich bedauerte Ihr Erscheinen nicht, und Scevola, glaube ich, auch nicht. Er hatte gehört, daß man überall Jagd auf die Patrioten machte, und er wurde von Tag zu Tag stiller. Und dann haben Sie ja dem Kind sehr, sehr gut getan.«

»Und auch das freute Scevola?«

»Ehe Sie kamen, hat Arlette niemals gesprochen, ohne dazu aufgefordert zu sein. Es schien ihr einerlei, wo sie sich befand. Und«, fügte Catherine nach einer kleinen Pause hinzu, »es schien ihr auch einerlei, was mit ihr geschah. Oh, ich habe mich in Gedanken viele viele Stunden damit gequält, tagsüber bei der Arbeit und des Nachts, wenn ich mit offenen Augen dalag und auf ihren Atem lauschte. Und dabei wurde ich doch auch nicht jünger, und wer weiß, wie nahe meine letzte Stunde ist. Ich habe mir oft vorgenommen, ich wollte mit Ihnen sprechen, wie ich es jetzt tue, sobald ich den Tod nahen fühle.«

»So, das hatten Sie sich also vorgenommen«, sagte Peyrol leise, »wohl meiner grauen Haare wegen, was?«

»Ja. Und auch, weil Sie von so weit her kamen«, sagte Catherine mit unveränderter Miene und fester Stimme. »Sie wissen doch: Arlette hat gleich zu Ihnen gesprochen, als Sie hier auftauchten, und bei dieser Gelegenheit hörte ich sie zum erstenmal aus eigenem Antrieb sprechen, seit dieser Mensch sie heimbrachte und ich sie von Kopf bis Fuß gewaschen und in ihrer Mutter Bett gelegt habe.«

»Das erstemal«, wiederholte Peyrol.

»Es war, als geschehe ein Wunder, und Sie waren es, der es vollbrachte.«

»Vermutlich hat mich eine indische Hexe mit den erforderlichen Kräften ausgestattet«, murmelte Peyrol so leise, daß Catherine es nicht verstehen konnte. Doch schien sie sich nichts daraus zu machen, denn sie fuhr gleich darauf fort:

184

»Und das Kind hat sich an Sie angeschlossen. Endlich war wieder ein Gefühl in ihr erweckt worden.«

»Ja«, bestätigte Peyrol grimmig. »Sie hat sich mir wirklich angeschlossen. Sie lernte wieder reden – mit dem alten Mann.«

»Es ist was an Ihnen, das ihr den Sinn bewegt und die Zunge gelöst zu haben scheint«, sagte Catherine mit einer Art königlicher Herablassung zu Peyrol. Sie war wie eine leutselige Stammesfürstin. »Ich habe euch beiden oft aus der Ferne bei euren Unterhaltungen zugesehen und mich gefragt, was sie wohl...«

»Sie redet wie ein Kind«, unterbrach Peyrol rauh. »Und Sie... Sie wollten sich also an mich wenden, ehe ihr letztes Stündlein schlägt. Nun, das steht ja doch wohl nicht unmittelbar bevor, wie?«

»Hören Sie, Peyrol, falls einer von uns seinem letzten Stündlein nahe ist, dann nicht ich. Halten Sie mal ein bißchen die Augen offen. Es wird Zeit, daß ich mit Ihnen rede.«

»Ah, ich habe nicht die Absicht, jemanden umzubringen«, brummte Peyrol. »Sie haben seltsame Einfälle.«

»Es ist, wie ich sage«, beharrte Catherine unbewegt. »Der Tod scheint an ihrem Rockzipfel zu hängen. Sie ist mit ihm wie eine Verrückte um die Wette gelaufen. Lassen Sie uns dafür sorgen, daß sie nicht noch einmal in Blut waten muß.«

Peyrol, dessen Kopf auf die Brust gesunken war, setzte sich mit einem Ruck auf. »Wovon, zum Kuckuck, reden Sie eigentlich?« rief er wütend. »Ich verstehe kein Wort!«

»Sie haben nicht gesehen, in was für einem Zustand sie mir damals ins Haus geliefert wurde«, sagte Catherine. »Ich nehme an, Sie wissen, wo der Leutnant ist. Warum ist er so einfach weggelaufen? Wohin ist er gegangen?«

»Ich weiß wohin«, sagte Peyrol. »Vielleicht kommt er noch in der Nacht zurück.«

»Sie wissen, wo er ist! Und Sie wissen auch, warum er fortgegangen ist und wann er zurückkommt«, versetzte Catherine drohend. »Also dann sagen Sie ihm gefälligst, er soll wegbleiben, wenn er nicht zufällig auch noch ein paar Augen im Hinterkopf hat – er soll ein für allemal wegbleiben; denn wenn er wiederkommt, wird ihn niemand vor einem tückischen Anschlag bewahren können.«

»Niemand ist je vor tückischen Anschlägen sicher«, erwiderte Peyrol nach kurzem Schweigen. »Ich will nicht so tun, als verstünde ich nicht, was Sie sagen wollen.«

»Sie haben so gut wie ich gehört, was Scevola sagte, ehe er vorhin hinausging. Der Leutnant ist das Kind eines Cidevant, und Arlettes Vater nennen sie einen Vaterlandsverräter. Sie sehen also, was er damit meinte.«

»Er ist ein Hasenherz und ein Großmaul«, sagte Peyrol verächtlich, doch das änderte nichts daran, daß Catherine sich nach wie vor betrug wie eine alte Sibylle, die von ihrem Dreifuß steigt und seelenruhig die grausigsten Katastrophen prophezeit. »Das ist bloß sein Republikanismus«, kommentierte Peyrol verächtlich. »Er hat wieder mal einen Anfall.«

»Nein, Eifersucht ist es«, sagte Catherine. »Ich hatte geglaubt, er hätte in all diesen Jahren vielleicht aufgehört, sich für sie zu interessieren, denn es ist schon lange her, seit er mir damit zugesetzt hat. Wenn man ein solches Geschöpf, hatte ich mir gedacht, den Herrn im Hause spielen läßt, dann... aber nein! Ich weiß genau, daß ihm alle seine gräßlichen Hirngespinste wiedergekommen sind, seit der Leutnant hier aufgetaucht ist. Des Nachts macht er kein Auge zu. Sein Republikanismus schläft nie. Aber Sie wissen vielleicht, Peyrol, daß es sowas wie Eifersucht ohne Liebe gibt.«

»Glauben Sie?« sagte der Freibeuter nachdenklich. Er ließ seine eigenen Erfahrungen Revue passieren. »Und Blut hat er auch gerochen«, knurrte er nach einem Weilchen. »Sie könnten recht haben.«

186

»Ich könnte recht haben!« wiederholte Catherine empört. »Immer, wenn ich Arlette in seiner Nähe sehe, zittere ich vor Angst, es könnte einen Wortwechsel und Schläge geben. Und wenn mir beide aus den Augen geraten, ist es noch schlimmer. Ich frage mich diesen Augenblick, wo sie wohl sein mögen? Vielleicht stecken sie beisammen, und ich wage nicht Arlette abzurufen, weil ich fürchte, ihn damit zu reizen.«

»Er ist hinter dem Leutnant her«, sagte Peyrol gedämpft. »Ich kann den aber nicht daran hindern herzukommen.«

»Wo ist sie? Wo ist sie?« flüsterte Catherine und verriet so ihre geheime Angst.

Peyrol erhob sich sachte, ging in die *salle* und ließ die Tür offen. Gleich darauf vernahm Catherine, wie die Vordertür behutsam geöffnet wurde, und nach einer Weile erschien Peyrol ebenso leise wie er gegangen war.

»Ich habe mal nach dem Wetter geschaut. Der Mond geht gerade auf, und die Wolken verziehen sich. Es sind schon hier und da Sterne zu sehen.« Dann dämpfte er die Stimme erheblich. »Arlette sitzt auf der Bank und summt vor sich hin. Ich weiß nicht, ob sie überhaupt bemerkt hat, daß ich ganz nahe bei ihr stand.«

»Sie will nichts und niemanden sehen außer dem Einen«, bestätigte Catherine jetzt mit völlig beherrschter Stimme. »Und sie summt ein Lied? Früher saß sie stundenlang so, ohne einen Laut von sich zu geben. Und wenn sie damals gesungen hätte... Gott allein weiß, was das für ein Lied gewesen wäre.«

»Ja, sie hat sich sehr verändert«, gab Peyrol nach einer Pause seufzend zu. »Dieser Leutnant«, fuhr er dann fort, »hat sich ihr gegenüber doch immer ganz ablehnend verhalten. Ich habe mehrmals beobachtet, wie er das Gesicht wegwandte, wenn sie auf uns zu kam. Sie wissen ja, was das für Kerle sind, diese Epaulettenträger. Und dieser hier hat außerdem noch einen ganz privaten Wurm, der an ihm nagt. Ich glaube, er hat nie

187

vergessen, daß er ein junger Cidevant gewesen ist. Und doch ist mir so, als wolle Arlette nichts sehen und hören als ihn. Liegt es vielleicht daran, daß sie so lange wirr im Kopf gewesen ist?«

»Nein, Peyrol«, sagte die alte Frau. »Daran liegt es nicht. Wollen Sie hören, was ich Ihnen darüber sagen kann? Jahrelang war ich nicht imstande, sie zum Lachen oder zum Weinen zu bringen. Sie wissen das selber, Sie haben Arlette täglich gesehen. Können Sie sich vorstellen, daß sie während der letzten vier Wochen an meiner Brust gelacht und geweint hat, ohne den Grund dafür zu wissen?«

»Das versteh ich nicht.«

»Aber ich. Der Leutnant da, der braucht bloß zu pfeifen, schon kommt sie gelaufen. Jawohl Peyrol, so ist das. Sie kennt da weder Furcht noch Scham noch Stolz. Ich bin ganz ähnlich gewesen.« Ihr feines gebräuntes Gesicht schien noch passiver zu werden, und sie redete noch leiser, als hielte sie ein Selbstgespräch: »Nur bin ich niemals dem Blutrausch verfallen. Ich wäre jeder Umarmung würdig gewesen... Aber er ist ja auch kein Priester.«

Die letzten Worte ließen Peyrol zusammenschrecken. Jene Geschichte hatte er beinahe schon vergessen. Er dachte: ›Sie weiß; sie hat es erfahren.‹

»Passen Sie mal auf, Catherine«, sagte er dann entschlossen, »der Leutnant wird wiederkommen, und ich versichere Ihnen, er kommt nicht, um nach Arlette zu pfeifen. O nein! Nicht um ihretwillen kommt er zurück.«

»Nun, wenn er nicht um ihretwillen zurückkommt, dann einzig, weil der Tod ihn herbestellt hat«, verkündete sie feierlich und unbewegt mit Überzeugung. »Ein Mensch, dem der Tod das Zeichen gegeben hat – den kann niemand aufhalten.«

Peyrol, der dem Tod viele Male ins Gesicht gesehen hatte, musterte neugierig Catherines gebräuntes Profil.

»Es ist aber Tatsache«, murmelte er, »daß Männer, die sich
dem Tod in die Arme werfen wollen, ihn oft verfehlen. Man
muß also ein Zeichen erhalten haben? Was mag das für ein
Zeichen sein?«
»Wie soll man das wissen?« fragte Catherine und starrte auf
die Wand der Küche. »Selbst die, die das Zeichen erhalten, erkennen es nicht als solches. Trotzdem gehorchen sie. Ich sage
Ihnen, Peyrol, niemand kann so einen Menschen aufhalten.
Das Zeichen ist vielleicht ein Blick oder ein Lächeln, vielleicht
ein Schatten auf dem Wasser oder ein Gedanke, der einem
durch den Kopf geht. Für meinen armen Bruder und meine
Schwägerin war es das Gesicht ihres Kindes.«
Peyrol verschränkte die Arme vor der Brust und ließ den
Kopf sinken. Melancholie war etwas, das er nicht kannte, denn
was hat Melancholie zu schaffen im Leben eines Freibeuters,
eines Küstenbruders, in einem schlichten, wagemutigen, ge-
fährdeten Leben voller Risiken, das weder Zeit zu Betrachtungen noch für die kurze Selbstvergessenheit läßt, die man Fröh-
lichkeit nennt. Düstere Raserei, wilde Lustigkeit, die hatte er
kennengelernt, die hatten ihn gestreift, wie Böen; fremd aber
war ihm diese innere Überzeugung, daß alles eitel sei, dieser
innere Zweifel an der eigenen Kraft.
›Wie wird wohl das Zeichen aussehen, das mir gilt?‹ fragte er
sich und gelangte voller Selbstverachtung zu dem Schluß, daß
es für ihn gar kein Zeichen geben werde, daß er im Bett werde
sterben müssen, wie ein alter Hofhund in seiner Hütte. Nachdem er diesen Tiefpunkt der Verzweiflung erreicht, lag nichts
weiter vor ihm als ein schwarzer Abgrund, in dem sein waches
Bewußtsein versank wie ein Wackerstein.
Die Stille, die nach Catherines letzten Worten vielleicht eine
Minute lang geherrscht hatte, wurde plötzlich von einer hohen
reinen Stimme durchschnitten, die sagte:
»Was brütet ihr beiden denn hier aus?«

189

Arlette stand in der Tür zur *salle*. Der Widerschein der Lampe im Weiß ihrer Augäpfel ließ das Schwarze ihres durchdringenden Blickes besonders hervortreten. Die Überraschung war vollständig. Das Profil von Catherine, die beim Tische stand, verhärtete sich wenn möglich noch; es ähnelte der gemeißelten Darstellung der Prophetin eines Wüstenstammes. Arlette trat drei Schritte vor. Peyrol blieb selbst bei äußerster Verblüffung gefaßt. Er war dafür berühmt gewesen, sich niemals seine Überraschung anmerken zu lassen. Das Alter hatte diese Eigenschaft des geborenen Anführers noch verstärkt. Er löste sich nur von der Tischkante und sagte vorwurfsvoll mit seiner tiefen Stimme:

»Aber *patronne!* Wir haben seit Ewigkeiten kein Wort mehr zueinander gesagt.«

Arlette kam noch näher. »Ich weiß!« rief sie. »Es war schrecklich. Ich habe euch beiden zugesehen. Scevola kam und setzte sich zu mir auf die Bank. Er fing an zu reden, und da ging ich natürlich weg. Der Mensch langweilt mich. Und jetzt finde ich euch hier, und ihr sagt keinen Ton. Das ist unerträglich. Was ist denn los mit euch? Sagen Sie mal, Papa Peyrol – mögen Sie mich vielleicht nicht mehr leiden?« Ihre Stimme erfüllte die Küche. Peyrol ging an die Tür zur *salle* und machte sie zu. Auf dem Rückweg traf ihn der Abglanz der Lebenslust, die in ihr glühte und vor der das Lampenlicht geradezu blaß wirkte. Er sagte halb im Spaß:

»Ich weiß nicht, ob Sie mir nicht besser gefallen haben, als Sie stiller waren.«

»Und am besten würde ich Ihnen gefallen, wenn ich ganz und gar stumm im Grabe läge.«

Sie blendete ihn förmlich. Vitalität entströmte ihren Augen, ihren Lippen, ihrer ganzen Person, hüllte sie ein wie eine Aura und... ja, fürwahr, sogar eine leichte Röte war ihr in die Wangen gestiegen und verlieh ihnen einen schwach rosi-

190

gen Schimmer wie das Licht einer fernen Lampe dem Schnee. Sie hob die Arme und ließ die Hände auf Peyrols Schultern fallen, fesselte seine verzweifelt abirrenden Augen mit ihrem befehlenden Blick, ließ instinktiv alle ihre Verführungskünste spielen, und dabei spürte er, wie ihre Finger immer fester zupackten.

»Nein! Ich halte es nicht länger aus! Monsieur Peyrol, Papa Peyrol, alter Feuerfresser und Seebär außer Diensten: Erweisen Sie sich als Engel und sagen Sie mir, wo er ist.«

Der Freibeuter, den erst diesen Morgen der mächtige Klammergriff des Leutnants Réal so unverrückbar gefunden hatte wie einen Felsblock, fühlte seine Kraft unter den Händen dieser Frau zu nichts werden. Er sagte schwerfällig:

»Er ist nach Toulon gefahren. Es mußte sein.«

»Warum? Sagen Sie mir jetzt die Wahrheit!«

»Die Wahrheit ist nicht für alle Ohren bestimmt«, murmelte Peyrol, und ihm war, als gebe der Boden unter seinen Füßen nach. »In dienstlicher Angelegenheit«, setzte er knurrend hinzu.

Ihre Hände glitten plötzlich von seinen breiten Schultern ab. »Dienstlich?« wiederholte sie. »Was ist das für ein Dienst?« Ihre Stimme wurde leiser und die Worte »Ach richtig. Sein Dienst!« waren kaum vernehmbar für Peyrol, der, sobald ihre Hände seine Schultern verlassen hatten, auch schon seine Kraft zurückströmen und die Erde unter seinen Füßen fest werden fühlte.

Arlette stand vor ihm, schweigend, mit hängenden Armen, die Finger verknäult und offenbar völlig perplex, weil Leutnant Réal nicht frei war von allen irdischen Bindungen, frei wie ein auf Besuch gekommener Engel, der einzig Gott verantwortlich ist, zu dem sie gebetet hatte. Sie mußte ihn mit einem ›Dienst‹ teilen, der ihn beliebig herumkommandieren konnte. Sie fühlte in sich eine Kraft, mächtiger als jeder ›Dienst‹.

»Peyrol!« rief sie gedämpft. »Brechen Sie mir nicht das Herz,
nicht das neue Herz, das gerade erst angefangen hat zu schlagen. Fühlen Sie, wie es schlägt? Wer könnte das ertragen?«
Sie packte die mächtige behaarte Faust des Freibeuters und
preßte sie gegen ihre Brust. »Sagen Sie mir, wann er zurück
sein wird.«

»Hören Sie, *patronne*, es wäre besser für Sie, Sie gingen hinauf«, begann Peyrol mit großer Anstrengung und riß die Hand
weg. Er wich zurück, als Arlette ihn anschrie:

»Sie können mich nicht mehr herumkommandieren wie früher!« Bei dem Übergang vom Flehen zur Wut unterlief ihr
nicht ein einziger falscher Ton, und daher hatte ihr Ausbruch
die herzergreifende Wirkung inspirierter Kunst. Sie wirbelte
jetzt zornig zu Catherine herum, die sich weder geregt noch
etwas gesagt hatte. »Ihr beide könnt meinetwegen von jetzt
an machen, was ihr wollt.« Gleich darauf ging sie wieder auf
Peyrol los: »Sie machen mir Angst mit Ihren weißen Haaren.
Los doch! Soll ich mich denn vor Ihnen auf die Knie werfen?...
Da!«

Der Freibeuter packte sie bei den Ellenbogen, riß sie hoch und
stellte sie wieder auf die Füße, als sei sie ein Kind. Kaum
hatte er sie abgesetzt, da stampfte sie auch schon mit dem Fuße
auf.

»Sind Sie denn dumm? Begreifen Sie nicht, daß heute etwas
geschehen ist?« rief sie.

Während dieses ganzen Auftrittes hatte Peyrol in lobenswer-
ter Weise die Ruhe bewahrt und sich so verhalten wie ein Seemann, den aus heiterem tropischem Himmel eine Sturmböe
trifft. Doch bei Arlettes letzten Worten fuhren ihm ein Dutzend Einfälle durch den Kopf, die alle auf ihre befremdliche
Ankündigung Bezug hatten. Es war etwas geschehen. Wo?
Wie? Wem? Was? Es konnte nichts zwischen ihr und dem
Leutnant vorgegangen sein. Es kam ihm vor, als habe er den

Leutnant keinen Moment aus dem Auge verloren, angefangen bei ihrem Zusammentreffen am Morgen und aufgehört bei dem kleinen Stoß, mit dem er ihn auf den Weg nach Toulon gebracht hatte; ausgenommen einzig die Mittagsmahlzeit, die der Leutnant bei geöffneter Tür im Nebenzimmer eingenommen hatte. Das hatte aber wirklich nur Minuten gedauert, und der Anblick des nach Art der einsamen Krähe finster auf der Bank sitzenden Leutnants gleich darauf hatte weder auf Jubelstimmung noch auf Erregung oder eine andere, mit Frauen in Zusammenhang zu bringende Gemütsbewegung schließen lassen. Angesichts solcher Undurchsichtigkeiten leerte sich Peyrols Kopf von allen Gedanken.

»*Voyons, patronne*«, fing er wieder an, da ihm absolut nichts einfallen wollte, »wozu all die Aufregung? Ich erwarte ihn gegen Mitternacht zurück.«

Es erleichterte ihn ungemein zu sehen, daß sie ihm glaubte. Es war ja auch die Wahrheit. Denn aus dem Handgelenk hätte er nichts erfinden können, was sie aus dem Weg geschafft und dazu gebracht hätte, ins Bett zu gehen. Sie beglückte ihn mit einem finsteren Stirnrunzeln und einem schrecklich drohenden: »Wenn Sie gelogen haben... Oh!«

Er brachte ein versöhnliches Lächeln zustande. »Fassen Sie sich. Kurz nach Mitternacht wird er da sein. Sie können beruhigt schlafen.«

Sie wandte ihm verächtlich den Rücken und sagte kurz: »Komm, Tante!« und ging zur Korridortür. Dort drehte sie sich, die Hand auf der Klinke, noch einmal um.

»Ihr seid verändert. Ich kann keinem von euch beiden mehr trauen. Ihr seid nicht mehr die selben.«

Sie ging hinaus. Nun erst löste Catherine ihren Blick von der Wand und sah Peyrol an. »Haben Sie gehört, was sie gesagt hat? Wir! Verändert! Sie selbst ist es, die...«

Peyrol nickte zweimal, und dann begann ein langes Schweigen.

193

Selbst die Flammenzungen der Lampe brannten, ohne zu zuk-
ken.

»Gehen Sie ihr nach, Mademoiselle Catherine«, sagte er schließlich, und in seiner Stimme war ein Anflug von Mitgefühl. Sie
regte sich nicht. »Allons, du courage«, drängte er sie, man
hätte sagen mögen: ehrfürchtig. »Machen Sie, daß sie ein-
schläft.«

XII

Catherine verließ aufrecht und entschlossen die Küche und stieß im Korridor auf Arlette, die mit einer brennenden Kerze auf sie wartete. Beim Anblick dieses schönen, jungen, vom Kerzenschimmer wie von einem Heiligenschein umstrahlten Gesichtes, hinter dem die Dunkelheit die Schwärze des Verlieses angenommen zu haben schien, füllte Catherines Herz sich mit Trauer. Die Nichte machte sich sogleich auf den Weg nach oben und murmelte durch die zusammengepreßten schönen Zähne: »Er denkt wirklich, ich könnte jetzt schlafen, der alte Trottel.«

Peyrol nahm die Augen erst von Catherines stocksteifem Rükken, als die Tür hinter ihr zufiel. Er machte seinen Gefühlen endlich Luft, indem er die Backen aufblies und mächtig mit den Augen rollte. Er ergriff die Lampe bei ihrem Ring, ging in die *salle* und schloß die Tür zur dunklen Küche hinter sich. Er stellte die Lampe auf den Tisch, an dem Leutnant Réal sein Mittagsmahl verzehrt hatte. Auf der Platte lag ein kleines, weißes Tischtuch, und da stand auch noch sein Stuhl, schiefgerückt, wie er ihn weggestoßen hatte, als er aufgestanden war. Ein anderer der vielen in der *salle* befindlichen Stühle war auffällig verstellt worden, und zwar so, daß er dem gedeckten Tisch zugekehrt war. Diese Anzeichen veranlaßten Peyrol zu den bitteren Worten: »Da hat sie nun gesessen und ihn angestarrt, als wäre er von oben bis unten vergoldet, hätte drei Köpfe und sieben Arme«, ein Vergleich, den ihm gewiß in indischen Tempeln erschaute Götzenbilder nahelegten. Peyrol, obzwar kein Bilderstürmer, empfand bei der Erinnerung

195

daran doch Übelkeit, und er beeilte sich, vor die Tür zu treten. Die große Wolke war auseinandergebrochen, und mächtige Stücke davon flüchteten gravitätisch vor dem steigenden Mond. Scevola, der lang ausgestreckt auf der Bank gelegen hatte, setzte sich plötzlich sehr aufrecht hin.

»Bißchen an der frischen Luft geschlafen?« fragte Peyrol und ließ die Blicke durch den Himmel schweifen, der unterhalb der andrängenden Wolken schwach glühte.

»Ich habe nicht geschlafen«, sagte der Sansculotte. »Ich habe meine Augen keine Sekunde zugemacht.«

»Aha, da waren Sie also nicht schläfrig«, meinte bedächtig Peyrol, dessen Gedanken weit entfernt, nämlich bei dem englischen Schiff waren. Vor seinem geistigen Auge sah er dessen schwarze Formen vor dem weißen Salzstrand, der unter dem Mond einen glitzernden Bogen beschrieb, und fuhr unterdessen träge fort: »Denn Lärm kann es nicht gewesen sein, was Sie wachgehalten hat.« Auf der Höhe von Escampobar warfen alle Gegenstände lange Schatten, während der Hang des Aussichtsberges zwar auch noch schwarz, aber doch schon von einem sich unaufhaltsam verbreiternden Streifen Helligkeit gesäumt war. Die Stille berührte Peyrol so wohltuend, daß sich seine Haltung der ganzen Menschheit gegenüber milderte, nicht ausgenommen den Kommandanten des englischen Schiffes. Auf allen Seiten von Sorgen umdrängt, genoß der alte Freibeuter doch eine kurze Spanne heiteren Seelenfriedens.

»Dieser Ort ist verflucht«, verkündete Scevola plötzlich.

Peyrol drehte nicht den Kopf nach ihm, sondern sah ihn aus den Augenwinkeln an. Obgleich er sich ganz forsch aus seiner liegenden Haltung aufgesetzt hatte, war er doch im Sitzen gleich wieder in sich zusammengefallen und kauerte da wie ein Häufchen Elend, die Schultern hochgezogen, die Hände auf die Knie gelegt. Er starrte vor sich hin und erinnerte im Mondlicht an ein krankes Kind.

196

»Genau der richtige Platz, um Verrat auszubrüten. Man fühlt so richtig, wie man bis zum Hals drinsteht.«

Er erschauerte und gähnte ein unwiderstehliches nervöses Gähnen, wobei er in dem eingesunkenen, klaffenden Mund unerwartet lange, blinkende Reißzähne sehen ließ, die den in diesem Menschen unentwegt auf der Lauer liegenden Panther verrieten.

»Ja, ja. Es stinkt geradezu nach Verrat hier. Sie merken wohl nichts davon, Bürger?«

»Selbstverständlich nicht«, gab Peyrol mit heiterer Verachtung zu. »Was ist das eigentlich für ein Verrat, den Sie da ausbrüten?« fragte er lässig, eigentlich nur, um Konversation zu machen, und freute sich dabei der mondhellen Nacht. Scevola, dem diese Frage unerwartet kam, brachte es immerhin fertig, beinahe sogleich ein rasselndes Lachen ertönen zu lassen.

»Das ist gut! Ha, ha, ha! ... Ich! ... Ausbrüten! ... Warum gerade ich?«

»Nun«, sagte Peyrol gleichgültig. »Wir sind hier nicht viele, die Verrat brüten könnten. Die Frauen sind oben im Haus. Michel ist unten bei der Tartane. Dann wäre noch ich da, und Sie würden nicht wagen, mich des Verrats zu verdächtigen. Und damit sind allein Sie übrig.«

Scevola ermunterte sich. »Das ist kein besonders guter Witz«, meinte er. »Schließlich habe ich die Verräter verfolgt. Ich...«

Er unterbrach sich in diesem Gedankengang. Er war bis oben hin voll von Mißtrauen, das einzig auf seinem Gefühl beruhte. Peyrol, so glaubte er, rede nur so mit ihm, um ihn zu ärgern und ihn loszuwerden. In seinem besonderen Gemütszustand entging Scevola indessen nicht eine einzige Silbe dieser ihn beleidigenden Bemerkungen. ›Aha‹, dachte er, ›den Leutnant erwähnt er nicht.‹ Diese Unterlassung schien dem Patrioten von außerordentlichem Gewicht. Sie konnte nur bedeuten, daß die beiden den ganzen Nachmittag an Bord der

197

Tartane ein Komplott geschmiedet hatten. Deshalb also waren sie die längste Zeit des Tages nicht zu sehen gewesen. Tatsächlich hatte auch Scevola am Abend Peyrol zur Ferme zurückkehren sehen, doch hatte er ihn aus einem anderen Fenster beobachtet als Arlette. Das geschah wenige Minuten vor seinem Versuch, die Tür zum Zimmer des Leutnants zu öffnen, denn er wollte wissen, ob Réal darin sei. Er war unerleuchtet davongeschlichen, und als er in die Küche kam, hatte er nur Catherine und Peyrol dort gesehen. Kaum war Arlette zu ihnen gestoßen, da veranlaßte eine blitzhafte Eingebung ihn, die Treppe hinaufzulaufen und das Schloß noch einmal zu probieren. Diesmal war die Tür offen! Ein klarer Beweis dafür, daß Arlette sich zuvor dort eingeschlossen hatte. Die Entdeckung, daß Arlette sich im Zimmer des Leutnants derart heimisch machen konnte, verursachte Scevola einen Übelkeit erregenden Schrecken, an dem er zu sterben vermeinte. Jetzt war kein Zweifel mehr daran erlaubt, daß der Leutnant an Bord der Tartane mit Peyrol konspirierte; denn was sonst hätten die beiden da tun sollen? ›Warum ist der Leutnant heute abend nicht mit Peyrol heraufgekommen?‹ fragte sich Scevola, während er auf der Bank saß und die Knie umklammert hielt... ›Darin zeigt sich ihre Schlauheit‹, entschied er plötzlich. ›Verschwörer vermeiden es immer, mitsammen gesehen zu werden. Ha!‹

Es war, als habe jemand zahlreiche Feuerwerkskörper in seinem Hirn abgebrannt. Er war erleuchtet, geblendet, verwirrt, in seinen Ohren zischte es, und vor seinen Augen tanzten Funken. Als er den Kopf hob, entdeckte er, daß er allein war. Peyrol war verschwunden. Scevola war es so, als habe er jemanden »Gute Nacht« sagen und die Tür zur *salle* zufallen hören. Und wirklich, die Tür war jetzt geschlossen. Im Fenster neben der Tür schimmerte ein Licht. Peyrol hatte drei der vier Flammen der Lampe gelöscht und sich auf einem der langen Tische ausgestreckt, wobei ihm die Fähigkeit, sich auf einer Planke einzurichten, die kein alter Seemann je verliert, sehr zustatten kam. Er hatte beschlossen, hier unten zu bleiben, um – falls nötig – bei der Hand zu sein, und auf eine der Wandbänke wollte er sich nicht legen, weil ihm die zu schmal waren. Er ließ eine Flamme brennen, damit der Leutnant wisse, wo er ihn zu suchen habe; er glaubte sich müde genug, ein kurzes Schläfchen halten zu können, ehe Réal aus Toulon zurück sein konnte. Er machte es sich bequem, einen Arm unter dem Kopf, so als liege er auf dem Deck eines Piratenschiffes, und er kam gar nicht auf den Gedanken, Scevola könne von außen durchs Fenster hineinsehen; die Scheiben waren übrigens so klein und verschmutzt, daß der Patriot nichts erkennen konnte. Dessen Bewegung war ganz instinktiv geschehen. Es war ihm nicht einmal bewußt geworden, daß er durchs Fenster schaute. Scevola entfernte sich vom Fenster, ging bis zur Hausecke, kehrte um und ging zur anderen Ecke. Es sah aus, als fürchte er, sich von der Mauer zu entfernen, gegen die er von Zeit zu Zeit taumelte. ›Verschwörung, Verschwörung‹, dachte er. Er war nun ganz davon überzeugt, der Leutnant verberge sich noch auf der Tartane und warte nur darauf, daß völlige Ruhe eintrete, um sich hinauf in sein Zimmer zu schleichen, in dem Arlette sich gewohnheitsmäßig heimisch machte, wofür er den positiven Beweis besaß. Ohne Zweifel war es auch Teil der Verschwörung, ihn seines Anrechtes auf Arlette zu berauben. ›Habe ich mich deshalb zum Sklaven dieser beiden Frauen gemacht, habe ich deshalb all die Jahre gewartet, einzig um zuzusehen, wie das verderbte Geschöpf sich mit einem Cidevant, mit einem verschwörerischen Aristokraten, davonmacht?‹ Tugendhafter Zorn schwächte ihm die Knie. Aufgrund der vorliegenden Beweise hätte jedes revolutionäre Tribunal ihnen die Köpfe abgeschlagen! Tribunal? Es gab kein Tribunal! Keine revolutionäre Gesetzlichkeit! Keine Patrioten! In seinem Kum-

199

mer ließ er sich so schwer gegen die Wand fallen, daß er vor Schmerz zurückfuhr. Diese Welt war kein passender Ort für Patrioten.

›Hätte ich mir in der Küche was anmerken lassen, sie hätten mich dort umgebracht‹, überlegte er.

Er glaubte, ohnehin bereits zuviel gesagt zu haben. Viel zuviel. »Klugheit! Vorsicht!« sagte er vor sich hin und schlenkerte mit den Armen. Plötzlich stolperte er, und mit metallischem Klirren fiel etwas vor ihm zu Boden.

›Jetzt werden sie mich umbringen‹, dachte er und zitterte vor Angst. Er sah sich bereits tot. Überall herrschte tiefste Stille. Nichts geschah. Er bückte sich furchtsam und sah die Mistgabel vor seinen Füßen liegen. Es fiel ihm ein, daß er sie mittags gegen die Mauer gelehnt hatte. Er hatte sie mit dem Fuße umgestoßen. Er warf sich gierig auf sie. »Hier habe ich, was ich brauche«, murmelte er fieberhaft. »Der Leutnant glaubt gewiß, ich sei schon im Bett.«

Er preßte sich aufrecht gegen die Mauer und drückte die Mistgabel an sich wie eine Muskete, die bei Fuß gehalten wird. Der Mond kam über die Hügelkuppe herauf und überschüttete die Vorderseite des Hauses mit seinem kalten Licht, ohne daß Scevola es bemerkte; er glaubte immer noch, im schattigen Hinterhalt zu stehen, und blieb reglos, den funkelnden Blick auf den Pfad gerichtet, der zur Bucht führt. Seine Zähne klapperten in wilder Ungeduld.

Er war so deutlich in seiner leichenhaften Starrheit zu erkennen, daß Michel, der durch die Schlucht heraufgestiegen kam, wie angenagelt stehenblieb, denn er glaubte, eine außerirdische Erscheinung zu sehen. Scevola seinerseits bemerkte den sich bewegenden Schatten eines Mannes – jenes Mannes! – und stürzte vorwärts, die Gabel gesenkt wie ein Bajonett. Er brüllte nicht. Er lief stur geradeaus, knurrte wie ein Hund und stieß blindlings mit seiner Waffe zu.

Michel, ein Naturkind und von etwas so unzuverlässigem wie der Intelligenz völlig unbeschwert, führte unverzüglich mit der Präzision des wilden Tieres einen kleinen Sprung zur Seite aus, war aber auch Mensch genug, gleich darauf vor Staunen zu erstarren. Der Schwung seines Anlaufs trug Scevola etliche Schritte bergab, ehe er kehrtmachen und von neuem Angriffs-stellung einnehmen konnte. Dann erkannten die Gegner ein-ander. Der Terrorist rief: »Michel?« und Michel beeilte sich, einen schweren Stein aufzuheben.

»He, Scevola«, rief er, nicht laut zwar, doch sehr drohend. »Was soll der Unfug? Bleib mir vom Leib, sonst werfe ich dir diesen Brocken an den Kopf – und davon versteh ich was!«

Scevola setzte die Mistgabel mit dumpfem Knall ab. »Ich habe dich nicht erkannt.«

»Schwindel! Wer hätte ich schon sein sollen? Der andere doch wohl nicht, oder habe ich vielleicht einen Verband am Kopf?«

Scevola kam herzugelaufen. »Was war das?« fragte er. »Was hast du da gesagt?«

»Ich habe gesagt, daß ich dich mit dem Stein hinmache, wenn du mir in die Nähe kommst«, erwiderte Michel. »Bei Voll-mond kann man dir nicht über den Weg trauen. Nicht erkannt! Das ist eine schöne Entschuldigung dafür, daß man so auf die Leute losgeht. Du hast doch wohl nichts gegen mich, he?«

»Nein«, sagte der Terrorist in zweifelndem Ton und behielt Michel aufmerksam im Auge, der seinerseits den Stein in der Hand behielt.

»Seit Jahren sagen die Leute schon, du wärst sowas wie ein Mondsüchtiger«, tadelte Michel furchtlos, denn des anderen Beklommenheit war so offenbar, daß selbst sein Hasenherz Mut faßte. »Wenn man nicht mal mehr raufkommen und im Schuppen schlafen kann, ohne gleich mit der Mistgabel auf-gespießt zu werden, na dann...«

»Ich war nur gerade dabei, die Forke wegzustellen«, brachte

Scevola hervor, und wortreich sprach er weiter: »Ich hatte sie hier an die Wand gelehnt, und als ich eben vorbeikam, sah ich sie, und da dachte ich, tu sie lieber in den Stall, ehe du ins Bett gehst. So war das.«

Michel sperrte verblüfft den Mund auf.

»Was sonst soll ich wohl um diese Nachtstunde mit einer Mistgabel tun, als sie wegstellen?« beharrte Scevola.

»Ja, was wohl«, murmelte Michel, der an seinen fünf Sinnen zu zweifeln begann.

»Da gehst du wie ein närrischer Schlafwandler in der Gegend umher, und bildest dir lauter dummes Zeug ein, du Schwachkopf. Ich wollte nichts weiter als mich erkundigen, ob bei dir da unten alles in Ordnung ist, und du, du Tölpel, springst zur Seite wie eine Ziege und nimmst einen Stein auf. Deinen Kopf hat der Mond aufgeweicht, nicht meinen. Schmeiß ihn jetzt hin, den Stein.«

Michel, gewohnt zu tun, was man ihm befahl, machte langsam die Hand auf, nicht ganz überzeugt zwar, doch immerhin beeindruckt. Scevola nahm seinen Vorteil wahr und schimpfte weiter:

»Du bist gemeingefährlich. Man sollte dir bei Vollmond Hände und Füße binden. Was hast du da eben von einem Kopf gesagt? Was für ein Kopf ist das?«

»Ich habe gesagt, ich habe keinen eingeschlagenen Kopf.«

»War das alles?« fragte Scevola. Er überlegte, was denn um alles in der Welt im Laufe des Nachmittags da unten vorgehen und zu einem eingeschlagenen Kopf hatte führen können. Offenbar mußte es eine Prügelei oder einen Unfall gegeben haben, auf jeden Fall etwas für ihn Günstiges, denn ein Mann mit verbundenem Kopf ist immer im Nachteil. Er neigte zu der Ansicht, daß es sich um einen leichten Unfall handeln müsse, und bedauerte tief, daß der Leutnant sich nicht das Genick gebrochen hatte. Er wandte sich säuerlich an Michel.

»Na, geh jetzt in den Schuppen. Versuch aber nicht, mir noch irgendwelchen Unsinn vorzumachen, denn wenn du das nächste Mal einen Stein aufnimmst, schieße ich dich ab wie einen Hund.« Er setzte sich in Bewegung nach dem Hoftor hin, das immer offenstand, und warf Michel über die Schulter eine Anweisung zu: »Geh in die *salle*. Da hat jemand ein Licht brennen lassen. Heute scheinen alle verrückt geworden zu sein. Stell die Lampe in die Küche und mach sie aus. Sieh zu, daß die Hintertür abgeschlossen ist. Ich gehe jetzt zu Bett.« Er durchschritt das Tor, ging aber nicht weit. Er hielt an, um zuzusehen, wie Michel den ihm erteilten Befehl ausführte. Scevola lugte vorsichtig um den Torpfeiler, wartete, bis er Michel die Tür zur *salle* hatte öffnen sehen, setzte über den Platz vorm Haus und hinunter in die Schlucht. Das dauerte keine Minute. Die Mistgabel trug er immer noch auf der Schulter, und sein einziger Wunsch war, jetzt nicht gestört zu werden... Was die anderen taten, was sie denken und wie sie sich benehmen würden, war ihm einerlei. Seine fixe Idee hatte ihn mit Haut und Haar ergriffen. Einen Plan hatte er nicht, dafür aber Grundsätze, nach denen er verfahren wollte; als erstes wollte er den Leutnant überraschend anfallen, und wenn der Kerl sterben sollte, ohne zu wissen, wessen Hand ihn getötet – nun, um so besser. Scevola war im Begriff, im Namen von Tugend und Gerechtigkeit zu handeln. Von einem persönlichen Gegensatz konnte keine Rede sein.

Michel, der unterdessen in die *salle* gegangen war, hatte hier Peyrol fest schlafend vorgefunden. Obschon seine Ehrfurcht vor Peyrol keine Grenzen kannte, war andererseits seine Einfalt derart, daß er seinen Herrn ganz so an der Schulter rüttelte, wie er es mit einem gewöhnlichen Sterblichen getan hätte. Der Freibeuter fuhr so rasch aus seiner Ruhe empor, daß Michel zurücktrat und eine Anrede erwartete. Als Peyrol ihn jedoch bloß anstarrte, sagte Michel kurz und bündig:

203

»Jetzt ist es soweit.«

Peyrol schien noch nicht ganz wach zu sein: »Was soll das heißen?« fragte er.

»Er trifft Vorbereitungen zur Flucht.«

Peyrol war nun hellwach. Er schwang sich sogar vom Tisch herunter.

»So? Hast du die Kajütentür nicht verschlossen?«

Michel erklärte voller Furcht, das habe man ihm nicht befohlen.

»Nein?« bemerkte Peyrol sanftmütig. »Dann muß ich es vergessen haben.« Michel beruhigte sich aber nicht und flüsterte: »Er reißt aus.«

»Na, wenn schon«, sagte Peyrol. »Wozu die Aufregung? Was glaubst du wohl, wie weit er weglaufen kann?«

Auf Michels Gesicht erschien ein zögerndes Grinsen. »Falls er versucht, über die Klippen zu klettern, bricht er sich bald genug das Genick«, sagte er, »weit kommt er nicht, das stimmt.«

»Na, siehst du«, sagte Peyrol.

»Und besonders kräftig sieht er auch nicht aus. Er kroch aus der Kajüte und kam bis an das kleine Wasserfaß. Da hat er immer wieder draus getrunken. Es muß schon halb leer sein. Danach hat er sich auf die Beine gestellt. Ich bin gleich an Land gegangen, als ich ihn umhertappen hörte«, sagte er in einem Ton größter Selbstgefälligkeit. »Ich habe mich hinter einem Felsen versteckt und ihn beobachtet.«

»Sehr gut«, bemerkte Peyrol. Nach dieser Belobigung verschwand das Grinsen nicht mehr von Michels Gesicht.

»Er saß auf dem Achterdeck«, fuhr er fort, als erzähle er einen kolossalen Witz, »und ließ die Beine baumeln, und hol mich der Teufel! Ich glaube, er machte da ans Faß gelehnt ein Nikkerchen! Sein dicker weißer Kopf sank ihm auf die Brust, und er gab sich immer wieder einen Ruck... Na, ich hatte es dann satt, ihm zuzusehen, und weil Sie gesagt hatten, ich sollte ihm aus dem Weg gehen, da bin ich hier raufgekommen, um im Schuppen zu schlafen. Das war doch richtig, nicht wahr?«

»Ganz richtig«, bestätigte Peyrol. »Na, geh also jetzt in den Schuppen. Als du weggingst, saß er auf dem Achterdeck?«

»Ja. Er versuchte immer aufzuwachen. Ich war noch keine zehn Schritt weg vom Schiff, da hörte ich einen heftigen Bums. Ich nehme an, daß er versucht hat aufzustehen, und dabei in den Laderaum gefallen ist.«

»In den Laderaum?« fragte Peyrol scharf.

»Ja, *notre maître.* Zuerst wollte ich nochmal zurück und nachsehen – aber Sie hatten mich vor ihm gewarnt, nicht wahr? Und ich glaube, der ist wirklich nicht umzubringen.«

Peyrol stand vom Tisch auf, und seine Miene war so besorgt, daß Michel sich gewundert hätte, wäre er ein besserer Beobachter gewesen.

»Da muß man wohl mal nachsehen«, murmelte der Freibeuter und knöpfte den Hosenbund zu. »Meinen Stock. Da in der Ecke. Du, du gehst jetzt in den Schuppen. Was machst du denn da an der Tür? Weißt du den Weg zum Schuppen nicht?« Diese Bemerkung war von Michel provoziert worden, indem er unter der Tür zur *salle* stehenblieb und den Kopf vorsichtig hinausstreckte. Er sah erst nach links, dann nach rechts. »Was fällt dir ein? Du glaubst doch nicht, daß er dir so schnell hier herauf hat folgen können?«

»O nein, *notre maître,* ganz unmöglich. Aber vorhin habe ich den *sacré* Scevola hier spazierengehen sehen. Dem will ich nicht nochmals begegnen.«

»So? Ist er an der frischen Luft spazierengegangen?« fragte Peyrol ärgerlich. »Na, was kann er dir schon tun? Was fängst du für törichte Grillen? Es wird schlimmer und schlimmer mit dir. Los, fort.«

Peyrol löschte die Lampe, ging hinaus und schloß dabei lautlos die Tür hinter sich. Die Neuigkeit von Scevolas nächtlichen

205

Umtrieben war ihm nicht gerade angenehm, doch hielt er es für möglich, daß der Sansculotte vorhin auf der Bank eingeschlafen und dann erwacht und auf dem Weg ins Bett war, als Michel ihn traf. Er hatte seine eigene Auffassung von der Psyche des Patrioten und glaubte nicht, daß die Frauen in Gefahr seien. Trotzdem ging er zum Schuppen, wo er das Stroh unter Michel rascheln hörte, der es sich für die Nacht bequem machte.

»*Debout*«, rief er leise. »Schsch, kein Geräusch. Geh ins Haus und leg dich am Fuß der Treppe zum Schlafen nieder. Wenn du sprechen hörst, geh rauf – und wenn du Scevola siehst, schlag ihn nieder. Oder fürchtest du dich vor ihm?«

»Nein, wenn Sie mir sagen, daß ich mich nicht fürchten darf, dann nicht«, sagte Michel, nahm seine Schuhe auf – ein Geschenk Peyrols – und ging barfuß zum Haus. Der Freibeuter sah ihn lautlos durch die Tür in die *salle* schlüpfen. Nachdem Peyrol auf diese Weise sozusagen die Basis gesichert hatte, machte er sich bedachtsam und umsichtig auf den Weg die Schlucht hinunter. Als er bei der Kuhle ankam, von der aus die Mastspitzen der Tartane zu sehen waren, hockte er sich nieder und wartete. Er wußte nicht, was sein Gefangener schon angestellt hatte oder was er gerade eben tat, und wollte ihm unter keinen Umständen den Fluchtweg verlegen. Der Mond stand so hoch, daß er die Schatten fast zu nichts verkürzte, sein gelber Glanz überschwemmte die Klippen, während die Büsche im Gegensatz dazu sehr schwarz wirkten. Es ging Peyrol durch den Sinn, daß er nicht gut versteckt sei. Endlich spürte er die Wirkung der anhaltenden Stille. ›Er ist geflüchtet‹, dachte er, doch war er sich dessen nicht sicher. Genaues konnte niemand wissen. Er schätzte, daß etwa eine Stunde vergangen war, seit Michel die Tartane verlassen hatte, Zeit genug, um – schlimmstenfalls auf allen vieren – zur Bucht hinunterzuklettern. Peyrol bedauerte, so mächtig zugeschlagen zu haben. Der Zweck wäre auch bei halbem Kraftaufwand erreicht worden. Andererseits schien sein Gefangener, nach dem Bericht von Michel zu urteilen, ganz vernünftig vorzugehen. Selbstverständlich war der Bursche schwer mitgenommen. Peyrol hatte Lust, an Bord zu gehen, ihm zuzureden – ja, ihm behilflich zu sein.

Noch während er so in Gedanken versunken dalag, ließ ein Kanonenschuß von See her ihm den Atem stocken. Noch in der gleichen Minute dröhnte ein zweiter Schuß und schickte dem ersten einen zweiten dumpfen Knall gegen die Klüfte und Hügel der Halbinsel nach. Die darauf folgende Stille war so gewaltig, daß sie Peyrol ins Hirn zu dringen und alle seine Gedanken momentan zu betäuben schien. Trotzdem hatte er begriffen. Er sagte sich, daß sein Gefangener, wenn er nur Kraft genug hatte, einen Finger zu rühren, unbedingt den Versuch machen würde, auf dieses Zeichen hin das Ufer zu erreichen. Das Schiff rief nach seinem Matrosen.

Die zwei Schüsse waren wirklich von der *Amelia* abgefeuert worden. Nachdem er Kap Esterel umschifft, hatte Captain Vincent, ganz wie Peyrol vorhergesehen, vor dem Strand geankert. Von etwa sechs Uhr abends bis neun Uhr lag die *Amelia* mit schlaffen Segeln vor Anker. Kurz vor Mondaufgang erschien der Kommandant an Deck und befahl nach einer kurzen Besprechung mit seinem Wachoffizier, ankerauf zu gehen und Kurs auf Petite Passe zu nehmen. Dann ging er nach unten, und gleich darauf hieß es an Deck, der Kommandant wünsche Mr. Bolt zu sehen. Als dieser in der Kajüte erschien, deutete Captain Vincent auf einen Stuhl.

»Ich hätte nicht auf Sie hören dürfen«, begann er. »Immerhin war der Einfall reizvoll. Wie er allerdings auf andere Leute wirken wird, ist schwer zu sagen. Das schlimmste ist, daß wir einen Mann dabei verloren haben. Ich könnte mir aber vorstellen, daß wir ihn wiederfinden. Es kann sein, daß die

207

Bauern ihn gefangengenommen haben oder daß er einen Unfall erlitten hat. Es ist unerträglich, sich vorzustellen, daß er mit gebrochenen Beinen zwischen den Felsen dort liegen könnte. Ich habe den ersten und den zweiten Kutter bemannen lassen und schlage vor, daß Sie das Kommando übernehmen, in die Bucht einfahren und, falls notwendig, einen kleinen Vorstoß ins Land machen. Soweit uns bekannt ist, hat es auf dieser Halbinsel nie Truppen gegeben. Erkunden Sie aber zuerst das Ufer.«

Er fuhr noch eine Weile so fort, gab detaillierte Anweisungen und ging dann an Deck. Die *Amelia*, die die beiden Kutter längsseits schleppte, segelte etwa halb in die schmale Durchfahrt hinein, dann erhielten die Boote Befehl, allein weiterzufahren. Ehe sie ablegten, wurden kurz hintereinander zwei Kanonenschüsse gelöst.

»Das«, so erklärte Captain Vincent, »wird Symons sagen, daß wir nach ihm suchen, Mr. Bolt. Falls er irgendwo in Ufernähe versteckt ist, wird er zum Vorschein kommen, damit er von Ihnen gesehen werden kann.«

XIII

Die Triebkraft einer fixen Idee ist beträchtlich. In Scevolas Fall reichte sie hin, ihn die Schlucht hinunterzujagen und für den Augenblick aller Vorsicht zu berauben. Er sprang von Stein zu Stein und benutzte dabei die Mistgabel als Stock. Er achtete nicht auf die Unebenheiten des Bodens und stürzte, fiel der Länge nach auf die Nase, und die Mistgabel kollerte bergab, bis sie sich im Gestrüpp verfing. Dieser Umstand war es, der Peyrols Gefangenen davor bewahrte, überrumpelt zu werden. Nachdem er zu sich gekommen war, hatte Symons bemerkt, daß die Kajütentür nicht verschlossen war. Er verließ die Kajüte, und das in langen Zügen getrunkene kalte Wasser und sein kleines Nickerchen an der frischen Luft taten ihm gut. Von Minute zu Minute fühlte er sich mehr Herr über seinen Körper werden. Über sein Denkvermögen wurde er ebenfalls schnell Herr. Der Vorzug eines dicken Schädels zeigte sich darin, daß er sogleich nach seinem Ausbruch aus der Kajüte wußte, wo er sich befand. Sodann blickte er zum Mond hinauf, um mit dessen Hilfe zu schätzen, wieviel Zeit vergangen sein mochte. Danach packte ihn die Verwunderung darüber, daß er auf der Tartane allein war. Während er auf dem Achterdeck saß und die Beine baumeln ließ, überlegte er, welcher Ursache er es zu verdanken haben mochte, daß die Kajüte weder verschlossen noch bewacht war.

Er dachte über diesen unerwarteten Umstand nach. Was mochte aus dem weißhaarigen Bösewicht geworden sein? Trieb er sich irgendwo herum und wartete nur darauf, ihm, Symons, noch einmal auf den Kopf zu klopfen? Symons fühlte sich plötzlich im vollen Mondlicht an Deck sehr unbehaglich. Es war mehr Instinkt als Überlegung, was ihm sagte, er sei im dunklen Laderaum besser aufgehoben. Anfänglich schien es ein mühevolles Unternehmen, doch nachdem er sich darangemacht hatte, gelang es mit größter Leichtigkeit, wenn Symons auch nicht verhindern konnte, daß er eine Spiere umstieß, die gegen den Mast lehnte. Die Spiere kam mit dumpfem Knall noch vor Symons im Laderaum an und bescherte ihm tüchtiges Herzklopfen. Er setzte sich keuchend auf das Kielschwein der Tartane und kam nach einem Weilchen zu dem Schluß, daß dies alles keine Rolle spiele. Sein Kopf war sehr geschwollen, das Genick tat ihm sehr weh, und eine Schulter war sehr steif. Er konnte es mit dem alten Grobian nun einmal nicht aufnehmen. Doch was war aus dem geworden? Richtig, er war gegangen, um Soldaten herbeizuholen. Nachdem Symons zu diesem Schluß gelangt war, faßte er sich. Er versuchte, sich an gewisse Dinge zu erinnern. Als er den alten Knaben zuletzt gesehen hatte, war noch Tageslicht gewesen, jetzt aber – Symons sah wieder zum Mond auf – mußte es etwa sechs Glas in der ersten Wache sein. Kein Zweifel, der alte Schnapphahn saß mit den Soldaten in einer Weinkneipe und soff. Sie würden aber bald genug hier sein. Die Vorstellung, Kriegsgefangener zu werden, machte ihm das Herz schwer. Sein Schiff schien ihm plötzlich eine Unzahl liebenswerter Attraktionen zu bieten, darunter solche wie Captain Vincent und den Ersten Offizier. Er hätte sogar liebend gerne dem Korporal die Hand gedrückt, einem verdrossenen, boshaften Seesoldaten, der als Profos Dienst tat. ›Wo die *Amelia* wohl ist?‹ überlegte er trübselig, und fühlte mit zurückkehrender Kraft auch seinen Abscheu vor der Gefangenschaft wachsen.

In diesem Augenblick vernahm er den Lärm, den der stürzende Scevola verursachte. Das klang sehr nahe; danach hörte man aber weder Stimmen noch Schritte, wie sie das Nahen von

Menschen ankündigen. Falls dieser alte Grobian jetzt zurückkam, so kam er allein. Sogleich kroch Symons auf allen vieren
zum Vordeck der Tartane. Er hatte die verschwommene Idee,
unter dem Vordeck wie in einem Gehäuse kauernd besser mit
dem Feind verhandeln zu können und dort vielleicht auch eine
Handspake oder ein Stück Eisen zu finden, das zur Verteidigung geeignet wäre. Gerade als er sich verborgen hatte, betrat
Scevola vom Ufer her das Achterdeck.

Auf den ersten Blick erkannte Symons, daß dieser da sehr anders aussah als der Mann, den er zu sehen erwartet hatte. Er
war geradezu enttäuscht. Als Scevola im Mondlicht stehenblieb, gratulierte Symons sich dazu, unter dem Vordeck verschwunden zu sein. Dieser Kerl da, der einen Bart trug, wirkte,
verglichen mit dem anderen, wie ein Spatz, aber er war gefährlich bewaffnet: er trug ein Gerät, das Symons für einen Drei-
zack hielt. ›Eine teuflische Waffe‹, dachte er entsetzt. Und was,
zum Kuckuck, sucht der Bursche an Bord? Was will er hier?

Der Neuankömmling betrug sich anfangs sehr seltsam. Er
stand stocksteif, reckte den Hals nach allen Seiten, sah sich die
Tartane an, ging dann auf die andere Seite und tat dort das
gleiche. ›Er hat gesehen, daß die Tür zur Kajüte offen ist. Er
möchte gerne wissen, wo ich geblieben bin. Er kommt gleich
nach vorne, um mich zu suchen‹, sagte Symons bei sich. ›Wenn
er mich hier mit diesem abscheulichen Gabelgerät erwischt,
bin ich erledigt.‹ Einen Augenblick erwog er, ob es nicht besser
sei, einen Ausbruch zu riskieren und ans Ufer zu klettern, doch
am Ende mißtraute er seiner Kraft. ›Er würde mich einholen‹,
entschied er, ›und er hat nichts Gutes im Sinn, das ist mal
sicher. Kein Mensch spaziert des Nachts mit so einem verdammten Ding umher, wenn er nicht beabsichtigt, jemanden
damit abzumurksen.‹

Scevola stand ein Weilchen gänzlich stille und spitzte die Ohren, um ein Geräusch aus der Kajüte zu vernehmen, in der er

211

den Leutnant Réal vermutete. Dann beugte er sich in den Niedergang vor und rief leise: »Sind Sie da drinnen, Leutnant?« Symons sah diese Bewegungen, konnte sich ihren Sinn jedoch nicht erklären. Diesem hervorragenden Seemann, der seinen Mut bei manchem gewagten Unternehmen bewiesen hatte, brach der Angstschweiß aus. Im Mondlicht blinkten die vom vielen Gebrauch blankgewordenen Zinken der Mistgabel wie Silber, und der Anblick des Unbekannten war im höchsten Grade gespenstisch und Gefahr verheißend. Hinter wem sollte dieser Mensch her sein, wenn nicht hinter ihm, Symons?

Scevola, dem keine Antwort wurde, verblieb in seiner gebeugten Haltung. Er vernahm nicht das leiseste Atemgeräusch da unten. Er behielt seine Stellung solange bei, daß Symons' Interesse geweckt wurde. ›Er muß glauben, daß ich immer noch da drin bin‹, sagte er sich. Der nun folgende Vorgang war erstaunlich. Der Mann stellte sich seitwärts vom Niedergang auf, hielt seine gräßliche Waffe, wie man einen Enterhaken halten würde, stieß ein mächtiges »Juhu!« aus und kreischte eine Flut von französischen Worten hervor, die Symons mit Angst erfüllten. Plötzlich hörte er auf zu schreien, trat von der Kajüte weg und sah ratlos drein. Jedem, der in diesem Augenblick Symons nach achtern gewandtes Gesicht gesehen hätte, wäre der Ausdruck des Entsetzens darin aufgefallen. ›Das tückische Vieh‹, dachte er. ›Ich, wenn ich da unten gewesen wäre, hätte mich durch sein Geschrei bestimmt an Deck locken lassen, und dann hätte er mich erledigt.‹ Symons kam es vor, als sei er soeben knapp mit dem Leben davongekommen, doch verschaffte ihm das keine Erleichterung. Es war nur eine Frage der Zeit. Kein Zweifel, der Kerl hatte Mordabsichten. Früher oder später mußte er aufs Vorschiff kommen. Symons sah ihn sich bewegen und dachte ohne allzu großes Selbstvertrauen: ›Wenn ich den verflixten Zinken ausweiche, kann ich ihn vielleicht bei der Kehle zu packen kriegen.‹

Zu seiner großen Erleichterung sah er jedoch, daß Scevolas einzige Absicht war, die Mistgabel so im Laderaum verschwinden zu lassen, daß das Ende des Stiels mit dem Achterdeck abschnitt. Auf diese Weise mußte die Mistgabel jedem, der vom Land her das Schiff betrat, unsichtbar bleiben. Scevola hatte bei sich entschieden, daß der Leutnant nicht an Bord sei. Er nahm an, der Leutnant habe einen kleinen Spaziergang am Ufer entlang unternommen und werde gleich zurückkommen. Es war ihm eingefallen, die Kajüte unterdessen auf kompromittierendes Material zu untersuchen. Die Mistgabel wollte er nicht mitnehmen, denn in der engen Kajüte konnte er sie nicht verwenden, ja ihr Vorhandensein müßte ihm peinlich werden, sollte der zurückkehrende Leutnant ihn noch in der Kajüte antreffen. Er ließ den Blick einmal durchs Hafenbecken schweifen, dann schickte er sich an, unter Deck zu gehen. Jede seiner Bewegungen wurde von Symons beobachtet. Er erriet Scevolas Absicht aus diesen Bewegungen und sagte sich: ›Jetzt kommt meine Chance, und da darf ich keine Sekunde verlieren.‹ Kaum hatte Scevola dem Vordeck der Tartane den Rücken zugekehrt, um die kleine Kajütentreppe zu betreten, da kam Symons aus seinem Versteck hervor. Er kroch auf allen vieren durch den Laderaum, denn er fürchtete, der andere könne sich, noch bevor er hinunterging, umwenden; doch als der Mann nach seiner Berechnung unten angekommen sein mußte, stand er auf, packte die Want vom Großmast, schwang sich aufs Achterdeck warf sich über die Schiebetür der Kajüte und schob sie mit einem Knall zu. Er hatte nicht überlegt, wie er die Tür sichern sollte, doch sah er gleich das große Vorhängeschloß in der Krampe hängen. Der Schlüssel steckte, und es war eine Sache von Sekunden, die Tür zu verschließen. Fast gleichzeitig mit dem Knall der Tür ertönten von unten schrille Schreie der Überraschung, und gerade als Symons den Schlüssel im Schloß drehte, machte der gefangene Mann einen Ausbruchsversuch.

213

Das beunruhigte Symons indessen gar nicht. Er kannte die Stärke dieser Tür. Sodann setzte er sich in den Besitz der Mistgabel, und schon fühlte er sich kräftig genug, um es mit jedem, notfalls mit zwei Männern zugleich aufzunehmen, solange sie keine Schußwaffen besaßen. Er konnte allerdings nicht hoffen, einer Gruppe von Soldaten Widerstand zu leisten, und er beabsichtigte das auch nicht. Er erwartete jeden Augenblick, sie unter Vorantritt des vermaledeiten Marinero auftauchen zu sehen. Was den Landmann an Bord der Tartane geführt hatte, schien Symons sonnenklar. Da er nicht unter einem Übermaß von Phantasie litt, nahm er ohne weiteres an, es sei geschehen, um einen Engländer zu töten. ›Soll mich doch der Schlag treffen‹, sagte er im stillen, ›so ein verfluchter Barbar! Ich habe ihm doch nichts getan! Das muß ein ganz mörderischer Menschenschlag sein, der diese Gegend bewohnt.‹ Er sah besorgt die Schlucht hinauf. Die Ankunft von Soldaten wäre ihm willkommen gewesen. Mehr als zuvor drängte es ihn, regulär zum Gefangenen gemacht zu werden; doch über der Küste herrschte tiefe Stille und in der Kajüte lautloses Schweigen. Absolutes Schweigen. Kein Wort, keine Bewegung. Die Stille des Grabes. ›Er fürchtet sich zu Tode‹, dachte Symons und traf damit in seiner Einfalt genau ins Schwarze. ›Es geschähe ihm recht, wenn ich hinunterginge und ihn mit diesem Ding da aufspießte. Ich hätte fast Lust dazu.‹ Er begann wütend zu werden. Ihm fiel auch ein, daß es da unten noch Wein gab. Er merkte, daß er sehr durstig und schwach war. Er setzte sich auf das kleine Deckslicht, um bis zum Eintreffen der Soldaten in Ruhe die Lage zu überdenken. Er gönnte sogar Peyrol einen freundlichen Gedanken. Er wußte sehr wohl, daß er ans Ufer gehen und sich dort für ein Weilchen versteckt halten könne, doch bedeutete das am Ende nur eine Jagd zwischen den Klippen und unvermeidliche Gefangennahme – dazu das Risiko, eine Musketenkugel zwischen die Rippen zu bekommen.

214

Der erste von der *Amelia* gelöste Kanonenschuß ließ ihn auf-
springen, als habe ihn jemand am Schopf gepackt. Er wollte in
lauten Jubel ausbrechen, brachte aber nur ein schwaches Gurgeln zustande. Sein Schiff redete mit ihm. Man hatte ihn nicht
aufgegeben. Beim zweiten Abschuß kletterte er mit katzen-
hafter Geschmeidigkeit ans Ufer – so geschmeidig, daß ihn ein
Schwindelanfall überkam. Nachdem der vorüber war, kehrte er
mit Vorbedacht auf die Tartane zurück, um sich die Mistgabel
zu holen. Dann taumelte er, zitternd vor Erregung, doch gefaßt, davon, entschlossen das Ufer zu erreichen. Er wußte: solange es abwärts ging, war er auf dem richtigen Wege. Da der
Boden hier felsig und Symons barfuß war, ging er nahe an
Peyrol vorüber, ohne gehört zu werden. Wenn er auf Geröll
stieß, benutzte er die Mistgabel als Stock. Obgleich er langsam
ging, trat er doch unsicher auf, und keine zehn Minuten später
hörte der im Gebüsch versteckte Peyrol aus der Richtung der
Bucht das Rollen eines Steines. Sogleich erhob sich der geduldige
Zuschauer und machte sich auf zur Bucht. Vielleicht hätte er
gelächelt, hätten die Wichtigkeit und Bedeutung der Sache, mit
der er befaßt war, nicht allen seinen Gedanken eine ernste
Färbung verliehen. Einen höher gelegenen Pfad einschlagend
als Symons, genoß er bald den befriedigenden Anblick des
Flüchtenden, den der weiße Kopfverband besonders sichtbar
machte, als er die letzte Strecke des Abstieges hinter sich
brachte. Kein Kindermädchen hätte aufmerksamer den Aben-
teuern eines kleinen Jungen folgen können, als Peyrol den Abmarsch seines ehemaligen Gefangenen beobachtete. Es freute
ihn zu sehen, daß dieser Verstand genug gehabt hatte, sich
einen Gegenstand, der wie der Bootshaken der Tartane aussah,
als Stütze mitzunehmen. Schritt um Schritt folgte Peyrol der
tiefer und tiefer absteigenden Gestalt Symons', bis er ihn
schließlich von oben auf den Strand hinaustreten, sich einsam
und verloren umsehen und dann den bandagierten Kopf in die

215

Hände stützen sah. Sogleich ließ sich auch Peyrol hinter einem schützenden Felsen nieder. Und man darf sagen, daß von diesem Augenblick an für die nächste halbe Stunde am einsamen Ende der Halbinsel weder ein Laut noch eine Bewegung wahrzunehmen waren.

Peyrol zweifelte nicht an der Natur der bevorstehenden Ereignisse. Er wußte mit solcher Bestimmtheit, daß das Boot oder die Boote der Korvette auf dem Wege zur Bucht waren, als hätte er sie von der *Amelia* ablegen gesehen. Doch wurde er ein wenig ungeduldig. Er wollte, daß diese Episode zu Ende gehe. Die meiste Zeit über beobachtete er Symons. ›*Sacré tête dure*‹, dachte er. ›Jetzt ist er eingeschlafen.‹ Tatsächlich saß Symons so unbeweglich, daß man hätte glauben mögen, er sei an seinen Anstrengungen verstorben. Peyrol war allerdings der Überzeugung, daß sein ehemaliger Kamerad nicht zu den Leuten gehörte, die leicht sterben. Für Peyrols Absichten war der Teil der Bucht, in dem Symons sich befand, sehr geeignet; aber von einem Boot aus war dieser leicht zu übersehen, und das würde zur Folge haben, daß die Engländer mehrere Suchkommandos an Land setzten, die Tartane entdeckten ... Peyrol erschauerte.

Plötzlich erblickte er ein Boot genau vor dem östlichsten Punkt der Bucht. Mr. Bolt hatte sich weisungsgemäß dicht unter Land gehalten, hatte sehr langsam rudern lassen und endlich den Schatten der Landzunge erreicht, der gezackt und schwarz auf dem vom hellen Mondlicht erhellten Wasser lag. Peyrol konnte sehen, wie die Riemen sich hoben und senkten. Dann glitt ein zweites Boot ins Blickfeld. Peyrols Sorge um seine Tartane wurde unerträglich. »Wach doch auf, du Rindvieh, wach auf«, murmelte er durch die Zähne. Langsam glitten sie dahin, und der erste Kutter war im Begriff, an dem am Ufer sitzenden Mann vorüberzufahren, als zu Peyrols Erleichterung der Ruf »Boot ahoi« schwach zu jenem Ort heraufdrang, wo er kniete.

Er sah, wie das Boot auf Symons zuhielt, der aufgestanden war und verzweifelt winkte. Dann sah er, wie Symons hereingezogen wurde, wie das Boot rückwärts fuhr, und wie dann auf beiden Kuttern die Riemen hochgestellt wurden und die Boote nebeneinander auf dem funkelnden Wasser der Bucht trieben. Peyrol erhob sich von den Knien. Jetzt hatten sie ihren Mann. Vielleicht würden sie aber trotzdem eine Landung vornehmen, denn im Kopfe des Kommandanten der englischen Korvette mußte ursprünglich ja irgendein derartiger Plan bestanden haben. Die Ungewißheit dauerte indessen nicht lange. Peyrol sah, wie die Riemen eingelegt wurden, und einige Minuten später waren die Boote eines hinter dem anderen um den östlichen Rand der Bucht herum verschwunden.

»Das ist erledigt«, murmelte Peyrol vor sich hin. »Den verrückten Dickkopf werde ich nie wieder sehen.« Er hatte das seltsame Gefühl, als hätten die englischen Kutter etwas weggeführt, das ihm gehörte – nicht einen Menschen, sondern einen Teil seines Lebens, jene Berührung eben mit den weit zurückliegenden Tagen des Indischen Ozeans. Er ging rasch hinunter, so als wolle er den Ort mustern, von dem aus Testa Dura den Boden Frankreichs verlassen hatte. Er hatte es jetzt eilig. Er wollte zur Ferme und Leutnant Réal treffen, der bald aus Toulon zurückkehren mußte. Der Weg um die Bucht herum war nicht weiter als der andere Weg. Als er unten anlangte, blickte er über den verlassenen Strand hin und staunte darüber, daß er in sich eine Leere spürte. Während er auf das Ende der Schlucht zuging, bemerkte er einen Gegenstand am Boden. Eine Mistgabel. Er blieb stehen, beugte sich darüber und sagte: »Wie, um Himmels willen, kommt das Ding hierher?«, und es war, als sei er zu überrascht, sie aufzuheben. Doch auch nachdem er sie aufgehoben, blieb er reglos stehen und musterte sie nachdenklich. Er brachte sie in Zusammenhang mit der Tätigkeit Scevolas, denn Scevola war der Mann, dem sie ge-

217

hörte; das erklärte aber immer noch nicht die Anwesenheit der Mistgabel gerade an diesem Platz... es sei denn...

›Kann er sich ertränkt haben?‹ dachte Peyrol und betrachtete das glatte, leuchtende Wasser der Bucht. Das Wasser konnte ihm keine Antwort geben. Dann musterte er von neuem grübelnd seinen Fund und hielt ihn auf Armeslänge von sich. Endlich schüttelte er den Kopf, schulterte die Mistgabel und setzte seinen Weg langsamen Schrittes fort.

XIV

Das mitternächtliche Zusammentreffen von Leutnant Réal und Peyrol geschah schweigend. Peyrol, der auf der Bank vor der *salle* saß, hörte die Schritte auf dem Fußpfad von Madrague her längst, ehe der Leutnant sichtbar wurde, doch rührte er sich nicht. Er sah nicht einmal zu ihm hin. Der Leutnant schnallte seinen Säbel ab und setzte sich wortlos. Der Mond, einziger Zeuge dieses Treffens, schien zwei Freunden zu leuchten, deren Gedanken und Empfindungen so gleichgeartet waren, daß sie sich ohne Worte verständigen konnten. Es war Peyrol, der als erster sprach.

»Sie sind pünktlich.«

»Es war verteufelt schwierig, die zuständigen Leute aufzutreiben und die Begleitpapiere abstempeln zu lassen. Alles war schon geschlossen. Der Hafenadmiral gab eine Gesellschaft, doch kam er heraus, als ich mich melden ließ. Und während all dieser Zeit zweifelte ich daran, daß ich Sie je wiedersehen würde, Stückmeister. Selbst nachdem ich diese sogenannten Begleitpapiere in der Tasche hatte, vergingen meine Zweifel nicht.«

»Ja, was, zum Teufel, glaubten Sie denn, sollte mir unterdessen zustoßen?« knurrte Peyrol gleichgültig. Er hatte die unerklärliche Mistgabel unter die schmale Bank gelegt, und wenn er die Füße einzog, konnte er sie dort spüren.

»Nicht Ihnen. Die Frage lautete vielmehr: Sollte ich hierher zurückkehren?«

Réal zog ein gefaltetes Schriftstück aus der Tasche und warf es auf die Bank. Peyrol nahm es nachlässig auf. Das Ding sollte

219

schließlich bloß dazu dienen, den Engländern Sand in die Augen zu streuen. Nach kurzem Schweigen fuhr der Leutnant zu sprechen fort. Er sprach mit der Aufrichtigkeit eines Menschen, der zuviel erlitten hat, um seinen Kummer für sich behalten zu können.

»Ich habe schwer mit mir gekämpft.«

»Dazu war es bereits zu spät«, sagte Peyrol sehr überzeugt. »Sie mußten zurückkommen oder Schande über sich bringen; und jetzt, da Sie wieder hier sind, sehen Sie nicht sehr glücklich aus.«

»Einerlei, wie ich aussehe, Stückmeister, ich habe mich jedenfalls entschlossen.«

Ein böser, nicht unangenehmer Gedanke schoß Peyrol durch den Kopf, der Gedanke nämlich, daß dieser Eindringling, der den unter Peyrols Obhut stehenden unheimlichen Frieden von Escampobar störte, unter einer Sinnestäuschung leide. Sich entschlossen! Pah! Seine Vernunft hatte mit dieser Rückkehr nichts zu schaffen. Er war zurückgekommen, weil, mit Catherine zu sprechen, der Tod ihm ein Zeichen gegeben hatte. Leutnant Réal nahm unterdessen seine Mütze ab und wischte sich die feuchte Stirn.

»Ich habe mich entschlossen, die Rolle des Kuriers zu übernehmen. Sie haben selbst ganz richtig gesagt, Peyrol, daß man keinen Mann dafür kaufen kann – das heißt keinen Ehrenmann. Es ist nun an Ihnen, das Schiff zu besorgen. Den Rest überlassen Sie dann mir. In zwei oder drei Tagen... Sie sind moralisch verpflichtet, mir Ihre Tartane zu geben.«

Peyrol antwortete nicht. Er dachte: Réal hat sein Zeichen erhalten. Ob es nun den Hungertod oder Tod durch Krankheit oder auf andere Weise an Bord eines englischen Gefängnisschiffes bedeutete, konnte er unmöglich sagen. Dieser Marineoffizier war kein Mensch, dem er vertrauen durfte: dem er zum Beispiel von seinem Gefangenen und von seiner Behandlung des Gefangenen erzählen durfte. Die ganze Geschichte war ja auch unglaubhaft. Der die Korvette kommandierende Engländer hatte keine einsehbare, begreifliche oder auch nur zu mutmaßende Ursache, ausgerechnet in diese Bucht ein Boot zu schicken. Peyrol selber vermochte kaum zu glauben, daß dies geschehen war. Und er dachte: ›Wenn ich das dem Leutnant erzähle, dann glaubt er am Ende, ich sei ein alter Schuft, der seit wer weiß wie langer Zeit verräterische Verbindungen zum Feind unterhält. Ich könnte ihn durch nichts davon überzeugen, daß dieses Ereignis mich selbst so überrascht hat, als wäre der Mond vom Himmel gefallen.‹

»Ich möchte doch mal wissen«, brach es aus ihm hervor, wenn auch nicht sehr laut, »warum Sie wieder und wieder hier hergekommen sind!« Réal lehnte sich zurück und verschränkte die Arme vor der Brust, wie er es immer bei ihren geruhsamen Gesprächen zu tun pflegte.

»*Ennui*, Peyrol«, sagte er abwesend. »Unerträgliche Langeweile.« Peyrol nahm die gleiche Haltung an, als könne er nicht anders als dem gegebenen Beispiel folgen, und sagte:

»Sie scheinen ein Mensch zu sein, der keine Freundschaften schließt.«

»Richtig, Peyrol. Ich glaube, ich gehöre zu dieser Sorte Mensch.«

»Was denn, überhaupt keine Freunde? Nicht einmal eine ganz, ganz kleine Freundin?«

Leutnant Réal lehnte den Kopf gegen die Mauer und gab keine Antwort. Peyrol stand auf.

»Nun, dann wird es niemandem leid sein, wenn Sie auf Jahre hinaus in einem englischen Gefängnis verschwinden. Sie würden sich also auf den Weg machen, wenn ich Ihnen meine Tartane gäbe?«

»Ja. Diesen Augenblick noch.«

Peyrol lachte mit zurückgeworfenem Kopf laut heraus. Sein Gelächter brach unvermittelt ab, und der Leutnant sah verblüfft, daß Peyrol wankte, als habe er einen Schlag vor die Brust bekommen. Während er seiner bitteren Lustigkeit freien Lauf gelassen, hatte Peyrol Arlettes Gesicht am offenen Fenster von des Leutnants Zimmer erblickt. Er ließ sich schwer auf die Bank fallen und brachte keinen Laut mehr heraus. Der Leutnant war so verwundert, daß er sich vorbeugte, um Peyrol anzuschauen. Peyrol bückte sich und begann, die Mistgabel unter der Bank hervorzuzerren. Dann stand er auf, stützte sich auf den Griff und funkelte Réal an, der seinerseits überrascht, aber gleichmütig zu ihm aufblickte. Peyrol fragte sich: ›Soll ich ihn mit der Forke aufspießen, ihn zum Meer hinuntertragen und ins Wasser werfen?‹ Er fühlte plötzlich Arme und Herz so schwer werden, daß er keine Bewegung mehr machen konnte. Seine starren, kraftlosen Gliedmaßen versagten ihm den Dienst... Mochte Catherine auf ihre Nichte aufpassen. Er zweifelte nicht daran, daß die alte Frau sich in der Nähe aufhielt. Der Leutnant sah, daß Peyrol aufmerksam die spitzen Zinken prüfte. Da ging doch etwas vor!

»He, Peyrol, was ist los?« fragte er.

»Ich sah mir gerade das Ding hier an«, erwiderte Peyrol. »Eine der Zinken hat eine Delle. Ich habe die Gabel übrigens an einem höchst ausgefallenen Ort gefunden.«

Der Leutnant betrachtete ihn immer noch neugierig.

»Ich weiß, sie lag unter der Bank.«

»Hm«, sagte Peyrol, der einiges von seiner Selbstbeherrschung zurückgewonnen hatte, »sie gehört Scevola.«

»So?« fragte der Leutnant und lehnte sich zurück.

Sein Interesse schien erloschen, doch Peyrol regte sich nicht. »Sie gehen mit einem Gesicht umher, als wären Sie beim Begräbnis«, bemerkte er plötzlich mit tiefer Stimme. »Hol mich der Teufel, Leutnant, ich habe Sie wohl ein- oder zweimal lachen hören, aber nie habe ich Sie lächeln sehen. Es ist ja, als hätte eine Hexe an Ihrer Wiege gestanden.«

Leutnant Réal sprang auf wie von einer Feder emporgeschnellt. »Hexe«, wiederholte er und stand ganz starr: »An meiner Wiege, was? ... Nein, ich glaube, die kam erst später.«

Er trat auf Peyrol zu, sein Gesicht war reglos und verkrampft, und er sah aus, als sei er blind. Der Freibeuter wich ihm erschreckt aus, wandte sich dann um und folgte dem Leutnant mit den Blicken. Der Leutnant schritt auf die Haustür zu wie von einem Magneten angezogen. Peyrol, der ihn mit den Augen verfolgte, ließ ihn fast die Tür erreichen, ehe er versuchsweise ausrief: »Hören Sie, Leutnant!« Zu seiner großen Überraschung drehte der Leutnant sich um, als sei er angefaßt worden.

»Richtig«, erwiderte er leise. »Wir werden die Angelegenheit morgen besprechen müssen.«

Peyrol, der nahe an ihn herangetreten war, flüsterte gereizt: »Besprechen? Nichts da. Ausführen müssen wir sie morgen. Ich bin die halbe Nacht aufgeblieben, um Ihnen das zu sagen.« Leutnant Réal nickte. Der Ausdruck auf seinem Gesicht war so steinern, daß Peyrol nicht wußte, ob er verstanden hatte. Er fügte hinzu:

»Ein Kinderspiel wird das nicht.« Der Leutnant war im Begriff, die Tür zu öffnen, als Peyrol wieder sagte: »Moment noch«, und wieder wandte sich der Leutnant ihm stumm zu.

»Michel schläft irgendwo im Treppenhaus. Wecken Sie ihn bitte und sagen Sie ihm, ich erwarte ihn hier draußen. Wir beide werden den Rest der Nacht auf der Tartane verbringen und bei Tagesanbruch mit der Arbeit beginnen müssen, um sie seeklar zu machen. Jawohl, Leutnant, um die Mittagsstunde geht es los. In zwölf Stunden werden Sie *la belle France* Lebewohl sagen.«

Leutnant Réals Augen, die über ihn hinwegsahen, waren im Mondlicht glasig und starr wie die eines Toten. Réal ging ins Haus. Gleich darauf vernahm Peyrol, daß jemand durch den Korridor torkelte, und schon kam Michel herausgestolpert,

223

blieb stehen, kratzte sich am Kopf und sah sich im Mondlicht nach allen Seiten um, ohne Peyrol zu gewahren, der keine drei Meter entfernt stand und ihm zusah. Endlich sagte Peyrol:

»Na, los doch, Michel, wach auf. Michel! Michel!«

»*Voilà, notre maître.*«

»Sieh mal, was ich gefunden habe«, sagte Peyrol. »Nimm sie und stell sie weg.«

Michel rührte die Mistgabel nicht an, die Peyrol ihm hinhielt.

»Was ist los mit dir?« fragte Peyrol.

»Nichts, nichts, nur ... als ich sie zuletzt gesehen habe, da war sie auf Scevolas Schulter.« Er blickte zum Himmel auf. »Das war vor einer guten Stunde.«

»Was tat er denn da?«

»Er war auf dem Weg in den Hof, um sie wegzustellen.«

»Na, dann gehst jetzt eben du in den Hof und stellst sie weg«, bestimmte Peyrol. »Und beeil dich.« Er wartete, die Hand am Kinn, bis sein Helfer wieder erschien. Michel hatte seine Überraschung indessen noch nicht verwunden.

»Er war auf dem Weg ins Bett«, sagte er.

»Eh? Was? Er war ... er hat sich doch wohl nicht im Stall zum Schlafen hingelegt? Manchmal tut er das nämlich.«

»Das weiß ich. Ich habe im Stall nachgesehen, da ist er nicht«, sagte Michel sehr munter und mit weit aufgerissenen Augen.

Peyrol begann zur Bucht abzusteigen. Nach etlichen Schritten sah er hinter sich und entdeckte, daß Michel unbeweglich am selben Fleck stand.

»Los doch!« rief er. »Wir müssen die Tartane bei Tagesanbruch seeklar machen.«

Arlette, die im Zimmer des Leutnants ein wenig vom Fenster entfernt stand, lauschte den beiden Stimmen und den leiser werdenden Schritten. Ehe die Schritte ganz in der Schlucht verklungen waren, hörte sie, daß sich behutsam jemand der Tür näherte.

Leutnant Réal hatte die Wahrheit gesprochen. In Toulon hatte er sich mehr als einmal vorgehalten, daß er nie mehr zu der fatalen Ferme zurückkehren dürfe. Sein Gemütszustand war höchst bemitleidenswert. Ehre und Anstand, alle seine Grundsätze verboten es ihm, mit den Gefühlen eines bedauernswerten Geschöpfes zu spielen, dessen Verstand von grauenerregenden, fürchterlichen und nicht einmal unverschuldeten Erfahrungen verdunkelt war. Und doch hatte er plötzlich seinen niedrigen Instinkten nachgegeben und sich verraten, indem er ihre Hand küßte! Er begriff verzweifelt, daß es sich dabei nicht um eine Tändelei handelte, sondern daß dieser Impuls aus der Tiefe seiner Seele aufgestiegen war. Eine schreckliche Erkenntnis für einen Mann, der, seit er der Kindheit entwachsen war, sein Verhalten inmitten der zügellosen Leidenschaften und der lärmenden Lügen der Revolution, die alle weicheren Gefühle in ihm ausgelöscht zu haben schienen, nach strengsten Maßstäben einrichtete. Wortkarg und zurückhaltend, hatte er keine freundschaftlichen Bande geknüpft. Verwandte besaß er nicht. Gesellschaftlichen Beziehungen war er aus dem Wege gegangen. Das fiel ihm leicht. Anfänglich war er nach Escampobar gekommen, weil er keinen Ort wußte, an dem er seinen Urlaub hätte verbringen sollen, und weil schon ein Aufenthalt von wenigen Tagen ihm das Gefühl vermittelte, der widerwärtigen Stadt entkommen zu sein. Er erfreute sich des Empfindens, der gewöhnlichen Menschheit entrückt zu sein. Er faßte eine Neigung zum alten Peyrol, dem einzigen Menschen, der nichts mit der Revolution zu schaffen gehabt, der sie nicht einmal am Werke gesehen. Die unverhüllte Verachtung der Gesetze, die der ehemalige Küstenbruder an den Tag legte, war erfrischend. Der war weder ein Heuchler noch ein Narr. Wenn der raubte oder tötete, geschah es jedenfalls nicht unter dem Vorwand geheiligter revolutionärer Prinzipien oder im Namen der Liebe zur Menschheit.

225

Selbstverständlich waren Réal sogleich Arlettes schwarze, tiefe, unstete Augen aufgefallen, das unablässige matte Lächeln, ihr unerklärliches Schweigen und ganz vereinzelt einmal ihre Stimme, die jedes Wort zu einer Liebkosung werden ließ. Bruchstücke ihrer Geschichte erfuhr er von dem zurückhaltenden Peyrol, der nicht darüber sprechen mochte. Was er hörte, weckte in Réal weniger Mitleid als vielmehr bittere Entrüstung. Doch beschäftigte es seine Phantasie und bestärkte ihn in der Verachtung und dem wütenden Abscheu vor der Revolution, die er schon als Knabe empfunden und insgeheim unaufhörlich bei sich genährt hatte. Arlettes Unnahbarkeit wirkte anziehend auf ihn. Später versuchte er darüber hinwegzusehen, daß sie, wie man im Volksmund sagt, sich an ihn hängte. Er ertappte sie dabei, daß sie ihn verstohlen beobachtete. Doch war er frei von männlicher Eitelkeit. In Toulon geschah es eines Tages, daß ihm aufging, welche Bedeutung ihr stummes Interesse an seiner Person haben könnte. Er saß gerade vor einem Café in Gesellschaft einiger Offiziere, trank etwas und hörte der langweiligen Unterhaltung nicht zu. Es erstaunte ihn aufs äußerste, daß eine solche Erleuchtung ihm auf diese Weise und unter solchen Umständen zuteil werden sollte; daß er an sie gedacht haben sollte, während er doch auf dem Bürgersteig saß, umgeben von diesen Männern und eingehüllt in ihr mehr oder weniger berufliches Geschwätz! Da kam ihm plötzlich die Erkenntnis, daß er schon seit Tagen nur mehr an diese Frau dachte.

Er erhob sich ruckartig, warf Geld für seine Zeche auf den Tisch und verließ wortlos die Gesellschaft. Da er für einen Sonderling galt, verlor man über seinen abrupten Aufbruch kein Wort. Der Abend war wolkenlos. Er wanderte zur Stadt hinaus, ohne der Richtung zu achten; er ließ die Befestigungen weit hinter sich. Das Land lag schlafend. Nirgends regte sich ein Mensch, und sein Weg wurde nur durch das Hundegebell bezeichnet, das hier und dort in den wenigen Weilern und verstreuten Gehöften aufklang.

›Was ist aus meiner Rechtschaffenheit geworden, was aus meiner Selbstachtung, aus meiner Charakterfestigkeit?‹ fragte er sich schulmeisterlich. ›Ich habe mich hinreißen lassen von einer unwürdigen Leidenschaft für nichts als einen Körper, einen vom Verbrechen befleckten Körper ohne Seele.‹

Die Verzweiflung, die er bei dieser Erkenntnis empfand, war so tief, daß er, wäre er nicht in Uniform gewesen, wohl mit seiner kleinen Pistole Selbstmord verübt hätte. Er wich schaudernd vor dieser Tat zurück, vor der Sensation, die sie hervorrufen, vor dem Klatsch und den Kommentaren, zu denen sie Anlaß geben, vor dem ehrenrührigen Verdacht, den sie entstehen lassen würde. ›Nein‹, sagte er bei sich, ›wenn ich das tun will, dann muß ich alle Zeichen aus meiner Wäsche entfernen, muß alte Zivilkleidung anlegen, muß viel weiter hinausgehen, Meilen über die Befestigungen hinaus, mich im Wald oder einer bewachsenen Mulde verbergen und dort meinem Leben ein Ende machen. Wenn dann nach einigen Tagen die Gendarmen oder die *garde champêtre* meine Leiche findet, die Leiche eines Fremden, der nichts Identifizierbares an sich hat, dann wird man mir ein unauffälliges Begräbnis auf einem Dorffriedhof geben.‹

Nachdem er zu diesem Entschluß gekommen war, kehrte er um und fand sich bei Tagesanbruch am Stadttor. Er mußte warten, bis geöffnet wurde, und dann war es bereits Zeit für ihn, sich an die Arbeit in sein Büro in der Admiralität von Toulon zu begeben. Niemand merkte ihm an jenem Tage etwas Besonderes an. Er erledigte äußerlich gefaßt seine Routinearbeit, hörte aber keinen Augenblick auf zu grübeln. Als er endlich in seinem Quartier anlangte, war er zu dem Resultat gekommen, daß er als Offizier in Kriegszeiten nicht das Recht habe, sich das Leben zu nehmen. Seine Grundsätze erlaubten

227

ihm das nicht. Diese Überlegung stellte er ganz aufrichtig an. Während des Kampfes gegen einen unversöhnlichen Feind gehörte sein Leben dem Vaterland. Es kamen aber Momente, da wurde ihm seine Einsamkeit unerträglich, eine Einsamkeit, durch die das verbotene Bild von Escampobar spukte, mit der Gestalt des verstörten Mädchens, das von einer rätselhaften, schaurigen, blassen, unwiderstehlichen Fremdartigkeit war, das an den Mauern hinstrich, auf Hügelpfaden erschien, zum Fenster hinausblickte. Eingeschlossen in seinem Quartier, verbrachte er Stunden einsamen Kummers, und unter seinen Kameraden ging die Ansicht dahin, Réals Menschenfeindlichkeit überschreite allgemach alle Grenzen.

Eines Tages wurde ihm unmißverständlich klar, daß er das nicht länger aushielt. Sein Zustand schwächte seine Denkfähigkeit. ›Nächstens fange ich an, Unsinn zu reden‹, sagte er sich. ›Hat es nicht mal einen armen Teufel gegeben, der sich in ein Bild, eine Statue oder etwas dergleichen verliebte? Der durfte den Gegenstand seiner Anbetung immerhin betrachten! Sein Leid kann mit meinem nicht verglichen werden. Aber auch ich will hingehen und sie betrachten wie ein Bild, ein Bild, das so wenig berührt werden kann wie eines hinter Glas.‹ Und die allererste Gelegenheit, die sich ihm bot, benutzte er zu einem Besuch auf Escampobar. Er setzte ein abweisendes Gesicht auf; er heftete sich an Peyrols Fersen und leistete ihm Gesellschaft auf der Bank, wo beide mit vor der Brust verschränkten Armen saßen und ins Weite starrten. Und immer, wenn Arlette sein Blickfeld kreuzte, war es, als rege sich etwas in seiner Brust. Doch machten ihm diese Besuche das Leben gerade noch erträglich; sie machten es ihm möglich, seine Arbeit zu verrichten, ohne fremden Menschen gegenüber aufzutreten wie ein Idiot. Er redete sich ein, daß er stark genug sei, jeder Versuchung zu widerstehen, daß er eine gewisse Grenze nicht überschreiten werde; doch war es ihm geschehen, daß er in seinem Zimmer

228

auf der Ferme in Tränen ausbrach bei dem Gedanken an sein Schicksal. Diese Tränen löschten dann für ein Weilchen die verzehrenden Flammen seiner Leidenschaft. Er nahm ein strenges Gebaren an wie eine Rüstung und unterließ es, Arlette anzusehen, denn er fürchtete, auf frischer Tat ertappt zu werden.

Als er entdeckte, daß sie begonnen hatte, des Nachts umherzugeistern, war er beunruhigt, denn das schien höchst unerklärlich. Diese Entdeckung versetzte ihm einen schweren Schlag, der zwar nicht seinen Entschluß, wohl aber seine Standhaftigkeit erschütterte. Am darauffolgenden Vormittag hatte er sich erlaubt, sie, während sie ihm aufwartete, ganz unverhüllt anzusehen, hatte dann alle Beherrschung verloren und ihre Hand geküßt. Kaum hatte er dies getan, als ihn auch schon das Entsetzen packte. Er hatte die Grenze überschritten. Unter den gegebenen Umständen war das eine moralische Katastrophe. Erst allmählich wurde ihm der Sachverhalt in seinem ganzen Umfang bewußt. Wirklich war dieser Augenblick der Schwäche die Ursache dafür, daß er sich von Peyrol so ohne Umstände nach Toulon schicken ließ. Noch auf der Fahrt ermahnte er sich wieder und wieder, nicht mehr zurückzukehren. Doch während er so mit sich kämpfte, führte er den vereinbarten Plan Zug um Zug aus. Sein zwiespältiger Gemütszustand wurde von bitterer Ironie beherrscht. Ehe er sich vom Admiral verabschiedete, der ihn in einem von einer einzigen Kerze erleuchteten Zimmer in Galauniform empfing, veranlaßte ihn plötzlich etwas zu den Worten: »Ich nehme an, daß ich die Erlaubnis habe, selbst den Kurier zu machen, falls sich keine andere Möglichkeit bietet«, und der Admiral erwiderte: »Daran hatte ich eigentlich nicht gedacht, doch wenn Sie dazu bereit sind, sehe ich kein Hindernis. Ich würde Ihnen allerdings raten, in Uniform aufzutreten, als Kurier im Offiziersrang. Ohne Zweifel würde die Regierung Sie im Laufe der Zeit austauschen lassen, doch vergessen Sie nicht: es dürfte eine lange Gefangenschaft werden, und Ihre Aussichten auf Beförderung müßten sich entsprechend verschlechtern.«

Am Fuße der prächtigen Treppe in der hell erleuchteten Halle des Amtsgebäudes stehend, dachte Réal dann plötzlich: ›Und jetzt muß ich nach Escampobar zurückkehren.‹ Er mußte wirklich nach Escampobar zurück, denn die gefälschten Depeschen lagen in dem Koffer, den er dort gelassen hatte. Er konnte nicht zum Admiral gehen und sagen, daß er sie verloren habe. Man würde ihn für einen unbeschreiblichen Schwachkopf oder für wahnsinnig halten. Auf dem Weg zum Kai, wo der Marinekutter ihn erwartete, sprach er bei sich: ›Dies wird nun wirklich auf Jahre hinaus mein letzter Besuch sein – vielleicht der letzte meines Lebens.‹

Auf der Rückfahrt wollte er nicht zulassen, daß die Besatzung zu den Riemen griff, wenngleich die Brise nur schwach ging. Er wünschte erst anzukommen, nachdem die Frauen schlafen gegangen waren. Er sagte sich, anstands- und ehrenhalber dürfe er Arlette nicht noch einmal sehen. Er redete sich sogar ein, seine unbeherrschte Handlung könne dem unwissenden, unheilvollen Geschöpf nichts bedeutet haben. War sie doch weder zusammengezuckt noch hatte sie einen Ausruf getan; kein Zeichen hatte sie gemacht. Sie war ganz passiv geblieben, war zurückgewichen und hatte sich still hingesetzt. Er wußte nicht einmal mehr, ob sie rot geworden war. Er nun, er hatte Kraft genug aufgebracht, vom Tische aufzustehen und hinauszugehen, ohne sie noch einmal anzusehen. Und auch sie hatte sich nichts merken lassen. Was hätte denn diesen seelenlosen Körper auch beeindrucken sollen? ›Sie hat überhaupt nichts begriffen‹, dachte er und verachtete sich. ›Seelenloses Geschöpf, seelenloses Geschöpf‹, wiederholte er mit zorniger Geringschätzung, die ihm selbst galt. Und gleich darauf dachte er: ›Nein, das ist es gar nicht. Sie ist ganz Geheimnis, Verführung, Be-

230

zauberung. Und schließlich – was mache ich mir schon aus Seele?‹

Dieser Gedanke preßte ihm ein schwaches Ächzen ab, was den Steuermann zu der ehrerbietig gestellten Frage veranlaßte: »Tut Ihnen was weh, Leutnant?« »Nichts. Es ist nichts«, hatte er gemurmelt und voller Verzweiflung, wie ein Mann auf der Folter, die Zähne zusammengebissen.

Während er vor dem Haus mit Peyrol sprach, tönten die Worte ›Ich werde sie nie wiedersehen‹ und ›Seelenloses Geschöpf‹ unablässig in seinem Kopf. Als er endlich mit Peyrol fertig und die Treppen hinaufgestiegen war, hatte seine Widerstandskraft sich vollends verflüchtigt. Er wollte nichts mehr als allein sein. Vom dunklen Korridor aus sah er, daß die Tür von Catherines Zimmer angelehnt stand, doch fesselte das seine Aufmerksamkeit nicht. Er näherte sich bereits einem Zustand der Stumpfheit. Als er die Hand auf die Klinke seiner Tür legte, sagte er zu sich: ›Es wird bald vorüber sein.‹

Er war so müde, daß er sich kaum aufrechthalten konnte, und gewahrte beim Eintreten nicht Arlette, die außerhalb des Mondlichtes im dunkelsten Teil des Zimmers seitlich vom Fenster stand. Er merkte erst, daß jemand im Zimmer war, als sie mit leisem Rascheln an ihm vorbeistrich; er taumelte zwei Schritte zurück und hörte, wie der Schlüssel im Schloß gedreht wurde. Wäre das Haus um ihn her eingestürzt, er hätte nicht so hoffnungslos von allen Sinnen verlassen, so überwältigt sein können. Als erster kam ihm der Tastsinn zurück, als Arlette nach seiner Hand griff. Darauf stellte sich das Gehör wieder ein, als sie flüsterte: »Endlich! Endlich! Aber wie unvorsichtig du bist! Wäre statt meiner Scevola in diesem Zimmer, du wärest bereits tot. Ich habe gesehen, wie er so etwas macht.« Er verspürte einen vielsagenden Druck ihrer Hand, doch vermochte er Arlette nicht deutlich zu sehen, wenn er sich ihrer Gegenwart auch mit jeder Faser seines Körpers bewußt

231

war. »Das ist allerdings schon länger her«, fügte sie leise hinzu. Und plötzlich: »Komm ans Fenster, damit ich dich anschauen kann.«

Mondlicht fiel als großes Rechteck auf den Fußboden. Er folgte ihrer zupfenden Hand wie ein Kind. Sie ergriff auch seine andere schlaff herunterhängende Hand. Er war ganz und gar erstarrt, er glaubte, keine Gelenke zu haben und nicht zu atmen. Ihr Gesicht war ein wenig unter dem seinen; sie sah ihn ganz aus der Nähe an und flüsterte zärtlich: »Eugène, Eugène!« und plötzlich erschrak sie vor der fahlen Unbeweglichkeit seiner Züge. »Du sagst nichts! Du siehst krank aus. Was ist denn? Bist du verletzt?« Sie ließ seine fühllosen Hände fallen und tastete ihn von oben bis unten nach einer Verletzung ab. Sie riß ihm sogar die Mütze weg und warf sie zu Boden, so drängte es sie, sich davon zu überzeugen, daß sein Kopf unverletzt sei. Als sie nichts fand, beruhigte sie sich wie eine vernünftige, praktische Person. Sie verschränkte die Hände hinter seinem Nacken und bog sich ein wenig zurück. Ihre kleinen weißen Zähne glänzten, die schwarzen, tiefliegenden Augen blickten in die seinen, nicht berauscht von Leidenschaft oder Angst, sondern eher mit einem Ausdruck gestillter, ruhevoller Befriedigung, prüfend und besitzergreifend. Er erwachte mit einem gedämpften Ausruf wieder zum Leben und fühlte sich sogleich schrecklich unsicher. Ihm war so, als stehe er auf einem hohen Turm, in den Ohren Lärm wie von sich brechenden Wellen und erfüllt von der Furcht, ihre Finger könnten sich von seinem Nacken lösen, sie könnte fallen und ihm auf ewig verloren sein. Er warf die Arme um sie und preßte sie an seine Brust. So standen sie in der tiefen Stille, im hell durchs Fenster einfallenden Mondlicht, lange, lange Zeit. Er betrachtete ihr Haupt, das an seiner Schulter lag. Ihre Augen waren geschlossen, und der Ausdruck auf ihrem Gesicht, das nicht lächelte, war wie der Abglanz eines entzückenden Traumes, etwas unendlich Verklärtes, Friedliches und gleichsam Ewiges. Der davon ausgehende Zauber schnitt ihm mit weher Süße ins Herz. ›Sie ist köstlich. Es ist ein Wunder‹, dachte er bestürzt. ›Es ist nicht möglich.‹

Sie versuchte sich von ihm zu lösen, doch er widerstrebte ihr instinktiv, drückte sie noch fester an sich. Sie gab ihm nach, versuchte dann aber wiederum, sich freizumachen. Diesmal ließ er sie los. Sie trat auf Armeslänge zurück und legte ihm die Hände auf die Schultern, und die Miene der umsichtigen, praktischen Frau, die sie plötzlich angenommen hatte, reizte ihn zum Lachen.

»Das ist alles schön und gut«, sagte sie sehr sachlich. »Wir müssen uns aber überlegen, wie wir hier wegkommen. Nein, nicht gerade in diesem Augenblick«, fügte sie hinzu, da sie spürte, wie er zusammenzuckte.« Scevola lechzt nach deinem Blute.« Sie nahm eine Hand von seiner Schulter, um mit dem Finger auf die Innenwand des Zimmers zu deuten, und senkte die Stimme. »Da drüben ist er. Peyrol ist auch nicht zu trauen. Ich habe euch beiden da draußen zugeschaut. Er hat sich verändert. Ich kann ihm nicht mehr trauen.« Ihre gedämpfte Stimme begann zu beben. »Er und Catherine benehmen sich sehr sonderbar. Ich weiß nicht, was über sie gekommen ist. Er redet nicht mehr mit mir. Wenn ich mich neben ihn setze, wendet er sich ab...«

Sie fühlte Réal unter ihren Händen taumeln, verstummte besorgt und sagte dann: »Du bist müde.« Da er sich nicht bewegte, führte sie ihn zu einem Stuhl, hieß ihn sich setzen und hockte sich ihm zu Füßen auf den Boden. Sie lehnte den Kopf gegen seine Knie und hielt eine seiner Hände fest. Dann seufzte sie. »Ich wußte, daß dies geschehen werde«, sagte sie ganz leise, »und doch hat es mich überrascht.«

»Ach – du wußtest, daß dies geschehen werde?« wiederholte er matt.

233

»Ja! Ich hatte darum gebetet. Hat man je für dich gebetet, Eugène?« fragte sie und verweilte genießerisch bei seinem Namen.

»Nicht, seit ich ein Kind war«, versetzte Réal düster.

»Nun, heute hat man für dich gebetet. Ich bin hinuntergegangen in die Kirche...« – Réal vermochte kaum seinen Ohren zu trauen – »Der Abbé hat mich durch die Sakristei eingelassen. Er hat mich aufgefordert, der Welt zu entsagen. Ich war bereit, um deinetwillen allem zu entsagen.« Réal wandte sein Gesicht dem dunkelsten Teil des Zimmers zu und erblickte dort das Gespenst des unentrinnbaren Geschickes, das darauf wartete, vortreten und Arlettes ruhige, zuversichtliche Freude zerstören zu dürfen. Er schüttelte diese gräßliche Wahnvorstellung ab, hob Arlettes Hand zu einem langen Kuß an die Lippen und fragte dann:

»Du wußtest also, daß es geschehen werde? Alles? Ja! Und von mir, was dachtest du von mir?«

Sie drückte fest die Hand, die sie die ganze Zeit über gehalten, und sagte: »Dies. Dies dachte ich.«

»Was hast du denn aber von meinem Benehmen gedacht? Denn ich, ich wußte ja nicht, was geschehen sollte... Ich... ich fürchtete mich«, schloß er leise.

»Dein Benehmen? Wie das? Du kamst und gingst wieder. Warst du nicht hier, so dachte ich an dich, und warst du hier, konnte ich dich nach Herzenslust anschauen. Ich sage doch, ich wußte, wie es sein würde. Ich fürchtete mich nicht.«

»Du gingst umher und lächeltest ein wenig«, flüsterte er, als erwähne er ein unbegreifliches Wunder.

»Mir war warm und ruhig ums Herz«, murmelte Arlette wie vom Rande eines Traumes her. Die von ihren Lippen fließenden zärtlichen Worte beschrieben einen Zustand seliger Gemütsruhe in Sätzen, die wie barer Unsinn klangen, die jedoch Réal überzeugten und sein Gewissen besänftigten.

234

»Du warst vollkommen«, fuhr diese Stimme fort. »Wenn du mir nahe warst, war alles verändert.«

»Wie meinst du das? Inwiefern verändert?«

»Ganz und gar. Das Licht, die Steine der Mauern, die Hügel, die kleinen Blumen zwischen den Felsen! Selbst Nanette war verändert.« Nanette war eine weiße Angorakatze mit langem seidigem Fell, die sich zumeist im Hof aufhielt.

»Oh, also auch Nanette war verändert?« fragte Réal, den das Entzücken, das er ob ihrer Stimme empfand, der Realität und dem Bewußtsein der eigenen Existenz ganz und gar entrückt hatte. Während er da so über den Kopf geneigt saß, der sich an seine Knie lehnte, war der sanfte Druck ihrer Hand seine einzige Berührung mit der Welt.

»Ja. Hübscher sah sie aus. Es sind immer nur die Menschen, die...« Sie brach unsicher ab. Die schaumige Woge der Verzauberung schien über ihn hinweggerollt, schien rascher zurückzuweichen als die Flut und veródeten Strand zu hinterlassen. Er fühlte eisiges Prickeln an den Haarwurzeln.

»Welche Menschen?« fragte er.

»Alle sind so anders. Während du heute abend weg warst – warum bist du weggegangen? –, habe ich die beiden in der Küche überrascht, wie sie stumm beisammensaßen. Dieser Peyrol – er ist schrecklich.«

Er war tief beeindruckt von der Furcht, der festen Überzeugtheit, die aus ihrer Stimme sprach. Er konnte nicht wissen, daß Peyrol durch sein bloßes Erscheinen auf Escampobar, unvorhergesehen, unerwartet und unerklärbar, sie von Grund auf seelisch und auch physisch aufgerüttelt hatte, daß er für sie eine überlebensgroße Gestalt war, vergleichbar einem Boten des Unbekannten, der in die Einsamkeit von Escampobar eindrang; ein ungeahnt mächtiges Wesen, das über unerschöpfliche Kraft verfügte, das keiner Vertraulichkeit zugänglich und auf immer unbesiegbar war.

235

»Er sagt nichts, und er hört nicht zu. Er kann tun, was ihm paßt.«

»Kann er das?« murmelte Réal.

Sie richtete sich auf und nickte mehrmals mit dem Kopf wie um zu sagen, jawohl, daran kann kein Zweifel sein.

»Lechzt vielleicht auch er nach meinem Blute?« fragte Réal bitter.

»Nein, nein. Das ist es nicht. Du könntest dich auch wehren. Ich könnte dich beschützen. Ich habe dich beschützt. Vor zwei Nächten noch, als ich glaubte, draußen Geräusche zu hören, ging ich hinunter, denn ich fürchtete für deine Sicherheit. Dein Fenster stand offen. Ich konnte zwar niemanden erblicken, aber ich spürte... Nein, das ist es nicht. Es ist etwas Schlimmeres. Ich weiß nicht, was er beabsichtigt. Ich kann mir nicht helfen, ich habe ihn gerne, aber ich beginne, ihn zu fürchten. Als er herkam, war er genauso wie jetzt – nur sein Haar war nicht so weiß – groß und ruhig. Damals kam es mir vor, als rühre sich etwas in meinem Kopf. Er war gütig, mußt du wissen. Ich mußte ihn einfach anlächeln. Es war, als erkenne ich ihn. Ich sagte zu mir: Das ist er, das ist er, der Mann.«

»Und als ich kam?« fragte Réal bestürzt.

»Du! Du wurdest erwartet«, sagte sie leise und mit einer Spur von Überraschung angesichts einer solchen Frage, doch offenkundig in Gedanken noch mit dem Mysterium Peyrol beschäftigt. »Ja, gestern abend habe ich sie überrascht, ihn und Catherine, in der Küche. Sie haben sich angeschaut und waren still wie die Mäuschen. Ich habe ihm gesagt, daß er mich nicht herumkommandieren darf. Oh, *mon chéri*, oh, *mon chéri*, hör nicht auf Peyrol – laß ihn nicht...« Sein Knie nur leicht berührend, sprang sie auf die Füße. Auch Réal erhob sich.

»Er kann mir nichts anhaben«, murmelte er.

»Sag ihm nichts. Niemand kann wissen, was er denkt, und selbst jetzt weiß ich oft nicht, was seine Worte zu bedeuten

236

haben. Es ist, als kenne er ein Geheimnis.« Sie betonte diese
Worte in einer Weise, die Réal beinahe zu Tränen rührte. Er
wiederholte, daß Peyrol keinen Einfluß auf ihn habe, und er
glaubte damit die Wahrheit auszusprechen. Das Wort, das er
gegeben, hatte Macht über ihn. Seitdem er den Admiral in der
goldbetreßten Uniform verlassen, der mit Ungeduld zu seinen
Gästen strebte, befand er sich im Dienst, betraut mit einem
Auftrag, den er freiwillig übernommen hatte. Vorübergehend
bildete er sich ein, einen eisernen Reifen um die Brust zu spüren. Sie sah ihn forschend an, und das war mehr als er ertragen konnte.
»Also gut, ich werde mich vorsehen«, sagte er. »Und ist Catherine ebenfalls gefährlich?«
Über dem strahlend weißen Brusttuch zeichneten Arlettes Hals
und Kopf sich im Schein des Mondlichts deutlich und doch un-
greifbar ab. Sie lächelte und trat einen Schritt auf ihn zu.
»Arme Tante Catherine«, sagte sie. »Leg deinen Arm um mich,
Eugène... sie kann nichts tun. Bisher ließ sie mich nie aus den
Augen. Sie glaubte, es falle mir nicht auf, doch habe ich es
bemerkt. Und nun scheint es, als könne sie mich nicht mehr
offen ansehen. Für Peyrol gilt das gleiche. Auch er ließ mich
nie aus den Augen. Ich habe mich oft gefragt, warum sie mich
immer anstarrten. Kannst du es mir sagen, Eugène? Aber das
ist nun alles anders geworden.«
»Ja, alles ist anders geworden«, sagte Réal in einem Ton, den
er so leicht wie möglich zu halten suchte. »Weiß Catherine, daß
du hier bist?«
»Als wir heute abend heraufkamen, legte ich mich angezogen
auf mein Bett, und sie setzte sich auf ihres. Die Kerze brannte
nicht, doch konnte ich sie im Mondlicht deutlich mit den Händen im Schoß dasitzen sehen. Als ich nicht mehr stilliegen
konnte, bin ich einfach aufgestanden und aus dem Zimmer gegangen. Da saß sie immer noch am Fußende ihres Bettes. Ich

237

legte bloß den Finger auf die Lippen, und da ließ sie den Kopf
sinken. Ich glaube, ich habe die Tür angelehnt gelassen... halt
mich fest, Eugène, ich bin müde... es ist merkwürdig: früher,
lange bevor ich dich gesehen hatte, habe ich nie geruht und war
niemals müde.« Sie verstummte plötzlich und hob Schweigen
fordernd den Finger. Sie lauschte, und auch Réal lauschte, ohne
zu wissen worauf; und als er sich so auf einen einzigen Punkt
konzentrierte, kam ihm alles, was geschehen war, seit er das
Zimmer betreten, wie ein Traum vor, mit der ganzen Unwahr-
scheinlichkeit und der die Wirklichkeit übertreffenden Kraft,
die Träume in ihrer Widersprüchlichkeit besitzen. Selbst die
Frau, die sich in seinen Arm lehnte, schien gewichtlos, wie sie
es in einem Traum hätte sein können.

»Sie ist dort«, hauchte Arlette ihm ins Ohr, nachdem sie sich
auf die Zehenspitzen gestellt hatte. »Sie wird dich gehört haben.«

»Wo ist sie?« fragte Réal ebenso geheimnisvoll.

»Vor der Tür. Sie muß uns belauscht haben.« Arlette wisperte
ihm ins Ohr, als teile sie etwas Ungeheuerliches mit: »Sie hat
mir kürzlich gesagt, ich sei keiner Umarmung würdig.«

Hierauf warf er auch den anderen Arm um sie und blickte in
ihre wie angstvoll aufgerissenen Augen, während sie sich mit
aller Kraft an ihn klammerte. So standen sie lange, Mund auf
Mund gepreßt, ohne einander zu küssen, und so eng aneinan-
dergeschmiegt, daß ihnen das Atmen schwer wurde. Ihm kam
es vor, als dehne sich die Stille bis zu den Grenzen des Alls.
Der Gedanke: ›Sterbe ich jetzt?‹ blitzte durch diese Stille und
verlor sich darin wie ein Funken, der durch ewige Nacht fliegt.
Er umklammerte Arlette nur noch fester.

Dann hörte man eine gealterte, unsichere Stimme das Wort
»Arlette« sagen. Catherine, die ihrem Murmeln gelauscht hatte,
vermochte das lange Schweigen nicht zu ertragen. Sie vernah-
men ihre bebende Stimme so deutlich, als sei sie bei ihnen im

238

Zimmer. Réal war zumute, als habe sie ihm das Leben gerettet. Sie trennten sich leise.

»Geh weg!« rief Arlette.

»Ar...«

»Sei still!« rief sie lauter. »Du kannst nichts tun.«

»Arlette«, klang es zitternd und befehlend durch die Tür.

»Sie wird Scevola aufwecken«, bemerkte Arlette im Gesprächston zu Réal. Und beide warteten auf Geräusche, die ausblieben. Arlette deutete mit dem Finger auf die Wand. »Dort ist er nämlich.«

»Er schläft«, murmelte Réal. Und der Gedanke: ›Ich bin verloren‹, den er im stillen formte, hatte mit Scevola nichts zu tun.

»Er hat Angst«, sagte Arlette leise und verächtlich. »Das will aber nichts besagen. Eben noch kann er vor Angst zittern, und gleich darauf rennt er los und mordet.«

Langsam, so als fühlten sie sich von der unwiderstehlichen Autorität der alten Frau dorthin gezogen, hatten sie sich der Tür genähert. Réal hatte eine, von der Leidenschaft eingegebene Erleuchtung: ›Wenn sie jetzt nicht geht, werde ich nicht die Kraft haben, mich morgen von ihr zu trennen.‹ Er sah nicht den Tod vor sich, sondern eine lange, unerträgliche Trennung. Ein Seufzen, fast schon ein Ächzen, drang durch die Tür zu ihnen und füllte die Luft mit jenem Leid, gegen das Schlösser und Riegel keine Macht haben.

»Es ist besser, du gehst zu ihr«, flüsterte er durchdringend.

»Natürlich werde ich das tun«, sagte Arlette mitleidig. »Armes altes Ding. Sie und ich haben einzig einander auf dieser Welt; doch ich bin die Erbin hier, und sie muß tun, was ich ihr befehle.« Eine Hand noch auf Réals Schulter, trat sie dicht an die Tür und sagte deutlich: »Ich komme gleich. Geh in dein Zimmer und warte auf mich«, ganz, als zweifle sie nicht daran, daß ihr gehorcht werde.

239

Darauf folgte tiefe Stille. Vielleicht war Catherine schon gegangen. Réal und Arlette standen beide eine Minute reglos, wie zu Stein geworden.

»Geh jetzt«, sagte Réal heiser und kaum verständlich.

Sie hauchte ihm einen Kuß auf die Lippen, und wiederum standen sie wie ein in Stein verwandeltes Liebespaar. ›Wenn sie bleibt‹, dachte Réal, ›werde ich niemals die Kraft finden, mich zu lösen, und dann muß ich mich erschießen.‹ Doch als sie sich endlich losmachte, umklammerte er sie wieder und hielt sie fest, als sei sie sein Leben. Als er sie freigab, hörte er sie zu seinem Entsetzen leise lachen.

»Warum lachst du?« fragte er ängstlich.

Sie blieb stehen und antwortete über die Schulter:

»Ich habe gelacht im Gedanken an all die Tage, die uns noch bevorstehen; Tage und Tage und Tage. Hast du schon daran gedacht?«

»Ja.« Réal schwankte wie ein Mensch, dem man ein Messer ins Herz gestoßen hat, und hielt die Tür auf. Er war froh, daß er etwas hatte, woran er sich festhalten konnte.

Sie glitt hinaus, und ihr seidener Rock raschelte leise, doch ehe er die Tür hinter ihr schließen konnte, streckte sie noch einmal den Arm ins Zimmer. Er fand gerade Zeit, die Innenfläche ihrer Hand an die Lippen zu drücken. Die war kühl. Dann zog sie den Arm weg, und er brachte genug Willenskraft auf, die Tür zu schließen. Ihm war zumute wie einem angeketteten Verdurstenden, dem ein Trunk Wasser weggenommen wird. Das Zimmer war plötzlich dunkel. Er dachte: ›Eine Wolke vor dem Mond, eine Wolke vor dem Mond, eine große, große Wolke‹, und dabei ging er steif auf das Fenster zu, unsicher und schwankend, als balanciere er auf einem Seil. Gleich darauf sah er den Mond an einem Himmel, darin nirgends eine Wolke zu entdecken war. Er murmelte: ›Ich glaube, eben wäre ich beinahe gestorben. Doch nein‹, dachte er weiter mit vor-

240

sätzlicher Grausamkeit, ›nein, nein, ich werde nicht sterben, ich werde nur leiden, leiden, leiden...‹

›Leiden, leiden.‹ – Erst als er gegen das Bett taumelte, merkte er, daß er vom Fenster weggegangen war. Sogleich warf er sich hin, vergrub das Gesicht im Kissen und biß hinein, um den Schrei der Qual zu unterdrücken, der ihm schon auf den Lippen lag. Naturen, die sich abgewöhnt haben zu empfinden, gleichen vernichteten, der Verzweiflung anheimfallenden Riesen, wenn sie von einer beherrschenden Leidenschaft überwältigt werden. Er, ein Mann mit dienstlichem Auftrag, fühlte, daß er vor dem Tod zurückschreckte, und dieser Umstand ließ ihn seine Standhaftigkeit auch in jeder anderen Hinsicht bezweifeln. Er wußte einzig, daß er am folgenden Morgen nicht mehr hier sein würde. Schauer liefen über seinen ausgestreckten Körper hin, dann lag er still, in jeder Faust eine Handvoll Bettzeug, an dem er sich festhielt, um nicht von panischer Unruhe gepackt aufzuspringen. Er sagte sich immer wieder: »Ich muß mich niederlegen und ausruhen, ich muß ruhen, damit ich morgen Kräfte habe, ich muß ruhen«, während doch die mächtige Anstrengung, die es ihn kostete stillzuliegen, den Schweiß auf seine Stirn trieb. Endlich muß aber doch das Vergessen über ihn gekommen sein, denn plötzlich drehte er sich um und setzte sich auf, in den Ohren den Klang der Anrede: »Écoutez.«

Ein fremdartiges, mattes, kaltes Licht füllte das Zimmer, ein Licht, das er, wie ihm schien, nie zuvor gesehen hatte, und am Fußende seines Bettes stand eine Gestalt in dunklem Gewande, ein dunkles Tuch um den Kopf, mit abgezehrtem, raublustigem Gesicht, dunkle Löcher anstelle der Augen, schweigend, erwartungsvoll, unversöhnlich... ›Ist dies der Tod?‹ fragte er sich und starrte die Gestalt entsetzt an. Die Gestalt glich Catherine. Wieder sagte sie: »Écoutez.« Er wandte den Blick ab, und dabei sah er, daß seine Kleider über der Brust aufgerissen waren. Er

weigerte sich, zu der Gestalt aufzusehen, sei sie nun Gespenst
oder alte Frau, und sagte nur:

»Ja, ich höre.«

»Sie sind ein honetter Mann.« Das war Catherines unsenti-
mentale Stimme. »Der Tag ist angebrochen. Sie werden fortgehen.«

»Ja«, sagte er, ohne den Kopf zu heben.

»Sie schläft jetzt«, fuhr Catherine, oder wer es auch war, fort.
»Sie ist erschöpft, und man kann sie nur schwer wecken. Sie
werden fortgehen. Arlette ist meine Nichte«, fuhr die Stimme
unbewegt fort, »an ihren Röcken klebt Blut, und Blut ist um
ihre Füße. Sie ist nicht für einen Mann bestimmt.«

Réal empfand die Angst, von der das Auftreten eines Ge-
spenstes begleitet ist. Diesem Ding, das wie Catherine aussah
und wie ein grausiges Schicksal sprach, hieß es entgegentreten.
Er hob den Kopf in jenes Licht, das ihm grauenhaft und un-
irdisch vorkommen wollte.

»Hören Sie mir gut zu«, sagte er. »Wenn Arlette auch den
Wahnsinn der ganzen Welt und die Schuld an allen Morden
der Revolution auf ihren Schultern trüge, so würde ich sie doch
an mein Herz nehmen. Verstehen Sie mich?«

Die Erscheinung, die Catherine ähnelte, senkte langsam das
verhüllte Haupt. »Es gab eine Zeit, da hätte ich *l'enfer même*
an mein Herz gedrückt. Er ging fort. Er hatte sein Gelübde
abgelegt. Sie haben nichts als Ihre Ehre. Sie werden gehen.«

»Ich habe meine Pflicht«, sagte Leutnant Réal gemessen und
so, als habe das Übermaß an Schrecken ihn beschwichtigt, das
die alte Frau in ihm erregte.

»Gehen Sie, ohne Arlette zu stören, ohne sie noch einmal anzusehen.«

»Ich werde die Schuhe in die Hand nehmen«, sagte er. Er
seufzte tief, und es war ihm, als sehne er sich nach Schlaf. »Es
ist noch sehr früh«, murmelte er.

242

»Peyrol steht schon unten am Brunnen«, verkündete Catherine. »Was kann er da nur solange machen?« setzte sie beunruhigt hinzu. Réal sah sie von der Seite an, doch sie wich bereits zurück, und als er wieder hinblickte, war sie aus dem Zimmer verschwunden, und die Tür war geschlossen.

XV

Als Catherine die Treppe herunterkam, fand sie Peyrol immer noch am Brunnen stehen. Er schien mit ungewöhnlichem Interesse hineinzuschauen.

»Ihr Kaffee ist fertig, Peyrol«, rief sie ihm von der Tür her zu. Er wandte sich rasch um, wie jemand, der überrascht worden ist, und kam dann lächelnd heran.

»Eine angenehme Neuigkeit, Mademoiselle Catherine«, sagte er. »Sie sind schon früh auf.«

»Ja«, gab sie zu. »Doch auch Sie sind früh auf, Peyrol. Ist Michel in der Nähe? Rufen Sie ihn, damit auch er Kaffee bekommt.«

»Michel ist auf der Tartane. Es ist Ihnen vielleicht noch nicht bekannt, daß die Tartane einen kleinen Ausflug machen soll.« Er nahm einen Schluck Kaffee und biß in sein Brot. Er war hungrig. Er war die ganze Nacht auf den Beinen gewesen, hatte sogar eine Unterhaltung mit dem Bürger Scevola geführt. Er hatte auch nach Tagesanbruch mit Michel einige Arbeiten erledigt, allerdings war nicht viel zu erledigen gewesen, denn die Tartane wurde immer seeklar gehalten. Dann, nachdem er den Bürger Scevola wieder eingeschlossen hatte, der gar zu gerne gewußt hätte, was ihm geschehen sollte, darüber aber im unklaren gehalten wurde, war Peyrol zur Ferme hinaufgestiegen, war auf sein Zimmer gegangen, wo er sich eine Weile zu schaffen machte, war endlich behutsam zum Brunnen geschlichen, wo Catherine, die er so früh nicht zu sehen erwartete, ihn bemerkte, als sie in Leutnant Réals Zimmer ging. Während er mit Genuß seinen Kaffee trank, hörte er ohne ein

244

Zeichen der Überraschung Catherines Bemerkungen über das
Verschwinden des Bürgers Scevola an. Sie war in seiner Kammer gewesen. Er hatte die Nacht nicht auf seinem Strohsack
gelegen, dessen war sie gewiß, und zu sehen war er ebenfalls
nirgends, nicht einmal auf dem entferntesten Acker, nicht ein-
einmal von jenen Stellen der Ferme, die die beste Aussicht
boten. Es war unvorstellbar, daß er sich nach Madrague auf-
gemacht haben sollte, wohin er nur ungern ging, oder ins Dorf,
wohin zu gehen er sich fürchtete. Peyrol meinte, man erleide
keinen großen Verlust, falls ihm was zugestoßen sei, doch
Catherine wollte sich nicht beschwichtigen lassen.
»Man fürchtet sich ja«, sagte sie. »Vielleicht hat er sich versteckt und lauert einem auf. Sie wissen schon, wie ich's meine,
Peyrol.«
»Nun, der Leutnant hat nichts zu fürchten, denn er fährt weg.
Was mich betrifft, so sind Scevola und ich gute Freunde. Ich
habe mich erst kürzlich lange mit ihm unterhalten. Ihr Frauen
werdet großartig mit ihm fertig, und übrigens – wer weiß?
Vielleicht ist er ja endgültig verschwunden.«
Catherine starrte ihn an, wenn man einen tief nachdenklichen
Blick ein Starren nennen darf. »Der Leutnant hat nichts von
ihm zu befürchten?« wiederholte sie behutsam.
»Nein. Er fährt weg. Wußten Sie das nicht?« Die alte Frau
fuhr fort, ihn forschend anzublicken. »Jawohl. Er hat einen
dienstlichen Auftrag.«
Catherine verharrte noch etwa eine Minute in ihrer stummen,
nachdenklichen Haltung. Dann zögerte sie nicht länger. Sie
vermochte dem Drang nicht zu widerstehen, Peyrol über die
Vorgänge der vergangenen Nacht zu informieren. Während sie
berichtete, vergaß Peyrol die halb geleerte Tasse Kaffee und
das halb aufgegessene Stück Brot. Catherines Stimme klang
streng. Sie stand eindrucksvoll und feierlich da wie eine Prie-
sterin. Der Bericht über einen Vorgang, der ihre Seele zutiefst

245

erschüttert hatte, war kurz und endete mit den Worten: »Der Leutnant ist ein honetter Mann.« Und nach einer Pause beharrte sie neuerlich: »Das ist nicht zu bestreiten. Er hat sich verhalten wie ein honetter Mann.«

Peyrol fuhr fort, den Kaffee in seiner Tasse anzustarren, dann sprang er ohne jede Warnung so stürmisch auf, daß sein Stuhl auf den Fliesenboden fiel.

»Wo ist er, der honette Mann?« brüllte er plötzlich mit Stentorstimme, einer Stimme, die nicht nur Catherine veranlaßte, die Hände abwehrend zu heben, sondern die auch ihn selber erschreckte; daher dämpfte er sie sogleich zu einem bloß nachdrücklichen Ton. »Wo ist der Mensch? Ich will ihn sehen.«

Das brachte selbst Catherine um ihre priesterliche Fassung.

»Ach«, sagte sie und sah wirklich beunruhigt drein, »er muß gleich herunterkommen; diese Tasse Kaffee ist für ihn bestimmt.«

Peyrol tat, als wolle er die Küche verlassen, doch Catherine hielt ihn fest. »Um des Himmels willen, Monsieur Peyrol«, sagte sie, und es war halb eine Bitte und halb ein Befehl, »wecken Sie das Kind nicht auf! Lassen Sie sie schlafen. Oh, lassen Sie sie schlafen. Wecken Sie sie nicht. Gott allein weiß, wie lange es her ist, seit sie richtig geschlafen hat. Ich weiß es nicht, ich wage nicht einmal, daran zu denken.« Es schokkierte sie, Peyrol sagen zu hören: »Das ist alles ein ganz verdammter Blödsinn!« Doch setzte er sich wieder, schien jetzt erst die Tasse zu bemerken, und goß den Rest des Kaffees die Kehle hinunter.

»Ich will nicht, daß sie noch verrückter wird, als sie schon ist«, sagte Catherine gereizt und leise. In diesem Satz drückte sich nicht nur ein gewisser Egoismus aus, sondern auch echtes und tiefes Mitleid mit ihrer Nichte. Sie fürchtete sich vor dem Augenblick, da die unselige Arlette erwachen und es erforderlich sein würde, die furchterregenden Probleme des Lebens, die

246

der Schlummer wegwischt, wieder aufzunehmen. Peyrol rutschte auf seinem Stuhl herum.

»Und er hat also gesagt, daß er wegfährt? Das hat er wirklich gesagt?« fragte er.

»Er hat versprochen abzureisen, ehe das Kind aufwacht... sogleich.«

»Aber *sacré nom d'un chien*, vor elf Uhr weht nie die kleinste Brise!« rief Peyrol aufs höchste verärgert, doch mit dem Versuch, die Stimme zu dämpfen, während Catherine, die sich seinen wechselnden Stimmungen anpaßte, nur die Lippen zusammenpreßte und beschwichtigend nickte. »Man kann eben mit solch einem Menschen unmöglich zusammenarbeiten«, murmelte er.

»Wissen Sie, Monsieur Peyrol, daß sie den Priester aufgesucht hat?« hörte man plötzlich Catherine sagen, die hochaufgerichtet an ihrem Ende des Tisches stand. Die Frauen hatten sich ausgesprochen, ehe Arlette von ihrer Tante dazu überredet worden war, sich niederzulegen. Peyrol schreckte zusammen.

»Was? ... Priester? Jetzt hören Sie mal zu, Catherine«, sagte er mit unterdrückter Wut, »glauben Sie wirklich, daß mich dies alles auch nur im allermindesten interessiert?«

»Ich kann eben an nichts anderes denken als an meine Nichte. Sie und ich haben einzig einander auf dieser Welt«, fuhr sie fort und bediente sich genau derselben Worte, die Arlette gegenüber Réal gebraucht hatte. Es schien, als denke sie laut, doch sie bemerkte wohl, daß Peyrol ihr aufmerksam zuhörte. »Er wollte sie aus der Welt nehmen«, sagte die alte Frau und vollführte eine überraschende Handbewegung. »Es gibt wohl noch Klöster irgendwo.«

»Sie und die *patronne*, ihr seid beide verrückt!« erklärte Peyrol. »Das ganze zeigt nur, was für ein Esel der *curé* ist. Ich verstehe zwar nicht viel von diesen Sachen, wenn ich zu meiner Zeit auch manche Nonne gesehen habe, und zwar auch etliche,

die recht seltsam waren, doch will mir scheinen, daß man Verrückte nicht in Klöster aufnimmt. Haben Sie nur keine Angst.
Das sage ich, Peyrol.« Er verstummte, denn die zum Korridor
führende Tür ging auf, und der Leutnant Réal trat ein. Er trug
Säbelgurt und Säbel über dem Arm, die Mütze auf dem Kopf.
Er stellte seinen kleinen Koffer auf den Boden und setzte sich
auf den zunächst stehenden Stuhl, um die Schuhe anzuziehen,
die er in der anderen Hand getragen hatte. Dann trat er zum
Tisch. Peyrol, der ihn nicht aus den Augen gelassen hatte,
dachte: ›Da ist einer, der aussieht wie eine Motte, die sich die
Flügel verbrannt hat.‹ Réals Augen lagen in tiefen Höhlen,
die Wangen waren eingesunken, und das ganze Gesicht wirkte
trocken und verschrumpft.

»Na, Sie sind offenbar gerade in dem richtigen Zustand, um
den Feind zu täuschen«, bemerkte Peyrol. »Wenn Sie so ein
Gesicht machen, wird Ihnen niemand auch nur ein Wort glauben. Ich hoffe, Sie werden nicht krank? Schließlich sind Sie im
Dienst. Sie haben kein Recht, krank zu sein. Mademoiselle
Catherine, bringen Sie die Flasche – Sie wissen schon, meine
ganz private Flasche...« Er nahm Catherine die Flasche aus
der Hand und goß dem Leutnant Kognak in den Kaffee, schob
ihm die Tasse wieder hin und wartete. »*Nom de nom!*« sagte
er dann drängend, »wissen Sie nicht, was Sie damit machen
sollen? Trinken sollen Sie's!« Réal gehorchte mit seltsam auto-
matischer Folgsamkeit. »Und jetzt«, verkündete Peyrol, »gehe
ich auf mein Zimmer, mich rasieren. Heute ist ein großer Tag,
der Tag, an dem wir von unserem Leutnant Abschied nehmen.«
Réal hatte bislang keine Silbe geäußert, doch kaum fiel die
Tür hinter Peyrol zu, da hob er den Kopf.

»Catherine!« Seine Stimme drang wie ein Rasseln aus seiner
Kehle. Sie sah ihn fest an, und er fuhr fort: »Wenn sie entdeckt, daß ich fort bin, dann sagen Sie ihr, ich käme bald zurück. Morgen. Immer morgen.«

»Ja, mein lieber Herr«, sagte Catherine mit unbewegter Stimme, verkrampfte jedoch die Hände ineinander. »Ich würde nicht wagen, ihr etwas anderes zu sagen.«

»Sie wird Ihnen glauben«, flüsterte Réal verzweifelt.

»Ja, sie wird mir glauben«, wiederholte Catherine trauernd.

Réal stand auf, streifte den Säbelriemen über den Kopf und hob den Koffer. Seine Wangen waren ein wenig gerötet.

»Adieu«, sagte er zu der schweigsamen alten Frau. Sie antwortete nicht, doch als er sich wegwandte, hob sie die Hand ein wenig, zögerte und ließ sie sinken. Es wollte ihr scheinen, als wären die Frauen von Escampobar dazu auserlesen, den Zorn Gottes zu spüren. Ihre Nichte kam ihr vor wie ein Lamm, das man für alle Lästerungen und Morde der Revolution verantwortlich machte. Auch sie selber war aus der Gnade des Herrn verstoßen. Das war jedoch schon vor langer Zeit geschehen, und und sie hatte seither ihren Frieden mit dem Himmel gemacht. Wieder hob sie die Hand, und diesmal machte sie hinter dem Rücken des Leutnant Réal das Zeichen des Kreuzes in die Luft.

Inzwischen sah Peyrol, der, oben an seinem Fenster stehend, die breite flache Wange mit dem englischen Rasiermesser bearbeitete, den Leutnant Réal auf dem Weg zum Strand. Und wie er da oben so stand und den weiten Ausblick über Land und Meer genoß, hob er ohne ersichtlichen Anlaß ungeduldig die Schultern. Man konnte den Epaulettenträgern unmöglich trauen. Sie setzten einem Flausen in den Kopf, sei es in ihrem eigenen, sei es im Interesse des Dienstes. Er jedoch war zu alt, um ihnen auf den Leim zu gehen. Übrigens war der langbeinige Kerl, der da den Uferpfad hinunterging, trotz aller seiner Offiziersallüren ein ordentlicher Mensch. Mindestens war er fähig, einen Seemann als solchen zu erkennen, wenn er einen sah, obgleich er kalt war wie ein Fisch. Peyrol lächelte etwas gequält.

249

Beim Reinigen des Rasiermessers (eines aus einer Garnitur von Zwölfen) sah er vor sich einen flimmernden, dunstüberhauchten Ozean, darauf einen englischen Ostindienfahrer mit killenden Segeln über blutgetränkten Decks, auf denen sich Piraten tummelten, und im Hintergrund die Insel Ceylon, die wie eine zartblaue Wolke am Horizont stand. Immer schon hatte er sich gewünscht, eine Garnitur englischer Rasiermesser zu besitzen, und da hatte er sie bekommen, war auf dem Boden der schon geplünderten Kajüte buchstäblich über sie gestolpert. ›Guter Stahl – es war guter Stahl‹, dachte er und betrachtete lange die Klinge. Da war sie also – fast ganz abgeschliffen. Die anderen ebenfalls. Dieser Stahl! Und hier stand er, den Kasten in der Hand, als hätte er ihn gerade vom Fußboden aufgenommen. Derselbe Kasten. Derselbe Mann. Und der Stahl abgenutzt.

Er ließ den Kasten zuklappen, schleuderte ihn in seine geöffnete Seekiste und knallte den Deckel zu. Das Gefühl, das er in der Brust spürte und das wortgewandtere Männer als er gespürt hatten, sagte ihm, daß das Leben ein Traum ist, weniger greifbar als das Bild der Insel Ceylon, die wie ein Wölkchen auf dem Meere lag. Traum achteraus verschwunden; nächster Traum bereits am Horizont. Diese entzauberte Philosophie drückte sich in wilden Flüchen aus. »*Sacré nom de nom de nom... Tonnerre de bon Dieu!*« Beim Anlegen der Halsbinde ging er so wütend vor, als wolle er sich erwürgen. Er knallte sich eine weiche Mütze auf die ehrwürdigen weißen Locken und packte den Stock – doch bevor er das Zimmer verließ, ging er ans Ostfenster. Petite Passe vermochte er nicht zu sehen, denn die Anhöhe mit dem Ausguck versperrte ihm die Sicht, doch links lag ein großer Teil der Reede von Hyères vor seinem Blick blaßgrau im Morgenlicht. Die Landmasse des Kap Blanc erhob sich in der Ferne mit noch unentzifferbaren Details, und nur ein einzelner Gegenstand bot sich seinem Auge, etwas, das dem Umriß nach ein Leuchtturm hätte sein können, das aber, wie Peyrol sehr wohl wußte, die englische Korvette war, schon unter vollen Segeln.

Dieser Anblick erfreute Peyrol hauptsächlich darum, weil er ihn so vorhergesehen hatte. Der Engländer tat genau, was Peyrol von ihm erwartete, und Peyrol sah mit einem Lächeln boshaften Triumphes auf das englische Kriegsschiff, als blicke er den Kommandanten an. Aus irgendwelchen unerfindlichen Gründen stellte er sich Captain Vincent als einen langgesichtigen Mann mit gelben Zähnen und Perücke vor, während doch dieser Offizier eigenes Haar besaß und dazu ein Gebiß, um das ihn jede Londoner Schönheit beneidet hätte und das die eigentliche Ursache dafür war, daß man den Kommandanten so oft übers ganze Gesicht lächeln sah.

Das Schiff, das ihn auf so große Entfernung ansteuerte, hielt Peyrol solange am Fenster fest, bis das heller werdende Morgenlicht einer Flut von Sonnenschein wich, die das flächige Bild der Landschaft färbte und mit Einzelheiten versah, das Dunkel der Waldungen, der Felsen und Äcker hervortreten ließ und mit den hellen Tupfen der Häuser die Aussicht belebte. Die Sonne schuf rings um das Schiff eine Art Aureole. Peyrol rief sich zur Ordnung, verließ das Zimmer und schloß leise die Tür hinter sich. Ebenso leise ging er die Treppe hinunter. Auf dem Treppenabsatz angelangt, wurde er einem kurzen inneren Kampf unterworfen, der damit endete, daß Peyrol an die Tür zu Catherines Zimmer trat, diese ein wenig öffnete und den Kopf ins Zimmer steckte. Über die ganze Breite des Zimmers hinweg sah er Arlette in tiefem Schlaf liegen. Catherine hatte ihr eine leichte Decke übergeworfen. Ihre flachen Schuhe standen vor dem Bett. Das schwarze Haar war über das Kissen gebreitet, und Peyrols Blicke hafteten an den langen Wimpern auf den bleichen Wangen. Plötzlich bildete er sich ein, sie habe sich bewegt; er zog rasch den Kopf zurück und schloß die Tür. Er horchte einen Augenblick, wie in Ver-

251

suchung, die Tür noch einmal zu öffnen, doch schien ihm das zu riskant, und er setzte seinen Weg treppab fort. Bei seinem Eintritt in die Küche drehte Catherine sich ruckartig um. Sie war für den Tag gekleidet: auf dem Kopf die große weiße Haube, dazu schwarzes Mieder und weiten braunen Faltenrock. Über den Schuhen trug sie gefirniste Holzpantoffeln.

»Noch kein Zeichen von Scevola«, sagte sie und trat auf Peyrol zu. »Und auch Michel ist noch nicht hier gewesen.«

Peyrol dachte, daß Catherine mit ihren schwarzen Augen und der leicht gekrümmten Nase große Ähnlichkeit mit einer Hexe hätte, wäre sie nur etwas kleiner. Hexen sind aber imstande, Gedanken zu lesen, und Peyrol sah Catherine fest in die Augen, ganz von der angenehmen Überzeugung durchdrungen, daß sie seine Gedanken nicht lesen könne. Er sagte:

»Ich habe mich bemüht, da oben keinen Lärm zu machen, Mademoiselle Catherine. Wenn ich nicht mehr da bin, wird das Haus leer und still sein.«

Sie sah sehr sonderbar drein. Peyrol kam es plötzlich vor, als sei sie in dieser Küche verloren, in der sie viele Jahre lang geherrscht hatte. Er fuhr fort:

»Sie werden den ganzen Vormittag über allein sein.«

Sie schien auf ein fernes Geräusch zu achten, und als Peyrol noch gesagt hatte: »Jetzt ist alles in Ordnung«, nickte sie und sagte dann auf eine für sie sehr impulsive Weise:

»Monsieur Peyrol, ich habe das Leben satt.«

Er hob die Schultern und erwiderte mit einem etwas unpassenden Scherz:

»Ich kann Ihnen den Grund dafür sagen – Sie hätten heiraten müssen.«

Sie drehte ihm den Rücken.

»Es war nicht bös gemeint«, entschuldigte sich Peyrol, und sein Ton war weniger entschuldigend als vielmehr schwermütig. »Es hat keinen Sinn, die Dinge ernst zu nehmen. Was ist schon das Leben? Puh! Niemand erinnert sich auch nur eines Zehntels davon. Hier bin ich; und ich wette mit Ihnen, um was Sie wollen: käme jetzt einer von meinen alten Genossen daher und sähe mich hier so mit Ihnen – ich meine, einer von denen, die einem zu Hilfe kommen, wenn es schiefgeht, und die sich dann auch noch um einen kümmern – ich wette«, wiederholte er, »der würde mich nicht erkennen. Der würde wohl bei sich sagen: Sieh an, ein glückliches Paar.«

Er verstummte. Catherine, die ihm immer noch den Rücken zukehrte – sie nannte ihn nicht »Monsieur«, sondern *tout court* »Peyrol«, – bemerkte, zwar nicht gerade gekränkt, aber doch etwas drohend, dies sei nicht der Moment für müßiges Geschwätz. Peyrol sprach indessen weiter, und sein Ton war keineswegs der des müßigen Schwätzers.

»Aber sehen Sie, Catherine, Sie waren anders als die anderen. Sie ließen sich einerseits völlig überwältigen, andererseits waren Sie zu hart gegen sich.«

Die lange, hagere Gestalt, die gebückt mit dem Blasebalg am Kamin hantierte, stimmte zu: »Vielleicht. Wir Frauen von Escampobar sind immer hart gegen uns selbst gewesen.«

»Das sage ich ja. Wenn Ihnen geschehen wäre, was mir geschehen ist...«

»Mit euch Männern ist das etwas anderes. Es kommt nicht darauf an, was ihr tut. Ihr habt eure Kraft. Ihr braucht nicht hart gegen euch zu sein. Ihr geht gedankenlos von einer Sache zur nächsten.«

Er sah sie ein Weilchen an, und um den rasierten Mund stand die Andeutung eines Lächelns; doch sie ging an den Spülstein, wo eine der Mägde Gemüse abgelegt hatte. Sie machte sich mit einem breiten Messer an die Arbeit und bewahrte selbst noch bei dieser häuslichen Tätigkeit die Miene einer Sibylle.

»Ich sehe schon, daß es heute mittag eine gute Suppe geben wird«, sagte der Freibeuter verdrossen. Er machte auf dem

Absatz kehrt und ging durch die *salle* hinaus. Die ganze Welt
bot sich seinem Blick dar, oder doch wenigstens der Teil des
Mittelmeeres, den man durch den Einschnitt der Schlucht zwischen den beiden Hügeln erblicken konnte. Die Glocke der zur
Ferme gehörenden Milchkuh, die es schlau verstand, unsichtbar
zu bleiben, ertönte rechterhand, doch vermochte er nicht einmal die Spitzen ihrer Hörner zu gewahren, so sehr er auch danach suchte. Er schritt kräftig aus. Er war noch keine zwanzig
Meter bergab gegangen, als ihn ein Geräusch innehalten und
förmlich versteinern ließ. Es war ein schwaches Geräusch, gleich
dem Rumpeln eines unbeladenen Bauernkarrens auf steiniger
Straße, doch Peyrol sah zum Himmel auf, und obwohl da oben
keine Wolke sichtbar war, schien ihm zu mißfallen, was er sah.
Rechts und links von ihm ragten Hügel auf, und zu seinen
Füßen lag das ruhige Wasser der Bucht. Er murmelte: »Hm,
hm, Donner bei Sonnenaufgang. Das muß im Westen sein.
Das fehlte gerade noch.« Er fürchtete, daß die im Augenblick
wehende leichte Brise einschlafen und das Wetter völlig um-
schlagen könnte. Vorübergehend schien dieses matte Rumpeln
ihn völlig zu lähmen. Auf dem von den olympischen Göttern
beherrschten Meere mochte er, ein heidnischer Seefahrer, den
Launen Jupiters unterworfen sein, doch schüttelte er, ein trot-
ziger Heide, die Faust gegen den Himmel, aus dem ihm ein
kurzes, drohendes Knurren antwortete. Dann machte er sich
wieder auf den Weg, bis er die beiden Flaggenknöpfe der Tartane sehen konnte, und blieb stehen, um zu horchen. Von unten
drang nicht das leiseste Geräusch an sein Ohr, und er ging weiter. ›...gedankenlos von einer Sache zur nächsten! Was denn
noch! ... Nun, die alte Catherine versteht es eben nicht besser.‹ Er hatte so vieles zu bedenken, daß er nicht wußte, womit
anfangen. Er ließ also das Durcheinander in seinem Kopf un-
angetastet. Auch seine Gefühle waren in einem Zustand der
Unordnung, und er ahnte, daß sein Auftreten vom Ausgang

eines inneren Konfliktes abhängen werde. Das Wissen um diesen Sachverhalt war es vielleicht, das für seine Bitterkeit im Umgang mit sich selbst und mit den Personen verantwortlich war, die er an Bord der Tartane vorfand; insbesondere galt das für sein Benehmen gegen den Leutnant, den er an den Ruderkopf gelehnt auf Deck sitzen und in typischer Weise seinen Abstand von den beiden anderen Männern auf dem Schiff halten sah. Michel stand, ebenfalls typischerweise, auf dem Dach der kleinen Kajüte und hielt offensichtlich Ausschau nach seinem *maître*. Der Bürger Scevola saß auf Deck und schien sich auf den ersten Blick seiner Freiheit zu erfreuen, was aber nicht zutraf. Er war mit der Großschot locker an einer Stütze der Reling festgebunden, und zwar dergestalt, daß er die Schot nicht lösen konnte, ohne die Aufmerksamkeit auf sich zu lenken; und diese Lage erschien auch für den Bürger Scevola typisch, sprach sie doch halb von Entgegenkommen und halb von Argwohn und verachtungsvoll ertragener Gefangenschaft. Der Sansculotte ließ den Kopf hängen und hatte die Arme vor der Brust verschränkt. Seine jüngst gemachten Erfahrungen hatten ihn fast um den Verstand gebracht, denn erstens waren sie ihm absolut unbegreiflich, und zweitens waren ihm Peyrols Absichten rätselhaft. Seine augenblickliche Haltung war mehrdeutig. Sie mochte auf Resignation deuten oder auf tiefen Schlaf. Der Freibeuter wandte sich zuerst an den Leutnant: »*Le moment approche*«, sagte Peyrol und hatte ein sonderbares Zucken um die Mundwinkel, während die ehrwürdigen Locken sich unter einem plötzlich einfallenden warmen Luftzug um den Rand der wollenen Mütze kräuselten. »Der große Augenblick – eh?«

Er lehnte sich über die schwere Ruderpinne und schien so über dem Leutnant zu schweben.

»Was ist das für eine höllische Kumpanei?« murmelte dieser, ohne Peyrol auch nur anzuschauen.

255

»Alles alte Freunde – *quoi?*« sagte Peyrol vertraulich. »Wir
wollen die Sache doch im engsten Kreise erledigen. Je weniger
Beteiligte, desto größer der Ruhm. Catherine bereitet das Gemüse für die Mittagssuppe, und der Engländer hält auf Petit
Passe zu, wo er ebenfalls gegen Mittag eintreffen wird, um sich
aufs Auge spucken zu lassen. Das, Leutnant, wird dann Ihre
Sache sein. Sie dürfen sich darauf verlassen, daß ich Sie im
richtigen Moment losschicke. Denn ist es etwa schade um Sie?
Sie haben keine Freunde, nicht einmal eine kleine Freundin.
Von einem alten Freibeuter wie mir zu erwarten, daß er...
o nein, Leutnant! Die Freiheit ist süß, allerdings wissen Sie ja
nichts davon, Sie Epaulettenträger. Übrigens tauge ich auch
nicht dazu, auf dem Achterdeck aufzutreten und höflich Konversation zu machen.«

»Wenn Sie doch bloß nicht soviel reden wollten, Peyrol«, sagte
Leutnant Réal und wandte den Kopf ein wenig. Der seltsame
Ausdruck auf dem Gesicht des alten Freibeuters beeindruckte
ihn stark. »Ich begreife auch nicht, daß es auf Minuten ankommen soll. Ich gehe jetzt, um nach der Flotte Ausschau zu
halten. Sie brauchen nichts weiter für mich zu tun, als die Segel
zu setzen und an Land zu springen.«

»Sehr einfach«, sagte Peyrol durch die Zähne und begann dann
zu singen:

> *»Quoique leurs chapeaux sont bien laids*
> *God-dam! Moi, j'aime les Anglais*
> *Ils ont un si bon caractère!«*

unterbrach sich aber mittendrin, um Scevola anzurufen:

»He! Bürger!« und sagte dann vertraulich zu Réal: »Er schläft
nämlich nicht. Er gleicht aber auch nicht den Engländern, denn
er hat einen *sacré mauvais caractère*. Er bildet sich ein«, fuhr
Peyrol in harmlosem Ton fort, »Sie hätten ihn vergangene
Nacht in die Kajüte eingesperrt. Haben Sie den giftigen Blick
bemerkt, den er Ihnen soeben zugeworfen hat?«

256

Sowohl Leutnant Réal als auch der arglose Michel waren angesichts seines Gepolters verblüfft; Peyrol dachte unterdessen: ›Wenn ich doch nur wüßte, wie sich das Gewitter entwickelt und in welcher Richtung es sich bewegt! Ich kann das nur feststellen, wenn ich zur Ferme hinaufgehe und einen Blick nach Westen tue. Es mag noch im Rhônetal sein, sicher ist es noch dort, und es wird auch von da heraufziehen, hol es doch der Henker. Man wird nicht mal eine halbe Stunde lang auf steten Wind aus der gleichen Richtung rechnen können.‹ Er betrachtete die drei Gesichter nacheinander mit ironischer Munterkeit. Michel begegnete dem Blick mit treuen Hundeaugen und einfältig geöffnetem Mund. Scevola hob das Kinn nicht von der Brust. Leutnant Réal war äußeren Einflüssen überhaupt unzugänglich, und sein abwesender Blick ging gleichgültig durch Peyrol hindurch. Der Freibeuter verstummte nun selber und wurde nachdenklich. Das letzte Lüftchen, das sich im Hafenbecken bemerkbar gemacht hatte, erstarb; die eben über Porquerolles heraufkommende Sonne tauchte urplötzlich alles in Licht und machte Michel blinzeln wie eine Eule.

»Es wird heute früh heiß«, verkündete er, denn er hatte sich angewöhnt, laut mit sich selber zu reden; sonst wäre es ihm nicht in den Sinn gekommen, eine Meinung zu äußern, es sei denn, Peyrol hätte ihn dazu aufgefordert.

Peyrol, durch diese Worte aus seinen Betrachtungen aufgeschreckt, schlug vor, die Rahen hochzuziehen, und forderte sogar den Leutnant auf, bei dieser Arbeit zu helfen, die schweigend und nur gelegentlich vom Quietschen der Blöcke begleitet getan wurde. Die Segel wurden indessen noch nicht losgemacht. »Sie brauchen jetzt nur die Rahbändsel zu lösen und schon stehen die Segel.«

Ohne Peyrol zu antworten, nahm Réal wieder seinen alten Platz am Ruderkopf ein. Er sagte sich: ›Ich drücke mich. Aber nein: die Ehre ruft, die Pflicht. Selbstverständlich werde ich zurückkehren. Aber wann? Man wird mich vergessen, und ich werde nie und nimmer ausgetauscht werden. Dieser Krieg kann noch Jahre dauern...‹ und aller Logik zum Trotze wünschte er sich einen Gott, den er um Erlösung von dieser Qual hätte anflehen können. ›Sie wird gepeinigt sein‹, dachte er und erschauerte bei dem Gedanken an eine verzweifelte Arlette. Das Leben hatte ihn jedoch so bitter gemacht, daß er sich gleich darauf fragte: ›Und wird sie denn nach vier Wochen noch an mich denken?‹ Auf der Stelle fühlte er sich so mächtig von Reue gepackt, daß es ihn auf die Füße trieb. Ihm war, als müsse er zur Ferme hinaufgehen und Arlette beichten, welch frevelhafte, zynische Gedanken er hatte. »Ich bin verrückt«, murmelte er und hockte sich auf die niedrige Reling. Seine Kleingläubigkeit versetzte ihn in eine so tiefe Niedergeschlagenheit, daß er fühlte, wie alle Willenskraft ihn verließ. Er saß stumpf und leidend da. Er grübelte: ›Man hat von jungen Männern gehört, die plötzlich gestorben sind. Warum sollte das nicht auch mir geschehen? Ich bin wahrlich am Ende meiner Kräfte. Ich bin schon zur Hälfte gestorben. Ja! Doch die Hälfte, die noch übrig ist, gehört mir nicht mehr.‹

»Peyrol«, rief in so schrillem Ton, daß selbst Scevola aufblickte. Darauf mühte er sich, das Schrille in seiner Stimme zu dämpfen und fuhr beherrschter fort: »Ich habe beim Generalsekretär in der Majorité eine Anweisung hinterlassen, zweitausendfünfhundert Franken an Jean – Sie heißen doch Jean? – Peyrol auszuzahlen als Entschädigung für die Tartane. Ist Ihnen das recht?«

»Wozu haben Sie das gemacht?« fragte Peyrol mit steinernem Gesicht. »Bloß, um mir Ärger zu bereiten?«

»Seien Sie kein Narr, Stückmeister. Kein Mensch erinnert sich mehr Ihres Namens. Der ist unter einem Berg vergilbter Papiere begraben. Ich muß Sie darum ersuchen, sich dort zu melden und anzugeben, daß Sie mit eigenen Augen gesehen haben, wie Leutnant Réal zwecks Ausführung seines Auftrages abgesegelt ist.«

Peyrols Gesicht blieb steinern, doch seine Augen funkelten vor Wut. »Ha, ha, ich kann mich schon dorthin gehen sehen! Zweitausendfünfhundert Franken? Zweitausendfünfhundert Fiedelbogen!« Plötzlich änderte er den Ton. »Jemand hat mir gesagt, Sie wären ein honetter Mann, und Ihr Vorschlag ist wohl ein Beweis dafür. Aber zum Teufel mit Ihrer Ehrenhaftigkeit!« Er funkelte den Leutnant an und dachte: ›Der tut nicht mal so, als höre er mir zu‹, und an die Stelle seiner Wut trat eine andere Art von Zorn, die teils aus Verachtung und teils aus unklarer Sympathie bestand. »Pah!« sagte er, spuckte ins Wasser, ging gewichtig auf Réal zu und klopfte ihm auf die Schulter. Das einzige Resultat dieser Unternehmung war jedoch, daß Réal mit völlig ausdruckslosem Gesicht zu ihm aufsah. Nunmehr ergriff Peyrol den Koffer des Leutnants und verschwand damit in dem Kajütenniedergang. Als er an Scevola vorüberging, rief dieser: »Bürger!« doch Peyrol ließ sich erst auf dem Rückweg herbei, stehenzubleiben und zu fragen: »Nun?«

»Was werden Sie mit mir machen?« fragte Scevola.

»Sie haben sich geweigert, mir zu erklären, wie Sie auf diese Tartane gelangt sind, infolgedessen brauche ich Ihnen auch nicht zu sagen, was ich mit Ihnen vorhabe«, sagte Peyrol in einem beinahe freundlichen Ton.

Dumpfes Donnergrollen folgte diesen Worten so unmittelbar, daß es sehr wohl noch aus Peyrols Munde hätte kommen können. Der Freibeuter schaute besorgt nach oben. Der Himmel über ihm war immer noch wolkenlos, und von dem kleinen Hafenbecken aus, das von Felsen umgeben war, hatte man in keine Richtung einen weiteren Ausblick; doch noch während er hinaufsah, ging etwas wie ein Flackern durch den Sonnenschein, und gleich darauf krachte ein ferner, aber mächtiger Donner. Die nächste halbe Stunde über waren Peyrol und

259

Michel an Land damit beschäftigt, ein langes Seil von der Tartane zum Eingang des kleinen Hafenbeckens auszubringen, wo sie es an einem Baum befestigten. Mit Hilfe dieses Seils sollte die Tartane in die Bucht verholen. Dann kamen sie wieder an Bord. Das Stück Himmel über ihren Köpfen war immer noch frei von Wolken, doch als Peyrol mit dem Schleppseil an der Bucht gestanden hatte, konnte er den Rand der Wolke sehen. Die Sonne begann plötzlich zu stechen, und in der stehenden Luft schien es, als trete in Beschaffenheit und Färbung des Lichtes eine Veränderung ein. Peyrol warf die Mütze auf die Decksplanken und setzte den Kopf der versteckten Drohung jener Luft aus, in der kein Hauch ging.

»Puh! *Ça chauffe*«, knurrte er und rollte die Ärmel seiner Jacke auf. Er wischte die Stirne mit dem mächtigen Unterarm, auf den eine ungemein langgeschwänzte Seejungfrau tätowiert war. Als er Säbel und Riemenzeug des Leutnants an Deck liegen sah, hob er beides auf und warf es ohne Umstände die Kajütentreppe hinunter. Als er dabei an Scevola vorbeiging, ließ sich der Sansculotte folgendermaßen vernehmen:

»Ich glaube, Sie gehören zu den jämmerlichen Lumpen, die mit englischem Gold bestochen sind!« Er rief das, als sei ihm gerade eine Erleuchtung zuteil geworden. Der Glanz in seinen Augen und die Röte der Wangen zeugten von dem patriotischen Feuer in seiner Brust; er bediente sich einer stehenden Phrase aus der Zeit der Revolution, einer Zeit, da er, berauscht von seinen eigenen Reden, Verräter aller Altersstufen und beider Geschlechter dem Tode überantwortet hatte. Diesmal stieß seine Anschuldigung indessen auf ein absolutes Schweigen, das sein Vertrauen zu den eigenen Worten erschütterte. Diese Worte waren in eine abgründige Stille versunken, und das nächste, was er hörte, war, daß Peyrol zu Réal sagte:

»Ich fürchte, Sie werden sehr bald bis auf die Haut naß werden, Leutnant«, doch ein Blick auf Réal vermittelte Peyrol die

260

Erkenntnis: ›Naß! Der würde sich nichts daraus machen zu ertrinken.‹ Er stand reglos, doch innerlich aufs äußerste beunruhigt von der Frage nach dem mutmaßlichen Standort des englischen Schiffes und dem Kurs, den das Gewitter eingeschlagen haben mochte. Denn der Himmel wurde jetzt genauso stumm wie die bedrückte Erde. Réal fragte:

»Ist es noch nicht an der Zeit abzulegen?« Peyrol erwiderte: »Es ist meilenweit kein Hauch zu verspüren.«

Gleich darauf grollte der Donner offenbar über den landeinwärts gelegenen Höhen, was Peyrol erfreute. Über dem Wasser des Hafenbeckens schwebte ein zerfetztes Wölkchen dunkel und durchsichtig wie ein Stückchen Flor vom violetten Gewand des Gewittersturmes.

Oben auf der Ferme hatte Catherine das drohende Gewittergrollen ebenfalls vernommen und war an die Tür der *salle* getreten. Von dort aus konnte sie die eigentliche violette Wolke sehen, die, massig und geballt, ihren unheimlichen Schatten über die Hügel warf. Das Nahen des Gewitters ließ sie die Unruhe noch stärker empfinden, die sich ihrer bemächtigt hatte, seit sie sich allein im Hause wußte. Michel war nicht heraufgekommen. Sie hätte ihn, mit dem sie kaum je ein Wort wechselte, freudig willkommen geheißen, einfach weil er ein Bestandteil des üblichen Tageslaufes war. Sie war nicht redselig, aber es wäre ihr lieb gewesen, jetzt mit jemandem sprechen zu können. Das Verstummen aller Schritte und Stimmen und Geräusche war ihr gar nicht recht; als sie aber die Wolke betrachtete, dachte sie: es wird bald genug Lärm geben. Wie sie nun in die Küche zurückging, wurde sie von einem Geräusch empfangen, das sie mit Bedauern an die bedrückende Stille draußen denken ließ, so durchdringend und grauenerregend war es; es war ein Schrei, der aus dem oberen Teil des Hauses kam, wo sich, soweit sie wußte, nur die schlafende Arlette

261

befand. Auf dem Weg durch die Küche zur Korridortür fühlte die alte Frau schwer das Gewicht ihrer Jahre auf sich lasten. Ganz plötzlich war ihr sehr schwach, mußte sie um Atem ringen. Und da fiel ihr ein: ›Scevola! Bringt er sie dort oben um?‹ Dieser Einfall lähmte sie vollends. Was sonst sollte dort vorgehen? Sie sank wie von einer Kugel getroffen in den zunächst stehenden Stuhl, und jede weitere Bewegung wurde ihr unmöglich. Nur ihr Hirn arbeitete ruhelos weiter, und sie hob die Hände schützend vor die Augen, um das Grauenvolle nicht sehen zu müssen, das sich da oben ereignete. Dann vernahm sie nichts mehr. Arlette war tot. Sie glaubte, daß nun sie das nächste Opfer sein werde. Während ihr Körper vor dem brutalen Zugriff zurückschreckte, sehnte die müde Seele das Ende herbei. Sollte er kommen! Mochte denn endlich alles vorüber sein, nach einem Schlag auf den Kopf oder einem Stich in die Brust. Sie hatte nicht den Mut, die Hand von den Augen zu nehmen. Sie wartete. Nach etwa einer Minute – ihr war es wie eine Ewigkeit vorgekommen – hörte sie oben rasche Schritte, Arlette rannte hierhin und dorthin. Catherine nahm die Hand von den Augen und war im Begriff aufzustehen, als sie vom Ende der Treppe den Namen Peyrol in höchster Verzweiflung schreien hörte. Gleich darauf, nach der denkbar kürzesten Pause, wieder: »Peyrol! Peyrol!« und dann eilig die Treppe herunterkommende Schritte. Noch einmal ertönte der Schrei: »Peyrol, Peyrol!« vor der Korridortür, ehe diese aufgestoßen wurde. Wer verfolgte sie? Catherine zwang sich aufzustehen. Sie umklammerte mit einer Hand die Tischkante und brachte es fertig, ihrer Nichte, die mit fliegenden Haaren und äußerste Verzweiflung im Blick in die Küche stürzte, ein unerschrockenes Gesicht zu zeigen.

Die Korridortür war zugefallen. Niemand verfolgte Arlette. Catherine streckte einen mageren, gebräunten Arm aus und tat Arlettes Flucht so ruckartig Einhalt, daß die beiden Frauen gegeneinander taumelten. Catherine packte die Nichte an der Schulter.

»Was ist denn nur los, um des Himmels willen? Wohin rennst du?« rief sie, und die andere, wie von plötzlicher Erschöpfung übermannt, flüsterte:

»Ich habe einen schrecklichen Traum gehabt.«

Die Küche verdüsterte sich, denn die Wolke stand nun über dem Haus. Es blitzte schwach, und in der Ferne hallte matt der Donner.

Die alte Frau rüttelte ihre Nichte ein wenig. »Träume haben nichts zu bedeuten«, sagte sie. »Du bist jetzt wach...« und Catherine war wirklich der Ansicht, daß kein Traum so bösartig ist wie die Wirklichkeit, die uns im Wachen Stunde um Stunde umklammert hält.

»Man hat ihn umgebracht«, ächzte Arlette, die zitternd versuchte, sich den Armen ihrer Tante zu entwinden, »hör doch, man hat ihn umgebracht!«

»Beruhige dich. Hast du von Peyrol geträumt?«

Arlette verharrte einen Moment schweigend und flüsterte dann: »Nein, von Eugène.«

Sie hatte Réal gesehen und einen Mob von blutbefleckten Männern und Weibern, die auf ihn eindrangen; alles das in einem bleiernen, kalten Licht vor leeren Häusern mit rissigen Wänden und zerbrochenen Fensterscheiben. Réal, wie er in einem Gewimmel von Gestalten versank, die mit hochgereckten Armen Säbel und Stöcke, Messer und Beile schwangen. Außerdem war da ein Mann gewesen, der einen roten Fetzen an einer Stange schwenkte, und ein anderer, der eine Trommel schlug, deren Dröhnen das übelkeiterregende Geräusch splitternden Glases übertönte, das wie Regen aufs Pflaster herabfiel. Und eine menschenleere Gasse herauf kam Peyrol geschritten, den sie an seinem weißen Haar erkannte, Peyrol, der ohne Eile daherkam, der regelmäßig den Stock aufsetzte. Das Grauenhafte nun war,

263

daß Peyrol sie ansah, ohne etwas wahrzunehmen, ohne zu lächeln oder die Stirn zu runzeln, gelassen, blind und taub, während sie doch verzweifelt die Arme schwenkte und ihn flehend um Hilfe rief. Sie erwachte mit dem durchdringenden Widerhall seines Namens im Ohr, und der Traum war so eindrucksvoll gewesen, daß sie auch jetzt noch, während sie verzweifelt in die Augen ihrer Tante blickte, über dem versinkenden Réal die mordlüstern gereckten Arme des Pöbels sah. Und doch war der Name, der ihr im Erwachen auf die Lippen trat, der Name Peyrol gewesen. Sie stieß ihre Tante mit solcher Kraft weg, daß die alte Frau taumelte und sich an der Kaminverkleidung festhalten mußte. Arlette rannte in die *salle*, sah sich um, kam zurück und schrie die Tante an: »Wo ist er?«

Catherine wußte nun wirklich nicht, welchen Weg der Leutnant eingeschlagen hatte. Sie begriff sehr wohl, daß mit »er« Réal gemeint war.

Sie sagte: »Er ist schon vor Stunden weggegangen.« Dann packte sie die Nichte am Arm und bemühte sich in festem Ton zu sprechen: »Er wird zurückkommen, Arlette, denn nichts kann ihn von dir fernhalten.«

Arlette flüsterte mechanisch, als spreche sie eine Zauberformel vor sich hin: »Peyrol! Peyrol!« und rief dann laut: »Ich will Eugène, jetzt! Diesen Augenblick!«

Catherines Gesicht zeigte den Ausdruck unerschöpflicher Geduld. »Er ist dienstlich fortgereist«, sagte sie. Die Nichte betrachtete sie mit den großen, kohlschwarzen, tiefliegenden, unbeweglichen Augen und sagte drängend und wie außer sich: »Du und Peyrol, ihr habt euch verschworen, mir den Verstand zu rauben. Aber ich weiß schon, wie ich den alten Mann dazu bringe, Eugène herauszugeben. Er gehört mir!« Sie wirbelte herum wie ein Mensch, der angesichts einer tödlichen Gefahr nach einem Ausweg sucht, und stürzte blindlings hinaus.

Der Himmel über Escampobar war düster, aber unbewegt, und

264

die Stille so vollkommen, daß man hören konnte, wie die ersten schweren Regentropfen zu Boden fielen. Arlette stand unschlüssig im furchterregenden Schatten der Gewitterwolke, und ihre Gedanken gingen wieder zu Peyrol, dem Mann der Rätsel und der Macht. Sie war willens, seine Knie zu umfassen, zu weinen, zu schelten. »Peyrol! Peyrol!« rief sie zweimal und legte lauschend den Kopf auf die Seite, als erwarte sie Antwort. Danach rief sie: »Ich will ihn wiederhaben!«

Catherine, die jetzt in der Küche allein war, ließ sich mit würdevollen Bewegungen in dem Armstuhl mit der steilen Lehne nieder und glich einem römischen Senator in seinem kurulischen Sessel, der darauf wartet, daß ein furchtbarer Schicksalsschlag herniedersause.

Arlette flog förmlich den Abhang hinunter. Ihr Kommen wurde durch einen dünnen hohen Schrei angekündigt, den allein der Freibeuter vernahm und richtig deutete. Er kniff den Mund auf eine besondere Weise zusammen, die anzeigte, daß er sich der zu erwartenden Schwierigkeiten bewußt war. Gleich darauf erblickte er auf einem weit herausragenden Felsblock Arlette, die von dem in diesem Augenblick einsetzenden Regenschauer wie von einem dünnen Schleier bedeckt wurde und beim Anblick der Tartane einen langen, aus Triumph und Verzweiflung gemischten Schrei ausstieß: »Peyrol! Hilfe! Pey-rol!«

Réal fuhr mit überaus erschrockener Miene auf, doch Peyrol streckte den Arm aus und hielt ihn fest. »Mich ruft sie«, sagte er und sah zu der sprungbereit auf dem Felsen stehenden Gestalt hinauf. »Gut gesprungen! *Sacré nom!* ... Gut gesprungen!« Und dann murmelte er ernüchtert vor sich hin: »Sie wird sich das Genick brechen oder die Beine.«

»Ich sehe Sie, Peyrol!« schrie Arlette, die durch die Luft zu fliegen schien. »Wie können Sie es wagen!«

»Jawohl, hier bin ich!« brüllte der Freibeuter und schlug sich mit der Faust auf die Brust.

265

Leutnant Réal bedeckte die Augen mit den Händen. Michel sah offenen Mundes zu, ganz als schaue er sich eine Vorstellung im Zirkus an; Scevola aber schlug die Augen nieder. Arlette kam mit solchem Schwung an Bord, daß Peyrol vortreten und sie auffangen mußte, um sie vor einem betäubenden Fall zu bewahren. Sie wehrte sich mit größter Heftigkeit gegen seine Umklammerung. Die Erbin von Escampobar sah mit dem wild fliegenden schwarzen Haar aus wie die Verkörperung der bleichen Wut. »*Misérable!* Wie können Sie es wagen!« Donner übertönte ihre Stimme, und als er verstummte und sie wieder zu vernehmen war, hörte man sie von neuem, diesmal bittend sagen: »Peyrol, alter Freund, lieber alter Freund, geben Sie ihn mir zurück«, und dabei drehte und wand sich ihr Körper unablässig im Griff des alten Seemanns. »Sie haben mich doch geliebt, Peyrol!« rief sie, ohne in ihren Bemühungen innezuhalten, und plötzlich schlug sie dem Freibeuter zweimal mit der Faust ins Gesicht. Peyrols Schädel nahm die Schläge hin wie ein Marmorklotz, doch spürte er voller Angst, daß ihr Körper sich nicht mehr bewegte, daß er in seinen Armen starr wurde. Eine schwere Regenböe ging über die Menschen auf der Tartane hin. Peyrol legte Arlette sanft aufs Deck. Ihre Augen waren geschlossen, ihre Hände blieben verkrampft, ihr weißes Gesicht schien von allem Leben verlassen. Peyrol stand auf und betrachtete die Klippen, von denen das Wasser troff. Der Regen fuhr mit zornigem Rauschen über die Tartane hinweg, Wasser toste durch die Schründe und Klüfte des Steilufers, das mehr und mehr unsichtbar wurde, als sei dies der Beginn einer Vernichtung, einer weltweiten Sintflut – das Ende aller Dinge. Leutnant Réal kniete neben Arlette und betrachtete ihr bleiches Gesicht. Peyrols Stimme war deutlich zu vernehmen, wenn auch vom schwachen Rollen fernen Donners begleitet:

»Wir können sie nicht einfach an Land tragen und im Regen liegen lassen. Sie muß zur Ferme hinaufgebracht werden.« Arlettes Kleider waren so naß, daß sie ihr am Körper klebten, während der Leutnant, von dessen Kopf das Regenwasser troff, aussah, als habe er sie soeben vor dem Ertrinken gerettet. Peyrol blickte mit undurchdringlichem Gesicht auf die Frau, die da auf den Decksplanken lag und auf den knienden Mann. »Sie ist vor Wut über ihren alten Peyrol ohnmächtig geworden«, fuhr er geradezu verträumt fort. »Es geschehen merkwürdige Dinge. Indessen wäre es gut, wenn Sie, Leutnant, sie auf den Arm nehmen und als erster an Land gehen würden. Ich werde Ihnen dabei helfen. Fertig? Los.«

Die beiden Männer mußten sich im ersten, steileren Teil der Schlucht behutsam bewegen und kamen daher nur langsam voran. Als sie etwa zwei Drittel des Aufstieges hinter sich hatten, legten sie ihre bewußtlose Last auf einem flachen Stein ab. Réal hörte nicht auf, Arlettes Schulter zu stützen, Peyrol jedoch bettete ihre Beine sanft auf den Boden.

»Ha!« sagte er. »Den Rest des Weges werden Sie sie allein tragen können. Liefern Sie sie bei der alten Catherine ab. Suchen Sie sich jetzt Halt für Ihre Füße, und dann lege ich sie Ihnen in die Arme. Das letzte Stück schaffen Sie leicht. So... Etwas höher, damit ihre Füße nicht an die Steine stoßen.«

Arlettes Haar hing als schwere, leblose Masse über den Arm des Leutnants herunter. Das Gewitter zog ab und hinterließ einen bewölkten Himmel, und Peyrol dachte innerlich seufzend: ›Ich bin müde.‹

»Sie ist leicht«, sagte Réal.

»*Parbleu*, natürlich ist sie leicht. Wäre sie tot, so würde sie schwerer zu tragen sein. *Allons*, Leutnant. Nein! Ich gehe nicht mit. Wozu sollte das gut sein? Ich bleibe hier unten. Ich habe keine Lust, mir Catherines Geschimpfe anzuhören.«

Der Leutnant war in den Anblick des Gesichtes vertieft, das in seiner Armbeuge ruhte, und wandte den Blick auch nicht ab, als Peyrol sich über Arlette neigte und sie auf die weiße Stirn küßte, wo das Haar ansetzte, das schwarz war wie das Gefieder eines Raben.

»Was soll ich machen?« murmelte Réal.

»Machen? Catherine übergeben sollen Sie sie. Und dabei können Sie Catherine sagen, daß ich gleich da sein werde. Das wird sie aufmuntern. Früher einmal war ich wer, in dem Haus da oben. *Allons!* Wir haben nicht viel Zeit!«

Mit diesen Worten wandte er sich um und ging langsam hinunter zur Tartane. Eine Brise war aufgekommen. Er spürte sie auf seiner nassen Wange und war dankbar für die kühle Berührung, die ihn zu sich, zu seinem alten, umherschweifenden Selbst zurückfinden ließ, das keine Schwäche und kein Zögern vor den Gefahren des Lebens gekannt hatte.

Als er an Bord kam, hörte es auf zu regnen. Der bis auf die Haut durchnäßte Michel stand noch in der gleichen Haltung und glotzte den Hang hinauf. Bürger Scevola hatte die Knie angezogen und hielt den Kopf mit beiden Händen; ob nun des Regens oder der Kälte wegen, oder ob aus einem anderen Grunde – seine Zähne jedenfalls klapperten unablässig hörbar und jämmerlich. Peyrol streifte die durchnäßte, von Wasser schwere Jacke ab und sah dabei recht seltsam drein, ganz als wolle er endgültig auf Jacken für seine sterbliche Hülle verzichten. Er reckte die breiten Schultern und befahl Michel die Taue loszuwerfen. Der treue Helfer war so bestürzt, daß es eines strengen »*Allez*« Peyrols bedurfte, um ihn in Bewegung zu bringen. Mittlerweile löste der Freibeuter die Leinen, mit denen die Pinne festgezurrt war, und legte die Hand mit der Miene des Meisters auf den kräftigen, hölzernen Knüppel, der waagerecht in Hüfthöhe aus dem Ruderkopf herausragte. Stimmen und Gebärden seiner Gefährten vermochten Scevola dazu, sein verzweifeltes Zähneklappern zu bezwingen. Er wand sich ein wenig in seinen Fesseln und stellte von neuem die Frage, die seit Stunden auf seinen Lippen lag:

»Was wollen Sie mit mir machen?«

»Was halten Sie von einer kleinen Spazierfahrt aufs Meer hinaus?« fragte Peyrol in einem Ton, der nicht unfreundlich war. Bürger Scevola, der bisher einen völlig niedergeschlagenen, eingeschüchterten Eindruck gemacht hatte, kreischte plötzlich auf: »Machen Sie mich los! Setzen Sie mich sofort an Land!«

Michel, der im Vorschiff zu tun hatte, fühlte sich zu einem Lächeln genötigt, ganz als habe er einen hochentwickelten Sinn für das Ungereimte. Peyrol blieb ernst.

»Man wird Sie gleich losbinden«, versicherte er dem blutsaufenden Patrioten, der seit so vielen Jahren nicht nur als Besitzer von Escampobar, sondern auch als der von dessen Erbin galt, daß er, der nach dem Augenschein ging, beinahe selbst an seine Besitzrechte glaubte. Kein Wunder, daß er bei diesem rauhen Erwachen zu kreischen anfing. Peyrol hob die Stimme: »Hol die Leine auf, Michel.«

Kaum war die Leine losgeworfen, fiel die Tartane vom Ufer ab, und der Stoß, den Michel ihr gegeben hatte, beförderte sie bis zu der schmalen Durchfahrt, welche das Hafenbecken mit der Bucht verband. Peyrol stand am Ruder, und als die Tartane die Durchfahrt hinter sich hatte, nahm sie Fahrt auf und schoß sogleich bis in die Mitte der Bucht.

Hier ging eine leichte Brise, die Runzeln ins Wasser der Bucht grub, doch die überschattete See draußen trug bereits weiße Schaumkämme. Peyrol half Michel die Schoten dichtholen und ging ans Ruder zurück. Das schmucke, sorgsam gepflegte Fahrzeug, das so lange müßig gelegen hatte, glitt in die weite Welt hinaus. Michel starrte wie in Bewunderung versunken zum Ufer zurück. Das Haupt des Bürgers Scevola war auf seine Knie gesunken, und die kraftlosen Hände lagen schlaff um seine Unterschenkel. Er bot ein Bild des Jammers.

»He, Michel! Komm her und binde den Bürger los. Es gehört sich, ihm für seine kleine Segelpartie die Fesseln abzunehmen.«

269

Als sein Befehl befolgt worden war, wandte Peyrol sich an die trübselig auf den Decksplanken kauernde Gestalt.

»Sie haben jetzt die gleiche Chance wie wir, um Ihr Leben ans Ufer zu schwimmen, falls die Tartane durch eine Böe zum Kentern gebracht werden sollte.«

Scevola ließ sich nicht zu einer Antwort herbei. Er war damit beschäftigt, sich vor Wut verstohlen ins Knie zu beißen.

»Sie sind mit Mordabsichten auf dieses Schiff gekommen. Gott weiß, wem Sie auflauern wollten, wenn nicht mir. Ich fühle mich sehr wohl berechtigt, Ihnen einen kleinen Ausflug aufs Meer zu verordnen. Ich will Ihnen auch nicht verhehlen, Bürger, daß das nicht ohne Gefahr für Leib und Leben abgehen wird. Sie haben es aber ganz allein sich selber zuzuschreiben, daß Sie an Bord sind.«

Als die Tartane sich vom Ufer entfernte, bekam sie den Druck des Windes mehr und mehr zu spüren und nahm Fahrt auf. Michels behaartes Gesicht erstrahlte unter einem verschwommenen Lächeln.

»Sie spürt die See«, sagte Peyrol, der sich an der lebhaften Bewegung seines Schiffes erfreute. »Das hier ist was anderes als deine Lagune, Michel.«

»Ganz gewiß«, sagte Michel mit geziemender Würde.

»Kommt dir der Gedanke, nichts und niemanden zurückzulassen, nicht sonderbar vor, wenn du so zur Küste schaust?«

Michel setzte die Miene eines Menschen auf, der sich vor eine schwere Denkaufgabe gestellt sieht. Seit er Peyrols Gefolgsmann geworden war, hatte er sich das Denken gänzlich abgewöhnt. Befehle und Anweisungen waren leicht zu begreifen; eine Konversation jedoch mit ihm, den er *notre maître* nannte, war eine große Sache und verlangte äußerste, konzentrierteste Aufmerksamkeit.

»Vielleicht«, erwiderte er und sah sonderbar befangen drein.

»Na, du hast Glück, glaub mir das«, sagte der Freibeuter und achtete auf den Kurs, den sein Schiff entlang der Halbinsel verfolgte. »Du hast nicht einmal einen Hund, dem du fehlen wirst.«

»Ich habe nur Sie, *maître* Peyrol.«

»Das habe ich mir doch gedacht«, sagte Peyrol halb für sich, während Michel, der gute Seebeine hatte, mühelos die Bewegungen des Schiffes mitmachte, ohne die Augen vom Gesicht des Freibeuters zu lassen.

»Nein«, sagte Peyrol plötzlich nach kurzem Grübeln, »ich durfte dich nicht zu Hause lassen.« Er streckte Michel die Hand hin. »Gib mir die Hand«, sagte er.

Michel zögerte angesichts dieses ungewohnten Angebotes. Schließlich schlug er ein, und Peyrol, der die Hand des enterbten Fischers kraftvoll umschlossen hielt, sagte: »Wäre ich ohne dich gesegelt, so wärest du so allein auf dieser Welt zurückgeblieben wie ein Mann, den man auf einer öden Insel zum Sterben aussetzt.« Eine blasse Ahnung von der Bedeutung dieses Augenblickes schien in Michels primitives Hirn einzusickern. Er brachte Peyrols Worte mit seinem eigenen Bewußtsein von seiner Stellung am äußersten Ende der Menschheit in Verbindung, und schüchtern, mit freiem, arglos glänzendem Blick gab er den Kernsatz seiner Philosophie von sich:

»Einer muß in dieser Welt der Geringste sein.«

»Michel, du mußt mir alles verzeihen, was zwischen jetzt und Sonnenuntergang geschieht.«

Die Tartane gehorchte dem Ruder und fiel nach Osten ab.

Peyrol murmelte: »Sie ist so seetüchtig wie je.« Sein unbezwungenes Herz, das so viele Tage lang schwer gewesen war, fühlte sich erleichtert angesichts des Trugbildes einer unendlichen Freiheit.

In diesem Augenblick rannte Réal, der zu seinem Erstaunen im kleinen Hafenbecken keine Tartane mehr vorgefunden hatte, wie von Furien gehetzt zur Bucht, überzeugt, daß Peyrol ihn hier erwarten müsse, um ihm das Schiff zu übergeben. Er rannte bis auf den Felsen hinaus, auf dem Peyrols ehemaliger Gefangener nach seiner Flucht gekauert hatte, zu erschöpft, um Angst zu haben, und doch belebt von der Hoffnung auf Befreiung. Réal war allerdings in einer üblen Lage. Durch den Schleier des Regens, der auf das schützend von Felsen umstandene Wasser prasselte, vermochte er nicht den Umriß eines Schiffes zu erkennen. Das kleine Fahrzeug war wie fortgezaubert. Unmöglich! Etwas konnte mit seinen Augen nicht stimmen. Wieder warfen die steinigen Hänge den Namen »Peyrol!« zurück, den der Leutnant mit der ganzen Kraft seiner Lungen hinausschrie. Er rief nur ein einziges Mal, und fünf Minuten später stand er keuchend und durchnäßt in der Küche der Ferme, als habe er sich vom Grunde des Meeres heraufgekämpft. Arlette lag in dem Armstuhl mit der steilen Lehne, die Glieder gelöst, den Kopf auf Catherines Arm, ihr Gesicht so weiß wie der Tod. Er sah sie die schwarzen Augen aufschlagen, die riesengroß und einer anderen Welt zugehörig schienen; er sah die alte Catherine den Kopf wenden, er hörte einen Schrei der Überraschung, er sah, daß zwischen den beiden Frauen ein Kampf begann. Er brüllte sie an wie ein Wahnsinniger: »Peyrol hat mich verraten!« Gleich darauf knallte die Tür, und er war verschwunden.

Es hatte aufgehört zu regnen. Über Réals Haupt zog ein dichtes Wolkenfeld ostwärts, und er nahm die gleiche Richtung, bergauf, dem Ausguck zu, als werde auch er vom Wind getrieben. Er langte nach Atem ringend an und stützte sich mit einem Arm auf den Stamm der schräg wachsenden Kiefer. Während der bedrückenden Pause im Aufruhr der Elemente kam ihm nichts weiter zum Bewußtsein als das Durcheinander in seinem Kopf. Dann bemerkte er das englische Schiff, das langsam an der nördlichen Einfahrt von Petite Passe vorüberfuhr. Sein

272

Kummer versteifte sich auf die Wahnvorstellung, zwischen
dem feindlichen Schiff und Peyrols unerklärlichem Benehmen
müsse es eine Verbindung geben. Der alte Mann hatte also
von Anfang an die Absicht gehabt, das Unternehmen selber
auszuführen! Und als Réal gleich darauf im Süden den Umriß
der Tartane erkannte, die, von einer Regenböe gepackt, um die
Landspitze herum kam, murmelte er ein bitteres: »Wie denn
auch nicht!« vor sich hin. Die Tartane hatte beide Segel gesetzt.
Peyrol verlangte ihr wirklich das Äußerste ab in seiner scham-
losen Eile, Verrat zu begehen. In Wahrheit konnte Peyrol in
der Position, in der Réal ihn anfänglich erblickte, nichts von
dem englischen Schiff sehen, und er blieb zuversichtlich auf
dem eingeschlagenen Kurs, der ihn mitten durch die Landenge
führen sollte. Das Kriegsschiff und die kleine Tartane sahen
einander ganz unerwartet auf eine Entfernung, die weniger
als eine Seemeile betrug. Peyrol schlug das Herz in der Kehle,
als er sich dem Feind so nahe sah. An Bord der *Amelia* nahm
man zunächst keine Notiz von ihm. Man beobachtete bloß eine
Tartane, die aus Leibeskräften dem Schutz von Porquerolles
zustrebte. Doch als Peyrol plötzlich den Kurs änderte, wurde
man aufmerksam und griff zum Glas. Captain Vincent war an
Deck und teilte die Ansicht, daß es sich hier um ›ein Fahrzeug
von verdächtiger Aufführung‹ handelte. Ehe noch die *Amelia*
in der schweren Regenböe wenden konnte, war Peyrol bereits
im Feuerbereich der Batterie auf Porquerolles und zunächst
sicher davor, aufgebracht zu werden. Captain Vincent hatte
weiß Gott nicht die Absicht, eines kleinen Küstenfahrers wegen
sein Schiff dem Feuer der Küstenbatterie auszusetzen und eine
Beschädigung der Takelage oder des Schiffsrumpfes zu riskieren. Indessen hatte Symons' Bericht von der Entdeckung des
versteckten Schiffes, von seiner Gefangennahme und wunderbaren Flucht jede Tartane für die Besatzung der *Amelia* interessant gemacht. Die Korvette blieb beigedreht in der Landenge

273

liegen, und die Offiziere sahen zu, wie die Lateinsegel der
Tartane unter den Mündungen der Kanonen hin und her flitz-
ten. Peyrols Manöver war selbst auf Captain Vincent nicht
ohne Eindruck geblieben: Küstenfahrer fürchteten sich in der
Regel nicht vor der *Amelia*. Nachdem er etliche Male auf dem
Achterdeck hin und her gegangen war, befahl er Symons zu
sich.

Der Held des einzigartigen und rätselhaften Abenteuers, das
während der vergangenen vierundzwanzig Stunden den einzigen Gesprächsgegenstand an Bord der Korvette gebildet hatte, näherte sich mit dem wiegenden Gang der Matrosen, die
Mütze in der Hand und insgeheim genüßlich geschwellt von
der eigenen Bedeutung.

»Nehmen Sie das Glas«, befahl der Kommandant, »und sehen
Sie sich das Schiff dort vor der Küste an. Gleicht es in irgendeiner Weise der Tartane, auf der Sie, wie Sie sagen, gefangen
waren?«

Symons war seiner Sache sehr sicher. »Ich glaube, ich erkenne
mit Sicherheit die bemalten Flaggenknöpfe. Die sind das letzte,
an das ich mich erinnern kann, dann schlug der mordlustige
Räuber mich nieder. Der Mond schien auf diese Knöpfe. Ich
sehe sie jetzt deutlich im Glas.« Was nun die Prahlerei des
Alten angehe, die Tartane sei ein Kurierboot und habe bereits
eine Anzahl von Fahrten hinter sich, so bitte er, Symons, den
Kommandanten doch zu bedenken, daß der Kerl damals nicht
nüchtern gewesen sei. Er habe einfach so dahergeschwätzt. Der
Grad seiner Betrunkenheit sei am besten daran zu ermessen,
daß er fortgegangen sei, um Soldaten zu holen, ohne je zurückzukehren. Dieser mordlustige Spitzbube! »Er hat nämlich geglaubt, ich könnte nicht flüchten, nachdem er mir einen Schlag
versetzt hatte, an dem neun von zehn Männern gestorben
wären, Sir. Er ging weg, um sich vor den Landratten mit seinen Taten zu brüsten. Es kam dann auch einer von seinen

274

Freunden, der war noch schlimmer, der wollte mich mit einer Mistgabel umbringen. Das war ein regelrechter Wilder, Sir.«

Symons verstummte glotzend, als staune er über seine eigene wunderbare Geschichte. Der alte Steuermann, der neben dem Kommandanten stand, bemerkte gleichmütig, die Halbinsel sei jedenfalls kein schlechter Ausgangspunkt für einen Blockadebrecher. Symons, der noch nicht weggeschickt worden war, wartete mit der Mütze in der Hand, während Captain Vincent befahl, abzufallen und etwas näher an die Batterie heranzugehen. Dieses geschah, und sogleich sah man das Mündungsfeuer einer Kanone aufblitzen, die unten am Ufer stand, und eine Kugel hüpfte in Richtung auf die *Amelia* über das Wasser hin. Die Kugel versank noch weit vor der Korvette in den Wellen, doch glaubte Captain Vincent nahe genug zu sein und ließ wieder beidrehen. Nun wurde Symons befohlen, noch einmal durchs Glas zu sehen. Nach längerer Zeit setzte er es ab und sagte mit Nachdruck:

»Ich sehe drei Männer an Bord, einen mit einem weißhaarigen Kopf. Ich schwöre, daß ich diesen weißen Kopf überall erkennen würde.«

Captain Vincent sagte hierauf nichts. Das alles kam ihm sehr sonderbar vor, aber schließlich war es auch nicht unmöglich. Das Fahrzeug hatte sich zweifellos verdächtig aufgeführt. Er sagte etwas verärgert zu seinem Wachoffizier:

»Der Bursche ist schlau. Er wird bis zum Einbruch der Dunkelheit hier umherkreuzen und sich dann verflüchtigen. Das ist wirklich sehr dumm. Ich möchte keine Boote in den Feuerbereich der Batterie schicken, doch selbst wenn ich das täte, würde er ihnen davonsegeln und ums Kap verschwunden sein, ehe wir uns an seine Verfolgung machen könnten. Sein bester Verbündeter ist die Dunkelheit. Wir wollen ihn aber im Auge behalten für den Fall, daß er sich versucht fühlen sollte, uns noch am Nachmittag zu entwischen. Sollte das geschehen,

275

werden wir alles daransetzen, ihn zu fassen. Wenn er wirklich etwas an Bord haben sollte, würde ich es gerne in die Finger bekommen. Vielleicht ist es ja doch was Wichtiges.«

Peyrol, auf der Tartane, hatte für die Bewegungen des Kriegsschiffes seine eigene Auslegung. Sein Ziel war erreicht. Die Korvette hatte ihn zu ihrer Beute ausersehen. Jetzt galt es die passende Gelegenheit abzuwarten. Peyrol nutzte eine mächtige Regenböe, hinter der das englische Schiff beinahe verschwand, und verließ den Schutz der Batterie, um den Engländer an der Nase herumzuführen.

Réal sah von seinem Ausguck her im nachlassenden Regen die spitzen lateinischen Segel das Nordende von Porquerolles umrunden und dahinter verschwinden. Bald darauf führte die *Amelia* Segelmanöver aus, die keinen Zweifel daran ließen, daß sie sich entschlossen hatte, die Verfolgung aufzunehmen. Auch ihre hoch aufragenden Segel verschwanden nach kurzer Zeit hinter Porquerolles. Als sie nicht mehr zu sehen waren, wandte Réal sich an Arlette: »Gehen wir.«
Arlette, aufgerührt durch den kurzen Anblick Réals in der Küchentür, den sie zunächst für die Erscheinung eines Verlorenen gehalten hatte, der sie rief, ihm bis ans Ende der Welt zu folgen, hatte sich aus den mageren, knochigen Armen der alten Frau losgerissen, die dem widerstrebenden Körper und der Entschlossenheit Arlettes nicht zu wehren vermochten. Sie war schnurstracks zum Ausguck gerannt, durch nichts dorthin gewiesen als durch den blinden Drang, Réal aufzuspüren, wo immer er sei. Er merkte erst, daß sie ihn gefunden hatte, als sie ganz unerwartet seinen Arm mit einer Entschlossenheit und Kraft umklammerte, die ein geistig umnachteter Mensch nie aufgebracht hätte. Er fühlte, daß in einer Weise Besitz von ihm ergriffen wurde, die alle seine Skrupel zunichte machte.

276

Er hielt weiter den Stamm der Kiefer umfaßt und legte den anderen Arm um ihre Hüfte. Als sie ihm bekannte, sie wisse nicht, warum sie hier heraufgelaufen sei, doch hätte sie sich gewiß über die Klippen gestürzt, wäre sie nicht hier auf ihn gestoßen, festigte er seinen Griff, denn ein unerwartetes Glücksgefühl ließ ihn in ihr ein vom Himmel erflehtes Gnadengeschenk sehen und nicht länger den Mühlstein um den Hals des gewissenhaften Pedanten. Sie gingen nebeneinander zurück. Im schwindenden Licht warteten Häuser auf sie, die vom Leben verlassen, deren Mauern dunkel waren vom Regen und deren steile Dächer unter den düster jagenden Wolken unheimlich glänzten. Catherine vernahm in der Küche die Schritte der beiden und erwartete, starr im Armstuhl aufgerichtet, ihr Kommen. Arlette umarmte die alte Frau, und der Leutnant stand daneben und sah zu. Die Gedanken jagten sich in seinem Kopf, doch alle versanken in der übermächtigen Gewißheit, unwiderruflich jener Frau ausgeliefert zu sein, von der er in einer Umkehrung seiner Gefühle nun glaubte, sie sei vernünftiger als er. Arlette hatte einen Arm über die Schulter der alten Frau gelegt und küßte die Stirn unter dem weißen Leinenband, das an diesem stolzen Haupt aussah wie ein bäuerliches Diadem.

»Morgen werden du und ich zur Kirche hinuntergehen müssen.«

Die strenge Würde der Haltung Catherines schien durch den Vorschlag erschüttert zu werden, dem Gott, mit dem sie vor langer Zeit ihren Frieden gemacht, jenes unselige Mädchen vorzuführen, dem es bestimmt gewesen war, die Schuld an jenen lästerlichen und unbeschreiblichen Greueltaten zu teilen, welche ihr den Sinn verdunkelt hatten.

Arlette, die immer noch über das Gesicht ihrer Tante geneigt stand, streckte eine Hand nach Réal aus, der herantrat und sie stumm ergriff.

»O doch, Tante«, beharrte Arlette. »Du mußt mitkommen, weil du für Peyrol beten mußt, den keiner von uns je wiedersehen wird.« Catherine ließ den Kopf sinken, es war ungewiß, ob trauernd oder zustimmend; auch Réal empfand plötzlich zu seiner Überraschung eine tiefe Gemütsbewegung, denn auch er war davon überzeugt, daß keiner der drei auf der Ferme verbliebenen Menschen Peyrol je wieder zu Gesicht bekommen würde. Es war, als habe dieser Wanderer auf fernen Meeren sie sich selbst überlassen, indem er einer Eingebung der Verachtung oder der Großmut, dem Drängen einer ausgebrannten Leidenschaft nachgab. Réal indessen war bereit, die Frau an sein Herz zu nehmen, die von der roten Hand der Revolution berührt worden war, und es scherte ihn nicht, auf welche Weise er sie gewann; denn sie, die auf ihren kleinen Füßen knöcheltief durch Blut gewatet war, hatte in ihm das Gefühl triumphierenden Lebens geweckt.

XVI

Kurz vor dem Untergehen setzte die Sonne den Horizont hinter der Tartane in Brand, und ein flammend roter Streifen schob sich zwischen die dunkelnde See und den bewölkten Himmel. Die Halbinsel Giens und die Inseln von Hyères bildeten eine einzige Landmasse, die sich sehr schwarz vom feuerroten Gürtel des Horizontes abhob. Im Norden erstreckte sich, soweit das Auge reichte, das endlose Auf und Ab der Seealpen unter einer lastenden Wolkendecke.

Es schien, als werfe sich die Tartane zugleich mit den rauschenden Wellen der aufziehenden Nacht in die Arme. Nur wenig mehr als eine Meile entfernt eilte die *Amelia* in Luv unter allen Segeln dem Ende der Jagd entgegen. Diese hatte nun bereits Stunden gedauert, denn bei seinem Fluchtmanöver war es Peyrol gelungen, der *Amelia* von allem Anfang an einen Vorsprung abzugewinnen. Solange beide Schiffe sich noch auf dem glatten Wasser der windgeschützten Reede von Hyères befanden, hatte es die Tartane, die wirklich ein besonders schnelles Schiff war, zuwege gebracht, die Korvette hinter sich zu lassen. Später glückte es Peyrol, indem er überraschend in die östliche Durchfahrt zwischen den letzten beiden Inseln dieser Gruppe einbog, völlig aus dem Blickfeld des verfolgenden Schiffes zu verschwinden, weil ihn die Île du Levant eine Weile verbarg. Die *Amelia* mußte, um ihm auf den Fersen zu bleiben, zweimal wenden und fiel dabei wiederum zurück. Als sie dann in offenes Wasser kam, mußte sie neuerlich wenden, doch von da an wurde es ein regelrechtes Verfolgungsrennen, das bekanntlich besonders lange dauert. Peyrols seemännisches Geschick hatte

279

Captain Vincent zweimal ein anerkennendes Murmeln abgenötigt, das von einem bezeichnenden Zusammenpressen der Lippen begleitet wurde. Einmal war die *Amelia* der Tartane so dicht auf den Pelz gerückt, daß sie ihr einen Schuß vor den Bug setzen konnte. Ein zweites Geschoß wurde bereits den Mastspitzen gefährlich, doch da hatte Captain Vincent angeordnet, das Feuer einzustellen. Er bemerkte zu seinem Wachoffizier, der mit dem Sprachrohr in der Hand neben ihm stand: »Wir dürfen dieses Schiff auf gar keinen Fall versenken. Wenn der Wind bloß für eine Stunde einschlafen wollte, könnten wir es mit den Booten aufbringen.«

Der Leutnant antwortete, für die nächsten vierundzwanzig Stunden sei keine Flaute zu erwarten.

»Nein«, bestätigte Captain Vincent, »und in etwa einer Stunde wird es dunkel, und dann läuft er uns davon. Die Küste ist nahe, und an beiden Seiten von Fréjus stehen Batterien, in deren Schutz er so sicher ist, als läge er auf dem Strand. Und sehen Sie«, setzte er gleich darauf hinzu, »genau das hat der Bursche vor.«

»Jawohl, Sir«, sagte der Leutnant und hielt den Blick auf den weißen Fleck voraus gerichtet, der auf den kurzen Wellen des Mittelmeers auf und ab tanzte. »Er fällt wieder ab.«

»Wir werden ihn in weniger als einer Stunde eingeholt haben«, sagte Captain Vincent, und es schien, als wolle er sich die Hände reiben, doch stützte er sich statt dessen auf die Reling. »Genauer gesagt ist es allerdings ein Wettlauf zwischen der *Amelia* und der Dunkelheit.«

»Und heute wird es früh dunkel werden«, meinte der Leutnant und ließ das Sprachrohr an der Leine baumeln. »Sollen wir die Rahen losmachen, Sir?«

»Nein«, erwiderte Captain Vincent. »Die Tartane wird von einem ganz gerissenen Seemann gesteuert. Er segelt jetzt zwar vor dem Wind, kann aber jederzeit wieder anluven. Wir dür-

280

fen ihm nicht zu dicht folgen, sonst könnten wir unseren Vorteil wieder einbüßen. Der Mann ist wild entschlossen, uns zu entwischen.«

Falls diese Worte durch ein Wunder Peyrols Ohren erreicht hätten, so hätten sie ein Lächeln boshaften und triumphierenden Überschwanges auf seine Lippen gezaubert. Seit er die Hand auf die Ruderpinne gelegt, hatte alle seine Seemannskunst und Phantasie dem Bemühen gegolten, den englischen Kapitän zu täuschen, jenen Gegner, den er nie gesehen, jenen Mann, auf dessen Denkweise er aus dem Verhalten seines Schiffes geschlossen hatte. Er lehnte gegen die schwere Ruderpinne und brach das Schweigen des anstregenden Nachmittages, indem er Michel anredete.

»Jetzt sind wir soweit«, sagte er mit tiefer Stimme. »Laß die Großschot locker, Michel. Erstmal nur ein bißchen.«

Als Michel an seinen Platz auf der Luvseite der Tartane zurückkehrte, bemerkte der Freibeuter, daß Michels Augen ihn verwundert betrachteten. Verschwommene Gedanken hatten langsam und unvollkommen Gestalt in Michels Hirn angenommen. Peyrol begegnete der völligen Arglosigkeit der unausgesprochenen Frage mit einem Lächeln, das zwar anfänglich sardonisch seinen männlichen, empfindsamen Mund umzuckte, aber geradezu sanft endete.

»So ist es, *camarade*«, sagte er mit ganz besonderer Betonung, als enthielten diese Worte bereits eine vollständige und zureichende Erklärung. Ganz unvermutet und wie geblendet plinkerte Michel mit den sonst immer glotzenden Augen. Auch er brachte nun aus den Tiefen seiner Seele ein sonderbares, verschleiertes Lächeln hervor, dem Peyrols Augen auswichen.

»Wo ist der Bürger?« erkundigte er sich, lehnte schwer gegen die Pinne und starrte geradeaus. »Er ist doch nicht über Bord gefallen? Ich habe ihn nicht mehr gesehen, seit wir vor Porquerolles gewendet haben!«

281

Michel reckte den Hals, um über das Deck zu blicken und verkündete dann, Scevola sitze auf dem Kielschwein.

»Geh nach vorne«, sagte Peyrol, »und laß die Vorschot ein wenig locker. Diese Tartane hat wahrhaftig Flügel«, sagte er vor sich hin.

Allein auf dem Achterdeck stehend, drehte Peyrol sich nach der *Amelia* um. Die Korvette, die, um rasch reagieren zu können, mit halbem Wind weitergelaufen war, schnitt schräg durchs Kielwasser der Tartane. Ihr Abstand hatte sich weiter verringert. Trotzdem glaubte Peyrol, seine Chancen, ihr davonzusegeln, stünden acht zu zehn, falls er das ernstlich beabsichtigt hätte – also praktisch ein sicherer Erfolg. Er war schon einige Zeit in die Betrachtung der hohen Pyramide aus Segeltuch versunken gewesen, die vor dem verbleichenden Flammengürtel des Horizontes aufragte, als ein jämmerliches Stöhnen ihn veranlaßte, sich umzudrehen. Es war Scevola. Der Bürger war dazu übergegangen, sich auf allen vieren fortzubewegen, und noch während Peyrol hinschaute, rollte er nach Lee, rettete sich aber ganz geschickt davor, über Bord zu gehen. Er klammerte sich verzweifelt an eine Klampe, brüllte mit hohler Stimme und deutete mit der anderen Hand so aufgeregt, als habe er eine umwälzende Entdeckung gemacht. »*La terre! La terre!*«

»Gewiß«, entgegnete Peyrol und steuerte mit äußerster Genauigkeit. »Und was weiter?«

»Ich will nicht ertränkt werden!« rief der Bürger in seinem neuen, hohlen Ton. Peyrol bedachte sich einen Augenblick, ehe er ernst erwiderte:

»Wenn Sie da, wo Sie jetzt sind, sitzenbleiben, kann ich Ihnen versichern, daß Sie...«, er warf einen raschen Blick über die Schulter auf die *Amelia*... »nicht den Tod durch Ertrinken sterben werden.« Er deutete ruckartig mit dem Kopf und fügte hinzu: »Ich weiß nämlich genau, was der da vorhat.«

»Was wer vorhat?« kreischte Scevola, erfüllt von brennender

Wißbegier und völlig verwirrt. »Wir sind doch nur drei an Bord!«

Peyrol indessen sah vor seinem inneren Auge voller Schadenfreude die Gestalt eines Mannes mit Raffzähnen, Perücke und schweren Schuhschnallen. So wünschte er sich den Kommandanten der *Amelia*. Dieser Offizier jedoch, dessen im allgemeinen freundliches Gesicht derzeit einen Ausdruck strenger Entschlossenheit trug, hatte wieder seinen Wachoffizier zu sich herangewinkt:

»Wir holen auf«, sagte er ruhig. »Ich habe die Absicht, mich ihm von Luv her zu nähern. Ich will nicht riskieren, daß er uns noch zu guter Letzt hereinlegt – Sie wissen, wie schwer es ist, einen Franzosen auszumanövrieren. Schicken Sie einige Seesoldaten mit Musketen auf das Vordeck. Ich fürchte, wir werden die Tartane nur in die Hand bekommen, wenn wir ihre Besatzung außer Gefecht setzen. Ich wollte, mir fiele etwas anderes ein. Wenn wir heran sind, sollen die Seesoldaten eine gezielte Salve feuern. Lassen Sie auch achtern einige von diesen Leuten aufstellen. Vielleicht glückt es uns, ihm die Fallen wegzuschießen. Kommen seine Segel erst mal runter, dann brauchen wir nur ein Boot auszusetzen, und wir haben ihn.«

Während der nächsten halben Stunde stand Captain Vincent schweigend, die Ellenbogen auf die Reling gestützt, die Augen auf die Tartane gerichtet, während Peyrol diese Tartane schweigend und aufmerksam steuerte und sich des unerbittlich auf ihn Jagd machenden Kriegsschiffes sehr bewußt war. Der brandrote Streifen am Horizont wurde schmaler und schmaler. Die französische Küste, sehr schwarz vor dem abnehmenden Licht, verschmolz mit den Schatten, die sich im Osten versammelten. Bürger Scevola, etwas beschwichtigt durch die Versicherung, er werde nicht den Wassertod sterben, hatte sich dafür entschieden zu bleiben, wo er lag, denn er wagte es nicht, sich über das schwankende Deck zu bewegen. Michel kauerte

283

auf der Luvseite und wartete gespannt auf Peyrols nächste Anweisung. Peyrol jedoch sagte nichts und gab auch kein Zeichen. Von Zeit zu Zeit gingen Schaumfetzen über die Tartane weg, oder eine Welle wusch wuselnd über das Deck hin.

Erst als die Korvette auf Kanonenschußweite herangekommen war, machte Peyrol den Mund auf.

»Nein!« brach es aus ihm hervor, so als mache er sich nach sorgenvoller Grübelei Luft. »Nein! Ich durfte dich nicht zurücklassen mit nicht einmal einem Hund zum Gefährten! Der Teufel soll mich holen, wenn ich nicht glaube, du hättest mir's nicht gedankt. Was meinst du dazu, Michel?«

Auf den arglosen Zügen des ehemaligen Lagunenfischers schwebte ein halb verständnisloses Lächeln. Er ließ verlauten, was er unveränderlich in bezug auf jede Äußerung Peyrols empfand:

»Ich glaube, Sie haben recht, *maître.*«

»Gut. Dann höre, Michel. Die Korvette da wird in weniger als einer halben Stunde längsseits kommen. Wenn das geschieht, wird man mit Musketen auf uns schießen.«

»Man wird mit Musketen...?« wiederholte Michel und sah dabei äußerst interessiert drein. »Woher können Sie wissen, daß man das tun wird, *maître?*«

»Weil der Kommandant genau das tun muß, was ich geplant habe«, antwortete Peyrol sehr bestimmt und ganz überzeugt. »Er tut das so sicher, als stünde ich neben ihm und erteilte ihm den Befehl dazu. Er wird es tun, weil er ein erstklassiger Seemann ist; aber ich, Michel, ich bin noch ein bißchen gerissener als er.« Er blickte zurück zur *Amelia,* die mit vollen Segeln hinter der Tartane dreinjagte, und rief plötzlich. »Er wird es tun, denn wir sind keine halbe Meile mehr von dem Ort entfernt, wo Peyrol sterben wird!«

Michel erschrak nicht. Er machte nur vorübergehend die Augen zu, und der Freibeuter fuhr leiser fort:

»Vielleicht trifft man gleich mein Herz«, sagte er, »und falls das geschehen sollte, erlaube ich dir, wenn du noch am Leben bist, die Segel wegzunehmen. Falle ich aber nicht gleich, dann werde ich die Tartane in den Wind schießen lassen, und du sollst mir dabei helfen, indem du die Vorschot losmachst. Das ist meine letzte Weisung für dich. Geh jetzt nach vorne und fürchte dich nicht. Adieu.« Michel gehorchte wortlos.

Auf dem Vordeck der *Amelia* standen ein halbes Dutzend Seesoldaten mit schußbereiten Musketen. Captain Vincent ging aufs Mitteldeck, um der Jagd zuzusehen. Als er schätzte, daß der Klüverbaum der *Amelia* auf der gleichen Höhe mit dem Heck der Tartane sei, schwenkte er den Hut, und die Seesoldaten gaben Feuer. Offensichtlich wurde kein Schaden in der Takelage der Tartane angerichtet. Captain Vincent beobachtete, daß der Weißhaarige am Ruder die Hand gegen die linke Seite preßte, die Pinne von sich weg drückte und die Tartane scharf in den Wind schießen ließ. Jetzt eröffneten die Seesoldaten auf dem Achterdeck das Feuer – es klang wie ein einziger Schuß. Man hörte Stimmen an Deck: »Der weißhaarige Bursche hat was abgekriegt.« Captain Vincent schrie dem Steuermann zu: »Legen Sie das Schiff auf den anderen Bug!«
Der ältliche Seemann, Steuermann der *Amelia*, warf einen prüfenden Blick nach oben, ehe er die notwendigen Anordnungen gab, und als die *Amelia* das von ihr gejagte Schiff erreichte, schrillten die Bootsmannspfeifen und gellten Segelkommandos. Peyrol, der unter der hin und her schlagenden Pinne auf dem Rücken lag, hörte die Kommandos aufschrillen und verklingen; er hörte das drohende Rauschen der Bugwelle, als die *Amelia* keine zehn Meter vom Heck der Tartane vorüberbrauste; er sah sogar die Royalrahen herunterkommen, und dann war nichts da als der bewölkte Himmel. In seinen Ohren rauschte nur der Wind, schäumten die Wellen, die das kleine, führerlose

285

Fahrzeug umherwarfen, klatschte unablässig das Vorsegel, dessen Schot Michel weisungsgemäß losgemacht hatte. Die Tartane begann schwer zu schlingern, doch Peyrols rechter Arm war unverletzt, und es gelang ihm, einen Poller zu umklammern und sich vor dem Umhergeschleudertwerden zu bewahren. Frieden, nicht ohne Beimischung von Stolz, überkam ihn. Alles war geschehen, wie er es geplant hatte. Er hatte den Mann täuschen wollen, und er hatte ihn getäuscht, hatte ihn besser getäuscht, als es ein anderer alter Mann vermocht hätte, an den das Alter sich verstohlen und so unversehens herangemacht, daß man seiner erst gewahr geworden, als der Schleier des Seelenfriedens von einer Gefühlsregung weggerissen wurde, die so ungebeten war wie ein Eindringling und so grausam wie ein Feind.

Peyrol drehte den Kopf nach links. Er sah nichts als die Beine des Bürgers Scevola, die kraftlos mit den Bewegungen des Schiffes rollten, als sei der Körper irgendwo eingeklemmt. War er tot oder nur zu Tode erschrocken? Und Michel? War er tot oder lag er im Sterben, dieser freundlose Mensch, den allein, ohne die Gesellschaft auch nur eines Hundes auf der Erde zurückzulassen Peyrol in seinem Mitgefühl nicht vermocht hatte? Peyrol empfand hierüber keine Reue, nur hätte er Michel gerne noch einmal gesehen. Er versuchte, seinen Namen zu rufen, doch weigerte sich die Kehle, auch nur ein Flüstern herzugeben. Er fühlte sich weit weg von jener Welt menschlicher Geräusche, der Welt, in der Arlette ihn angeschrien hatte: »Wie können Sie es wagen, Peyrol!« Er würde nie wieder eine menschliche Stimme hören. Unter dem grauen Himmel war für ihn kein anderes Geräusch zu vernehmen als das Brausen und Gurgeln der brechenden Wellen und das unablässige, wütende Klatschen des Vorsegels der Tartane. Sein Spielzeug tobte fürchterlich unter ihm, die Pinne schlug wie irrsinnig gerade über seinem Kopf von einer Seite zur anderen, und Wasser wusch

286

über seinen unbeweglichen Körper hinweg ins Schiff. Plötzlich warf eine Welle es besonders wild herum, das gesamte Mittelmeer glotzte geifernd in die Tartane, und Peyrol sah die *Amelia* unmittelbar auf sich zukommen. Angst, nicht vor dem Tod, sondern vor dem Mißlingen packte sein langsamer gehendes Herz. Wollte dieser blinde Engländer ihn in den Grund bohren und die Depeschen mitsamt dem Schiff versenken? Peyrol versammelte seine schwindende Kraft zu einer machtvollen Anstrengung, er richtete sich auf und umklammerte die Want des Großmastes.

Die *Amelia*, die eine gute Viertelmeile über die Tartane hinausgefahren war, ehe ein Teil ihrer Segel weggenommen und das Wendemanöver ausgeführt werden konnte, kam zurück, um ihre Beute in Besitz zu nehmen. Es war sehr schwierig, das kleine Fahrzeug in der sinkenden Dämmerung und der schäumenden See auszumachen. Gerade als dem Steuermann des Kriegsschiffes, der besorgt vom Vordeck her Ausschau hielt, der Gedanke kam, die Tartane könnte voll Wasser geschlagen und gesunken sein, erspähte er sie in einem Wellental schlingernd und so nahe, daß es schien, sie werde vom Klüverbaum der *Amelia* aufgespießt. Das Herz schlug ihm im Halse. »Hart Steuerbord!« brüllte er, und sein Befehl wurde weitergegeben. Peyrol, der bei einer schweren Schlingerbewegung der Tartane aufs Deck zurücksank, sah die Korvette sich bis an die Wolken aufbäumen, als wolle sie sich genau auf ihn hinunterfallen lassen. Schaum klatschte ihm ins Gesicht, dann war Stille, das Wasser schwieg. Blitzschnell zogen die Tage seiner Abenteuer, die männlichen, die starken Jahre seines Lebens an ihm vorüber. Plötzlich erklang eine mächtige Stimme wie das Gebrüll eines wütenden Seelöwen, und der leere Himmel füllte sich mit dem dröhnenden Kommando: »*Steady!*« ... Und mit dem Klang dieses vertrauten englischen Kommandos im Ohr, lächelte Peyrol seinen Visionen zu und starb.

Die *Amelia*, die beigedreht lag und nur noch die Toppsegel gesetzt hatte, hob und senkte sich lässig auf den Wellen, während achteraus, etwa eine Kabellänge entfernt, Peyrols Tartane wie ein lebloses Wrack von der Dünung umhergeworfen wurde. Captain Vincent hatte seine Lieblingsstellung an der Reling eingenommen und ließ seine Prise nicht aus den Augen. Mr. Bolt, den er herbeibefohlen hatte, wartete geduldig darauf, daß sein Kommandant sich umdrehe.

»Ah, da sind Sie ja, Mr. Bolt. Ich habe Sie kommen lassen, weil ich möchte, daß Sie die Prise übernehmen. Sie sprechen Französisch, und es ist nicht ausgeschlossen, daß noch jemand an Bord lebt. Sollte das der Fall sein, so werden Sie ihn selbstverständlich sofort herschicken. Gewiß ist keiner ohne Verwundung davongekommen. Es wird schon dunkel, doch ich möchte, daß Sie sich gut umsehen und alles an sich nehmen, was Sie etwa an Papieren vorfinden. Holen Sie die Vorschot dicht und segeln Sie nahe genug heran, um ein Schlepptau zu übernehmen. Wir wollen die Tartane mitschleppen und sie morgen früh genau durchsuchen, die Wandverkleidung der Kajüte wegreißen und so weiter, falls Sie nicht gleich finden, was ich erwarte...« Captain Vincent, dessen weiße Zähne in der einfallenden Dunkelheit blinkten, gab noch weitere Befehle mit gesenkter Stimme, dann eilte Mr. Bolt von dannen. Eine halbe Stunde später war er zurück, und die *Amelia*, mit der Tartane im Schlepp, setzte Segel und ging auf der Suche nach den Blockadeschiffen auf Ostkurs.

Mr. Bolt, der in die von einer Hängelampe hell erleuchtete Kajüte befohlen wurde, reichte seinem Kommandanten ein verschnürtes und versiegeltes Päckchen über den Tisch, dazu ein vierfach gefaltetes Stück Papier, das, wie er erklärte, offenbar eine Bescheinigung über Aufnahme ins Flottenregister war, die aber merkwürdigerweise keinen Schiffsnamen angab. Captain Vincent griff begierig nach dem Päckchen in grauem Segeltuch.

288

»Das sieht schon richtig aus, Bolt«, sagte er und drehte es in den Händen herum. »Was haben Sie sonst noch gefunden?«

Bolt sagte, er habe drei tote Männer gefunden, zwei auf dem Achterdeck, einen im Laderaum mit dem Ende der Vorschot in der Hand. »Vermutlich getroffen worden, als er sie losgemacht hat«, bemerkte er. Er beschrieb das Aussehen der Leichen und berichtete, daß er mit ihnen weisungsgemäß verfahren sei. In der Kajüte der Tartane sei eine halb mit Wein gefüllte Korbflasche gewesen, dazu ein Laib Brot, beides im Wandschrank; auf dem Fußboden ein Lederkoffer mit einer Garnitur Wäsche und einem Offiziersrock. Er habe die Lampe angezündet und festgestellt, daß das Leinenzeug »E. Réal« gezeichnet gewesen sei. Auch sei ein Offiziersdegen an breitem Schultergehenk auf dem Fußboden gelegen. Diese Dinge hätten nicht dem weißhaarigen Alten gehören können, der sei zu groß dafür gewesen. »Es scheint, daß einer von ihnen über Bord gegangen ist«, bemerkte Bolt. Zwei der Toten sähen nach nichts aus, doch der Alte sei zweifellos ein großartiger Seemann gewesen.

»Beim Himmel, das war er«, sagte Captain Vincent. »Ist Ihnen klar, Bolt, daß er uns um Haaresbreite entwischt wäre? Noch zwanzig Minuten, und er hätte es geschafft. Wie viele Wunden hat er?«

»Drei, wie mir schien, Sir. So genau habe ich nicht hingesehen«, antwortete Bolt.

»Es war mir im höchsten Grade zuwider, auf tapfere Männer schießen lassen zu müssen wie auf Hunde«, sagte Captain Vincent. »Doch was sonst hätte ich tun können? Und hier ist vielleicht etwas«, fuhr er fort und klopfte auf das Päckchen, »das mich in meinen eigenen Augen rechtfertigen kann. Das wäre alles.«

Captain Vincent ging nicht schlafen, sondern blieb angekleidet auf seinem Sofa liegen, bis der wachhabende Offizier hereinkam, um ihm zu melden, daß in Luv ein Schiff der Flotte ge-

289

sichtet worden sei. Captain Vincent befahl, das Erkennungs-
signal zu geben. Als er an Deck kam, sah er sich in Rufweite
eines hochaufragenden Schlachtschiffes, das bis an die Wolken
zu reichen schien, und von dort herunter bellte es durch ein
Sprachrohr:

»Was ist das für ein Schiff?«

»Seiner Majestät Korvette *Amelia*«, gab Captain Vincent zurück. »Und wer sind Sie?«

Statt der üblichen Antwort kam eine Pause, dann trompetete
eine andere Stimme durchs Sprachrohr:

»Sind Sie es, Vincent? Kennen Sie die *Superb* nicht mal mehr,
wenn Sie davorstehen?«

»Nicht im Dunkeln, Keats. Wie gehts denn? Ich habe es eilig,
ich muß mich beim Admiral melden.«

»Die Flotte ruht sich aus«, drang die Stimme nun sehr deutlich
über das Murmeln, Wispern und Klatschen des schwarzen
Wassers zwischen den beiden Schiffen. »Der Admiral steuert
Südsüdost. Wenn Sie bis Tagesanbruch Ihren Kurs beibehal-
ten, kommen Sie gerade rechtzeitig zum Frühstück auf die
Victory. Ist was Besonderes los?«

Die *Amelia* lag ganz im Windschatten des mächtigen, mit vier-
undsiebzig Kanonen bestückten Schlachtschiffes, und bei jeder
Schaukelbewegung klatschten ihre Segel schlaff gegen die
Masten.

»Nichts Besonderes«, rief Captain Vincent. »Ich habe eine Prise
gemacht.«

»Waren Sie im Gefecht?« kam die schnelle Frage.

»Nein, nein, reiner Glücksfall.«

»Wo ist denn Ihre Prise?« dröhnte es interessiert durchs Sprachrohr.

»In meinem Schreibtisch«, brüllte Captain Vincent zurück.
»...Geheimbefehle des Feindes... hören Sie mal, Keats, wenn
Sie nicht aufpassen, fallen Sie mir mit Ihrem ganzen Schiff

aufs Dach...« Er stampfte unwillig mit dem Fuß. »Lassen Sie
die Tartane dicht unter das Heck verholen«, rief er dem Wachoffizier zu, »sonst geht die alte *Superb* drüber weg, und merkt
es nicht mal!«

Als Captain Vincent sich auf der *Victory* an Bord meldete,
war es zu spät, ihn zum Frühstück beim Admiral einzuladen.
Man sagte ihm, Lord Nelson sei diesen Morgen noch nicht an
Deck gewesen; gleich darauf hieß es, er wünsche Captain Vincent unverzüglich in seiner Kajüte zu sehen. Der Kommandant
der *Amelia* (in Interimsuniform, den Degen umgeschnallt, den
Hut unter dem Arm) wurde freundlich aufgenommen, ver-
beugte sich und legte mit einigen erklärenden Worten das
Päckchen auf den großen runden Tisch, an dem ein schweig-
samer, schwarz gekleideter Sekretär saß, der offensichtlich soeben nach Diktat einen Brief geschrieben hatte. Der Admiral
war dabei hin und her gegangen, und nachdem er Captain
Vincent begrüßt hatte, nahm er sein ruheloses, von Nervosität
zeugendes Umherwandern wieder auf. Der leere Ärmel war
noch nicht an der Jacke festgesteckt worden und flappte bei
jeder Wendung, die der Admiral machte. Die dünnen Locken
fielen schlicht über die bleichen Wangen herab, und in Momen-
ten der Ruhe trug sein Gesicht einen Ausdruck des Leidens, der
einen ganz erstaunlichen Gegensatz zu dem Funkeln in dem
einen, ihm verbliebenen Auge bildete. Er blieb stehen und rief,
von Captain Vincent respektvoll überragt: »Eine Tartane! An
Bord einer Tartane gefunden! Wie in aller Welt sind Sie unter
den Hunderten von Tartanen, die Sie im Monat zu Gesicht bekommen, ausgerechnet an diese eine geraten?«

»Ich muß gestehen, daß der Zufall mir einige merkwürdige
Informationen zugespielt hat«, sagte Captain Vincent. »Es
war alles ein reiner Glücksfall.«

Während der Sekretär die Segeltuchhülle des Päckchens mit
dem Federmesser aufschnitt, trat Lord Nelson mit Captain

Vincent auf die Heckgalerie hinaus. Der Zauber des ruhigen sonnigen Morgens wurde durch einen kühlen Lufthauch noch erhöht. Die *Victory* glitt unter ihren drei Toppsegeln und den unteren Stagsegeln gemächlich nach Süden, umgeben von den weit zerstreuten Schiffen der Flotte, die in der Mehrzahl die gleichen Segel zeigten wie der Admiral. Nur ganz in der Ferne erblickte man zwei oder drei Schiffe, die unter vollen Segeln ihren Abstand zum Flaggschiff zu vermindern suchten. Captain Vincent bemerkte mit Befriedigung, daß der Erste Offizier der *Amelia* gezwungen war, seine Fahrt zu verlangsamen, um das Admiralsschiff nicht zu überrennen.

»Ach!« sagte Lord Nelson plötzlich, nachdem er einen Blick auf die Korvette geworfen, »Sie haben die Tartane ja im Schlepp!«

»Ich dachte, Eure Lordschaft hätten vielleicht Lust, sich einen lateinisch besegelten, vierzig Tonnen schweren Küstenfahrer anzusehen, welcher der, ich darf wohl sagen, schnellsten Korvette Seiner Majestät ein solches Rennen geliefert hat.«

»Wie ist es eigentlich dazu gekommen?« fragte der Admiral, ohne den Blick von der *Amelia* zu wenden.

»Wie ich Eurer Lordschaft bereits andeutete, gelangte ich in den Besitz gewisser Informationen«, begann Captain Vincent, der es für unnötig hielt, gerade diesen Teil der Geschichte besonders ausführlich wiederzugeben. »Diese Tartane, die sich im Aussehen nicht sehr von anderen Tartanen an der Küste zwischen Cette und Genua unterscheidet, lief aus einer Bucht der Halbinsel Giens aus. Sie wurde von einem weißhaarigen alten Mann gesteuert, und man hätte wahrlich keinen besseren finden können. Er umrundete Kap Esterel in der Absicht, die Reede von Hyères zu queren. Offenbar hatte er nicht erwartet, auf die *Amelia* zu stoßen, und in seiner Überraschung machte er einen Fehler, den einzigen. Hätte er seinen Kurs beibehalten, so wäre er mir vermutlich ebensowenig aufgefallen wie zwei andere, zu gleicher Zeit in Sichtweite befindliche Fahrzeuge. Er erregte jedoch unser Mißtrauen, weil er den Kurs änderte und im Bereich der Batterie von Porquerolles Schutz suchte. Dieses Manöver im Verein mit den mir zugegangenen Nachrichten bestimmte mich dazu, ihn anzuhalten und durchsuchen zu lassen.« Captain Vincent berichtete dann genau über die Einzelheiten der Verfolgung. »Ich versichere Eurer Lordschaft, daß ich nie einen Befehl mit größerem Widerwillen erteilt habe als den, das Musketenfeuer auf die Tartane zu eröffnen – doch hatte der alte Mann mir solche Beweise seines seemännischen Könnens und seiner Entschlossenheit geliefert, daß ich keinen Ausweg mehr sah. Noch als die *Amelia* schon längsseits lag, machte er einen ganz gerissenen Versuch, die Jagd zu verlängern. Es war nur noch wenige Minuten hell, und in der Dunkelheit hätten wir ihn höchstwahrscheinlich verloren. Wenn ich bedenke, daß die Besatzung nur die Segel niederzuholen brauchte, um ihr Leben zu retten, dann kann ich den Leuten und ganz besonders dem weißhaarigen Alten meine Bewunderung nicht versagen.«

Der Admiral, der unentwegt die *Amelia* beobachtet hatte, die mit der Tartane im Schlepp ihren Abstand wahrte, sagte:

»Sie haben da ein sehr schmuckes Schiff, Vincent. Sehr geeignet für die Aufgabe, die ich Ihnen zugewiesen habe. Wohl in Frankreich gebaut, wie?«

»Jawohl, My Lord. Die Franzosen sind großartige Schiffsbauer.«

»Sie scheinen die Franzosen nicht zu hassen, Vincent«, sagte der Admiral matt lächelnd.

»Diese Sorte Franzosen nicht, My Lord«, erwiderte Captain Vincent mit einer Verbeugung. »Ich verabscheue ihre politischen Grundsätze und ihre prominenten Persönlichkeiten, doch werden Eure Lordschaft zugeben, daß wir, was Mut und Entschlossenheit angeht, auf der ganzen Welt keine würdigeren Feinde hätten finden können.«

»Ich habe nie gesagt, daß sie zu verachten seien«, versetzte Lord Nelson. »Einfallsreich und mutig, ja... Wenn mir die Touloner Flotte entwischt, sind alle unsere Geschwader zwischen Brest und Gibraltar gefährdet. Warum kommt sie nur nicht heraus, damit endlich ein Ende gemacht wird? Halte ich mich denn nicht weit genug entfernt?« rief er.

Vincent sah, wie nervös und erregt die zarte Gestalt war, und seine Sorge verstärkte sich noch, als den Admiral ein Hustenanfall überkam, dessen Heftigkeit den Kapitän zutiefst erschreckte. Der Oberkommandierende im Mittelmeer würgte und keuchte so hilflos, daß Captain Vincent sich gedrängt fühlte, die Augen von diesem schmerzlichen Anblick zu wenden. Es entging ihm aber auch nicht, wie rasch Lord Nelson sich von der dem Anfall folgenden Erschöpfung erholte.

»Dieser Auftrag hier«, sagte er, »kostet mich Nerven, Vincent. Er bringt mich um. Ich sehne mich danach, mich irgendwo auf dem Lande zur Ruhe zu setzen, zwischen Feldern, weit weg von der See, von der Admiralität, von Depeschen und Befehlen, und weg auch von aller Verantwortung. Gerade habe ich einen Brief diktiert, worin steht, daß ich kaum Atem genug habe, mich durch die Tage zu schleppen... Doch ich gleiche jenem weißhaarigen alten Mann, den Sie so sehr bewundern, Vincent«, fuhr er erschöpft lächelnd fort, »ich werde meine Pflicht tun, bis vielleicht eine feindliche Kugel allem ein Ende setzt... sehen wir nach, was jene Papiere enthalten, die Sie gebracht haben.«

Der Sekretär hatte die Papiere unterdessen geordnet.

»Nun, irgendwas von Bedeutung?« fragte der Admiral und nahm wieder sein rastloses Hin- und Herwandern auf.

»Die auf den ersten Blick wichtigsten Anweisungen, My Lord, sind an die Marinebehörden von Korsika und Neapel gerichtet und beziehen sich auf die Vorbereitung eines Feldzuges gegen Ägypten.«

»So habe ich's mir immer gedacht«, sagte der Admiral, und sein Auge blickte funkelnd in das aufmerksame Gesicht von Captain Vincent. »Das haben Sie ganz prächtig gemacht, Vincent. Ich kann nichts Besseres tun, als Sie auf Ihren Posten zurückschicken. Ja... Ägypten... der Osten... alles weist darauf hin«, fuhr er im Selbstgespräch fort, während Vincent zusah, wie der Sekretär die Papiere aufnahm, sich leise erhob und sie zwecks Übersetzung und Zusammenfassung für den Admiral hinaustrug.

»Und doch, wer weiß!« rief Lord Nelson aus und blieb stehen. »Indessen: Tadel oder Ruhm muß ich alleine tragen. Ich werde niemanden um Rat fragen.« Captain Vincent fühlte sich vergessen, unsichtbar, weniger als ein Schatten in der Gegenwart einer Natur, die so heftiger Gefühle fähig war. ›Wie lange kann er es noch machen?‹ fragte er sich mit aufrichtiger Sorge. Der Admiral erinnerte sich jedoch schon bald seiner Anwesenheit, und zehn Minuten später verließ Captain Vincent die *Victory*. Ebenso wie alle anderen Offiziere, die mit Lord Nelson in Berührung kamen, hatte er das Gefühl, zu einem Freund gesprochen zu haben, und seine Verehrung für die große Seeoffiziersseele in dem gebrechlichen Körper des Oberkommandierenden der Mittelmeerflotte Seiner Majestät war frisch wie am ersten Tag. Während er zu seinem Schiff zurückgerudert wurde, erging durch Flaggensignal von der *Victory* der Befehl an die Flotte, sich nach Belieben vor oder hinter dem Admiralsschiff in Linie zu versammeln. Danach Flaggensignal an *Amelia*, den Verband zu verlassen. Vincent befahl Segel zu setzen, wies den Steuermann an, Kurs auf Kap Cicié zu nehmen, und ging hinunter in seine Kajüte. Er war fast drei Nächte hindurch aufgewesen und wollte ein wenig schlafen. Er schlief jedoch nur unruhig und kurz. Schon am frühen Nachmittag fand er sich hellwach und in Gedanken mit den Ereignissen des Vortages beschäftigt. Der Befehl, drei tapfere Männer

295

kaltblütig zu erschießen, war ihm im Augenblick zwar sehr widerwärtig gewesen, jetzt aber drückte er ihn förmlich nieder. Vielleicht war er beeindruckt von Peyrols weißem Haar, von der Beharrlichkeit seines Widerstandes, von der bis zur letzten Minute gezeigten Entschlossenheit, von einem gewissen Etwas bei der ganzen Angelegenheit, das mehr als nur die übliche Pflichterfüllung, mehr als Kühnheit und Abwehr ahnen ließ. Kerngesund, gutartig und von lebhaftem Sinn, in den sich ein Körnchen Ironie mischte, war Captain Vincent ein großmütig empfindender, zur Anteilnahme neigender Mensch.

›Aber sie haben mich dazu herausgefordert‹, überlegte er. ›Die Sache konnte nicht anders enden. Bleibt aber bestehen, daß sie hilflos und unbewaffnet waren, besonders harmlos aussahen und gleichzeitig ungemein tapfer waren. Dieser alte Bursche…‹ Er fragte sich, wieviel Wahrheit wohl in Symons' abenteuerlichem Bericht enthalten sein mochte, und kam zu dem Ergebnis, daß die berichteten Tatsachen wohl der Wahrheit entsprachen, daß die von Symons beigesteuerte Auslegung dieser Tatsachen es jedoch sehr erschwerte zu entdecken, was sich hinter ihnen verbarg. Ganz gewiß war die Tartane ein geeigneter Blockadebrecher. Und Lord Nelson hatte sich gefreut. Captain Vincent betrat das Deck freundlich gestimmt gegen alle Welt, die Lebenden wie die Toten.

Der Nachmittag hatte sehr schönes Wetter gebracht. Die britische Flotte war mittlerweile außer Sicht, ausgenommen einen oder zwei Nachzügler, die in ihrer Eile sämtliche Segel gesetzt hatten. Eine ganz leichte Brise, bei der es einzig die *Amelia* zu einer Geschwindigkeit von fünf Knoten brachte, kräuselte kaum das tiefblaue Wasser, das sich unter der warmen Liebkosung des wolkenlosen Himmels wohlig dehnte. Im Süden und im Westen war der Horizont leer bis auf zwei weit voneinander entfernte Punkte, deren einer weiß blinkte wie ein Stück Silber, während der andere einem schwarzen Tintenklecks glich. Captain Vincent hatte seinen Entschluß gefaßt und war mit sich einig geworden. Da er sehr zugänglich war, erlaubte sich der Wachoffizier eine Frage, auf die Captain Vincent erwiderte:

»Er sieht sehr mager und erschöpft aus. Ich glaube aber nicht, daß er ganz so krank ist, wie er annimmt. Es wird Sie gewiß freuen zu hören, daß Seine Lordschaft mit unserer gestrigen Leistung – die Papiere waren nämlich wirklich von Wichtigkeit – und mit der *Amelia* im allgemeinen sehr zufrieden ist. Es war wirklich eine merkwürdige Jagd, nicht wahr?« fuhr er fort. »Die Tartane versuchte ohne Zweifel zu entkommen. Doch gegen die *Amelia* hatte sie nicht die geringsten Aussichten.«

Während des zweiten Teils dieser Rede blickte der Wachoffizier verstohlen nach achtern, als frage er sich, wie lange Captain Vincent die Tartane wohl noch hinter der *Amelia* herschleppen wolle. Die zweiköpfige Prisenbemannung fragte sich ebenfalls, wann es ihr wohl erlaubt werde, endlich wieder auf ihr Schiff zurückzukehren. Symons, der dazugehörte, erklärte, er habe endgültig genug davon, das elende Ding zu steuern. Überdies war ihm die Gesellschaft, in der er sich befand, unheimlich. Symons wußte nämlich, daß Mr. Bolt in Befolgung der Befehle des Kommandanten die drei toten Franzosen in die Kajüte hatte tragen lassen, die er dann mit einem mächtigen Vorhängeschloß sicherte, das offenbar dazugehörte; den Schlüssel hatte er mit auf die *Amelia* genommen. Was nun einen dieser Toten betraf, so ging Symons' unerbittliches Urteil dahin, daß er es verdiene, an Land den Krähen zum Fraß vorgeworfen zu werden. Überhaupt begriff er nicht, warum gerade er zum Kutscher eines schwimmenden Leichenwagens bestellt worden war. Da sollte doch ... so murrte er unablässig vor sich hin.

Gegen Sonnenuntergang, das ist die Zeit für ein Begräbnis auf

See, drehte die *Amelia* bei, die Tartane wurde längsseits gezogen und ihre Besatzung ging auf die *Amelia* zurück. Captain Vincent, der über die Reling lehnte, schien sich in Gedanken verloren zu haben. Schließlich sagte der Wachoffizier:

»Was sollen wir mit der Tartane machen, Sir? Die beiden Leute sind wieder an Bord.«

»Wir werden sie mit Geschützfeuer versenken«, erklärte Captain Vincent plötzlich. »Sein Schiff gibt einen guten Sarg für einen Seemann ab, und diese Männer haben Besseres verdient als einfach über Bord geworfen zu werden. Mögen sie ungestört auf dem Meeresgrunde in dem Schiff ruhen, auf dem sie bis zuletzt ausgeharrt haben.«

Der Leutnant erwiderte nichts, sondern wartete einen Befehl ab. Alle Augen waren auf den Kommandanten gerichtet. Captain Vincent sagte jedoch nichts; es schien, als könne oder wolle er noch keinen Befehl geben. Er hatte das dumpfe Gefühl, bei aller guten Absicht doch etwas übersehen zu haben.

»Ah! Mr. Bolt«, sagte er, als er seinen Ersten Offizier im Mitteldeck erspähte. »Hatte die Tartane eine Flagge an Bord?«

»Mir war, als hätte sie zu Beginn der Jagd eine winzige Flagge gehabt, doch muß sie dann weggeweht sein, Sir. Jedenfalls ist jetzt keine mehr da.« Er blickte über die Reling.

»Wir müssen irgendwo eine französische Flagge an Bord haben«, behauptete Captain Vincent.

»Gewiß, Sir«, warf der Steuermann ein, der zugehört hatte.

»Nun also, Mr. Bolt«, sagte Captain Vincent, »Sie haben mit dieser Sache am meisten zu schaffen gehabt. Nehmen Sie ein paar Leute mit, binden Sie die französische Flagge an die Rah und hieven Sie die Rah an den Mast.« Er lächelte in die ihm zugewandten Gesichter. »Schließlich haben sie sich nicht ergeben, und, beim Himmel, meine Herren, sie sollen auch mit wehender Flagge untergehen.«

Ein tiefes, aber nicht ablehnendes Schweigen senkte sich über die Decks der *Amelia*, während Mr. Bolt und etliche Matrosen mit der Ausführung dieses Befehls beschäftigt waren. Plötzlich erschien über der Reling der *Amelia* das gebogene Ende einer Lateinrah, von der die Trikolore herabhing. Unterdrücktes Murmeln der Seeleute begrüßte diese Erscheinung. Gleich darauf befahl Captain Vincent, die Leine loszuwerfen, mit der die Tartane neben der *Amelia* gehalten wurde und die Großschot dichtzuholen. Letzteres bewirkte, daß die Korvette sich rasch von ihrer Prise entfernte, die an Ort und Stelle zurückblieb. Gleich darauf ließ Captain Vincent wenden und passierte die Tartane auf der anderen Seite. Dabei erhielt die Bugbatterie an Backbord den Befehl, gut vorzuhalten. Das erste Geschoß lag zu hoch und knickte den Fockmast der Tartane. Der nächste Schuß hatte mehr Erfolg, er traf den kleinen Bootsrumpf über der Wasserlinie und trat auf der anderen Seite weit unterhalb der Wasserlinie wieder heraus. Ein drittes Geschoß wurde abgefeuert, als Draufgabe, wie die Matrosen sagten, und auch das hatte gute Wirkung, denn im Bug erschien ein klaffendes Loch. Danach wurden die Geschütze wieder festgezurrt, und die *Amelia* nahm Kurs auf Kap Cicié, wozu kein Segelmanöver erforderlich war. Die Besatzung, im Rücken den erhellten Teil des Abendhimmels, der klar wie ein blasser Topas über der harten blauen Gemme des Meeres stand, sah, wie die Tartane plötzlich erzitterte und danach langsam, aber unaufhaltsam sank. Zuletzt war nur noch die Trikolore einen spannenden, schier unendlichen Augenblick lang zu sehen, ergreifend und einsam, Mittelpunkt des überquellenden Horizontes. Ganz plötzlich war sie verschwunden wie eine Flamme, die ausgeblasen worden ist, und es kam den Betrachtern vor, als stünden sie einer grenzenlosen, soeben erst erschaffenen Einsamkeit gegenüber. Auf den Decks der *Amelia* verstummte das gedämpfte Murmeln.

Als Leutnant Réal mit der Touloner Flotte zu dem großen strategischen Unternehmen auslief, das in der Schlacht von Trafalgar enden sollte, kehrte Madame Réal mit ihrer Tante in das ererbte Haus von Escampobar zurück. Sie hatte nur wenige Wochen in der Stadt verbracht, wo man nicht viel von ihr zu sehen bekommen hatte. Der Leutnant und seine Frau bewohnten ein kleines Haus nahe dem westlichen Stadttor, und die Position des Leutnants war nicht so bedeutend – wenn er auch bis zuletzt beim Stabe blieb –, daß die Abwesenheit seiner Frau bei offiziellen Anlässen aufgefallen wäre. Und doch war diese Heirat in Marinekreisen ein Gegenstand maßvollen Interesses. Wer Madame Réal in ihrer Wohnung gesehen hatte – und das waren in der Hauptsache Männer –, erzählte von einer blendenden Erscheinung, von herrlichen schwarzen Augen, einem ganz eigenen, fremdartigen Liebreiz, von der arlesischen Tracht, auf der sie auch nach ihrer Heirat mit einem Marineoffizier bestand, war sie doch bäuerlicher Herkunft. Es hieß, ihre Eltern seien nach der Räumung Toulons den Massakern zum Opfer gefallen, doch wichen die Berichte darüber voneinander ab und waren auch recht verschwommen. Verließ Madame Réal ihr Haus, so geschah das unweigerlich in Begleitung der Tante, die fast ebensoviel Aufmerksamkeit erregte: eine prächtige alte Frau, die sich kerzengerade hielt und deren strenges, gebräuntes, von Runzeln durchzogenes Gesicht noch die Spuren einstiger Schönheit aufwies. Catherine sah man auch allein auf der Straße; man drehte sich nach der mageren, würdevollen Gestalt um, einer auffallenden Erscheinung unter den Vorübergehenden, die Catherine ihrerseits nicht zu bemerken schien. Darüber, wie sie den Massakern entgangen war, gab es die wunderlichsten Geschichten, und Catherine gelangte in den Ruf einer Heldin. Man wußte, daß Arlettes Tante die Kirchen frequentierte, die nun sämtlich den Gläubigen offenstanden, daß sie sich auch im

300

Hause Gottes sibyllinisch gebärdete wie eine Prophetin und auf Haltung sah. Man bemerkte sie nicht so oft während der Messe, sondern sah sie meist im leeren Kirchenschiff stehen, schlank und aufrecht, im Schatten einer mächtigen Säule etwa, so als komme sie auf Besuch zum Schöpfer aller Dinge, mit dem sie selber vor langem schon großmütig ihren Frieden gemacht, bei dem sie nun aber um Vergebung und Nachsicht für ihre Nichte Arlette vorstellig wurde. Denn Catherine wurde der Zukunft halber lange von schweren Zweifeln geplagt. Erst gegen Ende ihres Lebens vermochte sie sich von jener unwillkürlichen Scheu freizumachen, die sie in der Nichte ein Instrument göttlicher Heimsuchung hatte sehen lassen. Und noch einer anderen Seele wegen war sie in Unruhe. Die Verfolgung der Tartane durch die *Amelia* war an mehreren Orten auf den Inseln, welche die Reede von Hyères einschließen, beobachtet worden, und vom Fort de la Vigie aus hatte man die Korvette das Feuer auf ihre Beute eröffnen sehen. Der Ausgang dieser Jagd stand fest, wenn auch beide Schiffe schon bald darauf nicht mehr zu sehen gewesen waren. Weiter gab es da den Bericht eines Küstenfahrers, der nach Fréjus einlief und eine Tartane gesichtet haben wollte, die von einem Kriegsschiff beschossen wurde; doch hatte sich das ganz offenbar erst am Tage danach ereignet. Alle diese Gerüchte wiesen in die gleiche Richtung und bildeten die Grundlage der Meldung, die von Leutnant Réal der Admiralität in Toulon erstattet wurde. Daß Peyrol mit seiner Tartane aufs Meer hinausgefahren war und nie wieder gesehen wurde, war eine unwiderlegbare Tatsache. Am Tage vor der Rückkehr der Frauen nach Escampobar ersuchte Catherine in der Kirche Ste. Marie Majeure einen Priester, einen kleinen, fetten, unrasierten Menschen mit wässerigen Äuglein, einige Totenmessen zu lesen.

»Für wessen Seele sollen wir denn beten?« murmelte der Priester leise und keuchend.

»Beten Sie für die Seele von Jean«, sagte Catherine. »Jawohl, Jean. Einen anderen Namen braucht es nicht.«

Leutnant Réal, der bei Trafalgar zwar verwundet wurde, aber der Gefangennahme entging, schied später mit dem Rang eines *Capitaine de Frégate* aus dem Dienst und geriet der Marinewelt von Toulon, ja der Welt überhaupt gänzlich aus den Augen. Welches Zeichen ihn in jener schicksalsträchtigen Nacht auch nach Escampobar zurückgebracht hatte, zum Sterben war er jedenfalls nicht gerufen worden, sondern zu einem ruhigen, eingezogenen Leben, das, wenn man so will, obskur, doch keineswegs ohne eine gewisse Würde ablief. Im Gang der Jahre wurde er Bürgermeister eben jenes kleinen Dorfes, das vormals in Escampobar den Wohnsitz des Lasters und die Absteige von Blutsäufern und schlechten Frauenzimmer erblickt hatte.

Eine der ersten Aufregungen im eintönigen Ablauf des Lebens von Escampobar brachte die Entdeckung eines hinderlichen Fremdkörpers auf dem Grund des Brunnens, den man in einem sehr trockenen Jahr erreichte. Nachdem man ihn mit großer Mühe ans Licht gebracht hatte, entpuppte der Fremdkörper sich als ein aus Segeltuch hergestelltes Kleidungsstück, das Armlöcher und drei Hornknöpfe aufwies und im übrigen aussah wie eine Weste. Es war indessen mit einer überraschenden Vielfalt von Goldstücken der unterschiedlichsten Prägung und Nationalität nicht so sehr gefüttert als geradezu ausgestopft. Niemand anders als Peyrol konnte es dort deponiert haben. Catherine zeigte sich imstande, das genaue Datum anzugeben; sie erinnerte sich nämlich, ihn gerade am Morgen jenes Tages am Brunnen hantieren gesehen zu haben, an dem er in Gesellschaft von Michel und unter Mitführung Scevolas in See gestochen war. Kapitän Réal konnte sich mühelos vorstellen, woher der Schatz stammte, und beschloß mit Zustimmung seiner Frau, ihn dem Staat als die Ersparnisse eines Mannes zu überhändigen, der ohne Hinterlassung eines Testamentes gestorben war, der keine Angehörigen besessen, ja, dessen Name niemand, nicht einmal er selber, mit Gewißheit hätte angeben können. Nach dieser Begebenheit hörte man den ungewissen Namen Peyrol öfter und öfter von den Lippen des Ehepaars Réal, von denen er zuvor nur selten ausgesprochen worden war, mochte auch die Erinnerung an Peyrols weißhaarige, gelassene, unwiderstehliche Persönlichkeit in allen Winkeln von Escampobar spuken. Von jenem Tage an sprachen sie ganz offen von ihm, und es war, als sei er zurückgekehrt, um wieder unter ihnen zu leben.

Als Monsieur und Madame Réal viele Jahre später eines schönen Abends auf der Bank vor der *salle* saßen (das Haus war ganz unverändert, nur wurde es jetzt regelmäßig geweißt), gerieten sie in eine Unterhaltung über jene Episode und jenen Mann, der, vom Meer kommend, ihren Lebensweg gekreuzt hatte, um wieder im Meer zu verschwinden.

»Woher hat er wohl das viele Gold gehabt?« staunte Madame Réal arglos. »Er kann es doch unmöglich gebraucht haben! Und warum, Eugène, warum hat er es in den Brunnen geworfen?«

»Das, *ma chère amie*«, versetzte Réal, »ist nicht so leicht zu beantworten. Männer und Frauen sind weniger simpel als es den Anschein hat. Selbst Sie, Fermière« (so pflegte er seine Frau gelegentlich im Scherz anzureden), »sind nicht so simpel wie es manchen Leuten vorkommen möchte. Ich glaube, daß nicht einmal Peyrol, wäre er hier, deine Frage beantworten könnte.«

Und so fuhren sie fort, einander in kurzen, von langen Pausen unterbrochenen Sätzen an die Eigenheiten seiner Person und seines Betragens zu erinnern, bis auf dem nach Madrague hinunterführenden Pfad erst die spitzen Ohren und dann der Leib eines sehr kleinen Esels erschienen, der ein lichtgraues, von schwarzen Punkten bedecktes Fell hatte. Zwei merkwürdig geformte Stangen waren rechts und links an ihm befestigt und

303

reichten ihm wie überlange Wagendeichseln bis zum Kopf. Doch zog der Esel kein Wägelchen, sondern trug auf einem kleinen Packsattel den Torso eines Mannes, der keine Beine zu haben schien. Das kleine Tier war wunderhübsch gehalten und besaß eine intelligente, ja dreiste Physiognomie. Es blieb vor dem Ehepaar Réal stehen. Der Mann, der sich mit untergeschlagenen Beinen auf dem Packsattel sehr geschickt im Gleichgewicht gehalten hatte, sprang ab, klemmte sich seine Krücken unter die Achseln und versetzte dem Tier einen lauten Klaps, worauf es in den Hof trottete. Der Krüppel von Madrague war in seiner Eigenschaft als Peyrols Freund (denn der Freibeuter hatte sowohl den beiden Frauen als auch dem Leutnant Réal oft mit großer Wertschätzung von ihm gesprochen – »*C'est un homme, ça!*«) Mitglied der *communitée* Escampobar geworden. Seine Aufgabe war es, Botengänge in der ganzen Umgebung zu verrichten, eine höchst unpassende Beschäftigung für einen Menschen ohne Beine, sollte man denken. Allein das Gehen erledigte der Esel, indessen der Krüppel eine geschärfte Intelligenz und ein untrügliches Gedächtnis beisteuerte. Der bedauernswerte Bursche nahm den Hut ab und hielt ihn mitsamt der Krücke in der Rechten, während er herantrat, um die Ereignisse des Tages in die einfachen Worte zu fassen: »Alles ist so ausgeführt, wie Sie es angeordnet haben, Madame.« Er verweilte dann noch, vertraut und doch respektvoll, ein privilegierter Diener, den die sanften Augen, das lange Gesicht und das schmerzliche Lächeln recht anziehend machten.

»Wir sprachen gerade von Peyrol«, bemerkte Kapitän Réal.

»Ach, von dem könnte man lange reden«, sagte der Krüppel. »Er hat einmal zu mir gesagt, daß ich, wäre ich komplett – er meinte wohl mit Beinen ausgestattet wie andere – dort auf den fernen Meeren einen guten Gefährten abgegeben hätte. Er hatte ein großes Herz.«

304

»Ja«, murmelte Madame Réal nachdenklich, dann wandte sie sich ihrem Mann zu und fragte: »Was war er eigentlich in Wirklichkeit für ein Mensch, Eugène?« Und als Kapitän Réal stumm blieb, drang sie beharrlich in ihn: »Hast du dir eigentlich je diese Frage gestellt?«

»Ja«, erwiderte Réal. »Doch das einzige, was man mit Sicherheit von ihm behaupten kann, ist, daß er kein schlechter Franzose war.«

»Das sagt alles«, murmelte der Krüppel mit glühender Überzeugung in die Stille, die nach den Worten Réals und Arlettes leise erinnerndem Seufzer eingefallen war.

Die blaue Fläche des Mittelmeeres, das kühne Männer bezaubert und überlistet, wahrte das Geheimnis seines Reizes – hielt unter dem wundervoll klaren Abendhimmel die Opfer aller Kriege, Katastrophen und Stürme seiner Geschichte an die gelassen atmende Brust. Hoch über den Hügeln von Esterel schwebten rosafarbene Wölkchen. Der Hauch des Abendwindes kam, die heißen Steine von Escampobar zu kühlen. Und der Maulbeerbaum, der einzige große Baum auf der Halbinsel, der wie eine Schildwache vor dem Hoftor stand, erschauerte mit allen seinen Blättern, als betraure er den Küstenbruder, den Mann der dunklen Taten und des großen Herzens, der so oft zur Mittagsstunde in seinem Schatten geruht hatte.